刘立天回京记

刘振武◎著

一九九四年春节，上班的第一天，从央企北京总部下派到大西北金兰市，挂职才一年的西北机械厂党委书记刘立天，接到了集团党委书记的电话，集团党委常委会决定调他回京。厂长王义知悉，前往北京，极力阻拦，从而演绎了刘立天及各色人物的悲欢离合、情感纠葛……

中国言实出版社

图书在版编目（CIP）数据

刘立天回京记／刘振武著. --北京：中国言实出版社，2019.11

ISBN 978-7-5171-3248-6

Ⅰ.①刘… Ⅱ.①刘… Ⅲ.①长篇小说—中国—当代 Ⅳ.①I247.5

中国版本图书馆 CIP 数据核字（2019）第 244642 号

责任编辑 代青霞

责任校对 崔文婷

出版发行 中国言实出版社

　　　　地　址：北京市朝阳区北苑路 180 号加利大厦 5 号楼 105 室

　　　　邮　编：100101

　　　　编辑部：北京市海淀区北太平庄路甲 1 号

　　　　邮　编：100088

　　　　电　话：64924853（总编室）　64924716（发行部）

　　　　网　址：www.zgyscbs.cn

　　　　E - mail：zgyscbs@263.net

经　　销 新华书店

印　　刷 三河市华东印刷有限公司

版　　次 2020 年 4 月第 1 版　　2020 年 4 月第 1 次印刷

规　　格 710 毫米×1000 毫米　　1/16　　17 印张

字　　数 296 千字

定　　价 68.00 元　　ISBN 978-7-5171-3248-6

目录

第一章

一九九四年，公历平年。春节过完，天气依然寒冷，但春天已悄悄地走来。

节后，上班的第一天，刘立天迈进办公室时，桌上红色电话机的铃声正急促地响着，他一个箭步跨了过去，拿起话筒。

一年前，任集团公司北京总部党委宣传部副部长的刘立天下来挂职金兰市国营西北机械厂（以下简称"西北厂"）党委书记。他接完电话，抬头看了一下挂在白色墙上的四方形电子钟，黑色的指针刚过八点半。刚才这个电话，是集团党委张剑书记打来的，他私下告诉刘立天，常委会决定任命他为集团党委宣传部部长，这几天就下任职文件。

他环顾了一下办公室，脸上渐渐变得凝重了。今年，他刚满三十三岁，大学毕业九年了，一直在这个集团工作。这是一个大型的机械制造集团，旗下有四十几家工厂，分布在全国各地。在集团公司的中层干部中，除了团委书记，他是最年轻的干部了，是同龄人中的佼佼者。人们普遍认为他很有发展前途。

他中等个儿，三角眼睛，一头浓密的黑发，皮肤粗糙，男人味儿较浓——当然，这是女人对他的评价。他表情严肃，不苟言笑，但接触多了，你就会发现他的性格与他的表面相反——他善言活泼，性格开朗，身上总是有一股激情。

他沉思了一会儿，走出了门。来到厂长办公室门前，他伸手敲了敲门，无

1

人应答，便径直去了厂办公室。一位年轻的姑娘站了起来，问，书记有事吗？他问，王厂长呢？年轻的姑娘回答，去集团了！他转身回到办公室，心想，这个王义去集团怎么也不说一声？

在工作中，他与王义表面上还过得去，有时也发生一些摩擦。王义比他大十岁，是技术型干部，工作方法比较简单，直来直去，说话不转弯，知道的人还好，不知道的人，觉得他很偏。刚来的时候，刘立天与他发生了不少矛盾，但为了大局、为了工作，他尽量配合王义。可刘立天总觉得王义有些瞧不起他，这让刘立天有些憋屈，有些不服气。

刘立天站在窗前望着外面，高楼林立，车水马龙，行人们穿着厚厚的衣服。远处矗立着一座山，山顶有一座年代已久的白塔寺。这座山也因此寺而得名白塔山。山上枯黄一片，顺着山坡而建的鱼鳞似的楼阁，隐藏在枯黄的林木之中。据考究，白塔寺始建于元代，寺内原有"镇山三宝"：象皮鼓、青铜钟、紫荆树。其高超的建筑技艺和不朽的艺术价值，充分体现了中国古代劳动人民的卓越才能和艺术创造力。从山上眺望，一座铁桥横跨黄河两岸，整个城市尽收眼底。这座依山傍水的城市，拥有三四百万人口。她既古老又年轻，是镶在大西北，镶在黄河上游的一颗璀璨明珠。

刘立天挂职才满一年，就提前结束了，这说明集团在重用他，说明他在张剑心里的位置，说明那个更大的舞台在召唤他，有一种向上的力量在推动着他，撞击着他。刘立天嘴角露出了一丝微笑，随即脸又变得凝重了——现在的思想政治工作难度越来越大。人们的思想、观念、行为都发生了很大的变化，而这些变化，让他感到不理解，甚至有些迷茫。怎么去做思想政治工作，怎么引导人们去发挥正能量，是一个非常严峻的考题。

这次调回集团任职，如果不出意外，下一步就会顺利进入领导班子，他将成为集团最年轻的司局级干部。

刘立天心里翻腾了起来。去年，集团决定调他去大西北挂职锻炼，他还有些胆怯：一是怕自己不能胜任；二是没有基层工作经验；三是妻子的反对；四是怕干不好，影响以后的前程；五是怕由此留在大西北。

临走那天，张剑语重心长地对他说："下基层锻炼，是为了更大的发展。没有基层的工作经验怎么能行呢？要注重自身综合素质的提高。"刘立天怀着更大的抱负来到了这座城市。再说了，这座城市也是他出生、长大的地方。这里的一切他都非常熟悉，这里有他的根，有他的魂。

春节前，集团考察组下来，考察了一个星期，什么结果都没说就走了，刘立天以为这是例行公事，丝毫没有觉察到会被调走。虽说集团宣传部部长调走了，但他根本没想到自己会调回去，因为挂职时间才一年。考察组反馈给他的消息是：要注意党政关系，现在是以经济建设为中心。刘立天觉得自己够放任行政工作的，他一般不插手工厂的日常经济工作。这些意见使他心里很不舒服。这个意见是王义提的，还是职工的反映？本想对考察组解释解释，后一想，自己是来挂职的，再过一年就回京了，说这些干什么？这不，一年刚过，就要回京了。

门开了，厂纪委黄建书记进来了，刘立天站了起来，热情地与他握手。两人刚落坐，门又开了，组织部部长赵向、党办老王主任，宣传部部长张兰新和工会主席付林进来与大家互相拜了年。刘立天说，咱们到各车间拜个年。这是老企业不成规矩的规矩。在去车间的路上，黄建小声地问，我听说，你要回京了，有这个事没有？刘立天本想直说，想了想却没答，而是问，你这消息哪来的？黄建说，你不要管是哪儿来的，我问你是不是真的。刘立天没有回答，不是不回答，而是现在不能回答。黄建明白了，看来这事不是空穴来风。刘立天走了，谁来接替呢？

晚上，刘立天又和各车间支部书记开了一个小型节后宴会。晚上九点多钟，宴会结束了，刘立天回到招待所。这是厂里安排的。他进卫生间撒了尿，洗漱完上了床，靠着床头想了许多。这一年来，他由不熟悉到熟悉，学到了许多东西，知道了基层的酸甜苦辣，搞企业不是那么容易。在经济转型时期，企业如何突破过去的经济模式，适应市场的变化？这一年，他思索了，成长了，对企业有了更深的认识。过不了几天，就要离开金兰了，心里不免既兴奋又惆怅，毕竟这是一段宝贵的人生经历。

突然，手机振动，张剑来电话了，告诉他有人在阻止他调动。刘立天听完放下了话筒，惊出一身冷汗，蒙了，傻了。谁在阻止自己的调动？接着他冷静

3

地分析，只有王义能干出这种事。刘立天不明白，王义为什么要下这么大力气来阻扰他的调走，这不合常理呀？刘立天随即陷入了沉思，回想起这一年来和厂长王义的磕磕碰碰。张剑的这个电话，预示着刘立天的回京之路将变得扑朔迷离了。

第二章

　　北京西长安街延伸线南侧，一栋蓝色玻璃的高层办公楼就是刘立天所在工厂的总部，S集团。节后上班第一天，在二十层一间宽敞的办公室里，一位头发有点白的中年男子，气质儒雅，手放在宽大的办公桌上，正跟坐在对面沙发上的两个人说话。他就是集团党委书记张剑。他说话很轻，清晰有磁性，这次调刘立天回来，是集团党委常委会的决定。一位有点秃顶的中年男子微倾着身体说，集团可不可以收回这个任命。我和刘书记配合得挺好，企业正在走上坡路，我怕影响工作。说话的人正是西北厂厂长王义。屋里沉静了。过了一会儿，见张剑没表态，他又说，请书记考虑一下。张剑在沉默中突然问，丁部长，你有什么想法？丁部长是组织部部长，长脸，络腮胡子，脸刮得铁青，五十二三岁，名叫丁肃。他挺直了身子说明调刘立天回来的理由：刘立天在宣传部工作过，这方面的工作经验比较丰富，集团急需一位能干的宣传部部长来加强集团的思想政治工作。话音刚落，王义接过话说，现在是以经济建设为中心。经济不行，思想政治工作也是无的放矢。

　　春节前，张剑书记听取了以丁肃为主的西北厂班子综合考察组的汇报，王义和刘立天在配合上不是很和谐。恰好原来的宣传部部长调走了，丁部长建议，调刘立天回来。张剑经过考虑，最后同意，上了常委会并通过了。张剑之所以同意，理由有四：一是解决了西北厂党政一把手不和的问题；二是为了更好地支持行政工作；三是加强了集团思想政治工作；四是刘立天可以留在身边了。这是一举四得的好事。

张剑沉默了一会儿，说，王厂长，你先回去。王义站了起来，又一次恳求说，我的建议，请张书记慎重考虑。接着他与张剑握了手，又和丁肃握手出门了。

王义挽留刘立天有几个好处：一是让那些人说他与刘立天不和的谣言不攻自破；二是告诉张书记，我王义是一个正派的人，是一个胸怀大度的人；三是让张书记看看，你信任的人，也是我信任的人；四是留下刘立天会挡住不少的事。王义为自己的聪明而感到沾沾自喜。昨天到了以后，他先去找了集团的总裁李田，表达了意见。李田让他直接去找张剑书记。

窗外，灰蒙蒙的云渐渐散去，冬日的阳光软弱无力地射了进来，办公室亮堂了些。张剑望着王义离去的背影，陷入了沉思。丁肃静静地等待着。昨天晚上，集团办公室副主任洪斌携妻子来看他，感谢他的帮忙。丁肃告诉他，常委会通过了，这一两天就下任职文件了。万万没想到，早上一上班，王义来了，不同意刘立天调走。

丁肃看了看张剑，走也不是，不走也不是。过了几分钟，张剑的目光扫了过来，问，丁部长，王义的态度是真的吗？丁肃没有马上回答。张剑紧接着又问，丁肃静了一下回答，书记，我想了一下，王义的反对刘立天调动，有几点理由：一是刘立天去的时间不长，对整个情况还没有深入了解，在和王义的配合上，以包容为前提，尽量不干涉王义的行政工作，除了重大的问题。他认为刘立天走了，再派人去，怕与新来的人合不来，需要适应的过程。二是刘立天比他年轻，肯定是往上走的。他在为自己留后路。三是王义肯定知道人们的议论，说他和刘立天不和，这么挽留，传言不攻自破。四是王义知道，您对刘立天的器重。张剑笑了笑问，你说了这么多，刘立天是调，还是不调？丁肃不知怎么回答了。

张剑今年五十六岁，二十世纪六十年代北京大学中文系毕业生。几十年来，一直搞党务工作。一九七八年以来，党的工作重心转移到了经济建设上来。过去的一些工作思路、工作方法有些不适应了。他觉得有点力不从心了，思想跟不上趟。这次之所以调刘立天回来，就是为了加强集团思想政治工作。王义强烈地阻拦，集团总裁李田肯定清楚。张剑觉得这件事有些棘手了，有必要跟李田通个气。接着又想，在常委会上，李田是同意的，再找合适吗？他也有点犹豫了。这不是自己的性格呀！敢闯敢干的张剑去哪儿了？张剑望着丁肃说，你起草个文件，会签一下，下发文件，调刘立天回来！张剑非常清楚，这是李田的主意，觉得李田的心胸窄了点。

王义来到李田的办公室，他正在打电话。他是六十年代清华大学精密机械系毕业生，身体较胖，给人的感觉不像一个大集团的老总，倒像一个厨师。他经常自嘲地说，我就是一个厨师。他今年五十五岁，说话嗓门大，做起事来雷厉风行，和张剑的形象有着鲜明的区别。李田打完电话，问，跟书记说了？王义低头哈腰回答，说了。李田继续问，书记怎么说？王义回答，书记没有表态。不过，看得出来，书记犹豫了。

在常委会上，丁部长提出调刘立天回宣传部，李田没有多想，他本来就是从宣传部出去的，回来也不过分，就表态同意了。昨天王义来找，非要把刘立天留下，这让他犯难了！这是经过常委会同意的，不能随意推翻。但王义是心腹，跟了自己这么多年。西北厂出现了转机，不答应要求，等于不支持他的工作，再说了，宣传部的工作，没有经济工作重要嘛！只好出了个主意，让他直接去找书记。李田沉默了一会儿说，你回去吧！等等看。王义跟李田道了别，出门走了。

丁肃出了门回到办公室，拿起电话叫秘书过来，放下了话筒，心里叫道，看来这件事就这么尘埃落定了。

王义从李田办公室出来，乘着电梯下了楼，来到了大厦旁边的一家酒店。一进酒店包间，有两个人马上站了起来，叫道，王哥，这边坐。边说边指向主宾的位置。王义坐下后，其中一个高个子马上递上了一根烟，另外一个手拿打火机打着火，黄黄的火苗点燃了王义两手指夹的烟。他吸了一口，吐出浓浓的烟雾，看着飘动的烟雾说，这步棋走好了，下一步就好走了；走不好，就会沾上麻烦。两个人听了王义的话，有些糊涂了。

丁肃手拿着草拟的任职文件给张剑送去，张剑看完后说，你先送给李总，他签完字再送给我。丁肃拿上文件直接来到了李田的办公室。李田接过文件扫了一眼，脸上露出了不满的表情，手里拿着笔轻轻地敲着桌面。丁肃等了几分钟说，李总，我先走了。李田点了点头，接着又看文件，张剑在玩心眼，签了，王义再说什么都没用；不签，就推翻了常委会的决定。李田犯难了，心想书记比自己高明，为了大局，签上了字。随即拿起电话，叫道，丁部长，你上来一趟。他放下电话，站了起来，走到窗前，朝窗外的天空望去。

李田和张剑搭班子有五年了，总体上说，两人配合得不错。虽然在一些问题上有争议，但是两个人之间的工作关系基本上说得过去。张剑不太干涉行政工作，李田也不太关心党务工作，两个人井水不犯河水。不过，按现行的体制，是党委领导下的行政负责制，集团的大政方针要上常委会，特别是在人事问题上，一定要上常委会。李田有时也烦恼，总感到工作起来不那么自如，不那么顺畅。

丁肃推门进来，李田把签好字的文件递了过去，说，字，我签好了。他把"字"单独列出说。丁肃接过文件，觉得李田语气不对，马上说，李总，王义找过书记。李田唔了一声，接着捋了捋头发说，丁部长，还有什么事吗？丁肃马上说，没事！李总，那我先走了。李田点点头。丁肃出了门走进了张剑的办公室。李田心里有些憋火，随后拿起了电话。

王义正在酒店喝酒，手机振动，他嘘了一声，房间顿时静了。他站了起来弯着腰低头叫道，李总！接着点头，嘴里不停地哼哼。接完电话，他把手机往桌上一扔，气呼呼地坐了下来，叫道，这叫什么事呀！真无能！那两个人不知发生了什么事，忙问，谁惹王哥生气了？王义满是怒气地叫道，好好的一个计划，全让这个老糊涂给搅了，他签什么字呀！那两个人，一胖一瘦，胖的姓何，叫何强，四十岁左右，个子大概有一米六五，戴眼镜，大嘴小眼。瘦的叫侯志，人们都叫他猴子。三十五岁左右，细高个，腿长腰细，脸型轮廓分明，有两道宽宽的浓眉毛。何强问，王哥，到底怎么回事？王义没有说话，而是端起酒杯往嘴里使劲一倒，叹了口气说，我又上当了。猴子马上问，到底怎么回事？有变化了吗？王义放下酒杯，红红的眼睛望向窗外，怎么也不会想到，李田这么快就变了。刘立天的走成了定局。王义的心里产生了恐惧。刘立天走了，这个平衡就被打破了。如果洪斌来，以后的日子就难过了。他收回眼光，心想，以后怎么办？

何强和猴子坐在一旁不敢吭声。王义是他们的"财神爷"，他们每年从王义手里能赚不少的钱。何强是做钢材生意的，侯志是做配套设备生意的。春节前半个月，听说刘立天要调走了，他们找到王义，让他想办法留住刘立天。王义听从了他们的建议。事情刚出现转机，李田却签字了。侯志问，李总不是答应了吗？书记不是犹豫了吗？王义生气地叫道，我哪里知道？

丁肃递过文件说，李总签字了。张剑嘴角露出了一丝微笑说，先放下！丁肃的心扑腾一下，接着小心地问，书记还有事吗？张剑回答，没事！

丁肃出了门，忐忑不安起来，不知张剑在想什么。他下了楼来到洪斌的办公室，想让他帮着分析分析，这到底是什么原因。洪斌满脸堆地笑迎了上来。洪斌四十多岁了，还是个副手，再不往上上个台阶，年龄就过了，再提拔难度更大。虽说去大西北条件苦一些，那也是提了一级。他中等个儿，浓眉大眼，肚子大了一些，给人感觉这人很忠诚，很顺眼。他动作娴熟地沏茶，把茶杯放在茶几上。洪斌小心地问，书记签完字了？丁肃没有回答，也不知怎么回答。茶杯冒着热气，屋里静静的。丁肃想了想，怪自己太着急，要是书记签字了呢？他端起茶杯，喝了一口茶，说，这茶不错！决定先不说了，接着说，我没有什么事，刚从书记那出来，顺便到你这坐坐。洪斌不相信丁肃说的话，他肯定有事，那他有事，为什么又不说呢，肯定跟调动有关。接着鼓足勇气问道，是不是我的事不成了？丁肃没回答。停了好半天，想了想，还是说了吧，万一有变化，让洪斌早点有个思想准备。接着喝了口茶，放下茶杯，说，李总签完字了，张书记说先放放。洪斌的脑袋袋轰的一声，不知说什么好了，怎么会出现这种情况呢？这次提拔是他的一搏。在集团办公室，他由秘书升为副主任，一干就是七八年。自己心里不甘心，媳妇不满意。几次都想，下海算了，别走这个独木桥了，但到最后还是下不了这个决心。因为一位同事下海经商，现在过得不好，看来不是谁下海了都能发财的。他不吭声。丁肃过了一会儿说，你也帮我分析一下，这是什么原因呢。等了一会儿，他见洪斌不说话，就起身，临出门骂了一句，这个王义真他妈的捣乱！

何强端起了酒杯说，王哥，喝酒！王义阴沉地说，哪有心思喝酒！你们说，现在该怎么办？猴子说，再去找李总说说。王义说，管屁用，字都签了。何强说，那你再去找书记。王义说，你俩蠢猪呀！李田刚签完字我就去找，不是把李总出卖了吗？再说，张剑会怎么看我，我以后怎么办？李田都不管我了，再把张剑惹毛了，我是跟你们去卖钢材呀，还是去卖设备呀？何强说，总不能坐以待毙呀！过了几分钟，王义心里叫道，对呀！找人呀！找谁呀？迅速开动脑筋，翻看手机通信录，找到了一个人。他把手机放在桌上，拿起酒杯说，喝酒！何强问，王哥，有办法了？王义安排说，下午你俩去买些礼品，礼品要重些，晚上我去看个人。

晚上十点多钟，张剑接到了亲家张涛的电话，替刘立天说情。接完电话，张剑觉得这事蹊跷，让他吃惊。一位比张涛职务更高的大人物说话了？张涛是部里一位刚退下来的领导，姑娘嫁到他家快五年了。张涛从来没有主动找过他，是谁有这么大的力量？这件事变得复杂了，调动一个处级干部，会惊动这么大的人物！

张剑想了想，又拿起话筒按键，问，立天呀，还没睡？刘立天微笑回答，没睡！书记，你指示？张剑简单说了，刘立天回答，用党性保证，根本不知道这件事。张剑放下电话，想了想，又拿起电话给北方厂党委书记常强打了过去。

晚上九点，王义从同学家里出来，很兴奋，同学当着他的面给父亲打了电话，而她的父亲答应了。王义编了个充足的理由，就是让金子发光，有才就不能埋没，表现了自己的高风亮节，为刘立天说话，没有私心。

大街上灯火辉煌，车水马龙。他来到了何强订好的饭店包间。何强和侯志站了起来，问，王哥，顺利吗？王义说，饿了，吃饭，一会儿说。何强叫服务员上菜。王义说，明天回去！侯志问，不跟李田打招呼了？王义说，他知道了。何强问，是不是跟书记说一声？他这么一提醒，王义一拍大腿叫道，我怎么没有想到这一层！狠狠地拍了下脑袋。何强和侯志被王义一惊一乍的搞晕了，不知又出了什么事。侯志问，王哥又怎么了？王义大大地叹了口气，说，我让你俩弄糊涂了，我怎么会这样做，脑袋不够用呀。何强紧张地问，怎么啦？这时服务员推开了门，菜上来了。王义手拿湿巾擦了擦嘴巴说，先吃饭。他吃了两口菜，说，你们想想，我找人说话，留刘立天，张剑会怎么想？何强和侯志齐声问，会怎么想？王义又夹了一口菜，说，你俩猪脑子呀！我为什么这么强烈要求留刘立天呀？他会不会想这是一个阴谋呀！另外，刘立天马上就会知道，有人让他留下，这个人除了我，还会有谁呀！何强明白了，问，怎么办呀？王义说，现在生米做成熟饭啦！你俩想想，怎么办？王义又叹了口气，说，这真是聪明反被聪明误呀！何强和侯志傻眼了。王义冷静下来，把这件事从头到尾捋了一下，觉得让李田和张剑给耍了。王义的脑袋大了，这不是给自己找了一个强大对手吗？不是找死吗？不行！要想办法。接着又想，从目前的形势看，不会有什么事。毕竟这一年来，西北厂的业绩上来了。

何强和侯志也觉得麻烦了，屁股都放在光天化日之下了。除了李田以外，张剑、丁肃、刘立天肯定都会有想法，怎么办？何强小心翼翼地说，要不反过来做，让刘立天走，推荐自己的人来？王义没听明白，问，怎么反着来？何强回答，王哥！你想想，我们现在这样做，是不是暴露了？你同学的父亲打了这个电话，张剑也许会怀疑你，也许会怀疑刘立天，认为刘立天耍两面派。再说了，宣传部不能跟西北厂党委书记比呀！这毕竟是'封疆大吏'呀！即使刘立天不承认，张剑也不一定会信任他了。王义看看何强，说，就你这猪脑子，张剑连这个智慧都没有，当什么集团党委书记！接着又想，摆的这个迷阵还挺有意思的。王义喝了口酒说，以静制动，先回金兰，看看事情的进展再说。

第三章

早上一上班，张剑走进办公室，拿起电话，按键叫道，丁部长，你上来一趟。他放下电话，办公室秘书小李进来，放下了文件，说，机械厂的常强来了。张剑点点头没有吱声。小李名叫李野，他泡好了茶放在桌子上，扭头要走，张剑吩咐说，中午你安排一下，我和丁部长与常强吃个饭。

丁肃敲门进来坐在沙发上。张剑喝了口茶，严肃地问，老丁呀，刘立天的事，你有什么想法？丁肃心里扑通一下，书记怎么这么问话，难道说有变化？他立即回答，只有刘立天合适。再说了，李总签字了，常委会上也通过了，不能因为王义，我们就改变主意！张剑笑了笑说，现在，毕竟是以经济建设为中心，党委要支持经济工作。丁肃彻底明白了，看来常委会的决定要改变了。

早上，王义直奔机场，坐上了飞往金兰最早的航班，不到中午就进了办公室。他放下行李，拿起电话，书记，我过去一趟？你有时间吗？好好！我马上过去。刘立天放下电话，觉得王义的态度出奇好，一年了，没见他这么谦和过。

王义走进刘立天的办公室，坐在沙发上，说，我听说，集团要调你走？你知道了吧？刘立天微笑着不吱声。王义继续说，你不能走呀！刘立天哈哈一笑说，王厂长，这是你我能决定的吗？王义接话说，咱俩虽然交往时间不长，但是配合得挺好，我不想让你走呀！刘立天没接话。两人沉默了，屋里静静的。王义在想，昨晚何强的建议不妥，还是应当坚持刘立天不能走，接着又想，有没有必要把找张剑和找同学的父亲的事说了？他分析了整个事情的过程，觉得说了，利大于弊，证明我王义是一个敞亮的人。于是清清嗓子说，有件事跟你说一下。昨天，当我听到你要被调走，找了张书记，恳求他不放你，张书记没有表态。我又去找了同学，让她父亲说一下，把你留下。刘立天很平静，只唔了一声。他没想到王义会把昨晚张书记询问的事说了，而且一点都没有隐瞒，突然不知怎么回答，让王义搞迷糊了。王义见刘立天不说话，知道刚才这一通话起作用了。接着又说，我同学说，人家都是挤人求人，而你是留人求人。接着又说，反正这事我已经做了，你要批评，我也认了。你执意要走，我也没有办法。集团要是让你一步到位，我绝不拦你。刘立天还能说什么呢？王义把正反都说了。刘立天陷入沉思，王义说完抬起屁股走了，他拿起电话向张剑汇报。

丁肃的眼睛望向窗外。屋里沉静了。这时桌上电话铃响了，张剑接起电话，传来了刘立天的声音。张剑听完，说，我知道了。放下电话说，刚才的电话，是刘立天打来的，把情况简单说了一遍。丁肃第一反应，是觉得这个王义在找死，这里面肯定有问题，他在要小聪明。张剑说，这个问题严重了。你看看下一步该怎么办。丁肃想不出办法。让他拿意见，那张剑一定是有主意了。张剑抬手看了一下手表说，这样吧，你先想想。中午北方厂的常强来了，你跟我去吃个饭。张剑说完，穿上外套跟丁肃出了办公室，在电梯门口碰见了李田。张剑说道，老李，没事跟我去吃饭？李田笑笑说，南汉省的经委贺主任来了。张剑笑了笑说，北方厂常强来了。李田说，我就不去了。三个人上了电梯，到了一楼，李田出了大厦的门，张剑来到集团的小餐厅。丁肃跟在后面，心想，跟常强吃什么饭？

两人走进了小餐厅的包间，常强忙站了起来，张剑笑着说，坐坐。常强身材瘦小精干，一米六五左右的个子，眼睛炯炯有神。他与张剑、丁肃握了握手。张剑坐下后，问，常书记，想吃点什么？常强笑着回答，书记吃什么，我吃什么。丁肃抿嘴一笑。张剑叫道，小李，你安排的菜可以上了，接着又说，没有鲍鱼海参、龙虾之类的东西，都是一些家常小菜。常强恭维地说，我喜欢吃家常菜。他是山东胶东半岛人。服务员上了菜。张剑说，咱们就不喝酒了，以茶代酒。随后举起了茶杯，说，欢迎常书记！三个人碰了一下杯喝了。张剑夹了一口菜，放进了常强的盘子里。丁肃夹了一筷子菜放进了嘴里，心里还在想，张剑在摆什么阵？难道说，让常强去接刘立天的班，洪斌去接常强？张剑为什么要这样做呢？丁肃突然想起来了，常强和王义是大学同学，两人关系不错。丁肃想到这儿，脸上露出了微笑。他端起茶杯说，常书记！我敬你一杯！常强也站了起来，端起了茶杯，问，丁部长敬我，是不是我有什么好事了？是提拔了，还是调走了？他借此把疑问都说了出来。丁肃笑着说，那就要问书记了。接着常强又端起了杯子叫道，书记，你有吩咐就说！张剑和常强碰了一下杯，喝了一口水，放下了杯子，没有接话，而是问起了北方厂的情况。常强回答完，等待张剑说话，结果他一句话没说。

三个人吃着菜，喝着茶，张剑什么事都不说了。常强有些急了。张剑在想，如果调常强去西北厂，王义会不会高兴，会不会同意？李田会怎么看？其他常委怎么看？他还没想成熟。而常强却预感到，自己的工作将要变化。张剑见他俩不动筷子，说，抓紧吃菜，中午只吃饭，不谈别的。丁肃一看，张剑把话封死了。常强心里纳闷，张剑叫他来，又不说事，不只是吃顿饭吧！接着开动脑筋，自己会调哪里去呢？张剑夹了一口菜，说，下午三点，你到我办公室来。常强点点头。丁肃以为书记会叫他也去，直到吃完饭张剑也没有叫。

王义从刘立天办公室出来，一块石头落了地，又把整个过程捋了一遍，看看有没有纰漏。他知道，这么一折腾，张剑肯定不会就这么结束的。王义有一点是清楚的，不管结果如何，张剑必须要给同学的父亲回话。他回到办公室，喝了一口茶，然后拿起话筒按键拨号，说道，咱们中午见面，老地方。

刘立天望着王义离去的背影，不由得心里叫道，怎么会这样？王义到底想干什么？他这么一折腾，也许会断了自己回京的路，可即使留下了，以后和王义的关系也难处了。接着又想，张剑不会就这么罢休吧？心里又燃起了希望。通过这件事情来看，王义绝不是一个正直的人。虽然手里抓着王义的辫子，但那些都是鸡毛蒜皮的小事，要把这些线索查清楚，需要时间！刘立天越想越觉得被王义玩了。这一年自己没有看清王义，还差点被他扔进坑里，幸好张剑是信任自己的，不然解释都解释不清楚。

王义来到约好的老地方，下了出租车，回头看了看走进了酒店的包间。一位漂亮女人正坐在沙发上喝茶。王义冲过去想要拥抱，那个女人躲了一下说道，你走都不吭一声。语气很平静，似乎没一点感情。王义知道，这个女人在撒娇。他心里因为刘立天的事正窝火，本想解释，一看女人这样，也不问他去北京干什么，顿时拉下了脸。这个女人叫贾梅，三十五岁左右，大眼睛，双眼皮，身材苗条，皮肤白，个子有一米六五左右，说话的声音非常好听。她见王义脸色变了，不由得心里涌出火来，起身拿起包就走。王义故意装着不理，没想到，贾梅真的迈出了包间门。王义慌了，赶紧出门去追，在酒店门口，一辆出租车载着贾梅走了。王义恼怒地回到了酒店，静了一会儿，拿出手机给何强打电话，让他和侯志马上来。王义越想越生气，骂道，真他妈的，什么东西。

贾梅坐上出租车，眼里涌出了泪水，本想跟王义撒个娇，没想到把自己逼到了死角，越想越生气。她和王义好了几年了，王义帮着她弟弟做生意，这几年弟弟挣了不少钱。从这点上，她感激王义，有时也为自己的荒唐感到恐慌，有时在梦里都感到恐惧。她对王义有感情了，对老公越来越疏远了。老公每天对她都客客气气的，但越这样，她心里就越不安。

贾梅在一家广播电台当编辑。她和王义是在一次采访中认识的，当时王义是副厂长，书生气挺浓。自从那以后，他们慢慢接触多了，关系越来越近。有一次，贾梅回父母家，与弟弟聊到了西北厂。弟弟开了一个公司，她就把王义介绍给了弟弟。一年半前，在一次晚宴后，王义喝醉了酒，她也没有控制住，两人上了床。从此以后，王义对她很体贴，她心里也慢慢地有了王义，成了王义的红颜知己。她有时也跟王义闹点意见，都以王义求和而结束。这几年来，她除了担心老公以外，生活过得很舒心，很惬意。今天，王义是怎么了，犯了什么病，让自己难堪，又觉得自己还没成熟，像个小姑娘，感到有些后悔。贾梅胡思乱想着回到了单位。

何强和侯志进了酒店包间叫道，王哥，有什么事？王义情绪不高地说，坐。两人坐下后，侯志叫服务员点菜。点完菜，王义说，刚才我把事都跟刘立天说了。何强问，刘立天说什么了？王义回答，他什么都没说。接着又说，我把两步都说了。王义所说的两步，就是第一步极力挽留刘立天，包括找人说话，第二步就是他想走，不再阻拦了。侯志赞许说，王哥，你真有水平。你的意思，刘立天肯定都明白了。我想，张剑现在已知道你和刘立天的谈话了。王义没有接话，而是说，抓紧吃饭，下午我还有个会。

张剑中午吃完饭回到了办公室，刚才刘立天打电话告诉了他经过，看来这个王义在玩心眼。他肯定有不可告人的目的，是不是有什么把柄在刘立天手里？为什么刘立天没反映过？本想动王义，后一想，这要跟李田商量。为此，他放弃了这个想法，产生了让常强去接任刘立天的想法。张剑端起了茶杯喝了口水，等着常强的到来。

常强回到宾馆午休，却怎么也睡不着。昨晚，他坐火车来的，一路上没睡好。早上到了，本以为张剑会马上见他，没想到等了一上午。中午吃饭，张剑没有透露任何信息，试探的问话也没有一点结果，看来丁肃也不知道什么。常强在想，会是什么事呢？突然，他想到，是不是让他去宣传部当部长？觉得又不可能，一个学工科的怎么能当？再说了，就是能接，水平也不行呀！那去哪儿呢？常强想来想去，总不会让我去大西北和王义搭班子吧？这是忌讳的，要避嫌呀！毕竟我和王义是同学，又打消了这个念头。

王义回到办公室，刚坐下，厂办的秘书李小娜进来催他开会。王义说，好，马上去。李小娜转身就要走，王义叫道，晚上有个应酬，你参加一下。李小娜转过身莞尔一笑出了门。李小娜是两年前从金兰大学中文系毕业分来的。刘立天来后，跟王义说过，别弄个花瓶摆着，还是放在厂宣传部。王义笑了笑没有反驳，也没有调走李小娜。他听过一些议论，这都是什么年代了，一个女秘书有什么大惊小怪的！再说了，这个李小娜是贾梅介绍来的。她是贾梅一位朋友的远房亲戚。

李小娜出了门，王义抽完一支烟，看了看表，拿上笔记本来到小会议室。几个副手忙问，刘书记是不是要调走了？他脸上挂着笑容否定了！几个副手明白，看来刘立天的调走是空穴来风。

王义坐在会议桌的中间，李小娜坐在他身后的椅子上，打开笔记本准备做记录。王义说，咱们开个厂长办公会，今天有三个议题，一是一季度计划必须要完成；二是跟威亚公司合作的事；三是研究民品下一步的市场开发。王义说，老付，你先说。老付叫付力，快五十了，一直在西北厂工作，从技术员做起，一直升到了副厂长，秃顶，小眼睛，背有点驼，中等个，当地人，说一口金兰话。付力说，军品这块问题不大，计划能完成！王义说，老付，以后说话准确点，不要说这种模棱两可的话，什么问题不大，要用数字说话。老付翻了一下白眼，翻开笔记本说，今年根据集团下达的指标，老付刚说到这，王义又打断他的话，老付，我要你用数字说话，你怎么又说起这些了。老付心里那个气呀，压住火说了几个数据，王义说，好了！你写个材料给小李，明天上报集团。老付啪的一声，重重合上了笔记本。王义没有理他，继续说，老高谈谈和威亚公司合作的事。老高叫高林，四十岁出头，一头浓密的头发，有点卷发，高鼻梁，深眼窝，眼珠子是黑的。人们都叫他"中西结合"。其实，他的父母跟外国的血统一点关系都没有，人们议论说，也许他爷爷的爷爷是外国人，这是没法考究的。高林跟王义关系不好，王义老找他的碴儿。高林一直忍着，他翻开笔记本开始汇报。王义听着没有插话。高林的能力不逊于他，他怕高林出头，再说，高林跟刘立天跟得紧。去年下半年，王义安排高林去和威亚公司谈合作，觉得这个任务高林完不成。没想到，高林把这个合作谈得差不多了，胜利在望。王义有点后悔，怪当时没考虑周全，想了想决定让高林靠边站。听完汇报，笑了笑说，老高这件事办得好！接着话锋一转，说，我考虑了一下，要加强这方面的力量。接着对着一个小脑袋、高个子的男人说，顾峰，你直接和威亚公司谈技术这块。那个叫顾峰的人，弯腰点头答应。有一次，班子成员聚会，他竟然说王义是他的再生父母。班子成员都厌恶他，这么肉麻的话他都能说出来。王义接着又说，赵建民负责与威亚公司在市场方面的对接。赵建民也是王义的狗腿子。高林压着怒火，看王义下面的话怎么说。王义继续说，高厂长负责协调。高林心里叫道，协调，协调个屁，两头都是你王义的狗腿子，我能协调吗？他气得眼睛盯着王义，想爆发，想理论，想了想还是压住了。这事要跟刘立天汇报，要从大局出发。王义继续说，顾峰，你谈谈下一步民品开发的情况。顾峰开始汇报。王义却起身去了厕所。

王义撒完尿走到会议室门口，听见高林和顾峰吵了起来。他没有进去，而是回到了办公室，刚点燃一支烟，有人敲门，王义吸着烟，没开门，过了一会儿没动静了，他吸完了烟又来到会议室。顾峰和高林却不见了。王义一下子火了，叫道，怎么能这么随便呢？这是在开会，接着问，他俩人呢？李小娜回答，也许在刘书记那里！王义心里不舒服地说，那就散会吧。随后他回到办公室，等顾峰来汇报。这个高林怎么回事！去年下半年，他向刘立天建议，让高林去当工会主席。刘立天不同意。从那以后，高林好像处处跟他作对。为此他对刘立天有了怀疑。去年年底，有人举报了他。这个举报人也许就是高林。王义抽出一支烟点燃，白白的烟雾在眼前慢慢地散去。

下午三点，常强准时来到了张剑的办公室，在门口整理了一下衣领，敲门。张剑道，请进！张剑指着沙发说，坐！常强感觉不对，平常张剑没有这么客气，今天怎么了？觉得要有大事了。中午请他吃饭。这是张剑少有的。每年职代会上，才能见到张剑和大家吃饭。常强坐了下来，张剑开口说话了，常强，今天找你谈话，是非正式的。我有个想法，想和你探讨探讨，也算是征求你的意见。如果说，你觉得有问题，那今天的谈话就从未发生过，你也不要记在心上。常强傻了，完全不明白，心里叫道，张剑要干什么？这么神秘，也可以说，这么瘆人。他傻笑，开玩笑地说，书记，您这一通话，让我起鸡皮疙瘩。张剑也觉得刚才有点过于严肃了，随即哈哈大笑，说，我准备让你和王义搭班子。常强的脑袋瞬间空白了，去大西北？和王义搭班子？他一点思想准备都没有，快速地转动脑筋。电子钟嘀嗒嘀嗒响着。常强在想，自己是张剑一手精心培育成长起来的。这次非正式谈话，一定是张剑碰到了难题，而这个难题恰恰是王义造成的，让他去解决这个难题。

张剑微笑地看着，常强感到，张剑这么信任他，士为知己者死。立即表态说，我听书记的。张剑停了一下，接着哈哈大笑，然后站了起来，说，你先回去吧。常强还想问什么，书记撵他了。在门口，张剑握了握他的手说，你先回去。常强出了门，张剑站在门口欣赏地望着常强消失的身影。他觉得没有看错人，准备开始下一步的计划。

常强乘电梯下了楼，走出了大厦，心里叫道，一场风暴就要来了，不知道这场风暴有多大，而张剑做事的风格他是知道的，总是出其不意攻其不备，他本想去看看李田，想了想却没去，他怕引起误会。王义是李田的铁杆心腹，自己又是王义要好的同学。刚和张剑谈完话就钻进李田的办公室，任谁都会有联想。同时，他也感到自己开始加入一场战斗，战斗就会有牺牲。然而，他不能躲避，不能推脱。张剑对他来讲，有知遇之恩，不管将来发生什么，他都要支持张剑。这也是常强为人做事的风格。他回到酒店，退了房直接去了机场。

王义等到下班也没见顾峰，有些生气。办公楼的人都走空了，有人敲门，门开了，进来的是李小娜，她问，咱们什么时候走？王义一头雾水地问，干什么去？李小娜说，你不是说，今晚有应酬吗？王义一拍脑袋，马上说，走！他和李小娜下了楼，李小娜开着白色的桑塔纳轿车驶向黄河边的金港酒店。

王义坐在车的后座上还在想顾峰的事。五年前，他刚当厂长不久，下车间巡视。顾峰在二车间当副主任，主任是位老资格，当了十五年的主任。厂部的许多领导都是他看着成长起来的。他有一门的好手艺，许多技术难题都在他手里被攻破，在厂里威望极高，在集团也是大名鼎鼎，全国劳模，"五一劳动奖"章获得者。王义听完汇报说，技术上存在点问题，没想到，老主任站了起来，指责他，说他懂什么，学了点皮毛就来指手画脚。王义的脸都被气绿了。顾峰替他解了围，再后来，他把主任调到厂部技术科当副科长，把顾峰提上来当了主任。再后来，提顾峰当副厂长。顾峰多次表示，永远忠于王义。老主任郁郁寡欢，两年后就病退了。

顾峰从刘立天的办公室出来，走到王义办公室敲门，一看手表过了下班时间了，回到办公室拎上包回家了。

高林没走，问，书记，听说你要调走，是真的吗？刘立天没有否定，也没有肯定。高林说，书记，你可不能走呀！你走了，这个厂会毁在王义手里的。刘立天没有回答，他这两天都在思考，要不要把举报的情况向集团纪委反映。刚才高林和顾峰来找他评理，他就看出了王义在班子里，拉一派打一派，这样的内部生态是不行的，这要出大问题的。今年企业好转，王义得到了集团的表扬，一俊遮了百丑！如果向集团反映了，别人会怎么看他，集团会怎么看，特别是集团总裁李田会怎么看？他有顾虑，同时又觉得为了升迁，丢掉了许多东西，心里不由得惆怅了起来。然而，他那颗正直的心，驱使他不得不慎重考虑这个问题了。

王义和李小娜走进了酒店包间。市委办的金主任站了起来，调侃地说，你这个大领导就是忙呀！王义落座，李小娜坐在旁边。金主任介绍了参加宴席的各位。

酒局刚正式开始，王义的手机又振动了，只好起身向各位说了一声，对不起，我接个电话。他出了门接通，贾梅一点火都没有，温柔地说，你晚上有空吗？王义被贾梅的温柔融化了，忙回答，我有一个饭局，不知几点完。接着又问，有事吗？贾梅沉默一下说，也没有什么事，改天再说吧！王义还想说什么，贾梅挂了电话，心里不是滋味，起身下楼，走出了单位的大门。

街上，华灯初放，车水马龙。她突然感到自己没有了方向，有些迷茫了。她给弟弟贾兵打电话，半天没人接，只好收起手机漫无目的走在街上。她觉得自己爱上了王义，开始担心王义，心情很复杂，想找王义聊聊，而他又在饭局上。

高林走后，刘立天一个人在办公室，在想下一步该怎么办。需不需要和王义谈谈，谈什么，谈崩了怎么办？再说，自己的去向还没有最后定下来，这样做会不会出现其他问题呢？要谈，也要先和张剑通个气，这个通气怎么去通？刘立天觉得自己有点迷茫了，下不了这个决心。这时电话铃响了，是爱人唐琴。刘立天问，有事吗？唐琴忍了忍没有发脾气。前几天，她碰见集团丁部长的爱人刘大姐，告诉她，刘立天要回来了。她笑着说，他没去多久呀？刘大姐详细说了刘立天调回的经过。唐琴想，刘立天这两天肯定会告诉她的，没想到，刘立天一直没说，她心里生气，忍不住打了这个电话，结果他还问，有事吗？能不生气吗？不过，她还是压住怒火说，刘立天，你最近没什么事吧？刘立天一惊，看来唐琴知道了点什么，他灵机一动说，是有点事，但还没有结果，所以没有跟你说，怕说了没有兑现，你说我吹牛。唐琴倒没话说了，刚才的一肚子气顿时泄了。刘立天说得没错，没有确定的事，跟她说了也没有用呀！唐琴觉得自己修炼还不够，不如刘立天，心里不由得敬佩起老公来，温柔地说，那你也跟我通通气呀！刘立天觉得妻子的口气变了，也就把事情经过说了，没有说王义不让他走的事，只说了集团跟他打过招呼，能不能走，还两说呢。唐琴心里有了点底，高兴了起来，和刘立天唠了一会儿家常便放下了电话。

刘立天放下话筒陷入了沉思，看来调动的事在集团内部已经传开了。一天过去，张剑没来电话，王义这么一折腾，会有变数吗？而张剑不是会轻易改变决定的人。刘立天起身关灯走出了办公室。

唐琴在集团总部附近一所中学当数学老师。刘立天大学毕业后分到了集团宣传部，一年后，通过办公室的白大姐介绍认识了，交往了一年，两人结婚了，又过了一年，有了儿子，儿子今年刚六岁，明年就上小学了。他调到西北后，唐琴把母亲接来了，看护儿子。唐琴的父亲早年因病去世。母亲没再婚，抚养兄妹几人长大。唐琴有一个哥哥叫唐钢，先在北京市委，后调到了中组部工作。下面有一个妹妹，比她小九岁，刚大学毕业，分到了当地的税务局。还有一个弟弟叫唐铁，也在北京工作。唐琴叫来母亲照顾儿子，总觉得欠妹妹的，而妹妹却说，没有什么。老娘走了，我倒清静多了。要不然，老娘天天唠叨，让我抓紧找男朋友。现在，男朋友不那么好找。刘立天觉得欠小姨子的，托当地的朋友给介绍对象，至今没有结果。

今年春节，刘立天本想让唐琴来金兰过年，后一想，她母亲在，就没有提，跟唐琴商量，自己在父母家过完除夕再回京，这样两家都照顾到了。唐琴体谅地同意了。没想到，过完年，刚从北京回来上班的第一天，张剑就来电话让他回去，心里一阵高兴，兴奋还没消退，王义又横插了一杠子。刘立天看了看时间，快九点了，洗了洗，打开台灯看起书来，却怎么也看不进去，只好放下书，起身走到窗前，拉开了窗帘，推开窗扇，一股寒风吹了进来，他打了一个寒战。

天空挂着冷冷的月亮，几颗星星若隐若现，街上霓虹灯闪烁着朦胧的光。

他住在厂里的招待所。只有周末有时间了，才回去看看父母，有时一忙，一个月也回不了一趟。父母家离得不远，坐公交车五六站地。

刘立天想不明白，王义为什么要堵自己的上升之路呢？唯一能解释通的，那就是对王义有用。这一年来，对王义监督不到位，却给自己设下了回京的障碍。刚来的时候，他想平安度过，想顺顺利利，不要出什么问题。结果证明，这个想法是错误的。如果不放任王义，就会有相反的态度。要是出了事，党委监督不力，镀金就成为滑铁卢了，可能走不了；即使走了，也会被降职。这么多的荒唐想法，是不是自私了，势利了，明哲保身了？我还是党委书记吗？脸有些红了！身子有些冷了，关上了窗户，拉上了窗帘，上了床在想，这一年来，西北厂各方面有了一些发展，这个成绩的取得，跟党委的工作是分不开的，这也许是张剑调他回去的理由。刘立天久久不能入睡，想回京一趟，当面向张剑汇报。接着又想，现在回去，可能会招致怀疑，说他回京心切。突然，电话铃响了，是张剑。

王义从酒店出来，和送行的人招了招手，坐上了车。李小娜问，厂长回家吗？王义说，我还有点事，把我送到今日酒店。这是他和贾梅见面的老地方。他说完闭上了眼睛。车到了地方，王义说，你回吧。接着下车走进了今日酒店。

李小娜望着王义的背影，心里有一股醋意袭来。不管怎么做，王义总是跟她不近不远。虽然李小娜不知王义到这里干什么来了，但是直觉告诉她，王义一定是会女人来了，本想把车停到僻静处，看看这个女人是谁，长什么样，又一想，万一被王义发现了，自己就彻底完蛋了，不能冒这个险。李小娜开车走了，边开车边想，在这个厂，王义说了算，要想进步，没有王义支持是不行的。李小娜的家在的偏远地方，家里很穷，全家人供养她上了大学，有两个弟弟，以后都要靠她，比如上学后的分配呀，进步呀！她大学毕业后，在远房亲戚的帮助下进了厂，一开始在车间当文书，后来又调到了厂部。她感谢王义，愿意为王义做一切，没想到，王义不是那种人，她就更加敬佩王义了。既然王义不是那样的人，那这个女人是谁呢？李小娜开着车胡想着融进了五彩缤纷的灯光里。

王义进了咖啡厅的包间，坐定后，给贾梅打电话，打了几遍都没有人接，不知道是怎么回事。接着他掏出烟点燃，吐了一口烟雾等着回电。

贾梅回到家，弟弟回电了，她本想让弟弟来家，又怕王义酒喝多了会来电话，就告诉弟弟没事。等了许久不见王义的回电，她脱下衣服进了卫生间洗澡。女儿去了姥姥家。她洗完澡出来，裹着浴巾，脸上红扑扑的。丈夫张远回来了，正坐在沙发上看电视。贾梅进了里屋，解开浴巾准备换上睡衣。张远冲了进来抱住她光光的身子。贾梅一点兴趣都没有。张远在一家省属建筑企业工作，是一名工程师。两人是通过别人介绍认识的。经过一年多的交往，贾梅觉得张远厚道淳朴，就是心眼小一些。那时张远一直在外地搞施工，一年回不了几次家。前段时间才调回来。贾梅本想拒绝，又一想，许久没有在一起了，也就半推半就地和张远上了床，没有激情地接受爱抚。张远中等个儿，比较瘦，性格内向。他抱着贾梅，似乎感到贾梅和过去不一样了，激情没了，都是过来人，这让他有了疑心，而这个疑心是没有证据的。贾梅原来不这样，每次都非常主动，一年半前，他发现贾梅变了，一开始觉得是贾梅工作忙，后来发现，自己每次回来，贾梅总是找各种理由推脱，他怕贾梅有变，找领导好不容易才调了回来。自从他调回来后，贾梅都以加班忙为由，一个星期或半个月都不同床。张远觉得贾梅有问题了，这个问题在哪里呢？是她外头有人了，还是感情淡薄了？今天下午单位开会，晚饭他喝了点酒，趁着酒劲对贾梅采取了行动。没想到，贾梅没有推脱，也没有激情。张远抱着贾梅心里叫道，贾梅，你越没激情我就越不松手，把情绪都压在了这个冲动上。贾梅的心在煎熬，身体被张远抱着，脑袋在想着王义。肉体和灵魂脱离了。王义有老婆，还有个十六七岁的儿子。贾梅也有一个上小学三年级的女儿，叫妞妞，在姥姥家附近的一所重点小学上学，每个周末回来。

一个多小时过去了，王义等不到贾梅的电话，从咖啡屋里出来，打个车回家了，到了家的楼下，没有上楼，而是走进院内的凉亭里坐了下来。寒风袭来，他掏出烟点燃，吐了一口烟雾，接着掏出手机拨了一个电话，半天没人接，刚收了线，手机振动了，是家里的电话。接通，老婆叫道，几点了，还不回家？王义刚想解释，电话挂断了。他抽完烟起身上楼。老婆是他的高中同学。高中毕业，王义上了大学，老婆上了家附近的财院，属于大专。两人在高中上学就好。老婆勤快嘴快，在学校属于校花，很漂亮，许多男生都在追求，王义不占什么优势，就是爱学习的，而老婆偏偏爱学习。这使王义在众多追求者中脱颖而出，大学毕业后两人就结了婚。结婚后，王义总感到在心理上处于老婆之下。老婆的名字叫柳依依，这个名字是她的父亲起的，很浪漫。这些年来，王义慢慢地发展了，进步了，觉得可以在柳依依面前直直腰了。然而，别说直腰了，不再弯腰就算烧高香了。柳依依越发厉害，越发不把他当丈夫，训他就像训儿子似的，时间长了，王义也习惯了。如果哪天柳依依变温柔了，他反倒会不习惯。

王义到了家门外，听见柳依依在大声训斥儿子。他停了一下，掏钥匙，兜里没有，只好敲门。柳依依问道，谁呀？王义回答，我！柳依依叫道，你不是有钥匙吗？王义回答，落在家里了。柳依依叫道，你等一会儿，我正忙着呢！王义一股气冲了出来，马上又压了回去，嘱咐自己，不能冲动。这时手机振动，顾峰来电详细做了汇报。电话打完，门开了。王义进门找拖鞋，问，我的拖鞋呢？柳依依回答，稍等！王义在门口又站了一会儿，柳依依把拖鞋扔了过来，说道，你的拖鞋也不知道刷刷，都有味了。王义摇了摇头，刚坐在沙发上，柳依依又说，你能不能早点回来，给王柳复习复习功课？王义点头说，好。马上站了起来，走进儿子王柳的屋。柳依依在外面温文尔雅，回到了家，却是母老虎一个！儿子王柳正戴着耳机学英语，王义站了一会儿，见儿子不理他，只好退出来，坐在沙发上，刚想打开电视，怕柳依依说影响儿子学习，便放弃了这个念头，脑海里却浮出了贾梅。她在干什么？为什么不回电话？由此想了许多。柳依依叫道，你发什么愣，还不去洗洗。王义起身进了卫生间。

王义边冲澡边想，这个贾梅怎么回事？心里不安了起来，不会有什么事吧？这种现象从来没有出现过。不想这些了。现在关键是刘立天的去留，这是头等大事。留下天下太平，走了以后就不会太平了。王义酒劲消退了，恢复了常态，洗完澡上了床。柳依依在厨房准备明天的早餐。她大专毕业后分到审计局，三年前调到省审计局，去年又调到省纪委当了一名处长。柳依依的优秀，王义是佩服的。

在北京西三环边上，有一条河，从颐和园流入了玉渊潭。河边的一栋高层楼房射出的灯光落在了河面上。

张剑坐在沙发上，微闭着眼睛，思考着这两天发生的事。他从头到尾捋了一遍，看看还有什么漏洞没有，经过考虑，他决定让刘立天回来，调常强去西北厂，洪斌去接常强的位子，秦浪接洪斌的位子。晚上十点多钟，张剑给刘立天打了电话，让他明天回京一趟。

第四章

第二天早晨，无力的太阳升起。刘立天洗了洗脸来到招待所食堂，吃完早饭走进办公室，看了看表不到八点，接着伏案看文件，通知秘书郑凡订好机票。

司机有事请假了，李小娜开着车来接王义，到了楼下，按了一声喇叭。王义快速吃完饭下了楼。柳依依在厨房准备儿子的早餐。王义上了车，闭上了眼睛。昨晚，他没有睡好，一直在想贾梅。李小娜回头看了看他，发动车朝厂里驶去。

西北厂坐落在市区，根据市政府的规划，工厂要搬到开发区。几次和厂里协商，条件没谈妥，所以一直没有搬。最近市政府又来商量，王义回复，这要跟集团商量后回话，关键是搬迁费、开发区地价等一系列的问题。前一段时间，政府已明确了，给予一些补贴，先搬后付费。集团也批复了，厂里正在做前期搬迁的准备工作。在这个时候，刘立天又要调走。王义坐在车上胡乱地想着。李小娜从倒车镜看着，心里在问，昨晚，王义见谁去了？谁有这么大魅力？李小娜想去解开这个秘密。没过一会儿，车到了办公楼，王义下车快速走进办公楼，出电梯正好碰见刘立天。刘立天叫道，王厂长！王义微笑地问，书记有事？刘立天点头，接着说，去你办公室说。

两人进了办公室，刘立天说，我一会儿去北京。王义点头说，去吧！有什么事及时通气。刘立天出了门，回到办公室，收拾了一下，和秘书小郑直接去了机场。他在路上想，张剑什么也没说，是调职前谈话，还是留下的谈话呢？刘立天在心里反复琢磨。从市里到机场有七十多公里。

刘立天刚走，顾峰进了王义的办公室。王义告诉他自己在北京活动不让刘立天走的事。两人正在说话，有人敲门，进来的是李小娜，说，金主任来了！王义心里有些不舒服地说，他盯得挺紧呀！接着又说，你先领他们去小会议室等我。李小娜转身走了，王义对顾峰说，我想把高林管的这摊全交给你。顾峰小心地问，这合适吗？王义说，这有什么不合适的？这在我的职权范围之内。顾峰说，需不需要跟刘立天商量一下？王义不屑一顾地说，跟他商量什么，一个小毛孩子！顾峰说，厂长，你不要怪我多嘴，刘立天毕竟是党委书记，何况又是张书记的得意弟子，还是谨慎些比较好。王义脸上露出了一丝微笑，点点头说，我知道了。顾峰说，我等你通知。接着又问，厂长还有事吗？王义站了起来说，我去小会议室。两人在楼道上分开，王义朝西走，顾峰回到了办公室，怎么想都觉得不对味儿。王义这么独断专行，是很危险的。我这么紧地跟着他，将来会不会有问题呀？王义要是出事了，我不也跟着完蛋了吗？刘立天毕竟还没有走呀！就是走了，那也是在集团呀！接着又想，王义对我顾峰有知遇之恩的，没有王义，就不会有我的今天。然而，要这样跟王义走下去，总有一天要出事的，要考虑后路。不接高林的那一摊，王义不高兴；接了，那就跟高林为敌了。将来怎么办？他想来想去，得让刘立天阻止王义这么做，也只能让刘立天阻止。接着又想，怎么才能让刘立天去阻止呢？我这是脚踩两只船呀！又觉得这样做是不是有点卑鄙了，会不会被刘立天看出来呀。如果既被刘立天看出来，又被王义觉察了，就更麻烦了。两头都不讨好，以后境况就难说了。顾峰苦恼了，纠结了，不知下一步怎么走。

昨天下午，他在会议室跟高林吵嘴太不明智了，怎么会这样呢？他和高林去刘立天那里评理，刘立天一句话没说，顾峰知道，书记和厂长之间有矛盾，而这个矛盾表面看起来没有什么。刘立天会咽下这口气吗，还是他反攻的时机不到？再一方面，以后刘立天要是升官了，成为集团领导了，王义不就更麻烦了吗？怪不得王义不让刘立天走，看来这里学问很深。顾峰有些后悔，已经搅到这里面了，想脱身已经不可能了。

王义心里清楚，金主任找他的事在高林手里管着，如果不把高林所管的业务交给顾峰，金主任所求的事肯定不行。王义走进了小会议室，金主任、严岩、刘亮都站了起来。王义热情地说，坐！坐！接着又说，你们说的事，我正在安排，有消息会马上告诉你们的。金主任马上说，我可不是来催你的，只是严总和刘总想来认个门。严岩接过话说，金主任说得没错，是我要来的。王义笑了笑说，一会儿让小李领你们去厂里转转。严岩马上说，好！好！王义起身出门，厂办就在隔壁，他跟李小娜交代完任务回到会议室。李小娜随后也进来了，金主任、严岩、刘亮三人站了起来，王义也站起来说，参观完，中午一起吃个饭。小李，你安排一下，顺便把顾厂长叫上。李小娜领着他们出了门。王义回到办公室。

十一点，刘立天坐的飞机，正在关中大地上飞行，马上就要飞入中原大地了。他闭着眼睛在反省，总结这一年的工作。从良心上讲，自己这一年的以守为主，主观性差，才造成今天这个局面，看来还需要锤炼，缺少大的智慧，缺少大的胸怀。他睁开眼睛朝窗外望去，看着翻滚的白云，思绪又飘了起来，高林不是说了吗？他走了西北厂就会被王义搞黄的，刘立天心里在问，能不能不走，在西北厂干出点名堂再走？毕竟自己还年轻，有的是机会。突然有一种激情在撞击着他，而这个激情就是告诉自己，没有大风大浪的锻炼成不了气候。

王义忙完了，贾梅还没有回电，他想打个电话问问，可想了想又放弃了。时间接近中午，李小娜来电话告诉他说，金主任他们来了，顾厂长已通知了。

王义与金主任一行吃完饭，在酒店门口分了手。王义在前走，顾峰和李小娜在后，没走几步，王义停住脚步，顾峰跟了上来。王义问，你有什么事？顾峰嘿嘿一笑回答，没事。王义说，我怎么看你这么疲惫呀？顾峰说，没有呀！接着小声说，昨晚折腾了一夜。王义会意地笑了。顾峰刚才是撒谎，老婆出差，他昨晚早早就睡了。他是不想让王义看出自己的思想波动，王义多疑，洞察力强。顾峰的变化，王义看在眼里，而这个变化是由早上的谈话引起的。当然了，他还是相信顾峰的。接着王义说，饭桌上说的事，你抓紧去落实，高林那边我去谈。俩人走进了办公楼。

王义回到办公室，看了看表不到上班时间，继续翻看桌子上的文件。上班时间一到，他拿起电话叫道，高厂长，有空到我这里来一趟，高林应了一声。王义从兜里掏出一支烟，点燃抽了一口，烟雾在头顶飘动。他在想该怎么跟高林谈。高林性格耿直，看不惯就说，不管是谁。王义尝过苦头，想换了他，说过几次，集团组织部丁部长都不给回话，刘立天来了，王义仍建议给高林换个岗位，刘立天以保持班子的稳定性给回绝了。高林知道这些情况后，非常气愤，由此经常顶撞他。

顾峰回到办公室，越想越觉得王义这样做要出事，饭桌上谈的事是不合规的。集团规定，所有供应商必须要经过一个严格的考核流程，才能进入厂里采购名录。王义让他把严岩的华发公司纳入采购名录，至于如何进入，让他来想办法，还让他快。在饭桌上，顾峰不好说只能哼哼。严岩看出顾峰态度不明朗，约他明天见面聊聊，顾峰称忙推掉了。现在上了王义的船了，想下来就没那么容易。他不愿失去现在所得到的。那怎么去完成王义交代的这个任务呢？他苦恼了，深深叹了气，接着又摇了摇头。

飞机落地了，刘立天出了机场，打个车先回了家。在车上，他给唐琴打电话，半天没人接，车驶出了机场高速，进了西三环边上的城市经典花园小区，这是他温馨的家。不一会儿，唐琴回电了，问，有事吗？刘立天笑了笑说，中午，你回来吗？唐琴惊喜地叫道，你回来了？我妈在家！我一会儿回去。唐琴放下电话。刘立天下了出租车，走到电梯口。电梯门一开，唐琴母亲手里拿着兜子出来，刘立天叫道，妈，你干什么去？唐琴母亲见女婿回来，高兴地叫道，立天！你什么时候回来的？刘立天回答，我刚下飞机！下午三点去集团开会。唐琴母亲说，你先进家，我去买菜。接着问，唐琴知道了吗？刘立天回答，我告诉她了。接着问，洋洋呢？岳母回答，在幼儿园。

刘立天进了熟悉的家，放下行李，开始干家务活。这套房三室两厅，一百四十平米，简朴舒适。他干完活儿，进了卫生间洗漱完，坐在沙发上，打开电视等岳母和唐琴回来。

唐琴下了课，在校门口的公交站坐上车回家了。中午车上人不多，唐琴心里一阵喜悦，刘立天终于回来了，自己也轻松了，那个欲望从心里涌出，脸发红了，心里叫道，多大岁数了，怎么还像新婚一样，刚分开几天呀！

岳母回来了，问，小琴还没回来？刘立天回答，还没有，估计在路上吧！他说完站了起来说，妈，我来做饭！岳母说，你歇着吧，我来做。刘立天说，我没事，我来吧！他说着进了厨房，和岳母一起做饭。岳母边摘菜边问，立天！我听小琴说，你要调回来了？刘立天回答，还没有最后定呢！岳母说，早点回来，小琴一个人够忙的。每天早晨，她送孩子，我说我送，她不放心。晚上，我去接洋洋。接着她问，你父母都挺好的？刘立天回答，都挺好的。两个人唠着家常。

唐琴下了公交车上了楼，电梯里碰见了邻居对她说，刚才听你妈说，你爱人回来了，你妈买了许多菜。唐琴笑了笑回答，是的。快步从电梯里出来进了家门。屋里弥漫着菜香味。她换上拖鞋放下包进了厨房。刘立天朝妻子微笑了一下道，回来了？唐琴迫不及待地问，你还走吗？刘立天回答，我出差，肯定走呀！唐琴问，你不是调回来了吗？刘立天回答，原来是，现在可能有变。唐琴说，你们集团太不靠谱了，怎么这么不严谨？接着又问，到底怎么回事呀？刘立天没有回答，不是他不回答，而是没法回答。他说，抓紧做饭，下午三点，我得去张书记那里。

刘立天准时来到熟悉的办公大楼。一进张剑办公室的门，张剑站了起来，迎上去和刘立天握手，说道，辛苦！刘立天坐了下来，秘书小李端上一杯茶放在茶几上便出去了。刘立天知道这次和张书记谈话的难度，怎么谈，怎么说王义的问题，怎么提出自己的想法。张剑没有等刘立天开口，自己先说了。他问，你觉得王义这个人怎么样？刘立天想了一下，还没等他说，张剑桌上的红电话机铃声响了，张剑拿起话筒，哼了几声，放下话筒说，你先坐一会儿，我出去一趟。

刘立天知道这是一个非常重要的电话。这时手机振动了，他从兜里掏出一看，是高林来的。接通后，高林叫道，书记！刘立天问，高厂长有事吗？高林说，书记，你现在方便吗？刘立天回答，方便，你说。高林把王义和他谈话的内容说了。刘立天问，他为什么让你把工作交给顾峰？高林回答道，王义说，这是工作正常的调整，别的理由没说。刘立天说，我知道了，等我回去再说。刘立天心里叫道，王义怎么能这么干？一个副厂长的工作调整，竟然不跟我这个党委书记商量，太过分了。刘立天想给顾峰打电话问问怎么回事。电话接通了，顾峰如实汇报了，并表示说，我也觉得不合适，王厂长这么快就跟高副厂长谈了。顾峰极力表示这件事跟他一点关系都没有。刘立天不明白王义为什么要这样做。临走之前，王义没有透出一点消息，他刚走，王义就做了这个决定，看来这个调整是有目的的，而这个目的，顾峰只字没提。

一个小时过去，张剑回来了，脸色严峻，不发一言。刘立天不知发生了什么事，等待书记说话。过了几分钟，张剑低沉地说，李总被纪委带走协助调查了。刘立天惊愕地睁大了眼睛！张剑本来想好的计划，只能暂时放下了。这时，有人敲门，张剑喊，进来。丁肃进来了，望着张剑，等待指示。张剑沉吟了一会儿对丁肃说，所有人事调整暂时停止，等李总有了结论再说。接着又对刘立天说，你先回去，好好抓工作，其他的暂时不要考虑了，等通知吧！这是刘立天万万没有想到的事，一肚子话说不出来了。张剑接着说，立天，回去主要抓稳定。张剑所考虑的就是稳定，集团不能乱，乱了就麻烦了。李田毕竟在这个集团干了几十年了，关系错综复杂。至于李田为什么会被抓，张剑只字没说，也不清楚到底是怎么回事。在没有结论之前，新总裁没到之前，他要全面负责起来，稳定人心是头等大事。刘立天站起来出了门，下了楼，给妻子打电话道，唐琴，情况有变，我得马上回厂，有急事。唐琴问，你调动的事怎么样？刘立天回答，李田被抓了，张书记说，人事调整一律停止。唐琴被气得眼泪差点流了下来，说，我怎么这么倒霉！在去机场的路上，刘立天给秘书小郑打了电话，同时让他通知王义及所有厂党委班子和厂行政班子晚上开会。王义也许知道李田出事了。突如其来的变化，让刘立天找不到北了。

第五章

    刘立天下了飞机，马不停蹄回到厂里开会，凌晨一点多钟才开完。刘立天拖着疲惫的身子回到招待所，脱下外套走进卫生间卸了卸包袱。这时，有人敲门。刘立天怎么也不会想到，王义来了！在会上，他一言不发，眼睛一直看着黑洞洞的窗外。刘立天猜到了王义此时此刻的心情。他脸色黯淡，目光呆滞。刘立天说，请坐。接着问，这么晚了，有什么事吗？王义坐在沙发上，低着头不吱声。过了一会儿，王义抬起头说，书记，我想请几天假。这出乎刘立天的意料，在这关键的时刻，王义为什么要请假？刘立天不知道怎么回答了，是同意还是不同意，他没有马上表态。王义没有下文了，这让刘立天不得不说话了，他试探地问，家里有事？王义摇摇头说，不是！刘立天问，那是因为什么？王义叹了口气说，现在这情况，我觉得还是休息几天为好。刘立天明白了，王义想躲避。刘立天想了想说，这样吧，你也不要说请假，这样影响不好，会造成人们的误会。我想，你可以出差，可以到各地的客户那边走一走。王义脸上露出感谢的神态，说，书记！这个主意好！谢谢！过去我有些做得不对的地方，请你多包涵。他说完站了起来说，我先回去了。厂里的事，你多费心了。王义出了门，刘立天陷入了沉思，今后厂里的局面怎么去控制？王义一走，势必有些人会乱想。王义毕竟在这个厂经营了许多年，接着他自言自语道，真是世事难料呀！

    王义出了门，心里很痛苦，李田突如其来的出事，打了他个措手不及，自己做的那些事，一旦李田开口，就逃脱不了干系。为此，他想借休假好好想一想下一步怎么办，怎么应对眼前的局势。顿时感觉前途黯淡了。

刘立天洗了洗上了床，心里在问，王义为什么突然请假？他和李田之间到底有没有问题？如有问题，是多大的问题，会不会构成犯罪？

柳依依一直在家等待王义归来。晚上七点多钟，王义给她打电话，说晚上开会，语气很低沉，她不安了起来。因为她知道李田出事了，担心王义和李田有关系。王义开门进来，柳依依立即从沙发上站了起来，王义看着她，问，你怎么还没睡？柳依依直接问，李田到底怎么回事？王义一听她这么问，心里不由得有些火了，说，我怎么知道怎么回事？柳依依追问，你跟他有没有关系？要是有马上向组织说清楚。王义顿时火大，说，我说清楚什么？李田正在协助调查阶段。柳依依问，你到底和他有没有关系？王义沉默，柳依依明白了，一屁股坐在沙发上抽泣起来。王义不吭声走进了卫生间，脑袋乱极了，现在能说什么呢？情况不明，什么也不能说。说了，他成什么人了！面对柳依依的质问，也不能说。他做梦也没想到会出现这种事。李田对王义有知遇之恩，没有李田不会有他的今天，面对这突来的打击，自己能否躲过这一劫？如果李田张口，柳依依怎么办？孩子怎么办？贾梅怎么办？王义做了最坏的打算，明天要找到贾梅。今天一天没有贾梅的动静，她到底出了什么事了？是不是她也知道李田出事了，在躲？想到这儿，他觉得不可能，贾梅不是这种人，那她为什么一整天不和自己联系呢？王义洗完上床，柳依依还坐在沙发上哭泣，王义无奈，只好走了过来，坐下说，我和李田没有关系，我没有送钱，没有送物，你放心吧！现在只能这样劝柳依依了，不然，柳依依不会罢休的，她是纪委的。柳依依扭过身问，你说的是真的？王义安慰她说，肯定是真的，我撒这个谎干什么！柳依依站了起来，走进卫生间，对王义的话半信半疑。王义起身进了里屋，上了床。他给李田送的东西，都是安排贾梅的弟弟贾兵去送的，至于送了多少钱，贾兵都没有说。他只是说，王哥，这些事，你没必要知道，你也不能知道。这都是为你好。王义非常感谢贾兵，但李田要是说出，都是他背后指使的，那就难办了。王义心想，李田不会说出这些事来的。柳依依洗完上床，心里不放心继续问王义，你真没有？王义说，真的没有。柳依依说，你现在说了还来得及，你要知道我是纪委的。王义下定决心不说了，说了，就牵扯贾梅，柳依依要是知道贾梅，麻烦就更大了。明天一定要找到贾梅和她弟弟，决定后天出差。他说，我后天出差。柳依依问，这个时候你出差合适吗？王义撒谎说，这是早安排的计划，刘书记也同意了。柳依依没再深问，心里不相信王义和李田没有关系。她也做了最坏的打算。如果王义有问题，那这个家庭、自己的前途都会蒙上阴影，也许就完蛋了。

顾峰开完会后，脑袋一片空白，李田出事了，王义失去了靠山，高林就会翻身，工厂的大权就会落在刘立天的手里，自己在厂里的地位也会一落千丈。顾峰想着自己今后的命运，怪自己没有提前想到这些问题，等想到了，李田出事了。他心里非常乱，而这个乱让他审时度势，考虑下一步的计划，他决定明天就去找刘立天，表明自己的态度。

散会后，高林回到家，高兴地对媳妇说，坏事干多，总会得到报应呀！媳妇问，你说谁呢？高林说，我能说谁，王义呀！媳妇马上问，怎么回事？高林告诉媳妇，王义的靠山倒了，他蹦跶不了几天了，接着把开会的内容简单地向媳妇说了。媳妇说，那你也不要高兴得太早，万一他没事呢？高林说，那又怎么样？王义和李田的关系肯定不清不白。李田介绍了好几个人给厂里供货，他王义能脱得了干系吗？媳妇说，你不要高兴得太早，多跟刘书记沟通。高林觉得媳妇说得对，刘立天才能让他真正的出气。

刘立天一夜无眠，会上，班子成员各有各的想法。顾峰神情黯淡，高林露出了喜悦，赵建民一脸的无所谓，好像这件事跟他无关，跟王义走得太近的人都很紧张。这些现象，让刘立天想了许多，不管怎么样，从目前的情况看，一定要稳定，不要出现问题，这也是张剑所要求的。是不是要跟每个人谈一次话，看看每个人心里在想什么，这样便于提出相应的对策。王义也许明天就出差了，厂里会更加人心不定。

第二天，太阳按点升起，一缕灰蒙的阳光洒进了房间，刘立天匀称地呼吸，阳光照在了他的脸上，这张脸和他的年龄不符，浓浓的眉毛，宽阔的嘴，显着成熟沧桑。放在床头柜的手机闹钟响了。刘立天伸手拿起手机看了看，眼睛又闭上了，没过一会儿，睁开眼睛动作敏捷迅速地起床穿衣洗漱，开门下了楼走进招待所的小餐厅。王义进来了，刘立天问，王厂长，怎么到这吃饭？王义撒谎说，老婆下县了没回来。刘立天突然想起，王义的老婆柳依依是省纪委的，应该知道李田的事。刘立天没有相信王义的话，而是笑着说，那你也自由了！王义苦笑了一下，接着说，我明天出差。刘立天答应说，好！两个人默默吃完饭，一起走出了招待所，进了办公楼，上了电梯。上班的人们，见到厂里的两个一把手，纷纷问好。王义和刘立天点头回应。

王义到了十六楼下了电梯，刘立天上了十七楼走出了电梯。顾峰站在他的办公室门口。刘立天问，顾厂长有事？顾峰回答，有点事。两人进了办公室。顾峰坐下，刘立天倒水。

王义进了办公室往顾峰办公室打电话，没人接，打手机也没人接。王义绝不会想到，顾峰正在刘立天的办公室里。他又给贾梅打电话，电话通了，贾梅温柔地问，有事吗？王义声音低沉地说，中午在老地方见个面？贾梅没有马上回答。王义问，你没有时间？贾梅回答，我安排一下，一会儿回你。王义放下电话，一股气冲了出来，过去贾梅从不这样。

顾峰向刘立天汇报了王义把高林负责这块业务让他分管的情况，也把金主任和严总的情况说了。刘立天想了一下说，暂时不动，还让高林负责。如果金主任找你，你推给高林。刘立天本想和顾峰深谈一下，想了想还是等王义出差了再谈。顾峰点了点头出了门。他回到办公室，电话铃响了，顾峰拿起了话筒，王义说，你过来一趟。顾峰来到王义的办公室，坐在沙发上。王义说，我明天出趟差，有什么情况及时跟我说。顾峰点头，没问王义去哪里出差。接着王义说，金主任的事暂时先放放，等我回来再说。顾峰又点了下头，王义接着又说，最近多留点神，不要出差错，不要让别人抓住把柄。顾峰有些感动，觉得自己有些不够哥们。王义都这样了，还关心他。顾峰说，谢谢！接着说，你有什么事尽管吩咐。王义笑了笑说，在这个厂，我也许走到头了，你以后要好自为之。接着又说，少说话，祸从口出！顾峰明白王义的意思，点了点头说，你放心！心里想，就是王义不交代，也不能乱说，怕引火烧身，和自己无关的一律不参与。接着问，厂长，还有事吗？王义说，没事了！顾峰说，那我先走了。王义点点头。顾峰出了门，没有回办公室，而是下楼来到二车间，二车间的主任张强，是顾峰一手提拔上来的，他向张强说了李田和王义的情况。

王义在办公室等待贾梅的电话，心里烦躁，在屋里来回走动。有人敲门，王义喊，请进！赵建民进来了，王义转身回到老板椅上，坐了下来，问，有事？赵建民问，李总到底怎么回事？王义回答，我哪里知道怎么回事？事情来得太突然，刘立天也不知道。赵建民问，下一步怎么办？王义说，等等看，对了，我明天出趟差。赵建民不解地望着王义，心里叫道，这都什么时候了，还要出差？转念一想，王义不是出差，而是出门打探消息。赵建民问，你有什么交代的？王义说，时刻注意事态的发展，有什么事我会找你的，有些事不说，你也明白，少说话，多观察。赵建民明白王义的意思，拉开门出去了，刚走到自己办公室门口，听见电话铃响，进门拿起电话，刘立天说，赵厂长，你到我这儿来一趟。赵建民应承着说，好！我马上过去。他放下了电话，立即通报给了王义。

在二车间，顾峰和张强把目前的情况分析完，沉默了。过了一会儿，张强问，顾哥！我们下一步怎么办？顾峰说，静观其变吧！最近少惹事，做什么事多动脑子。张强点头没有吱声，他知道，这条线的总头李田垮了，他们这些人就会像多米诺牌一样。顾峰坐了一会儿回到了办公室。赵建民随后进来，顾峰抬屁股说道，坐！赵建民说，刚才书记找我谈话。顾峰没接话，赵建民继续说，刘立天刚才说话的口气，好像他已接管了这个厂，好像王义完蛋了，什么坚守岗位呀，保持稳定呀，生产绝不能滑坡呀。王义还没倒呢，他就这么急不可耐？顾峰没有接话，他不能接话。赵建民继续说，我应付了一下。接着问，刘立天找你了没有。顾峰说，没有！顾峰不想搅这潭浑水。赵建民见顾峰这种态度，心里不高兴起来，没再说话出了门。顾峰见赵建民脸变了色，又后悔过早暴露了自己，他要是跟王义说了怎么办？顾峰想到这儿，觉得自己太莽撞了，这都是不成熟的表现，接着又一想，事情已经这样了，随他去吧。

赵建民出来，越想越觉得不对劲。这个顾峰怎么是这样的人，墙头草，王义还没倒呢。有必要向王义说一下，让他注意点顾峰。当他走到王义办公室门口，觉得自己这样做是不是考虑不周，人家顾峰什么都没有说，插风捉影的事，要是让顾峰知道了，以后怎么办？他转身回了办公室。

上午，刘立天的办公室热闹非凡。有他找来谈话的，也有主动汇报工作的，所有来的人，刘立天跟他们谈话的主要内容就是稳定，在这个时期一定要保证工厂正常运转。最后谈话的是二车间的张强，他一改过去傲慢的态度，谦卑地表态，要好好工作。刘立天想，也许顾峰向他说了什么。

晚上，王义还在想念贾梅，这时，手机的振动打断了他的思绪，是刘立天。王义接了，刘立天说，王厂长，晚上有个会，你参加一下？王义问，什么内容？刘立天回答，传达集团一个文件。王义一下子紧张了，头上冒汗了，放下电话，想了想，打电话给顾峰，问，晚上开会什么内容？顾峰说，他也接到通知，刘立天也没说开什么会。王义放下电话又给赵建民打了过去，赵建民的回答和顾峰一样。王义把自己和李田的交往整个捋了一遍，觉得没有什么漏洞，心里稍微踏实了一些，接着又想起贾梅的弟弟，想打个电话，一想到贾梅，心里又来气了，想再等等，看贾梅来不来电话。王义恢复了常态，打电话叫何强和猴子过来。

晚上八点，王义准时来到了会议室。刘立天招呼道，王厂长。王义微笑着点了点头坐下了。不过，他没有坐到他原来固有的座位上。人到齐了。刘立天环顾一下会议室说，今天转达集团的文件。根据集团的要求，立即传达到厂一级的领导。所有参加会议的人眼睛都注视着那个空的座位。

贾梅一直等到下班，也没有等来王义的电话，郁闷地离开台里回家了。在回家路上，弟弟来电话说，一会儿到家里来。贾梅说，来吧！我一会儿就到家了。接着又说，你买些菜。

贾梅回到家，茶几上放了一张纸条，张远留的，写道，我去外县了，今晚不回来。没有重要的事，张远从不给贾梅打电话，都是留纸条。贾梅看完，放下包，脱了外套，家里很温暖，温度适中。她走进厨房，等弟弟的到来。

一个小时过去了，不见弟弟来。贾梅拿起手机拨了过去，话筒美妙的音乐都结束了，弟弟也没接，正准备重拨。这时有人敲门，贾梅打开门，弟弟手里拎着菜进来了。贾梅问，你怎么不接电话？贾兵说，我在菜市场买菜没听见。贾兵个头一米八，宽脸庞，浓眉毛。他放下菜，进了卫生间，撒完尿，走到了正在摘菜的贾梅跟前，一声不吭。贾梅抬起头问，有什么事吗？贾兵心里清楚王义和姐姐的关系，不然王义不会这么帮他。至于两人关系到了什么程度，他是不知道的。下午集团供应处滕斌来电，说，李田出事了！贾兵马上就想到姐姐，想到王义。王义让他干的事，不知姐姐知道不。王义跟他说过，不要告诉姐姐。贾兵心里清楚，只要李田开口，纪委的人肯定会找他，他是王义和李田的利益输出人，心里忐忑不安，想告诉姐姐，又怕她经受不住这个惊吓。贾梅觉得弟弟有话要说，又催了一下，你有话就说呀？贾兵鼓足了勇气说，姐，我说了你别着急。李田出事了！贾梅手里的菜掉在地上，接着问，你说什么？贾兵又重复说了一遍。贾梅马上联想到王义，接着问，王义没事吧？贾兵安慰道，应该没事。贾梅迅速在想，如果王义出事了怎么办？接着问弟弟，你和王义没干什么事吧？贾兵淡定地回答，我和王义能有什么事，我们之间交往很正常，没有什么出格的事。贾梅接着道，你要跟我说实话，得让我心里有个数。贾兵说，姐，真没有什么事，就是在一起吃过几次饭，送了一些烟。贾兵隐瞒了给李田送钱的事。这件事打死也不能说，这也是为了保护姐姐。这事毕竟和王义有关系。贾梅边做着饭边问弟弟，你王哥这几天干什么呢？贾兵回答，不知道。我这几天忙，没有和他联系。贾梅说，我中午跟他通了电话，听他语气有些低沉，本来要在一起吃饭，他那来几个客户就没有见成。我想，下午他会来电话的。贾兵说，我听说，王哥明天要出差。贾梅心里一下来气了，他出差都不告诉我一声。贾兵和姐姐吃完晚饭便走了。

西北厂十八楼的会议室里正在开会。刘立天传达集团的文件，主要精神内容有三个方面：第一，由张剑代理总裁职务，暂时负责全集团的行政工作。第二，全集团稳定第一，任何人不能破坏稳定，各级党委要统揽全局，认真抓好当前的工作。第三，认真抓好下一步的廉政建设。刘立天传达完文件，又提了几项要求。会议最后，他问王义有什么说的。王义摇了摇头。会议结束后，其他几位领导直接下楼走了。高林随着刘立天来到办公室，王义一个人下了楼，顾峰回到办公室，赵建民走到办公室门口，随之朝电梯走去，到了一楼大厅，四处张望，不见王义了。他从兜里掏出手机，犹豫了一下又放回去，出了大门朝街上走去。街两旁的霓虹灯把他的身影摔在地上，随之消失在黑夜里。

王义没有回家，也没有去老地方，而是一个人步行来到黄河边，扶着栏杆凝视着河面，天上的月亮倒映在河里，岸边的灯光落在河面上。王义思绪飘了起来，回想过去。他觉得自己不是现在这个样子，怎么会变成这个样子？后悔了，后悔又有什么用呢？自己怎么会走上这条路呢？王义想着，眼泪流了出来。能不能过了这个坎？贾梅的弟弟能不能守口如瓶？也许时间不会太长，纪委就会找到贾兵，只要他一张口，我王义就会万劫不复呀！他打了冷战，怎么办？一个罪恶的念头不由得浮了出来：让贾兵闭嘴。王义想到这儿，心跳加剧，心里叫道，这样不行，这样做对不起贾梅呀。万一被发现，就彻底完蛋了。贾兵能顶得住吗？他掏出手机打了过去。贾兵正在家看电视，一看是王义的电话，心里明白了几分，接起电话叫道，王哥！王义说，我在黄河母亲雕像这儿，你过来一趟。

这座雕像是金兰市的一景。贾兵说，好，我马上就到。说完收线，穿衣下楼出门。临出门，媳妇问，这么晚了，你干什么去？贾兵说，有事！媳妇噘着嘴问，什么事？贾兵霸道地说，你管那么多干吗？你先睡吧！不知几点回来。

贾兵开车穿过大街小巷，直奔黄河边，在车上想给姐姐打个电话，又怕姐姐着急担心便作罢。贾兵找到王义。一阵沉默后，王义先开口了，李田的事，你都知道了吧？贾兵点了点头。王义又说，这么晚叫你来，你心里应该清楚。贾兵马上表态，王哥，你放心吧！没有你就没有我的今天。我懂！王义见贾兵态度这么坚决，拍了一下他的肩膀说，你明白就好，不用我再交代了。

寒风从河面吹来，两人冻得发抖。贾兵说，王哥，这么冷的天，我送你回去吧？王义说，我想清静一下。你走吧！贾兵没有走。过了一会儿，贾兵问，王哥，最近你见我姐了吗？王义没有吱声。贾兵心想，他和我姐怎么了？过去，王义一见他就问姐姐，今天却不问了。王义说，你先走吧！别告诉你姐我俩见面的事。贾兵还是没有走，静静陪着王义。两人的眼睛注视着朦胧的河面。王义又说，你走吧，我想一个人待一会儿。贾兵有种不好的预感，王义别想不通，干出傻事来，想了想说，我陪着你！王义苦笑了一下说，你放心！我不会跳河的。我跳河了更说不清楚了。接着又说，你走吧！贾兵确定王义没事，说，王哥，那我先走了？王义说，你走吧！贾兵回身开车回家了。

王义面对着河，又站了一会儿才回家。他进了家，儿子王柳在，柳依依却没有回来。王义问儿子，你妈呢？王柳戴着耳机没有听见。王义走上前拍了一下儿子的肩膀。王柳摘下耳机道，你回来了？我妈加班！不知几点回来。王义脱下外套，换上拖鞋进了卫生间。王义突然想起，散了会，高林跟着刘立天走了，顾峰没有和他打个招呼，赵建民也没有，心里生气。这都是一些什么人呀！怪自己识人不准。接着又一想，也许自己想多了。

高林和刘立天走进办公室，两人面对面地坐下了。刘立天说，王义明天出差，厂里的事，你多操点心。高林点点头，接着问，王义的问题大吗？刘立天回答，现在还不清楚！高林接着又问，王义真的是出差？刘立天回答，他本想请假，我没有同意，是我建议他出差的。高林点点头，接着又问，顾峰：赵建民怎么办？刘立天说，不知他俩有没有卷进去，现在还不好说。高林明白了刘立天的意思，没再问下去。两人又商量了一些具体的工作。

王义从卫生间出来，儿子王柳在玩游戏。王义叫道，别玩了！作业做完了没有？王柳摘下耳机说，做完了！王义没心情的打开了电视，看了一会儿觉得没意思关了，对王柳说，早点睡觉。他说完坐在沙发上，顺手拿起一份报纸，这是柳依依拿回来的纪检报，看了看放在茶几上，起身进了屋里，躺在床上脑海里浮出了许多，最后在贾梅那定格了。我要出了问题，贾梅会怎么样？这个问题是无法验证的问题。

贾兵走后，贾梅还是不放心。这几年来，贾兵没少给她送钱、送物，家里花钱的地方都是贾兵花的。王义真和李田有关系？如果有关系怎么办？她六神无主了。一下午不见王义的电话。贾梅想打，一看时间，王义也许在家。贾梅内心里痛苦了起来，而这个痛苦只能埋在心里，不能说，不能嚷！自己有可能会卷进去，痛苦、害怕、无助。贾梅想到这儿流出了眼泪，不由是拿起电话给贾兵打了过去，贾兵一看是姐姐的电话，问，姐，有事吗？贾梅一时语塞，不知问什么了。何况这种事能在电话里问吗？她说，没什么事。贾兵心里清楚贾梅在想什么，说，姐，没事！你不要瞎想！我会处理好的。贾兵的保证，让贾梅心里得到一丝的宽慰。她收了电话，洗了洗上床了，辗转睡不着。贾梅的泪水又流了出来，望着窗外黑洞洞的天空，不知道明天会发生什么。

王义在床上翻来覆去地睡不着，心口有些阵痛，用手摸了摸，有些喘不上气，他努力控制，心里叫道，镇静，镇静！眼睛直愣愣盯着天花板上挂着的莲花样式吊灯。门响了，柳依依回来了。王义闭上眼睛。柳依依进了儿子房间，叫道，几点了！还不睡觉！王柳做了鬼脸点头。柳依依转身去了卫生间，响起冲水的声音。她脱了衣服，卫生间很温暖。光溜溜的身子映在镜子里，苗条的身材，洁白的皮肤。她打上浴液，白色的泡沫布满全身，泡沫从洁白的身子往下滑动掉在地上。她在想王义的事，心里犹如压了块石头。不知王义陷入多深，自己是纪检干部，如果王义真出了事，怎么办？有一点是宽慰的，王义除了工资以外，没有往家里拿过一分钱。至于王义本人，他不说，她是无法知道的。柳依依边洗边想着这些烦心的事，洗完澡，进屋上床，关上了台灯。

窗外的月光印在窗帘上，柳依依睁大眼睛，王义打着轻微的呼噜。柳依依的思绪飘了起来，过去的一切犹如昨天。她和王义结合是自己选择的，怪不到别人。自从王义当上厂长以后，她就发现他变了，而这个变化让她离王义越来越远。能感觉出来，王义对她有些虚了，特别是做那个事，王义不像过去那么迷恋了，不像过去那么认真了。她感到王义是在敷衍。一开始，她还以为是王义工作忙，后来发现是王义变了，好几次侧面地问，王义都说她多心。柳依依这个心结一直存在着，同时也在想，没有证据，那也许就是一种感觉吧！工作太忙，没有时间去想这些。她脑袋乱哄哄的，心里叫道，但愿王义没有卷入。

窗外的月光暗了下来。

　　天刚亮，王义起来了，柳依依还没有醒。他收拾完，写了一张纸条，说自己出差了，五天以后回来。然后直奔火车站，准备去嘉市。陇省最大的钢铁企业坐落在这里。王义和该公司的董事长是朋友，也是客户。西北厂给钢铁公司加工一些大型非标的配套设备，对方欠了一些尾款。这次他是以催款的名义去的。火车启动了，金兰离得越来越远，烦心也离得越来越远了。他躺在软卧上又开始胡思乱想。贾梅浮出了脑海，想给她打个电话，想了想没有打。李田又浮了出来，刘立天浮了出来，张剑浮了出来，最后思绪在柳依依和儿子上定格了，心里不由得又悲伤了起来。王义不知道，这个苦闷的日子有多长，不知道下一步会有什么结果。窗外的景色越来越荒凉，他拉开白色的棉被盖在了身上。

第六章

　　天刚露出鱼白肚，张剑睁开了眼睛。这两天太忙了，开常委会，分别找人谈话，所有工作都是围绕着保持集团的稳定。上级部门还没有向他通报李田协助调查的具体细节，不知李田犯了多大的事。张剑披上外套走到窗户跟前，拉开窗帘注视外面。整个城市，还在沉静之中。街上有着少量的汽车，环卫工人开始打扫卫生了。

　　李田的事，震撼了全集团。人们都蒙了，李田怎么会出事？当然，也有人幸灾乐祸。而张剑的心里隐隐作痛。这个痛苦让他觉得自己有责任，是他监督没有到位，才导致李田出事的。同时，他也感到有人借机要把李田置于死地，好趁机上位，接替李田的职位。集团的副总裁钱勇，这两天除了开会能见到他，听说其余时间都在活动。张剑心里清楚，李田在任时，钱勇不止一次来他这里告状。这次李田出事，是不是钱勇做的手脚，他是不是幕后操纵者，现在还难于下结论。他对钱勇是有看法的，觉得他就是一个小人，两面派，不光明，不磊落。他经常当面吹捧李田，很肉麻。有一次，钱勇当着班子成员的面向李田献媚，迷惑了李田，他把一些重要的职权交给了钱勇。张剑曾经侧面提醒过，而李田却非常自信，笑了笑没有吱声，为了班子团结张剑没再说。

　　钱勇没想到的是，李田倒台了，上级竟然让张剑代理总裁，这让他大为生气，在有些场合说张剑不懂业务。这的确是张剑的短板，为了保持稳定，即使别人向他反映此事，张剑也一笑了之。

　　天渐渐大亮了，张剑走进卫生间，洗漱完毕，下楼吃早餐。老伴去女儿家了。楼下有家小餐馆，早餐有粥、豆浆、馒头、小油饼、油条，做得非常精致好吃。

刘立天来到办公室，刚坐下电话铃声响了，拿起话筒，唐琴一反常态地叫道，你是怎么回事，到了金城也不来个电话？到底出了什么事了？你的调动出问题了？唐琴的一连串提问，刘立天无法准确回答，忙解释说，这两天太忙。唐琴又开机关枪叫道，你忙得打个电话的时间都没有，刘立天你想干什么？我看你有问题！刘立天哭笑不得，这个唐琴在想什么呢？心里这么想，嘴上却温柔地说，实在对不起，忘了！唐琴说，你记得什么！我问你，你能不能调回来？刘立天想了想说，情况有变，现在还不好说。话还没说完，唐琴就把电话挂了。刘立天理解唐琴，没有生气，想了一下，拿起电话按键，电话通了，刘立天道，顾厂长，你把这个月的生产报表拿一份过来。过去，生产科每月都会给他送来一份，只是了解了解。现在王义出门了，他得好好看看。没过一会儿，顾峰把报表递了过去，接着说，昨天下午，市委办的金主任来了几次电话。刘立天问，金主任有什么事？接着又说，我们和市委有业务联系吗？顾峰沉思了一下汇报说，前两天，金主任带两人来找王厂长，说是我们外协件加工要委托那家加工，这是高林主管的业务，王厂长让我负责。我想高林可能跟你反映了。王厂长临走交代，这事让我顶起来，往后拖拖。金主任这一遍一遍地找我，王厂长又不在，我这才找你。刘立天想了一下说，你先回金主任，告诉他等王厂长回来再说。顾峰接话说，我想，他也许找过了，也许是王厂长让他找我的。刘立天明白了，拿起电话，让高林下来。刘立天不想和金主任闹出隔阂来。再说了，厂里搬迁也缺不了地方上的支持。刘立天放下电话问，哪家公司？顾峰回答，华发公司。正说着高林进来了。刘立天对顾峰说，你把情况介绍一下。顾峰说完，高林没有吱声。刘立天问，高厂长，你有什么意见？高林生气地说，这个金主任！他把话说了半截停住了。刘立天说，你看这样行不行，我们对华发的资质、加工能力质量审查一下，如果条件都符合，让谁干不是干吗？再说，我们也要注意和地方上的关系。高林领会了刘立天的意思说，好！刘立天对顾峰说，你看这样行不行？顾峰说，我没意见。刘立天说，那我们就到这儿。顾峰和高林出了办公室。顾峰感到刘立天的领导风格和王义截然相反，温和中有威严，有主意，善于处理复杂的关系，知道事情的主要矛盾，心里有点佩服刘立天了。本想把这个球踢给他，没想到刘立天轻易地给解决了。高林没想到，刘立天处理问题能力这么强。两人走后，刘立天想给唐琴解释解释，拿起电话打了过去。半天没人接，刘立天苦笑了一下，心里叫道，看来唐琴真的生气了。接着想把这两天的情况向张剑汇报一下，又拿起电话，响了一会儿，没人接，刚准备放下电话，那边传来声音，是秘书小李。刘立天马上问，李秘书，张书记在吗？李秘书回答，书记在开常委会，有事吗？刘立天回答，我汇报一下工作。李秘书说，等书记开完会，我向他转达。刘立天放下了电话出了门，叫上小郑下车间了。

唐琴故意不接电话。昨天，听集团的人讲，刘立天暂时不回来了。他不回来，也不说一声，让自己空欢喜一场，能不生气吗？这时有人敲门，进来一位女学生叫道，唐老师该上课了！唐琴拿上课本，随后去了教室。

刘立天在去车间的路上，觉得对不住唐琴，应该把想法跟她说说的。虽然知道说了也是白说，但总是要尊重一下唐琴，毕竟是夫妻，况且还很相爱。

他和小郑走进了四车间，这是一个宽大的车间，机器轰鸣。工人们专心在机器旁干着活。刘立天走到一台机器边停下了，开机器的女工看上去有三十岁左右，身材苗条，虽然戴着口罩，但是遮不住她的美丽。她没有停下，而用那双漂亮的眼睛瞟了一眼刘立天。四车间的主任武炼走了过来，个子不高，四十多岁，一张浑浊的脸。他忙叫道，刘书记办公室坐，接着向那位女工介绍道，这位是厂里的刘书记。那位女工摘下口罩，微笑地叫道，刘书记，你好！这是一位大方漂亮的美女，态度不卑不亢。武炼介绍说，这位是我们车间的技术标兵，叫宋茜茜。刘立天微笑点点头。宋茜茜微笑不语。刘立天离开，武炼跟在后面，小郑也跟在他的后面。刘立天在车间转了一圈，来到车间办公室。武炼让座，从抽屉里拿出笔记本，刘立天马上说，我是随便看看，不需要汇报。虽然刘立天这样说了，但是武炼还是汇报了。讲到车间开展技术比武，又讲到宋茜茜技术如何的好，说是一个好苗子。刘立天微笑着听他讲，小郑心里会意的笑了。刘立天喝了一口水，没有吱声。武炼汇报完，刘立天站了起来，说，好！接着又说，我到其他车间转转。武炼送到车间门口，见刘立天走远了，来到宋茜茜跟前说，小宋，我刚才在刘书记跟前，大大的表扬你了。宋茜茜没吱声。武炼继续说，我觉得刘书记对你印象不错。宋茜茜还是没有吱声。她心里清楚武炼为什么要这样做。武炼见宋茜茜不理睬，转身走了。凭女人的直觉，宋茜茜知道刘立天对她有好感，因为她也一样，她觉得刘立天既年轻又能干！宋茜茜笑了，在问自己，我想哪去了！

刘立天转了一圈回到了办公室，等待张剑回电。他看了一下挂在墙上电子钟的指针，快到十二点了。他边喝水边走到窗前，推开窗户，一阵寒风袭来。外面的天依然灰蒙蒙的，站了一会儿，关上了窗户。

这几天发生的事让他有点措手不及，虽然张剑交代他回厂代稳定局势，但是没提回京的事。张书记说，暂停！那这个暂停时间有多长，会不会发生变化？唐琴的电话等于告诉他，已听到风声，他暂时走不了了。如果走不了，下一步工作怎么办？班子成员大多数都是王义提拔上来的，他能控制这个局势吗？工厂会平稳过渡吗？如果在这个过程中，工厂走了下坡路，今后前程会怎么样？结果会很不好的。刘立天心里不由得咯噔了一下，接着又想，这也许就是机会，如果抓住这个机会，也许就是一条光明大道。这两天来，他分别找人谈话，多数人都表态支持他的工作，他们说的都是真心话吗？毕竟王义在这个厂经营多年。刘立天心里不由得烦躁了起来，张剑的电话还没有来，怎么去说，说什么，说困难吗？还是说自己的难处？他觉得这些都不能说，要说今后的打算，这样说了，会不会给自己套上枷锁，会不会让张剑感到自己在吹牛。刘立天犹豫了，西北厂的前途，实际上就是自己的前途。另外，唐琴今天的态度，让刘立天大吃一惊，那个温柔的唐琴跑到哪里去了？她是不是怀疑什么了？刘立天的脑袋一闪，露出了一丝苦笑。

这时，办公桌上电话铃响了，刘立天一个箭步冲了过去，拿起话筒，高林来的。刘立天问，高厂长，有事吗？高林说，我看了华发公司的资料，资料齐全，可以考虑实地考察一下。刘立天说，这事你定！高林说，等我考察完毕再向你汇报。

张剑的电话还是没来。刘立天准备去吃饭，刚要关门，电话铃响了。他冲过去拿起电话，是唐琴打来的。刘立天说，我刚才打电话，你没接。唐琴说，我没听见！接着问，我问你，你是不是不打算回来了？刘立天笑着说，这个话，让我怎么回你呀！不是我想回就回，不想回就不回。唐琴赌气说，你少给我打官腔！刘立天说，不是我不回，是集团还没有下文件。唐琴说，你别搅了！我问你，你到底是怎么想的？刘立天无法回答这句话，只能解释说，再等等！唐琴听完，觉得自己有点过了，刘立天毕竟得服从单位安排，不是自己想怎么就能怎么的，接着说，好了，你忙吧！刘立天放下电话，叹了口气，起身出门下楼了。

　　刘立天来到厂食堂排队打饭。刚来的时候，王义安排他在小餐厅吃饭，他拒绝了，不是清高，而是不需要。他觉得排队能多接触职工，多了解一些情况。这一年来，他也确实了解了许多在办公室了解不到的情况。他打完饭刚坐下，顾峰过来汇报，工厂材料不多了，需要马上进料。刘立天说，那就进吧！顾峰汇报，过去都是采购科下计划，由供应商按计划进。上午跟供货商说进，供货商说，现在得付现钱，不然进不了，接着顾峰又说，我们欠人家的钱。刘立天说，给人家还钱呀！顾峰说，现在账上没钱，外面欠我们不少钱，要不回来，集团各厂也有欠款。刘立天问，有什么办法吗？顾峰回答，目前没有什么好办法。供货商说，不把上次欠款结了，他们不敢供了。如果材料再不进，车间有可能停产，产品交货期就会拖延。刘立天感到事态严重了。王义刚走第一天，就出现这档子事。他没有马上表态，而是说，我知道了！顾峰走了，刘立天心里沉甸甸的。如不马上解决这个问题，一旦车间停工，张剑就会马上知道。他顾不上吃饭了，拿起手机给高林打了过去。高林没接，刘立天吃了几口饭回到了办公室。他在想如何解决这个问题。过去，他没怎么插手这些，突来的情况，打了他一个措手不及。

　　集团常委会开到十二点半才散会。张剑回到办公室，秘书小李还没下班，敲门进来，向张剑汇报各单位来电话的记录。当汇报刘立天的电话时，张剑问了一句，刘立天说什么了没有？小李回答，没说什么，只是说向你汇报。张剑看了一下手表说，知道了。接着说，走，去食堂吃饭。两人走到电梯口，恰好副总钱勇走了过来，张剑点了一下头问，去吃饭？钱勇回答，向阳厂的郭厂长来了。接着又说，一起去，书记？张剑说，不去了，你去吧！电梯来了，三人一起走进了电梯厢。

　　张剑和小李来到小食堂，集团的领导除了他在食堂吃饭，都有应酬。上午常委会上，有人提出了西北厂班子的问题，甚至建议调整王义。张剑没有表态，不是他不调，而是现在不能调。调了，别人会怎么看？另外，刘立天的工作调整怎么办？调走了刘立天，常强去了，还得有个适应过程，万一工厂滑坡了怎么办？人们会认为他袒护刘立天。张剑反复在考虑，目前的形势告诉他，刘立天暂时不走是对的，但集团内部所有的人事暂时调整，会引起一些人的不满。张剑边吃着饭边想着这些事，心里沉重，感到自己是不是老了，总把事情向后想，怎么不去向前想？再说了，受党教育这么多年，遇到点困难就泄气吗？不能泄气，不能退怯。秘书小李看着书记一句话不说，菜也不动，小心翼翼地说，书记，菜凉了。张剑这才意识到小李还在跟前，觉得有些失态了。接着说，你吃呀！人老了吃得少。小李想说什么，而又没说。两人吃完饭回到办公室，小李沏好茶端了上来，放在张剑面前退了出去。张剑不抽烟，酒喝得少，比较喜欢茶。他喝了一口冒着热气的茶，拿起话筒按键。

刘立天接起电话，话筒传了来张剑富有磁性的声音，立天呀！刘立天叫道，张书记好！张剑直奔主题地问，最近厂里怎么样？刘立天没有直接回答，而是说，我把这几天的情况向您汇报一下。张剑没有吱声，刘立天接着说，根据你的指示，我回来开了两次班子的会，稳定大家的情绪，抓好目前的工作，保持工厂的稳定。接着又说，我向你反映一个情况，王义昨天要请假，我没有同意，而是劝他出去走访一下客户。今天早上，王义去了沙泉市。张剑没有吱声，刘立天继续说，王义的情绪很低落，班子其他成员情绪比较稳定。刘立天本想把举报王义的事汇报一下，但又怕张剑误会，怕被认为自己的内心有些不健康的东西。王义虽然与李田关系不错，但是目前为止还没有证据表明王义也涉案了。张剑听完汇报，心里在想，这个刘立天怎么能让王义出差呢？应该让王义留在厂里。王义这么一走，别人会怎么想呢？看来，刘立天在工作上还不成熟。张剑想了想说，立天呀！现在稳定第一，稳定人心至关重要。王义这么一走，别人会怎么想？王义毕竟现在还是厂长嘛。至于他和李田的关系，那也不能代表王义就有问题呀！张剑这么一说，刘立天马上意识到自己犯了错误，认错道，书记，你提醒得对。张剑接过话说，遇事要多思考。另外，你调动工作的事……刘立天屏住呼吸，听张剑继续说，我考虑了一下，你先不动，等等看。你看这样行吗？刘立天说，我听书记的！张剑说，思想没疙瘩吧？你是不是得去好好做做唐琴的工作，人家盼了你一年了？刘立天接过话说，谢谢书记关心！我会做好唐琴的工作的。张剑宽慰地说，这也是暂时的。刘立天向张剑表了态，好好工作。张剑心想，刘立天毕竟是自己培养的，他是能理解的，从没有讨价还价，是一个值得培养的干部。张剑说，那就这样，有什么咱们再说。刘立天说，好的！两人放下电话，刘立天清楚了，今后还要在西北厂干下去，书记不是说了，暂时的。这个暂时有多久？另外，放王义出去，真是自己考虑不周全。别人会以为，是我刘立天逼王义走的。刘立天在反省。张书记说得对，王义现在还是厂长。现在存在的问题，也只能王义来解决。接着又一想，如果现在自己不去解决这些问题，顾峰会怎么看，会不会觉得自己无能？有人敲门，高林进来，问，书记，你找我？刘立天说，坐，高厂长。刘立天没有絮叨，直接把进料的事说了。高林说，我想想办法。刘立天说，好！高林接着道，书记，没别的事，那我先走了。刘立天点点头，接着拿起电话给王义打了过去。王义还没到沙泉市，下午才到。他在迷糊之中，手机振动，拿出一看，是刘立天的电话，看了看心想，我这还没到呢，怎么就来电话，有什么急事？本想不接，想了想接了。刘立天问，王厂长，你到哪里了？王义问，有事吗？刘立天说，你抓紧回来。有些事电话里不好说。王义本想问什么事。但既然书记这样说了，只好回答，好的，我办完事马上回去。刘立天说，好！好！你马上回来。王义收起手机，觉得奇怪，刘立天怎么变化这么快呢？突然来了电话，听那口气不像有什么急事，而且还不说，等回去说，什么事呢？

刘立天放下电话，觉得王义情绪还可以。又拿起电话，给唐琴打了过去，那头电话响了半天没人接，刚想放下，电话通了，刘立天问，唐琴在吗？一个女人回答，上课去了，你一会儿打来。刘立天放下电话，站了起来走到窗户跟前，在想，怎么跟唐琴说呀？心里有点犯怵了，自己毕竟不占理呀。一年前，从北京出来的时候，他再三向唐琴保证，尽快回来。书记说，暂时待一段时间。唐琴能理解吗？

唐琴下课回来，同事告诉她有她的电话。唐琴翻看了一下来电显示，知道是刘立天，没有马上回电，而是开始批改作业。这时电话响了，唐琴一看来电，还是刘立天打的，她没有接。同事过来要接，唐琴说，不要接。她起身走了，要起了小孩子的脾气。刘立天手握电话，觉得唐琴真是生气了。他放下话筒苦笑了一下，接着摇了摇头。

王义接完刘立天的电话后，仔细想了想，觉得有必要给贾兵打个电话，问问情况，要是有问题，也是在贾兵的身上。打了过去，手机是通的，没人接，又打了一遍，还是没接。王义心里犯嘀咕了，紧张了起来。

火车在飞驰，窗外一片荒凉，祁连山白雪皑皑，断壁的土长城，一截一截的。荒漠的土地上，晃动枯干的芨芨草。王义不由得陷入了沉思……一阵手机振动拉回了王义思绪，拿出一看是贾兵的回电，接通，贾兵忙解释说，王哥，不好意思，手机刚才落在车上了。接着问，王哥！有事吗？王义说，也没什么事。贾兵马上意识到王义想到或者听到了什么，在打探消息。贾兵说，哦！接着说，今天上午顾峰打来电话，说钢材的事。我告诉他，把上次货款结了，才能发货。他说，厂里没钱，说等等。王哥，你看这事怎么办？王义想了想说，等我回去再说。接着又说，我先挂了。王义把手机放进兜里，贾兵这个机灵鬼，什么都清楚，不用讲他就明白怎么处理。列车员广播，下一站是嘉市，请各位带好随身物品，准备下车。王义站了起来，提上行李朝车厢门口走去。

第七章

　　高林在十六层办公，这一层是厂行政系统办公区，十七层是党委系统办公区。下午，高林正在办公室，顾峰敲门进来，后面跟着两个人。高林站了起来说，请坐！顾峰没坐，而是说，我给你介绍一下，这是华发公司总经理严岩，这位是华发的副总刘亮。接着向两人介绍，这是我们高厂长，负责外协件加工。紧接着又说，你们谈，我有事先走了。说完转身出门了。严岩马上递上了一支烟说，高厂长抽烟。高林摆摆手说，不吸！接着说，你们的材料我看了，也向书记汇报了。严岩在等下文。高林停住了，接着又说，还要到你们公司考察。严岩和刘亮忙点头答应，是！是！接着问，你看什么时候去？高林想了一下说，下周二下午，接着翻看了一下桌子上的台历。高林说，另外，我问一下，你们公司做钢材生意？严岩立即觉得有生意了，看来金主任的面子够大的，马上回答，做。高林从抽屉里拿出清单，递给严岩，说，你看看这张清单，如果能供，报个价。严岩看了看说，我回去测算完马上回你。高林问，还有什么事？严岩邀请道，高厂长，晚上一起坐坐？高林说，不坐了。严岩从身边拎起一个纸袋说，给你带了点茶叶。高林说，你客气了！严岩走过去和高林握手再见。高林送到门口，见两人进了电梯，转身回去了，拿起纸袋往办公柜里放，纸袋挺重，打开一看，两桶茶叶盒里哪有茶叶，是五万元现金。高林一阵恐慌，马上给严岩打电话，电话通了，高林说，你马上把茶叶拿回去，不拿回去，这事就不要谈了。严岩再三说，没事！就一点茶叶，你何必这么客气！高林严厉地说，你要想干活儿，就听我的，这坚决不行。高林放下电话，不一会儿，刘亮上来了，说，高厂长，你真让我佩服。高林没接话，递过纸袋子说，以后，不要干这种事，这个害人。刘亮拎上纸袋快速地下楼了。

高林想了想出门来到刘立天办公室，把刚才发生的情况说了。刘立天听完后，问，下一步怎么办？高林回答，你放心！我会严格审查的。他说完出门走了，他之所以向书记反映这件事，是怕万一被严岩反咬一口。刘立天由此想了许多。王义他们，每年掌管几个亿的采购，难道都像高林这么干净吗？是不是有些人已经腐败掉了？王义有问题吗？顾峰有问题吗？赵建民有问题吗？要有问题，不就成了窝案了吗？刘立天惊出一身冷汗，太可怕了。厂里其他相关部门会不会有问题？刘立天不敢想下去了，心里叫道，我是党委书记，真要出了问题，那要追责的。同时，他也在告诫自己，刘立天，你一定不能犯这样的错误，你的路还长着呢！

唐琴下课回到了家，母亲问，立天能调回来吗？唐琴不想回答，只是说，妈，你就别操心了。母亲有些生气说道，你这叫什么话，我是你妈，我不操心，谁操心？儿子洋洋从屋里跑了出来叫道，妈妈，明天开家长会。唐琴爱理不理地说，让你姥姥去。洋洋见唐琴一脸不高兴，一句话没说进屋了。母亲说，有你这样跟孩子说话的吗？唐琴说，妈，你就别管那么多了好不好，我心里烦着呢！母亲说，你烦什么呀？烦也不能拿孩子出气。唐琴不再说话了，再说，就得跟母亲吵嘴了，口气缓和地问，做饭没？母亲回答，正在做。唐琴进卫生间洗洗手出来进了厨房。

办公楼的人都走光了，刘立天还在办公室，坐在椅子上发愣，唐琴这一关怎么过，她气得电话都不接了，只好往家里打座机。电话响，唐琴从厨房跑了出来，拿起电话，一听是刘立天声音，问，有什么事？刘立天嬉皮笑脸地说，没什么事。唐琴说，没什么事，我就挂了。刘立天忙恳求地说，别！别！接着说，下午张书记来电话了，告诉我，暂时待一段时间。唐琴明白了，这个电话就是通报一下。她气愤地说，我知道了！放下了电话。刘立天苦笑了一下。唐琴觉得自己有点过分了，立天一人在外，自己又照顾不上，还给他添堵，想再回个电话，拿起话筒，犹豫了一会儿，最后还是放下了。

王义和钢铁公司董事长李铁吃完饭回到宾馆，房间温暖如春。他有些醉了，脱下衣服走进洗澡间冲澡，温温的水从头顶滑落，手擦着身子，想起了贾梅。他冲完澡打开电视，上了床，靠在床头上翻按着遥控器，看了一会儿，没有什么好看的节目便关掉了，静静躺在床上。大漠的月光印在窗帘上，透出了微弱的光。王义在想以后怎么办。这时手机响了。他拿起一看，柳依依来的，接通，柳依依问，你什么时候回来？王义回答，过一两天吧。接着问，有什么事吗？柳依依说，你回来再说，没什么大事。说完挂了。王义拿着手机，想给贾梅打过去，想了想不合适，发了个短信。

贾梅正在和张远同床，眼睛望着天花板，神情呆滞。她在想王义，这些天来，他没有和她联系，不知道状况如何。李田的出事对贾梅的打击挺大。她害怕了，她心惊了，害怕弟弟卷进去。这些不能跟张远说，她心里觉得欠张远的，所以张远提出要求，不好拒绝。手机在客厅里放着，她怕王义打电话或发短信，一直调在静音状态。王义等了许久不见贾梅回复，翻来覆去睡不着，失眠了。

刘立天的心情有些灰，唐琴的态度让他心里有点堵，无聊地在看着电视。张剑说得对，不能放王义走，还好王义答应了尽快回来。不知高林联系的钢材怎么样了，工厂万万不能停工。如果停工了，会造成不好的影响，有人会说我刘立天没有这个能力，想了想拿起电话拨号。高林没接，快十一点了。他关上电视，起身去了卫生间，洗完上床，手机响了。刘立天接通道，高厂长还没睡？高林回答，没睡！接着问，有事吗？书记！刘立天说，也没啥事，钢材联系怎么样了？高林回答，这一两天就会有消息了。刘立天说，好，你睡吧。说完放下电话，关上了灯，翻来覆去睡不着，他也失眠了。

凌晨，突然，电话铃响了起来，刘立天从睡梦中惊醒，有种不好的预感，伸手拿起了话筒，那边传来了一个不熟悉的声音，你是刘立天吗？刘立天问，哪位？什么事？那边自我介绍说，我是嘉市钢铁公司的李铁。刘立天道，你好，李总。接着问，有事吗？李铁急促地说，王厂长心肌梗死，很严重，正在市人民医院抢救。刘立天一听，惊住了，怎么会出这样的事！马上说，我知道了。我马上去。他放下电话给小郑打了过去，让他立即开车到楼下，又给高林打电话，告诉了王义的情况，接着说，我马上去嘉市，厂里你暂时负责起来。另外，这个消息先不要扩散，也不要跟家属说，等我到了，看看情况再说。高林回答，明白！刘立天穿好衣服下楼，坐上车朝嘉市奔去。

真是天有不测风云，打他一个措手不及呀！他坐在后排，闭上了眼睛。王义身体好好的，怎么会这样，没听说他有心脏病呀。

天渐渐亮了，车窗外的荒漠景象一闪而过。刘立天抬手看了一下表，算了算时间，中午前能到。他对小郑说，你休息一会儿，我来。小郑说，不用，我行！刘立天说，要注意安全。上班的时间到了，刘立天给张剑打电话，张书记，我向您汇报一个突发情况，王义突发心脏病，病危，在陇省沙泉市。我正在去沙泉市的路上。张剑回答，我知道了。接着说，有什么情况及时汇报。

　　贾梅早上起来，看到了王义的短信。在上班的路上，她给王义打电话打不通，着急地又打给贾兵。过了一会儿，贾兵回电说，他也打不通。贾梅慌了问，这是怎么回事？贾兵回答，我问了好几个人都说不知道。贾梅一下子掉进了冰窟里，眼里噙满了泪水，心情恶劣极了。她六神无主地走进了办公室，刚坐下，桌子上电话铃响了，她没接，从口袋掏出餐巾纸，擦了一下眼泪。电话铃一直响。她静静地坐着，脑袋空空，觉得天塌了。有人敲门，她也不开门。突然手机响了，贾梅看了看这才去开门。陈文建进来，满是怒气地问，你怎么不接电话，到底怎么回事？贾梅一声没吭，稍微平静了一下问，你有事吗？陈文建说，刚才台长来电话说，有一片子马上录制。贾梅说，我一会儿过去。

　　刘立天到了医院，走进危重病房，王义已经奄奄一息了。李铁介绍说，是服务员发现的，看见水从房间流了出来，打开房间王义躺在地上。刘立天听着，心里难受了起来。在这关键时刻，王义怎么能倒下呢？李铁说，从目前状况看很不好。刘立天看了看转身出了病房，医生们还在继续抢救。他在医院过道的窗户前站住了，眼睛望着外面。时间一分一秒地走着。一小时过去了，两个小时过去了。下午三点钟，一位医生从抢救室走出来说，通知家属来吧！

　　当柳依依赶到，王义已经进了太平间了。在刘立天的陪伴下，柳依依来到王义身边，白色的被单隔开了两个世界。柳依依的眼里流出了泪水，她没有叫，没有喊，只是默默看着王义苍白的脸。刘立天劝解说，柳处长，你想哭就哭吧！柳依依悲痛地说，刘书记，我想一个人待一会儿。刘立天转身出了门，陪着柳依依来的李小娜也跟着出来了。李小娜的心情极度复杂，王义走了，等于她在厂里的靠山没了，也流出了复杂的泪水。

　　刘立天出来后，找了僻静的地方给张剑打电话，告诉他王义已经走了。张剑指示，要做好善后工作，集团派一名副总参加王义的追悼会。另外，要保证西北厂的正常运转，不能出现问题。刘立天收了线，不觉眼里湿润了。

第八章

王义的追悼会开过第二天，前来参加追悼会的集团副总辛力在西北厂办公楼十层会议室听取厂里的汇报。会后，辛副总没吃晚饭就乘机回京了。刘立天没有去送，让高林代表他去了。这几天因处理王义的丧事，他一直没有很好的休息。下班后，他回到招待所，一头就倒在了床上。

贾梅得知王义死了，一个人来到黄河边，望着流动的河，流出了泪水。这是她万万没有想到的结局，这个结局太残酷，她的期望和思念就这么顺着河水流走了，消失了。她不能去追悼会现场，只能在这里，望着河水，心里默默悼念着王义。贾梅的痛苦宣泄不出来，王义的形象又涌进了脑海里。

柳依依和儿子王柳在家，她望着王义的遗像，感觉家里顿时少了什么，冷冷清清。窗外的冷风扑打着窗户，柳依依心里涌出了许多往事。儿子王柳哭肿了眼睛，静静地陪着母亲，挂在墙上的时钟嘀嗒嘀嗒地响着。柳依依的心情沉重，回想过去生活的点点滴滴。自从王义当上了厂长，她发现他变了，过去他不这样，下了班就回来。虽然那时的条件差一些，但是家里气氛和谐，舒心，欢畅。后来，两个人的矛盾越来越多，越来越尖锐。王义回家越来越晚，柳依依不知道这是为什么。她找不出确切的答案。王义走了，过去的一切都消失了。

一个星期后，集团召开常委会，主要议题是研究西北厂的班子问题。张剑坐在椭圆桌的中间位置，两旁坐着各位常委，他环视一下说，我们开会，先请组织部丁肃谈一下西北厂班子的情况。丁肃端起杯子喝了一口水，如实把情况说明了，把厂级干部的情况挨个介绍了一下。没有一个人发言。张剑看了看，说，程总！你的意见呢？程总叫程新，今年五十岁不到，有点秃顶，矮胖，是主管生产的副总。程新喝了口水，说，还是先听听其他同志的意见吧。张剑的脸上流出了不易觉察的不快。会议室静了下来。张剑感到了无形的压力，他知道这里的难度，西北厂如果不马上选定厂长，会耽误工作的。张剑想了想，说，组织部先拿出一个意见来。丁肃翻开笔记本说，我先说说，第一个方案，刘立天兼任厂长；第二个方案，从现有的副厂长里选拔一个；第三个方案，从别的厂调来一个。他话音刚落。钱勇副总说，从别的厂里选，有人选吗？丁肃回答，还没有考虑！钱勇心里在问，张剑为什么要这样做呢？集团的人都知道刘立天是他的人，是为了免除嫌疑？上会之前，张剑和丁肃碰过，一开始丁肃不同意，建议把刘立天调回来。张剑向他讲了目前的局势，他这才理解了。钱勇有些不明白了，不知张剑是在演戏，还是为了堵住别人的嘴巴。钱勇想到这儿，打算将计就计！他说，我提一个人选，顾峰如何？接着，他列举了顾峰的优势。会议室又静了。过了一会儿，不见人说话，张剑说，大家畅所欲言，广开思路，也可以在集团内部的中层干部中提人选。程新接过话说，我觉得赵建民可以作为候选人之一。他说得含蓄，候选人之一，最后由张剑定。纪委书记肖廉说，我认为暂时由刘立天兼任比较合适。他讲了几条刘立天兼任的理由。集团副总辛力说，我认为钱总的意见值得考虑，顾峰参加工作就在西北厂，十几年来，由技术员到车间副主任，由主任到副厂长，基层工作熟悉，厂里的工作也熟。刘立天毕竟搞党务出身，何况去西北厂时间不长。现在需要的是稳定，如果让刘立天负责，西北厂的人不一定服气。张剑也在考虑这个问题，一方面先让顾峰管起来，再一方面，考验考验刘立天。他考虑成熟后说，我同意钱总的建议，由顾峰暂时代理厂长，刘立天继续当党委书记。大家互相看看，钱勇微笑，没有马上表态。程新没想到，张剑这么快就同意了。张剑继续说，如果大家没意见，那就举手表决。表决结果，除了丁肃、肖廉投反对票，其他常委一律举手通过。接着张剑说，其他人事调整，等集团总裁正式上任再议。

散了会，张剑的心里也有点乱了，本想让刘立天兼任过渡一下，利用这个空当时间，再选人去西北厂，没想到，钱勇提出了顾峰的方案，理由很充分，他没法拒绝，只能先这样了。

钱勇回到办公室马上给顾峰打了电话。顾峰弯腰接着电话，心里涌出激动，看来这几年的辛苦没有白费。

辛力来到钱勇的办公室，坐下后，说，钱总，你有眼光呀！钱勇没听明白，笑着说，谢谢。辛力说，你比我想得长远。钱勇这才听明白了，装着糊涂说，现在的事，哪有长远呀！辛力说，你呀！怎么想的，我心里明白，需要我，你尽管言语。钱勇说，谢谢！让你老兄费心了。辛力说，打天下，还得靠兄弟。钱勇说，那是！辛力站了起来说，小心！他可是一只老狐狸，不要以为他今天让步了就放松警惕，你要多加小心。

张剑回到办公室拿起话筒，让丁肃过来。钱勇的提议应该说，是个不错的主意。这样可以让西北厂平稳的过渡。如果顾峰干得不错，刘立天就可以脱身，洪斌也可以到任；如果干不好，刘立天当厂长，再让洪斌过去，也来得急。丁肃敲门进来，张剑说，老丁，你起草文件吧！丁肃没有接话，而是说，书记，我觉得钱勇推荐顾峰动机不纯。张剑没有吱声。丁肃继续说，去年底，我去了解，有许多人反映顾峰有问题。张剑说，你不是都没落实吗，有些问题不要捕风捉影！丁肃说，顾峰这个人的人品也有问题。张剑严肃地说，没证据的事，不要瞎说。按会上决定的办，起草文件，争取明天发下去。丁肃所反映的问题，张剑心里清楚，但没有确凿证据，不能妄下定义，用人不疑。再说了，从目前的情况看，也只能让顾峰顶上去了。

丁肃出门了。张剑想了想，有必要跟刘立天通个气，电话接通后，张剑说，立天呀！刘立天忙说，书记好。张剑问，小唐怎么样？刘立天回答，挺好的。张剑和刘立天唠了几句家常，接着开始说正事。张剑说，我考虑了一下，暂时让顾峰负责起来，你看呢？刘立天的脑袋瞬间空白了，不知怎么回答。他沉默了几秒钟，不想让张剑感觉到什么！马上说，我听组织的，听您的。后来张剑说什么话，他一句也没有记住。那边的电话都嘟嘟了，刘立天手里还拿着电话筒，做梦也没有想到会是这么一个结局，他放下电话，愣愣地坐着。

顾峰兴奋地坐不住了，下了楼来到二车间，进了宽大的车间，机器轰鸣声仿佛在为他欢呼，每一个车间仿佛都向他投来热情的目光。他走进车间办公室，张强正在打电话，见顾峰进来放下了电话，说，顾厂长神采奕奕呀！有什么喜事？顾峰笑而不语，坐下才说，给武炼打电话，让他过来。

武炼跑到二车间，一进办公室就问，有什么好事？顾峰笑眯眯地问，你俩猜猜？武炼说，刘立天调走了？顾峰摇摇头。张强说，你调北京了？顾峰又摇摇头。武炼说，猜不出来。张强眼睛一亮，问，是不是你当厂长了？顾峰笑了，武炼笑了，张强也笑了。这是张强没有想到，也是武炼没有想到的。武炼马上问，这到底是怎么回事？

刘立天在办公室一直坐到下班，坐到了天黑。他心里很痛，而这个痛又无法说出来。窗外冷峻的月光射进来了。他拿起电话给高中女同学李燕打了过去，半天没人接。那时，李燕是校花，是刘立天心中的女神。然而，两人高考后，一南一北，等再见面，都已成家了，那段美好的时光都藏在心里了。刘立天分配到了北京，李燕回到了家乡。没想到，十几年后，刘立天调到了金城，在一次同学聚会中又和李燕见面了。

李燕正走在回家的路上。她家离单位很近。她在市经贸委上班，是一名科长。刘立天继续待在办公室，不想吃饭，等李燕的回电。

顾峰没有回家，下了班被张强、武炼拉着庆祝去了。三个人来到了畅家巷一家僻静的小酒馆，坐了下来，要了几个家常菜，一瓶酒。三个人不是没钱，也不是廉洁，而是好这一口，喜欢这家饭馆的味道，再说了也隐蔽。菜上来了，武炼倒好了酒，端起酒杯说，庆祝顾厂长荣升！顾峰说，别这样，咱仨是哥们，别这么虚头巴脑的。张强说，这可是我们哥俩的真心话。三个人喝着酒，唠着厂里的事，唠着以后的事。

刘立天走出了办公室，没有回招待所，而是在街上漫无目的地转悠，穿过霓虹灯光，穿过大街小巷，喧哗的声音落在了身后。

李燕回到家才看到刘立天的电话，爱人在家，不方便回。自从那次同学聚会，勾起了许多的回忆，她激动了一阵子，而这个激动是对过去的怀念，也是对过去的一个总结。在李燕的心里，珍藏着那段美好的回忆。有时夜深人静，想起了和刘立天在一起的点点滴滴，那么含蓄，那么害羞。

刘立天转了一圈回到了招待所，收拾完，躺在床上看了看手机，然后放在床头柜上，眼睛注视墙壁。他在问自己，为什么会这样？难道这是张剑的考验吗？如果是考验，那自己的这种状态能行吗？他把这段时间所发生的事，重新捋了一遍，问题出在哪儿？刘立天在分析，在反省，前段时间，他有些急躁，有些张扬，有些肤浅，特别是李田刚出事那几天，自己都干了些什么？王义为什么请假？为什么躲避？另一方面，行政工作，自己从来没有干过，有什么资格去当厂长？刘立天明白了，看来自己还需要历练，真要把自己放在厂长的位置上，那也许自己的政治生涯就会结束了，心里不由得感谢张剑了，要不是他把关，那自己也许会误入了歧途。刘立天在宽慰自己，也在想，要多学业务，为以后打基础。这么想着他情绪好了许多，磨炼才能成大器。古代哲人孟子说，故天将降大任于是人也，必先苦其心志，劳其筋骨，饿其体肤，空乏其身，行拂乱其所为，所以动心忍性，曾益其所不能。刘立天起床走到窗前，推开窗扇，寒风不再凌厉，夹着一丝暖意吹了进来。深邃的天空闪耀着星光，月亮升了上来了，银白的月光铺洒在大地上。

第九章

　　第二天早上，刘立天精神饱满地上班了，刚进办公室，高林随后进来了，说，书记，钢材解决了！刘立天说，好呀！你去跟顾厂长说一下。高林愣了。刘立天说，你先坐下，我慢慢地跟你说。高林问，怎么回事？刘立天说，昨天下午，集团常委会研究决定让顾峰接替王义。高林半天不语，脸涨红了，激动地说，这叫什么事嘛！顾峰！顾峰能当厂长？谁他妈的瞎眼了！西北厂完了！书记，你怎么不阻止呀！他比王义还坏。高林来回走动着，喘着气，停住脚步叫道，我不干了！刘立天吃了一惊，顾峰当厂长，惹得高林这么大的反应！接着他冷静地说，有想法可以，不能胡说。如果你不干了，我也不干了，谁来阻止歪风邪气呀！高林不语，在屋里转了两圈开门走了，回到办公室坐定后，心里叫道，顾峰当了厂长，就是自己倒霉的开始，这样还不如离开此地。他拿起电话，给表哥打了过去，问，哥，你有时间吗？表哥问，有事吗？高林说，我一会儿去找你。表哥说，现在不行，你电话里说。高林说完，表哥说，随时欢迎。高林放下电话。他这位表哥是一家民企的老板，生意做得挺大，旗下有一家机械工厂，他曾邀请过高林，高林觉得不合适，一直没有答应，觉得亲戚在一起工作不方便，万一有了矛盾，两家会闹得不愉快。但他无法跟顾峰共事，他觉得顾峰这个人就是一个小人。再说了，这个人私心太重，干什么事，首先想到自己，跟这样的人在一起工作，非受气不可。接着又想，自己这么不明不白地走了，对不住刘立天。这一年来，他看到刘立天是一个正直和正派的人，是一个有胸怀的人。他若走了，刘立天就更难了。想到这儿，他心里犯难了，又犹豫了。

顾峰上了班，本想去刘立天办公室，想了想觉得现在去不适合，怕刘立天反感，这个消息他肯定知道了。如果有事，刘立天会来找他的。赵建民进来就说，顾厂长，我登门祝贺，今晚庆祝一下。顾峰说，别，文件还没下来，等下了文件，小弟请你。赵建民心里掠过一丝不快，脸上却堆满笑容说，以后，你要多关照老兄呀！顾峰抿嘴笑，没有回答。这时有人敲门，李小娜进来，灿烂地给顾峰递过一摞文件，顾峰看了两眼说，你把这些文件送给刘书记。李小娜妩媚一笑说，顾厂长，这些文件是给厂长的。顾峰心里一沉，这小丫头也知道了。这个消息是赵建民告诉她的，他一直想追李小娜。对于李小娜来说，王义走了，在厂里她要寻求靠山，赵建民就是最佳人选。现在资源最重要！没想到，顾峰当上了厂长。赵建民看李小娜殷勤的样子，心里有些醋意。李小娜转身出门了。顾峰见赵建民眼睛盯着李小娜，心里不由得笑了。赵建民收回了目光说，我也走了。

第三天下午，集团组织部丁肃部长来宣布任命文件。任命顾峰为代理厂长。宣布完后，丁肃单独见了刘立天，传达了张剑带给他的话，要积极配合厂长工作，思想上不要有什么包袱，把握好大局，做好监督工作等。刘立天听完说，请你转达张书记，我会努力工作，配合厂长工作，请组织放心。他说完觉得再没有什么可说的，不是他不说，是不能说，这是一个考验。丁肃看刘立天很淡定，心里不免有些佩服这个年轻人了。他说，看你这个状态，我心里很高兴。我会如实向张书记汇报的。两人谈完后，丁肃和班子成员吃了一顿饭，乘最晚的航班回京了。

丁肃走后，刘立天陷入了沉思，心里不知怎么有些伤感，本来过完春节他就调回京了，也许再过上一年就可以进常委了。因王义的阻拦、李田的被调查，王义的突然离世，一切都变了，而这个变的方向，不是很光明。顾峰接任厂长，证明了在集团的高层，有不同的声音。虽然他也想到了，这是张剑为他着想不得已而为之。但是张剑是代理总裁，如果从集团内部产生分歧，势必会影响自己后续的发展。刘立天不由得感到，在走西北厂的这条路上，凶多吉少呀！顾峰能支撑起这个厂吗？高林对顾峰这么反感，不只是看不上吧，肯定有更大的问题。他俩在一起待的时间长，顾峰到底怎么样，那要继续看看。顾峰的为人他是清楚的。他当厂长，工厂会兴旺吗？如果走向了衰落，他这个党委书记就有不可推卸的责任。同时他又想，这也许是一个机会，那这个机会，会落在自己的身上吗？即使落在身上，自己能顶起来吗？

新的一天来了，晨光洒进了办公室。顾峰反复看着集团的任职文件，认为张剑对他还是不信任。有了这个代理，刘立天就可以约束自己，要想坐稳这个位置，他不能在这个阶段出错。接着又想，得抽时间去感谢钱勇，一定要抓住他，这是他在集团的唯一靠山。

刘立天在看文件，他明白张剑的意图了。同时，也在想高林的问题，昨天下午开会的时候，他以有事为由请假了。丁肃还问起了他。刘立天感到班子团结是一个大问题，怎么去说服高林呢？他心里非常清楚，自他来了以后，就发现高林与顾峰一直不合。王义一直袒护顾峰。自己到任后，高林受孤立的境遇才有所改变。为此，高林有什么情况都及时向他反映，为了这点，王义打压他。顾峰当厂长，高林不可能服，在这种人手底下工作，是受罪。看来做通高林的工作，不是一个简单的事。现阶段，高林不能走，一定要留住他。

刘立天想着这些，觉得要开一个统一思想、增加团结的会，随即拿起电话说，顾厂长，明天下午，开个党委扩大会？顾峰说，好！刘立天接着又打电话，叫小郑过来。小郑，全名叫郑凡，本地人，两年前从省师范大学中文系毕业。他个子不高，结实，为人忠诚可靠。刘立天来了以后，通过一年的工作，准备在适当的时候提他为党办副主任。老主任快到了退休年龄。刘立天到西北厂后，老主任帮了他不少。机关的个别人对老主任有些看法，觉得老主任事多，刘立天也就听听而已。老主任觉得刘立天是个干事的人。有一天，两人谈完工作，说到党办主任接任者的事，老主任推荐了郑凡。

郑凡敲门进来，刘立天布置道，通知在家的党委委员及各车间的党政一把手，明天下午两点，在十七层会议室召开党委扩大会。

郑凡直接来到了顾峰的办公室。顾峰正在通电话，郑凡站在两米远。顾峰打完，放下电话叫道，小郑，坐呀！站着干什么？郑凡面带微笑说，明天下午两点在十七楼会议室开党委扩大会。顾峰说，我知道了。郑凡说，顾厂长，没什么事，我先走了。顾峰笑了笑点头说，好的。郑凡出了门，来到付力副厂长的办公室。他正在看文件，见郑凡进来说，坐。郑凡说，明天下午两点在十七层会议室开会。付力说，小郑，你打个电话不就完了吗？郑凡没有解释出了门。付力没说错，但郑凡不是这么想的。他认为要想进步，就得与领导处好关系，打电话领导会怎么想呢？所以每次开会，他都是亲自去通知。他来到高林的办公室，隔门听见高林在大声打电话。郑凡停下，等高林打完电话再进去。没想到，高林放下电话开门，一愣，问，你怎么站在这儿？郑凡忙说，我是来通知你，明天下午两点开会的事。高林问，那你怎么不进来，站在门口干什么？郑凡说，我刚走到门口，你就出来了。高林疑惑地看了看他，接着问，开什么会？郑凡说，党委会。高林问，什么内容？郑凡回答，书记没说！高林说，我知道了。郑凡心里有点堵，高林怎么这么问呢？接着他又去通知其他厂领导。

　　高林下楼来到刘立天的办公室，进门就问，书记，开什么会？刘立天说，你先坐下！高林坐在沙发上，眼睛望着窗外，心里在想，反正已找好了去路。刘立天说，高厂长，咱俩聊聊。高林说，书记，你想聊什么我心里清楚。顾峰这种人都能当厂长，我不服！你问问厂里有多少人服。刘立天说，我知道，你心里有疙瘩，你想想，我们是有组织的，集团定了，我们能不执行吗？高林不吭声。刘立天说，既然我们要执行，就要配合好顾峰的工作。明天开会的内容，就是统一思想，加强团结。高林低头不语，待刘立天说完，高林说，书记，你不用劝我，我要辞职！我不想伺候这种人。刘立天没有马上回答，而是在想，如果高林辞职了，说明了什么？集团会怎么看？张剑会怎么看？全厂的职工会怎么看？一方面，一定会造成混乱。再一方面，张剑知道了，会不会以为自己用高林辞职来要挟集团，会不会认为自己没有这个能力？刘立天反复想，一定要做通高林的思想工作。刘立天说，这样吧，你不要辞职，等于支持我，帮帮我，就像朋友之间的帮忙。高林喝了一口水说，书记，我真看不惯顾峰！跟这种人在一起工作，我会疯的。我知道，我这样做，会有人说，我自己没当上厂长，嫉妒顾峰。说实话，我不管别人怎么说，我只要辞职了，那些人所说的就会不攻自破了。刘立天冷静地想了想说，这样吧，咱们过一段时间再说这个事。接着问，你找我有什么事？高林说，华发公司我考察过了，资质没问题，加工能力不足。刘立天问，你的意见呢？高林说，我觉得这个厂没有这个能力。刘立天说，你和顾峰说一下，提出意见来。高林说，我知道了。高林心里知道，刘立天要把这事交给顾峰，看看顾峰怎么处理。高林说，我先走了。刚才刘立天祈求的眼神，让他心里一震，他想自己是不是有点不够意思，太任性了，但一想到，顾峰趾高气扬的样子，心里就来气了。

　　高林回到办公室，按照刘立天的指示，写完华发公司的汇报材料给顾峰送去。一进门，顾峰热情地说，快坐！高林面无表情地说，这是华发公司的资料。顾峰说，这个我不看了，你定！高林说，我定不了，你定吧。说完就转身走了。顾峰心里骂道，这个刺儿头！

中午，李燕才给刘立天回电，接通后，刘立天开玩笑说，李燕呀，昨天打的电话，你今天才回呀？李燕说，我知道你没什么要紧事！我早上才发现的，接着问，有什么事？刘立天说，没什么事了，昨天想找你聊聊。李燕关切地问，怎么了？刘立天说，等有时间再聊吧！我可能走不了了，要在金城干下去了。李燕惊讶地问，那你老婆怎么办？刘立天说，我也不知道。好了，哪天我约你见面聊。

前一段时间，几个同学聚会，刘立天告诉李燕，他要调回北京了。李燕的心里还酸酸的。现在听说刘立天不走了，内心有些激动。同时，她也知道，刘立天在控制这段感情的迸发。一个人的时候，不知怎么总会想起那段岁月。那是多么让人心醉的岁月，那也是羞涩的岁月。那时，刘立天经常带一些好吃的给她，她也带一些好吃的给刘立天。想起这些，她脸上露出了纯真的笑容。

刘立天听到李燕的声音，心里特别高兴，而这高兴是那么自然，那么流畅，觉得身心都会放松。那段时光的友谊，还在延续，还在生长，还在加深。然而，在他俩之间有条沟，是一条不可逾越的沟，那就是他们都有了家庭，都有了孩子。刘立天把这些问题想了许多遍，每当夜深人静，一个人躺在床上就想起那段时光。有时，刘立天觉得自己很可笑，觉得荒唐，而这个荒唐却让他时时不能忘。刘立天的脑袋彻底抛锚了，要是让唐琴知道了怎么办？接着刘立天告诫自己，一定要稳住，一定朝大处看，不要为一些儿女情长耽误大事，耽误前程。刘立天拿起电话给唐琴打了过去，电话通了，唐琴冷淡地问，有事吗？刘立天柔和地说，没事就不能给你打电话了？唐琴依然冷淡地说，我这有事，有事快说！刘立天告诉了唐琴集团文件的精神，唐琴沉默了，好半天才说，你好自为之。刘立天放下电话，愣愣地，看来有必要抽时间回去一趟，好好跟唐琴解释解释。

中午下班时间过了，刘立天下楼去食堂，在电梯里碰见了高林。高林告诉他，华发公司情况的书面材料交给了顾峰，刘立天说，也给我一份。

刘立天在食堂又碰见了郑凡，他汇报，明天的会都通知完了。刘立天问，你怎么也来食堂吃了？郑凡说，媳妇出差了，没地方吃饭了。两人打完饭坐在一起吃饭。郑凡说，书记，我觉得高厂长对顾峰意见很大，对我可能也有些误解。刘立天问，怎么回事？郑凡把刚才与高林见面的情况解释了一下。郑凡心里清楚，必须要解释这件事，他怕高林向刘立天反映，再惹得刘立天误解。郑凡说完，刘立天吃着饭没有吭声。不是他不吭声，是不能吭声，维护班子团结是头等的大事。再说了，高林也没有向他说什么！他知道郑凡的用心，这个年轻人思维缜密，考虑问题全面，同时也觉得他有些世故。不过人嘛，哪能十全十美。

贾梅与陈文建在酒店吃完饭，两点多钟大家散了，在回单位的路上，贾梅又想起弟弟贾兵，不知他现在是否还跟西北厂做生意。好长时间没见弟弟了。她给弟弟打电话，贾兵接了电话说，他在北京，过两天回去。贾梅放下了电话。

贾兵知道顾峰当厂长后，就跑到北京来了，来拜见集团供应处的滕斌处长。贾梅来电话时，两人正在一家酒店吃饭。滕斌个子不高，河南人，戴着一副眼镜，脸白净，说起话来细声细气的。贾兵说，刚才是我姐来的电话。滕斌笑了笑问，你姐没事吧？贾兵知道滕斌问这个话的意思，回答道，没事！滕斌知道王义和贾梅关系不错，有一次去西北厂，王义请他吃饭，贾梅作陪。贾兵问，滕处长，你跟顾峰熟吧？贾兵所谓的熟，不是工作上的熟，而是私下关系的熟。滕斌说，熟！你知道吗？这次推荐他的，是集团的副总裁钱勇。我跟钱勇有多少年的关系了。你有什么事？贾兵心里狂喜，只要滕斌跟顾峰熟，西北厂的业务就不会停下来。这些年来，他一直和滕斌保持良好的关系。滕斌心里清楚，王义走了，贾兵就得依靠他了。另外，他看上了贾梅。现在好了，贾兵求他，追贾梅就有了机会。滕斌说，抽机会我去一趟金兰，给你疏通疏通。贾兵高兴地说，那太好了！滕处长，那你什么时候去？滕斌说，等我电话吧。贾兵得到滕斌的肯定答复后，心想这次没有白来，一定要抓住滕斌。

贾梅回到家，张远出差了，女儿在姥姥家。她有点无聊，饭也不想吃，靠在沙发上，望着窗外灰蒙蒙的天。自从王义走了以后，她总是提不起精神来，神情恍惚，丢三落四，伤感的情绪总是笼罩在心里，总是想哭。她想找人倾诉，想发泄，拿起电话给最好的闺蜜刘萍打了过去。刘萍是个美女，性格开朗，思想超前。刘萍接上电话道，大编辑，怎么想起我了？贾梅情绪低沉地问，你现在有空吗？刘萍说，有空呀！啥事？贾梅说，一会在南关十字的五彩咖啡屋见面。刘萍回应说，好！贾梅放下电话心想，这种情感本身就像一朵花，风调雨顺，它会鲜艳；狂风暴雨来了，它就会凋零。接着又想，我心中的花是不是就要凋零了？她穿上衣服出了门。

　　在五彩咖啡屋里，贾梅和刘萍正在说话。刘萍问，你脸色怎么这么憔悴？贾梅没有吱声。王义的死，她没有告诉刘萍。过去，刘萍曾陪贾梅和王义吃过多次饭，在一起玩过。贾梅说，王义死了！刘萍大吃了一惊，叫道，什么？你跟王义掰了？贾梅面无表情地说，王义真死了！刘萍惊讶地问，这是真的？什么时候的事？贾梅说，快一个月了，心肌梗死，在嘉市出差，死在了宾馆里。刘萍沉默了，半天不说话。因为，她不知怎么去劝，怎么去安慰。贾梅是她最好的朋友，突如其来的不幸，让她很难受。贾梅本有一肚子话，可又不知从哪说起了。幽暗的灯光下，两张漂亮的脸庞格外的引人注目。两个人默默坐着，品着咖啡。贾梅不是在品咖啡，而是在品尝痛苦，而刘萍则在品尝闺蜜的忧伤。过了许久，刘萍说，这个心结还得你自己解开，你自己想不通，谁也没有办法。贾梅听完，觉得刘萍说得对，毕竟是失去了，王义不会复活，为什么要为一个死人而活呢？如果不从这里走出来，那伤感的情绪会让自己迷失，会失去活力。贾梅本想倾诉，没想到，刘萍的这一席话，让她明白了，解铃还须系铃人，心里敞亮了一些。两人聊起闲话。

　　顾峰回到家，一抬头，看见妻子满脸怒气地站在面前。顾峰笑着问，几点了，你怎么还不睡？随之一股酒气喷了出来，妻子用手扇了扇，没好气地说，你就折腾吧！用不了几天就把你这个厂长撸了！顾峰笑着说，你操那心干什么！妻子厉声叫道，你放屁！你说什么？不用我操心，谁操心？顾峰酒劲儿没有过去，脑袋却清楚地说，没谁操心！顾峰的妻子名叫赵莹，个子不高，脾气不好，有洁癖。她看不惯顾峰身上的许多毛病，她是一个完美主义者。顾峰心里是怯媳妇的，现在好不容易扬眉吐气了，赵莹却根本没把他当回事。顾峰换上了拖鞋，没敢再吭声，他心里知道，自己这张嘴斗不过老婆。他进了卫生间，还没有走到便池，一股酸辣味从嗓子眼里喷了出来，顿时满地都是呕吐物，一股难闻的气味弥漫开来。赵莹火冒三丈叫道，顾峰！你……你再这样就别回来！

　　顾峰和赵莹是通过一位朋友介绍认识的，谈了一年多就结婚了。赵莹爱干净，能干，顾峰在车间当一名普通的技术员时，赵莹在一家小学当数学老师。顾峰在和赵莹认识之时，刚好和女朋友分手没多久。说是女朋友，可从没有谈开过。后来和赵莹结婚后，有一次在商场碰见那位女朋友，没想到她是赵莹的高中同学。这段历史，顾峰从没有向赵莹说过。那位女朋友边和赵莹说话边用眼睛瞟了瞟顾峰。两人没说话，从那以后两人再没有见过面。一个月前，他去赵建民家里碰见了那位女朋友，她叫许冬莲，是赵建民的表妹。世界真是太小了！顾峰开玩笑地说，赵厂长，你妹妹可是美女呀！赵建民不知这段往事，许冬莲也从来没讲过。那时，她看不上顾峰，没想到这么多年过去，顾峰当副厂长了，而许冬莲却是一名下岗职工的妻子，这是许冬莲做梦也没有想到的。一个月过后，顾峰又当上了厂长，然而，许冬莲始终没有找过顾峰。

顾峰吐完了，处理完呕吐物，冲了澡换上了睡衣从卫生间出来。赵莹上床睡觉了。儿子屋里的灯还亮着，他轻手轻脚走到儿子门前，听了听没动静，想进去，一想身上还没有散尽的酒味，就转身回到自己的房间。他上了床，赵莹背对着他。顾峰想了想没敢去招惹，躺下后，脑袋里出现了许冬莲。十几年前，许冬莲高挑的个子，皮肤稍黑，一双明亮的大眼睛，樱桃小嘴，银铃般的声音。往事如烟，那场景浮现出来，有一天吃完晚饭，车间的一位同事，让他陪着去看朋友，而看望的这位朋友就是许冬莲。她当时在隔壁单位职工医院当护士。后来顾峰发现许冬莲只顾和他聊天，冷落了同事。一来二去，他们慢慢熟络起来。后来有一次，顾峰去找许冬莲，见她和几名护士聊得起劲，没有理他，顾峰的自尊心受到了打击，站了一会儿，许冬莲仍在继续聊天，他一生气走了。从那以后再也没去医院，也再没有见过许冬莲。真是世事难料。没想到，在赵建民的家里又碰见了，也可以说，这是顾峰的初恋，准确地说，是单相思的初恋，由此在他心里留下了一道深深的痕迹。然而，这道痕迹给顾峰带来了意想不到的事情。

第十章

　　西北厂的党委扩大会议，第二天的下午在十七楼会议室召开了。顾峰坐在王义的位置上，参会的有全厂党委委员和中层干部近百人，刘立天见人都到齐了，清了清嗓子，说，今天开个党委扩大会议，主要内容是，坚定信心，加强团结。他按照事前准备的发言稿念开了。会场上鸦雀无声，突然，顾峰手机铃声响了，会场所有的人目光都射了过来。顾峰赶紧按了，调成振动模式，一个陌生的号码，手机又振动了，他压了，接着又振动了。

　　刘立天在发言，顾峰想，这是谁呀，这么讨厌，不停地打。刘立天最后讲道，同志们，我们厂从困难中走到今天不容易，最近厂里发生了一些变化，大家都知道了。我们下一步的工作，要以经济建设为中心，这是党的主要工作。工厂是经济单位，就要讲发展，讲效益，有了效益，我们大家才能有更好的收入。我们是央企，虽然地处西北，但是我们基础好，现代化强。要保持以前的成果，就要团结，团结才有力量。我们的目标只有一个，就是把厂子建得更好，争取更大的效益，这是党的的要求，也是集团的要求。不团结就会成为散沙，散沙是没有力量的。刘立天停顿了一下，喝了口水又说，整个国家都处在改革之中，改革就要有创新，只有创新才能发展。因循守旧是没有前途的。那么，我们要前进，要创新，那就要团结，不团结改革就无从谈起，创新就无从谈起。同时，在这个过程，肯定会有阵痛，不能因为阵痛，我们就不敢朝前走了。目前，职工思想比较混乱，一切都朝钱看的思想比较严重，从而我们的一些干部也要提防腐败的发生，做人要干净，要阳光，要有境界，不要因为蝇头小利，搞得身败名裂，家破人亡。刘立天这段讲话是有所指的，顾峰听得明白，心里却冷冷地一笑。

刘立天讲完，面向顾峰说，现在请顾厂长讲话。顾峰没有准备，马上说，我就不讲了。刘立天逗顾峰说，你这新厂长讲几句吧！顾峰笑了笑说，那我就说两句，刚才刘书记讲的我都同意，接着又说，我们厂在集团属于三流企业，各项指标都在末尾，再说，我们地处大西北，各方面条件差，不如沿海，不如发达地区，不如基础条件好的地方，我想，我们要在集团的领导下，把我们的工作做好，发展才是硬道理，只要搞好西北厂，我们胆子可以大些，思想不要保守。顾峰停顿了一下，看了看会场，接着又说，请各位支持我的工作，厂里好了，大家都好了。我就讲这些。刘立天又讲了几句总结的话，宣布散会。

顾峰出了办公室，立即拿出手机看，有五六个同一个号码的未接电话。这是谁呀？回拨了。没想到是许冬莲。顾峰问，有事吗？许冬莲声音软软地说，晚上，你有空吗？顾峰问，你有什么事？许冬莲觉得顾峰语气有些生硬，心里不高兴了，可现在人家毕竟是厂长，又有求于他，声音就更温柔地说，没事就不能请你吃个饭吗？顾峰解释说，我不是那个意思。要请，也是我请。许冬莲脸上露出了笑容说，晚上六点，在黄河边的金河酒店五〇一包房。

刘立天回到办公室，高林尾随着进来说，我听合同科的任明说，华发公司的合同要签了。刘立天愣了一下，问，怎么回事？高林说，我上次跟你说过了，情况也写了报告给了顾峰。刘立天觉得这是正常业务，不好干涉，想了想说，质检这块不是归你管吗？你要严把好质量关。经刘立天这么一点，高林明白了说，我知道了。说完转身出了门。

刘立天陷入沉思，顾峰把他的话当耳旁风，没有大局意识。刚才会上所讲，顾峰没有上心，他所讲的是不同的观点。他心里知道，顾峰和高林的战斗开始打响了，高林绝对不会放过顾峰。接着又想，看来，这个顾峰根本没有理解我的用意呀！他站了起来，来到了党办，推门进去，郑凡正趴在桌子上写材料，老主任不在。郑凡抬起头站了起来，问，书记有事？刘立天说，你要是不忙，跟我去车间转转。

这座工厂一共有十八个车间，刘立天刚来的时候，头三个月基本都在车间调查，了解情况。在这段时间里，他发现了一些好同志，也交了一些朋友。十七车间的副主任车建文就是其中一位。他比刘立天大三岁，技校毕业，是从工人中选拔上来的。他在厂里被称为"解难题的能手",有高超的技术,不然,王义也不会提拔他。不过,车建文性格耿直,眼睛揉不得沙子。后来,王义慢慢疏远了他。刘立天来后,王义说过几次要调整他,刘立天没有同意。

刘立天和郑凡走进十七车间,刚开春,三月份的西北气温还有些低。从办公楼到车间有点距离,两人的脸冻得有些麻木,他们没去办公室,在宽大的车间转了起来。两人边走边看。车建文从车间北门进来,看见刘立天和郑凡,忙走了过来,说,刘书记,你来也不告诉一声。刘立天笑道,我没有什么事,随便走走。车建文随后拍了拍郑凡的肩膀,接着对着刘立天说,去办公室坐坐?刘立天没吱声,与他来到了车间办公室。郑凡跟在后面。进了办公室,还没等刘立天坐下,车建文就迫不及待地说,刚才顾厂长来电话,让我去华发公司。刘立天问,顾厂长没说什么事吗?车建文点了点头。刘立天说,你就去,有什么情况及时跟我说。车建文说,对了!他让我找一个姓刘的。刘立天没再说话。

顾峰通知完车建文后,马上给严岩打了电话,严总,我派一个人过去,这是我们的技术高手,你安排人一定把他拿下。我告诉他去找刘亮。你一定要安排好。严岩说,你放心!接着又说,顾厂长看看这两天有没有时间,我们聚聚。顾峰说,再说吧!

高林考察完华发公司,认为其加工能力不足,向刘立天做了汇报,刘立天让他写了一份报告给顾峰。顾峰看完这个报告,觉得那里有问题,就马上与严岩联系,商量好对策,那就是把车建文派去。

顾峰为自己的得意之作感到兴奋,只要把车建文拿下这事就成了,也算是给金主任一个交代。他拿起内部电话,叫李小娜过来。顾峰问,小李,今天晚上没有什么安排吧?李小娜心里一喜,以为有什么好事。没想到,顾峰接着说,没什么事,我就安排自己的事了。李小娜问,顾厂长需要安排吗?顾峰摆了摆头发说,不需要!李小娜心想,顾峰有事,那就约今晚和何强、侯志一起吃饭。

下班时间到了,司机送顾峰来到了金河酒店五〇一包房,一进门,许冬莲和老公一起站了起来,说,欢迎!欢迎!顾峰笑了笑跟许冬莲的爱人握了一下手,然后三个人坐下。顾峰推测,应该是安排她老公工作的事。这件事对他来讲不难。

下班后,何强派车接李小娜来到了国丰酒店。李小娜一进包间,何强和侯志都站了起来说,美女!你可来了,我们真怕你不来的。王厂长一走,怕你把我们忘了。李小娜笑了笑没有说话，环视了一下包间，何强马上拉开豪华的靠背椅，让李小娜坐下。侯志马上泡好茶端了过来放好后，随之也坐了下来，接着从兜里掏出了一个红包扔了过去。李小娜没有接红包，而是不经意地看了看。侯志马上说，你别理解错了，我不是那个意思。李小娜微微一笑说，有什么事吗？侯志殷勤地说，没有什么事！他表面和颜悦色，心里骂道，你也就是一个跑腿的，牛逼啥！李小娜看看侯志，说，有事就说！何强接过话说，过去王厂长在的时候，我们还经常走动，现在王厂长不在了，我们不能断了联系呀。李小娜心想，那时这两个人仗着王义，都不正眼瞧她，现在却这么殷勤。她的虚荣心得到了满足。何强满脸堆笑说，李秘书，你要在顾厂长跟前多帮我们美言呀！李小娜心想，有事求我，还装模作样的！嘴上却说，那是！侯志接过话说，我们一直和西北厂合作，还想继续合作，有钱大家赚嘛。李小娜家里不宽裕，两个弟弟上学，都是她供，父母亲在农村。过去王义在，她不敢，也没有机会。现在何强和侯志找到她，机会来了。李小娜笑了笑说，我们点菜吧！侯志一看有门，马上叫服务员点菜。

顾峰和许冬莲的老公，一连喝了好几杯酒。许冬莲的老公叫胡刚，脸色黝黑，浓眉毛，宽肩膀，个子一米八左右。今晚许冬莲叫他来，他就不情愿，让老婆给找工作，心里极为难受。当他进了酒店，看见顾峰进来，老婆的眼神很灿烂，而这个灿烂让他捕捉到了一丝的暧昧，一股醋意袭来，想用酒来报复顾峰。因此，他不断劝酒。顾峰似乎也觉察到了什么，又不好拒绝，毕竟他追求过许冬莲，莫名其妙地感到好像欠了胡刚什么。许冬莲也感到胡刚的变化，怕把这事弄砸了，对胡刚说，少喝点，多吃菜。胡刚用手抹了嘴巴说，要让顾厂长喝好！你别管。顾峰有些醉意说，冬莲！你别管，我和胡刚好好喝一场。顾峰这么说，就是想气气胡刚，本事不大，脾气不小。他故意要做出和许冬莲关系不一般的样子，这样胡刚就不一定去厂里上班了。胡刚心眼小，许冬莲着急呀！怕惹恼了顾峰。胡刚想不到这些，他心里一直在想，许冬莲和顾峰关系到了哪一步，一想到那事，心里就不舒服，拿起酒瓶倒满了一杯酒，说，顾厂长，咱哥俩把这杯酒喝了。顾峰没有犹豫，仗着酒劲，胆大了起来，倒了满满的一杯酒，和胡刚碰一碰杯仰脖喝了。胡刚一仰脖喝完，一头栽倒在地上，嘴里吐出污垢，满屋酒气，熏得许冬莲跑到卫生间吐了。顾峰心里害怕了，摸了摸胡刚的脉搏，非常微弱。他拿起电话给李小娜打了过去，半天没人接，连打几遍。

李小娜正和侯志跳舞呢！

　　许冬莲吐完出来，马上蹲了下来擦了擦胡刚嘴里冒出的污垢，然后又摸了摸脉搏，哭喊道，胡刚死了！没脉搏了啦！顾峰吓坏了，忙给胡刚做人工呼吸，手机响了，接通后，李小娜问，顾厂长，什么事？顾峰说，你立即联系医院，叫救护车。我在金河酒店。李小娜的酒被惊醒了，叫上侯志和何强急速地来到金河酒店。这时救护车也到了。李小娜带着人冲进房间，见顾峰正在给一个不认识的男人做人工呼吸。救护人员马上救护，经过一阵抢救，胡刚有了呼吸。许冬莲见老公有了呼吸，大声地哭了起来。人们抬上胡刚放进救护车，许冬莲坐进救护车朝医院驶去。顾峰对李小娜说，你去把账结一下。何强接话说，账结了！顾峰回头看了一眼何强说，我们去医院。顾峰吓出了一身冷汗，胡刚要是死了，真说不清楚了，刚上任的厂长有可能就当到头了。

　　第二天的下午，车建文来到华发公司，在办公室找到了刘亮。两人见面后，刘亮不说什么事，只是东拉西扯地瞎聊。过了一会儿，车建文问，顾厂长让我找你，有什么事吗？刘亮说，我们华发公司接了西北厂的外协件加工的任务，想请你当顾问。车建文没明白，他们干西北厂的活儿，请我当顾问，什么意思？这不符合常理呀！不过，他没有马上表态，没有提疑问。刘亮继续说，我们请你给华发公司当顾问，不会白当的。车建文明白了顾峰让他来的目的是更深入地了解情况。他没有说同意，也没说不同意，想看看刘亮下面怎么说。接着刘亮又说，晚上，我们一起活动一下？车建文想了想说，不好意思！今晚家里有事，改日再说。刘亮极力邀请，车建文没有征得刘立天的意见，不敢贸然行动，最后还是拒绝了。车建文从华发公司出来，就打了电话，刘书记，我一会去你办公室。

　　顾峰昨晚一直守在医院，胡刚终于被抢救过来，住院继续观察。顾峰上午没有去办公室，下午来了。他在办公室处理完公务，拿起电话，想了想又放下，来到刘立天的办公室。一推门，见车建文在，愣了一下问，下午你去华发了？车建文没想到顾峰会来，看了看刘立天，平静地回答，去了！顾峰忙对刘立天解释说，华发公司报告我看了，技术上还有些欠缺，我让车主任去，帮他们把把质量关。顾峰说得很轻松，刘立天说不出什么来，接着问，有事吗？顾峰看了看车建文，刘立天对车建文说，咱们过后再说，车建文起身走了。顾峰坐在刘立天对面的沙发上说，我想把几个厂长的分工重新调整一下。刘立天没有吱声，顾峰说了方案。刘立天说，顾厂长，现在是厂长负责制，副厂长分工的事报备给党委就行了。不过，我有个建议，你让高林去管后勤是不是不合适？我建议继续让他管质量这块。顾峰想了想，不能跟书记搞得太僵！说，我没意见！接着又说，我去一趟北京，向集团汇报一下，也要跟各部门熟悉熟悉。刘立天心里清楚，这是向钱勇汇报去了。刘立天原打算这两天回京一趟，向张剑汇报汇报党建的情况，再就是向妻子唐琴说明不走的原因。既然顾峰要走，他只能把时间往后安排了。刘立天说，那你去吧！顾峰转身走了，刘立天关上门，拿起话筒想给车建文打个电话，想了想又把话筒放下，起身出门去找他了。

刘立天来到车间，听完车建文的详细汇报，沉吟了一会儿说，建文，你可以接受他们的邀请，但一定要对所加工零件严格检查。车建文点点头说，好的！刘立天与车建文又聊了一会儿工作就起身走了。刘立天大概知道顾峰要想干什么了，而他这样做，还真找不出什么毛病，感到这是一个不好对付的对手。

刘立天回到办公室，宣传部的张兰新部长进来，问，刘书记，你明天上午有时间吗？刘立天问，有事吗？张兰新回答，明天，厂里通讯员学习班结业，想请你讲讲话。刘立天不假思索地答应了。厂里办的通讯员学习班，主要把各个车间党支部宣传委员组织起来学习新闻写作。集团党委有要求，下属单位每年向属地的电视、报纸、广播投稿，宣传本企业的各项工作。这也是考核党委工作的一项内容。

张兰新说完走了，刘立天的手机响了，接通，传来李燕的声音，大书记，晚上有空没？没等刘立天回答，她接着又说，荣志强来了。这位高中同学也是李燕的追求者之一。他大学毕业就出国留学了，毕业后留在了美国，现在一家科研机构搞研究，研究方向是生物。刘立天说，没问题！李燕说，晚上见！刘立天按一下键，拨通了厂组织部部长的电话叫道，赵部长，你过来一下。他进门便问，刘书记，有事吗？刘立天说，郑凡的民意测验搞完没有？赵部长个头不高，身体单薄，眼睛不大，皮肤粗造。他回答，搞完了！分数不低。接着又说，一车间、二车间、八车间的副主任人选也搞完了。刘立天说，你写个材料，下周上一下党委会。赵部长点头说，好！转身出门了。

高林进来了，进门就说，书记！听说顾峰要把我安排搞后勤。刘立天说，谁说的？高林没有直接回答，而是说，顾峰这样搞，我不干了！说完，把一张纸放在桌子上又说，这是我的辞职信！刘立天没有看信，而是问，你真想走，还是赌气走？高林愣住了，不知怎么回答，说真想走，那就跟顾峰没关系；说赌气走，上次刘立天已跟他谈过，求他帮忙。刘立天见高林不吱声，说，高厂长，这是没影的事。顾峰跟我说了，你管质量这块，没说让你管后勤。高林明白了，这件事让刘立天挡住了。他声音低了一些，说，顾峰这个人，你一定要防呀！刘立天说，都是同志嘛！我们在一个班子工作，如果互相闹意见，不团结，互相猜疑，那工作怎么搞！再说了，你辞职了去干什么？下海也不是一件容易的事。接着又说，高厂长，你呀，真要改改你这个脾气。高林不好意思地笑了。刘立天把顾峰派车建文去华发公司的事说了，高林说，顾峰这是搞什么名堂！用我们的人，干我们的活儿。刘立天说，在质量方面要严格把关。高林点点头，他之所以听刘立天的话，是因为觉得刘立天是一个正派的人。顾峰善于耍两面派，以自己的好恶判断是非。高林比顾峰早到西北厂工作，两人都是从车间主任的岗位提拔到厂级领导岗位的。王义在的时候，顾峰就像狗一样围着王义转。有一次，厂级班子聚会，顾峰向王义献媚，恬不知耻地在大家面前说，王义是他的再生父母。这种话都能说出来，从此以后，他就看不上顾峰，有几次，顾峰主动示好，他都拒绝了。没想到，顾峰竟然当厂长了，谁他妈的不长眼呀！他对集团产生了误解，觉得在这样的环境下会有什么好的，所以想辞职。刘立天挽留他，让他有了新的希望。

高林和刘立天又谈了一会儿工作出门走了。刘立天望着高林的背影，心里不由对顾峰有些不满。这样一个人，竟然能当上厂长，他感到集团环境的复杂，也感到张剑的压力，得向张剑汇报汇报西北厂的情况。

西北厂的复杂，让刘立天格外担忧和小心，生怕出问题。如果出了问题，对自己的以后会有影响的。然而，这些都是不以人的意志为转移的，无法预料，只能从预防着手，让车建文和华发公司接触，这是他布下的一个局。顾峰说了为什么派车建文去华发公司的理由。车建文能去，顾峰肯定会想到，是我刘立天同意的，顾峰会做好各种防备，即使这样，那也要派车建文进去。刘立天感到他和顾峰的较量开始了。

胡刚被抢救了过来。许冬莲在病床旁边坐着，胡刚看了看没有吱声，又闭上眼睛。许冬莲心里那个气呀！胡刚太不懂事了。要不是为了孩子，她早就和他离婚了。为了孩子，许冬莲忍气吞声这么过着，生活虽然过得清贫，家里气氛还算和谐。自从胡刚下岗后，家里的生活陷入困境，家里的收入只有靠她一人，自从见了顾峰后，知道他还是个厂长，本想求表哥，后一想怕顾峰有想法，就直接找他了。没想到丈夫这么不争气，差点死在酒店里。顾峰的表现，让许冬莲心里温暖了许多，他没有忘记过去。

胡刚躺在病床上，想着许冬莲看顾峰的眼神，心里就发颤，就堵得慌。同时，他也回想着往事。二十年前，他高中毕业下乡了一年，就到省建筑公司上班，在机械队当车工，许冬莲在附近一家医院当护士。再后来，通过别人介绍，胡刚认识了许冬莲，他追得几乎达到痴狂的地步，终于在两年后与许冬莲结了婚。刚结婚，他总觉得许冬莲心里还装着什么，但随着时间的推移，也没发现许冬莲有什么不轨行为，便觉得都是自己瞎猜想的。直到昨天见到顾峰，他心里才明白，原来妻子的梦中情人就是这个其貌不扬的顾峰顾厂长。

昨夜，李小娜陪顾峰守在医院，直到胡刚被抢救过来才回家休息，一觉睡到中午才爬了起来，打扮完下楼吃了饭去了办公室。她回想昨夜发生的事，顾峰是信任她的，这种隐私的事，都没有回避她，这让她心里有些激动。她正想着，电话响了，是顾峰的声音，李秘书，你和我去一趟北京，订今晚的机票。李小娜放下电话，心里一阵激动。订完机票开车回家拿了几件衣服，拎着行李又返回了办公室。

昨夜，何强和侯志帮着顾峰善后，也一直睡到了中午才起床。两人通了电话，商量在哪儿见面。何强接到了李小娜的电话，我和顾厂长去趟北京，我觉得这是一个机会，建议你俩也去北京等着。何强一听高兴地说，好！好！接着给侯志打了电话，两人在黄河饭店见了面。侯志说，这是机会呀！两人商量对策，订了机票，下午飞到了北京，在西三环边上一家五星级酒店住下了，等待李小娜的吩咐。

下午下了班，刘立天没有让单位的车送，打车去了李燕订的酒店。他透过车窗看着街道两旁，勾起了儿时的一些记忆。原来古香古色的街道没有了，变成宽阔的大街。心想老祖宗留下的东西就这么毁了，真是可惜。有些街道要保留原样，这是历史的证明，是人类延续的证明。考古就是证明人类成长的历程。那些城市管理者，把这个历程截断了！五公里的路，走了一个小时，李燕打两次电话催了。

出租车到了地方，刘立天下了车，走进了畅家巷一家特色的饭馆。荣志强见刘立天进来，就冲了过去拥抱着叫道，立天可是当官的人。刘立天调侃说，当什么官，我哪个官，不如你这个海派呀！李燕在旁说，你们别互相吹了！另外一个名叫杨凤梅的女同学说，你俩都是我们学校的佼佼者。刘立天拍着荣志强的肩膀说，他才是佼佼者，我是小小者。另外一位名叫吕军的男同学说，还是立天有风度，这么谦虚能干大事。刘立天哈哈一笑，说，还是同学好！能找到感觉，就是可以吹牛啦！一群人说笑着围着圆桌坐了下来。

刘立天和李燕并排坐着，两人说了几句话，菜上来了。杨凤梅站起来拿酒瓶说，今天。我们同学聚会，一定喝好。荣志强哈哈一笑说，你！杨凤梅！很男人嘛！接着又说，你别吓唬我。我酒量可不行！吕军接过话说，男人不能说不行呀！大家都笑了，荣志强一本正经地说，我那个行！他这么一说，大家更笑了，欢快的气氛弥漫了。刘立天情绪好了许多，接过话说，不管行不行都得喝酒。杨凤梅把酒倒好了说，李燕！你说一下祝酒词吧？李燕推辞说，我哪会说，让刘立天说！吕军说，还是你说吧！李燕站了起来说，欢迎我们的博士荣志强回国，祝你学业有成，身体健康！吕军笑着说，你说的话比刘立天还呆板，说点柔情的，如思念呀！痛苦呀！李燕马上反击说，你思念谁呀？你为谁痛苦呀？杨凤梅拦住说，不要瞎扯！喝酒！刘立天的眼睛瞥了一下杨凤梅。

在学校时，吕军追求杨凤梅，同学们都清楚。几个人一起碰了杯，把酒喝了。李燕的话勾起刘立天的回忆，而这个回忆是酸甜苦辣，心中的忧伤随即升起，随即消失了。学生时代，是多么美好的时代。在那个时代所获得的感情是美好的，是动人的，是一辈子忘不掉的。然而，毕业后真正能走到一起的，却寥寥无几。整个学校，有爱情结果的，听说只有一两对。刘立天不明白为什么会这样呢？他和李燕在学校真是才子佳人，上了大学，工作了，不都各自结婚生子了吗！再见面时，学校那段感情都藏在心里，两人都知道，那心里的感情洪流一旦决口，就是天崩地裂，两个家庭都会完蛋。杨凤梅突然叫道，刘立天，你想什么呢？怎么跑神了？她说完，眼睛瞟了一下李燕。荣志强接过话说，立天，同学聚会，就不要想别的啦。吕军说，谁知道刘立天在想什么呢，不会想某某吧？李燕说，吃菜喝酒都挡不住你的嘴巴！吕军说，看看有人护着刘立天啦！人们回忆着过去，回忆那曾经的感情经历，回忆那美好灿烂的年华。

晚上，同学聚会结束，吕军、杨凤梅、荣志强三人一路，刘立天和李燕一路，拦了辆出租车，刘立天坐在副驾驶位置上，李燕坐在后排。这是刘立天特意安排的。他怕自己控制不住，也怕李燕胡想，都是成年人了，都成家了。一路上，李燕一句话不说，刘立天感到空气太沉闷了，首先打破了沉默，说，荣志强回来，还跟谁见面了？李燕说，他一回来就给我打电话，估计其他同学还没有联系。接着刘立天又问，你最近怎么样？李燕回答，还行！刘立天说，你在市经贸委工作，有什么好事，多想着我们企业。李燕说，你们是央企，跟我们关系不太大。刘立天知道西北厂与市上的关系，他是没话找话说。接着问，你家那口子怎么样？刘立天问完就后悔，问这个事干吗！李燕随意地说，就那样！李燕的爱人在省属一家企业当科长。刘立天没有见过，听同学讲，是一个不错的人。两人随意聊着天，回避过去的事。李燕到家下了车，刘立天说，我就不下车了。李燕挥手说，再见。车刚启动，刘立天看见一个人从小区门口出来跟李燕说话，心里在想，这个人就是李燕的爱人吧！

李燕见爱人出门接，心里流出一丝温暖，两人并肩走进电梯间。李燕的爱人叫张岩，个子不高，脸黑，浓眉毛。在电梯间，张岩一脸的严肃，一句话不说。进了家门，张岩问，一个同学聚会弄这么晚？李燕心里有些歉疚地说，我们这些同学好久不见了，所以多聊了会儿。张岩问，谁送你回来的？李燕回答，刘立天！张岩知道刘立天，他心里不舒服了。李燕脱掉外套，走进了卫生间。张岩坐在沙发上，孩子睡觉了。李燕冲澡，热水顺着白皙的皮肤而下。张岩的不高兴，扫了李燕的兴致。张岩什么都好，就是心眼小。李燕为了减少矛盾，一般不出去应酬。今天，她是和张岩打过招呼的。李燕心想，人嘛，哪有十全十美的！毕竟自己回来晚了，接着又想起了刘立天，觉得他在刻意回避什么，还坐在副驾驶位置上。李燕苦笑了一下，人有时真是自己给自己找麻烦，找不自在。同时，也觉得刘立天脑袋里在想着什么，学校的那段感情，刘立天还没有放下。李燕又在问自己，自己放下了吗？一听刘立天的名字，心里就有震动；一见到刘立天，心不也是怦怦地跳吗？张岩是不是觉察到了什么？李燕心想，我心虚什么呀？什么都没做！认识刘立天这些年，说实话，手都没有拉过。可那心不是在时时刻刻想着他吗！

刘立天因喝了酒，情绪来了，在车上拿起手机给家里打了电话，响了半天，电话才接通。刘立天问，唐琴，你睡了吗？唐琴说，你说的不是废话吗？睡了也让你吵醒了。这么晚了，啥事？刘立天笑了笑说，没啥事！就是想你了！唐琴觉得不对味说，你是不是干了对不起我的事，怎么这么肉麻！刘立天没有回答唐琴的问话，而是说，刚应酬完，给你打个电话。唐琴因刘立天的调动问题，一直在生气，没好气地说，你要没事，我就挂了。刘立天想解释，又想了想，电话里也说不清楚，接着说，那好吧！有些事等我回去再说。刘立天放下电话，心里有些歉疚。这段时间他没有很好地和唐琴沟通，在潜意识中，总觉得唐琴不如李燕善解人意，没有从自己身上找原因，自己的工作变化没有及时向唐琴交代。不过，他不想把工作和情感纠缠在一起，是自己在和唐琴的关系处理上没有把控好，才造成目前的局面。不管怎么说，唐琴是自己的老婆，她慢慢会理解的。

　　车到了厂招待所，刘立天冲了澡便上床睡觉了。他在睡梦中梦见了李燕，两人在河边漫步，一阵风吹来，柳枝摇晃。清澈河水向东流去。两人没说一句话。突然，李燕滑进了河里，刘立天跳进河里，找了半天，没见李燕，他着急喊着。梦醒了，睡不着了。窗外的月光透过窗帘洒了进来。刘立天坐了起来，朝窗外望去，心里涌出了说不清道不白的情绪。想了一会儿，心里在问，我这是怎么了？不要瞎想了，睡觉吧！

　　午夜，顾峰和李小娜下了飞机直奔预订好的酒店。第二天早晨，两人吃完早餐就来到钱勇办公室。一进门，钱勇正在打电话，用手指了指沙发，顾峰和李小娜坐下。李小娜收到何强的短信：我们已到京。她回复，等通知！

　　钱勇打完电话，站起来问，顾厂长，你怎么来了？顾峰和李小娜站了起来，钱勇和两人握了握手说，你们坐！接着对着李小娜说，小李越长越漂亮了！他说完转身回到椅子上，问，有什么事吗？顾峰弯腰殷勤地说，我来看望你！钱勇说，我有什么好看的！接着问，厂里怎么样？顾峰从兜里掏出笔记本，一五一十开始汇报了。李小娜也拿出笔记本，准备记录钱勇的讲话。

　　两个小时过去了，顾峰把厂里的情况汇报完了，钱勇就西北厂下一步的工作，原则性地讲了几条。他讲完后，问，顾厂长，张书记那儿，你去了没有？顾峰说，我先到的你这儿。钱勇抬手看了看表，说，你去给张书记汇报汇报。

　　顾峰来到张剑的办公室，一进门，张剑站了起来迎上去说，顾厂长来了，顺便握手。顾峰坐了下来，秘书李野倒完了茶退了出去。顾峰端起冒着热气的茶杯，喝了一口放下。张剑问，最近怎么样？顾峰简单地把工作情况汇报了一下。汇报完，张剑说，我只谈两点要求：一是要团结，二是要把工作做得更好。顾峰点头称是，随后起身走了。

张剑望着离去的顾峰，心里觉得这个人不老实，明明先去了钱勇那儿，耍小聪明倒挺有手法。同时，他也想到了近期国资委要来考察班子，推选总裁。前两天征求过他的意见，他没有表态，认为考察后再说。

第十一章

在李小娜的巧妙安排下，何强和侯志跟顾峰交上了关系，第二天就回到了金兰。李小娜这次安排得非常好，顾峰答应了以后多合作。

太阳露出了脸。一阵急促地电话铃响了起来，刘立天从梦中惊醒，看了一下表，还不到七点，心里纳闷，这么早是谁的电话？他翻身起床拿起电话，传来母亲急切的声音，立天，今早起来，你爸吃早餐都咽不下去了，接着又说，我想，一会儿去医院检查一下，如果你有空，一起去。刘立天立即说，好！我一会儿去接你们。他放下电话，想起前一段时间回家，发现父亲吃饭困难，父亲说，嗓子不舒服。刘立天也没有多想，以为就是咽炎。不过，父亲明显消瘦了，他劝父亲去医院检查。没想到，父亲现在饭都吃不下了，他感到问题严重了，给郑凡打了电话，让他开车来招待所，接着又给顾峰说，上午有事。

刘立天的父母是五十年代中期，从松花江畔的黑土地，为了支援大西北的建设来到陇省的。一晃快四十年了。十年里，他们生下了刘立天兄弟四个，把全部身心都投入孩子们身上。父母风风雨雨几十年，平凡地走了过来。这里成了他们的第二故乡，那遥远的黑土地离他们越来越远了。三年前，父亲退休了。

刘立天进了家门，脸色苍白的父亲说，我没什么事！你妈就是多事。刘立天叫道，爸，车来了！我们走！说完扶着父亲下了楼，母亲跟在后面。刘立天的父亲高个子，宽肩膀，宽额头，满脸皱纹。他们上了车，朝医院驶去。

在医院等父亲检查时，母亲问，立天，你调回北京的事怎么样了？没等刘立天回答，接着又说，前几天，唐琴打电话过来问。刘立天说，现在还不好说。

接着问，唐琴还说什么了？母亲回答，没说什么，问了一些好。刘立天没有吱声。唐琴打电话就是了解，他为什么不回京，想从父母嘴里得到点什么。刘立天心想，唐琴，你真是想多了，不是不回，是情况发生了变化。

父亲检查完出来，医生叫刘立天进了办公室，说，一个星期后出结果。刘立天问，初步检查情况怎样？清瘦的医生说，现在还不好说。刘立天心里不由咯噔一下，医生这么说是什么意思？他没再问，走出了办公室。母亲着急地问，怎么样？刘立天平静地说，一个星期后出结果。

刘立天送完父母就回办公室了。在路上，郑凡说，刚才车主任打电话来，要向你汇报工作。刘立天的心思还在父亲的病上，他害怕如果父亲得了绝症，母亲能坚持住吗？进了办公室没几分钟，车建文进来汇报，刘亮叫我明晚一起吃饭。刘立天说，你去吧！车建文接着又说，刚才顾厂长叫我过来，主要谈了和华发公司合作的事，要我抽出一部分精力。刘立天听着没有表态，车主任又汇报了车间最近的党建情况，准备发展两名党员。他兼着车间支部书记。刘立天说，按程序走。接着又说，你要密切注意，要保证外协件的质量，这是第一。第二，不能耽误生产。

车建文走了。刘立天又陷入沉思，想给唐琴打个电话，告诉她父亲的情况，拿起话筒又放下了。父亲身体一直很好，怎么会有这么严重的病呢？他情绪有些低沉。

突然，有人敲门，顾峰从北京回来了，简单讲了在北京的情况，刘立天心里也知道，他是敷衍着说的。刘立天听着没有吱声。顾峰讲完，又说了一些事后离开了。

下午，刘立天一下班就回家了。父亲晚饭没怎么吃东西就躺下了。老三、老四都回来了。老二在美国。一家人围着低头流泪的母亲沉默不语。刘立天打破沉默，妈！你也不要这样，现在还没有确诊，另外，你要想开些。老三接着说，我哥说得对！现在还没确诊。老四说，多找几家医院，不行去北京检查一下。让大哥联系联系。母亲抹了抹眼泪说，你爸苦了一辈子，刚过上好日子就得了这个病，我一想，心里就难受。四弟眼圈红了，父亲最喜欢他了。四弟说，我觉得还是到北京去检查。母亲说，等检查结果出来再说。一家人很晚才分手，刘立天回到了招待所，一路上心里沉闷，觉得有什么东西堵着，脑海里浮现出父亲年轻时的形象。

刘立天刚到招待所，电话铃响了。他拿起电话，那边的唐琴着急地问，老爹怎么了？没等刘立天回话，唐琴接着说，刚才我给家里打电话，老娘情绪不好，说老爹吃不下饭了。刘立天沉吟了一下说，老爹这次情况不妙，有可能是胃癌。唐琴惊讶地叫道，怎么回事？刘立天宽慰地说，真是胃癌也没有什么可怕的，现在的医疗技术，是可以治好的。接着又说，等检查完看看。唐琴说，需要我过去吗？刘立天说，暂时不需要。另外，我最近想抽时间回去一趟。唐琴问，你的事到底怎么搞的？刘立天说，电话里不好说，等我回去再说。

刘立天躺在床上始终睡不着，回想这段时间的风风雨雨。王义死了，顾峰接任厂长，高林不满意，班子有些成员不服气，甚至有些嫉妒。现行组织体系是不能改变的。当然，这个任命没有征求他的意见，为什么？也许是张剑下的一步棋。张剑不会变动吗？如果张剑走了，自己会不会就一直在西北待下去了？如果走不了，下一步的生活怎么安排，唐琴会来金城吗？不来！那以后就会两地分居。这对家庭是不好的。另外，顾峰越来越放肆，越来越不把他这个党委书记放在眼里。如果限制顾峰，就会影响党政关系，如果不管，那就放任了顾峰，失去党委的监督力。想到这些，他不觉有些郁闷。父亲有病，妻子不理解，顾峰又这样，现在都乱了。最近一定要回去一趟，要向张书记汇报汇报。接着他又想到了李燕。如果自己不上大学，不与李燕分开，会和她成家吗？为什么自己一碰到困难，脑海里就会出现李燕，就想打电话给她，可又没什么可说的。看来在自己潜意识里，一直藏着李燕。妻子唐琴呢？她为什么不像李燕在自己心里的感觉呢？这种复杂的感情，搅得刘立天好像肉体和灵魂分开了。

回想工作以后，一直很顺，自从到了西北厂，为什么走得这么窝囊，事事不顺？接着又想，是不是自己期望值太高，欲望太强？在同龄人当中，自己已经是佼佼者了，那为什么还有苦闷和伤感呢？就是为了更大的发展吗，还是回北京守着老婆热炕头？那自己来到西北干什么来了，不就是来锻炼吗？虽然远离妻子和孩子，但是在这里有我的工作，还有我的父母，有我少年残留的岁月。接着又想，要客观地去分析，什么样的进步才算进步呢？在同学里，还有下岗的，还有为了生计发愁的。我已经是央企一名中层干部了，难道还有什么不满意的吗？然而，刘立天想了这些，觉得自己有些不正常，这种心态怎么去工作？何况自己不是一个轻易倒下的人。接着又想，要打起精神，不能辜负张剑的期望，要尽自己义不容辞的责任。厂里的班子团结有问题，要抓住一点，团结好顾峰，把厂子搞上去，这才是唯一上进的路。刘立天想了许多，心里觉得轻松些了，而这个轻松是因为想明白了。如果不明白就会消沉，消沉会消耗意志，意志没有了，那离堕落就不远了，还能干什么大事！境界不高，格局不会大，没有大的格局，前期的一切努力和成果都会付诸东流，成为烟云。人就是要不断的净化，不断的提升，不断的前进。窗外的月光贴在窗户上，仿佛像花朵，像云朵，像号角。刘立天的心渐渐地静了下来，思考着未来，思考着人生的路。没有胸怀，没有执着，没有耐心，没有方向，那都是空谈。

晚上的夜总会里，顾峰正迷醉地跳着舞，突然闯进来一位中年妇女，顾峰吓坏了，无路可逃。不知谁突然把灯打开了。赵莹上去就给了顾峰一个耳光，顾峰一句话没说，穿上衣服走出了包间。太丢人了。他下了楼，打车回家了。顾峰进了卫生间，发现脸上有手印，气得把镜子打碎了，手被划破了，血流了出来。

赵莹随后到家，她知道今天这个举动伤了顾峰的面子。没想到进了家门却不见顾峰的人影，打电话关机。顾峰这时已跑到一家宾馆入住，待他冷静下来，觉得这样做不是解决问题的办法，又退房回了家。家里无人，他坐在沙发上，脑袋乱哄哄的。他没有开灯，静静地等赵莹回来。赵莹也没有回来。天已经亮了，他拿出手机，没想到关机了。他打开了手机，第一个电话就是父亲来的。顾峰明白赵莹已把两个人的矛盾在家族里曝光了，响了一会儿，才接起了手机，刚叫了一声，爸！父亲暴跳如雷大声骂道，你想干什么？你想要我和你妈的命吗？到底是怎么回事？顾峰没法说，只说，没有什么。父亲说，那你为什么关了一夜的手机？顾峰撒谎说，没电了！父亲接着问，到底怎么啦？赵莹昨夜来家里，哭了一场就走了。顾峰解释说，爸！真没有什么事！父亲严肃地说，你抽空回家一趟，我有话跟你说。顾峰答应着收了线。接着又一个电话，一看号码，是岳母家的座机。顾峰犹豫了一会儿接了，岳母谭翠华客气地问，小顾，你和赵莹怎么了？昨夜，她很晚回来，进屋一句不说，倒头就睡了。顾峰客气地说，没事，妈，你放心。谭翠华说，赵莹脾气不好，你多担当些。顾峰说，知道了！妈！接着连续响了几个电话，顾峰看了看都没有接。他洗了把脸，开门，赵莹一脸灰蒙，站在门口，一句没说进了门。顾峰本想解释，赵莹径直进了卫生间。顾峰看了看表，上午有个会！司机小李已到楼下了。

刘立天神清气爽地起了床，下楼吃过早餐来到了办公室，新的一天又开始了。党办的老王主任敲门进来了，说，还有三个月，我就到年龄了。小郑的事得抓紧上会。刘立天说，知道了。接着老王主任把近期的党员教育、党员思想动态、各个车间党支部的情况向刘立天做了汇报。正在汇报时，有人敲门，刘立天没想到进来的竟然是顾峰的老婆赵莹！刚来厂里的时候，他在顾峰的办公室见过。赵莹见有人在，说，刘书记，我有事找你。接着说，我一会儿再来，你先忙。没等刘立天回话，她出门走了。

等老王主任汇报完，刘立天等了一会儿，不见赵莹上来，拿起电话，让郑凡下楼去找。快中午了，郑凡回来说，楼下没有！顾厂长那儿也没有。刘立天问，你没有跟顾厂长说吧？郑凡说，没说。刘立天心想，这个女人怎么回事？她的到来肯定与顾峰有关。

顾峰开完会，回到办公室，李小娜跟着进来小声说，上午十点多钟，好像嫂子来了。顾峰一愣，接着疑惑地问，谁的嫂子？李小娜说，是你老婆，我的嫂子呀！顾峰的脸一下子阴沉下来说，我知道了！心里却骂道，这个女人到底想干什么？她是不是来找刘立天了？她要干什么？这个婆娘要害我呀！接着李小娜又说，我看见郑凡在楼下转悠，好像在找什么。顾峰心想，开会前，郑凡推门进来，是不是来找赵莹？李小娜见顾峰不吱声便出门了。

顾峰愣愣地坐在老板椅上，心情极为恶劣，我怎么找了这么一个女人！往事如烟呀！他一直在西北厂当一名技术员，总是提拔不起来，后来经朋友介绍与赵莹恋爱并结婚，通过赵莹的哥哥认识了副厂长王义。有一次，在车间里，老主任顶撞了王义，他为王义解了围，从此在西北厂一步一步地走了上来。每次和赵莹吵嘴，她都拿这个说事，顾峰心里憋着气，忍着。通过这些年的努力，自己当上了西北厂的厂长。他老家离金城有一百多公里。顾峰曾把父母亲接来，没住几天就被赵莹气走了。去年，他在城里买了房，才把父母接了过来。他心里对赵莹产生了厌恶。随之感情越来越淡，儿子上了高中，后年就要考大学了。要不是因为儿子，他早就不想和赵莹过了。顾峰觉得有愧于父母，在他们没搬进城里前，都由妹妹照顾，妹妹在县里工作，妹夫是一名乡长。

中午时间到了，顾峰回到了家，赵莹眼睛红肿着。顾峰进了厨房，赵莹没做饭。他拉开冰箱，也没有什么吃的。他没说一句话，穿上外套出门下楼了。他满以为赵莹会叫他，没想到，她一声没吭。顾峰下了楼，来到一家小吃部，要了一碗面条，没吃两口，武炼走了进来说，我刚才去你家，嫂子说，你不在。顾峰问，你跑到家里来干什么？武炼笑了笑回答，我表弟从县里来，带了一些土特产。我先去办公室找你。顾峰问，你嫂子没说什么？武炼回答，没说什么，只是脸色不好。顾峰问，你表弟呢？武炼说，他有事先走了。顾峰问，你吃了没？武炼说，没吃，我也来一碗面条！顾峰不说家里的事，武炼也不好问。武炼要的面条上来了。两人吃完饭步行回到办公楼。上班的时间还没到，武炼本想随顾峰去办公室，看他脸色不好就回车间了。武炼不知道顾峰和老婆闹了什么矛盾，他回到车间，有人在加班，他泡了一杯茶，靠在椅子上闭目养神。

突然门被撞开了，惊醒了武炼。一位女工喊道，武主任，谭花花受伤了！武炼一个箭步冲了出去，谭花花躺在地上，满脸是血，地上也是一摊血。武炼叫道，你们看什么，马上送医院。几个男工抬起谭花花朝车间外走去。武炼叫道，把架子车拉来！一位男工找来架子车，人们把谭花花放在车上，朝工厂卫生所跑去。武炼在后面跟着，这才问起了身边的人怎么回事。一位女工说，我发现的时候，谭花花的头发已经卷进了旋转的工件，头发被扯了下来！吓死人了。武炼明白怎么回事了。他边走边拿出手机给顾峰打电话汇报情况，电话没人接。接着给刘立天打电话，刘立天一听马上叫上郑凡来到了厂卫生所。

顾峰在办公室坐了一会儿，起身回家了。进了门，赵莹躺在床上，顾峰坐在沙发上。过了一会儿，问，你去厂里找刘书记了？赵莹不吭声，顾峰又问了一遍，赵莹翻身起来，怒气冲冲地喊道，顾峰！我哪点不好呀！你个忘恩负义的东西！没有我哥，你哪有今天！我告诉你，我要让你身败名裂！不信你走着瞧！我就不相信，没人管得了你。顾峰现在冷静了许多，不管赵莹怎么叫喊都不吭声。等她气消了再说。赵莹看顾峰一句话不说，以为被她吓住了。屋里空气沉闷，挂在墙上的钟表一分一秒地走着。过了一会儿，赵莹又说，我哪点不好！自从你当了厂长后，你挨过我几回骂？顾峰见赵莹的话有些松了，问，你去找刘立天了？赵莹说，我本来去找，想了想给你留个面子。顾峰松了口气，温和地说，你想多了，我是那样的人吗？下午有个会，晚上回来我再向你解释。顾峰回到单位办公室，手机上有几个武炼的未接电话，回了过去。武炼汇报了谭花花的情况。顾峰心里一紧，刚当厂长没几天就出了这事，着急地问，严重吗？武炼说，正在抢救，刘书记来了。顾峰放下电话叫上李小娜出了门，谭花花已转到了市人民医院。

　　见顾峰和李小娜来了，刘立天迎上去。顾峰问，情况怎么样？武炼在旁边说，刚才问了一下大夫，情况不好！头皮撕了下来了，脑袋严重受损。刘立天说，我建议下午全厂开个安全生产会，顾峰点头，说，好！刘立天叫郑凡通知各车间的主任下午两点在厂会议室开会。

第十二章

谭花花虽然被抢救了过来，但成了植物人。半个月后，顾峰受到集团的行政处分，武炼被降级使用，刘立天被约谈，给了党内警告处分。刘立天也想借此机会敲打敲打顾峰，告诉他，我还是西北厂的党委书记，厂里最近又开过几次安全生产的会。从这件事发生后，顾峰好了一些，经常和刘立天通气。不过，刘立天看得出来，顾峰的态度有虚假的成分，背后肯定有人在指点，而这个指点透出的信息告诉他，顾峰和他那个背后的人都在忍着，他们有更大的需求、更大的欲望。他本来想回京一趟，因为种种的事没有回去。昨天下午，张剑却打来了电话，让他回京一趟，没有说什么事。刘立天心里犯起嘀咕，张剑能主动打来电话，肯定有事，那是什么事呢？刘立天跟顾峰打了声招呼，第二天下午飞回了北京。

晚上六点多钟，刘立天进了家门。唐琴还没回来，岳母也不在家。他想打个电话，想了想还是决定给唐琴一个惊喜。一直到晚上九点多钟，唐琴和她母亲才回来。刘立天马上迎了上去，问，你们怎么才回来？唐琴看了看刘立天，并未表现出惊喜，而是问，你怎么回来了？刘立天回答，明天集团有个会。接着问，洋洋呢？唐琴回答，住院了！刘立天着急道，怎么回事？丈母娘说，发高烧，在医院输液呢！小琴非要送我回来。她一会儿还得去社区医院。这所医院离家有一站地。刘立天接过话说，那我们去医院。两口子下楼去了医院。在路上，刘立天把这段时间的情况向唐琴说明了，唐琴没有说一句，她心里知道，说了也是白说。丈夫自称是有大胸怀的人，绝对不会为了儿女情长而放弃自己的追求。这正是她生气的源头。唐琴的态度，刘立天又没有办法改变，只能用时间来改变吧！刘立天态度温和地问，你不想我吗？唐琴说，想你有什么用！刘立天挽起了唐琴的胳膊，唐琴甩开了，问，你到底怎么想的？你能不能回来？如果你回不来，我和孩子也转到大西北去。刘立天知道唐琴说的是气话，没有反驳，而是嬉皮笑脸地说，只要你去，我没有意见。唐琴说，你想得美，做梦去吧！打死我也不会去大西北。刘立天笑了一下说，我就知道，你说的是假话。假话我也愿意听，老婆还是想我的。唐琴说，你别臭美！两口子逗了一阵子嘴。最后刘立天还是把现在的担忧向唐琴说了。唐琴急了问，张剑要是调走了，那你怎么办？刘立天说，以我对张剑的了解，他不会不管我的。唐琴说，就怕张剑力不从心了。刘立天沉默了，这是他最担心的，现在没有办法破这个局，只能走一步看一步了。两人走进了社区医院。

　　最近，顾峰推掉了所有的应酬每天按时回家，老实多了。赵莹和他还在冷战之中。顾峰想过了，不管现在如何，都要把后院安顿好，等待钱勇当上总裁。赵莹正在厨房做饭，儿子在复习功课。顾峰翻看着电视。突然手机振动了，许冬莲来的，他犹豫了一下还是接了。许冬莲语气沉闷地问，现在说话方便吗？顾峰说，你说！许冬莲哭着说，胡刚跟我说，他坚决不去了。顾峰想了一下说，随他吧！许冬莲说，他不上班，家里的日子就更难过了。顾峰知道，这是许冬莲在向他求救。他烦心地说，这样，你让我再想想。许冬莲说，我真是没用！又给你添麻烦了。顾峰想了一下，决定把这件事交给赵建民去办。他同情许冬莲，内心里那个情感始终没有散去。赵莹喊儿子，果果，饭好了，铺桌子！果果从屋里出来，亲热地叫道，爸爸回来了。接着说，你怎么不干活儿呀？顾峰笑了笑说，你倒会指挥人的。十七岁的果果说，我不指挥你，谁指挥你！赵莹端菜出来，放在铺好桌布的桌子上说，果果，洗手去。果果说，我洗完了！赵莹说，你瞎说！果果伸出手说，你看看我的手还湿着呢！顾峰也赶紧进卫生间洗手上桌。饭吃得很沉闷。只有果果在说话，顾峰和赵莹一句话不说。赵莹的脸面下不来，知道做了蠢事。她一想起那天晚上，心里的气就来了。晚饭吃完，果果进屋学习去了。顾峰帮着收拾碗筷，赵莹进了里屋。顾峰洗着碗，心里压住火道，赵莹有完没完。他本想今晚"交公粮"，缓和一下关系，赵莹的样子又让他打消了这个念头，那就用时间来抹去这个裂痕吧。

　　刘立天的儿子洋洋见到爸爸，高兴地叫道，爸爸，你怎么回来了？刘立天亲了亲儿子的脸蛋说，爸爸来看你了呀！洋洋兴奋地坐了起来。唐琴说，别动，好好躺着。洋洋又躺下了。液体输完了，护士拔了针，洋洋细腻的皮肤渗出了血丝，护士用消毒棉球擦了一下，用白色卫生胶布贴上。洋洋站了起来，刘立天抱着儿子回家。洋洋在幼儿园大班，明年就上小学了。唐琴和刘立天并排走着。月光洒在三人身上。街上的车川流不息，街旁的商店亮着霓虹灯。唐琴感到一家人在一起的幸福，很久没有这种感觉了。刘立天也感到一家人在一起的甜蜜。

晚上，刘立天想和唐琴温存一下，唐琴告诉他，那个来了。月光洒在窗帘上，房间处在朦胧之中。过了一会儿，唐琴翻身问道，你爸的身体怎么样了？一提起父亲，刘立天忧伤了，心情沉重地说，情况不乐观。接着又说，前几天又到省人民医院检查，估计下周能出结果。

早晨，集团的办公大楼热闹了起来，人们走进大楼，走进了各自的办公室。刘立天吃完早饭，敲门走进张剑的办公室。张剑正在看文件，说，你先坐会儿！过了一会儿，他看完文件站了起来，坐在旁边的单人沙发上说，立天呀！停顿了，接着又说，集团的班子有些变动。刘立天心里紧张了起来，没有问，也没有接话，等待张剑继续说。张剑起身给刘立天倒了一杯水说，我调走了！刘立天的脑袋立马蒙了，面无表情地听着下文，心里翻起了波浪，仿佛在船上受到汹涌的海浪撞击。张剑接着继续说，总裁由程新担任，党委书记由钱勇来接替。我调到了国资委。你以后在工作中，困难也许会多一些。我想，这对你也是一个考验，要学会处理好各种关系！接着又说，一是你一定要相信组织，二是要做好工作，三是不要想得太多。你的工作暂时不做调整。一个星期后，我的任职通知就下来了，所以提前跟你打个招呼。张剑没有再问西北厂的工作情况，他不需要问了。张剑起身，刘立天站了起来，张剑拍了拍他的肩膀说，年轻人经受一些磨炼是有好处的。接着说，钱勇和程新那儿就不用去了，任职文件还没有下发。

刘立天不知道自己是怎么走出张剑的办公室的，下了楼，哪儿也没去直接回家了。这突如其来的变化，让他无法承受，唯一的希望消失了，怎么去跟唐琴说？刘立天感到走到了绝路！接着又一想，也许这是张剑在考验我，也许他对我已有了安排？而张剑什么都没说呀！他说，年轻人要经受考验，这里透出了什么？预示着什么？张剑的调离对刘立天来讲，是未来路上出现的险情，而这个险情让他迷茫了。

　　他进了家门，躺在沙发上，心里在想，难道，我是张剑的附庸吗？我不是一个独立的人吗？我有自己的人格，有自己的路，不能因为张剑调走而惊慌失措。我要挺住，我要想办法摆脱现在的困境，应该马上回到工作岗位上去。刘立天起来收拾行李，准备去机场。这时手机响了，是唐琴打来的。唐琴问，你什么时候走？刘立天说，我会开完了，准备下午走。唐琴沉默了一会儿问，有什么情况吗？刘立天想了想说，正常。他不想把不好的情绪传给妻子，怕她担心。接着问，还有事吗？唐琴说，没什么事，你走吧，多注意身体。唐琴想说，今天是她母亲的生日。想了想没说。就算说了刘立天也不一定留下。刘立天说，那好，我一会儿去机场。唐琴说，好的！两人同时放下电话，刘立天看了看表，给郑凡打了个电话。

　　在飞机上，刘立天闭目想着许多事情，想着大学毕业分到北京，那时真是高兴，用了九年当上了集团宣传部副部长，后调到西北厂当党委书记，结婚生子，事业有成。为了更大的进步，才来到出生地金城。这些都是跟张剑分不开的。可以说，没有张剑，就不可能有自己的今天。他从内心感谢张剑，把张剑视为自己的领路人、自己事业上的伯乐！更深一点说，张剑就是他的依靠、精神支柱。现在张剑调走了，支柱没了。刘立天回忆着，反思着，琢磨着，今后在这个集团要就完全靠自己打拼了。这又激起了他的斗志，要走出自己的一条路来。刘立天沉淀了不应该有的思想，与此同时，也做了最坏的打算。

　　当他走出机场，郑凡迎了上去。两人上车，刘立天问，没有什么事吧？郑凡说，上午高厂长来找过你。刘立天再没有说话。郑凡看刘立天的脸色不好，没再说什么。

　　车到了招待所，刘立天放好行李来到办公室，接着给高林打了一个电话说，高厂长，找我有事？高林说，我过去说。

　　高林坐了下来说，有个情况向你汇报，昨天晚上，二车间铣工班长龚大海来我家反映了一个情况。对了，我刚参加工作就在二车间。他就是我师父。刘立天听着，高林继续说，这几天张强安排晚上加班，干的活儿不是厂里下的工作单，好像干的是私活儿。刘立天警觉地说，你让龚师傅把加工的图纸复印一份，跟生产科下的单子对一下，不就清楚了！高林说，图纸都是张强安排专人负责的，不好弄。刘立天想了想说，你把生产科下的单子序号给龚师傅，让他对一下不就清楚了吗。高林会意地笑笑说，还是书记有办法。高林走了，刘立天不敢想象，这个张强有这么大的胆，敢干私活儿，心里叫道，没有顾峰的许可，他敢干吗？前段时间，在处理武炼的问题上，顾峰就和他闹得不愉快。刘立天本想把武炼一撤到底，就地安排。顾峰不同意，非要安排武炼去技术科。最后刘立天让了步，顾峰以为刘立天退了，他哪里知道刘立天是为了大局。高林反映的问题，应该说是严重的，现在证据不足，要在保密中进行，不能打草惊蛇，他特意交代了高林。

刘立天拿起电话，通知厂纪委的黄书记、党办的老王主任、组织部部长赵向，告诉郑凡做好记录。四个人来了。刘立天说，今天，我们开个短会，主要研究一下，最近开展廉政和厂纪厂规的教育活动，大家议一下，然后形成一个书面报告，再上党委会通过一下。刘立天讲完，纪委黄建书记首先发言，现在是以经济建设为中心，厂长负责制，我们开展这项工作会不会引起不好的效果？赵向说，我们是全民所有制的，绝不允许少数人利用工厂给个人创造财富，这也是党和国家不准许的。我觉得刘书记在厂里开展这项活动是及时的，也是保护国家财产。黄书记说，赵部长，你理解错了，我不是那个意思。我是说，这项工作要开展，但不能影响生产的进行。要分清什么是党纪国法，什么是厂纪厂规。这里有一个界限的问题。老王主任说，我认为，现阶段开展这项工作，对我们的党员、我们的干部都是一个警钟长鸣的教育。现在人们思想混乱，一心为公的思想在减弱，一切都是向钱看。接着回忆过去，我们那时把全部身心都投入工作当中去。黄书记说，此一时彼一时了！那时人们讲的奉献，现在讲的是按劳分配。赵向说，现在是不是真正的按劳分配？街头上小商小贩，哪一个不比我挣得多，难道我们劳动没有他们有价值吗？

刘立天看跑题了马上纠正说，我们之所以搞这项工作，我想，应该从这几个方面去考虑，从我们社会制度来讲，我们实行的是社会主义制度，我们生产资料是全民所有制，从这两点看，就决定了我们企业的性质，那我们每一个工作人员都是人民的工作人员，不能因为我们掌握这些生产资料，就可以为自己服务或者获取财富。我觉得这是不容许的。我们这些人都是党和国家派到这个厂的管理者，那我们就要管理好，不能让国有资产流失。这是第一点。第二点，我们所有工作人员要廉洁，为国家服务，不能为了个人私利，损害国家的利益。我们开展这项活动就是为了保护国家财产。第三点，要从保护干部这个高度看这些问题。从全厂整体来看，存在不存在这些问题，如果存在，那我们开展这项工作就是有的放矢。第四点，在厂纪厂规问题上，厂里所有的人遵守了没有。如四车间的谭花花的工伤，如果遵守工厂的安全条列就不会发生，再有我们有些人利用工作干私活。所有这些现象都是我们开展这项工作的理由。同时，我们也要发挥党组织在基层的战斗堡垒作用！不管现在是什么情况，党的领导是不能丢的。

刘立天说完，赵向马上表态说，书记！你说得好！我们党委就应该负起责来，现在有些人太不像话了，把工厂当自己家的了。前几天，顾峰找我给一个叫胡刚的安排干部岗位，我没有同意，顾厂长很不高兴。黄书记说，有人向我反映，二车间张强干私活。我问了一下张强，他说是顾厂长同意的，说是兄弟单位的外协件。刘立天听着，没有表态，他就是想利用这次活动，对工厂进行一次整顿，树立起党委的威信，告诉每一个人，党委才是领导核心。

经过党委会的决定，廉政和遵守厂纪厂规的活动开展起来，顾峰明面上坚决地支持，但每次开会研究活动的安排，他都找各种理由推掉了。他说，这都是党委的工作。刘立天心里清楚顾峰心里怎么想的，也就没有强求，在某种时候，条件不成熟，不能去硬碰，等待时机，也许就是最好的办法。经过一个星期的活动开展，发现了许多问题。根据这些问题处理了一些人，达到了警示的作用。

一天下午，郑凡进来了，在上次党委会上，他已被提拔为党办副主任。他说，我听说，集团供应处的滕斌来了。刘立天抬起头问，他来干什么？郑凡说，我去厂办送一个文件，听李小娜打电话说的。刘立天说，也许是正常的业务吧？郑凡说，过去，王义和滕斌关系不错，滕斌和集团的钱勇关系不错。郑凡这么一说，刘立天心里有些明白了滕斌这次来的目的。

顾峰正在市政府开搬迁协调会，接到了滕斌的电话，说他下午到达金城，并说不要接了，晚上见面说。顾峰打电话告诉了李小娜，晚上安排宴会。

刘立天在办公室接到了张剑的电话，告诉他国资委关于程新和钱勇的任职文件下来了。接着又说，立天呀，思想不要背包袱，没有不散的宴席，组织对你是清楚的。刘立天一句话没说，现在说什么都没有用。张剑又告诉他，下周二召开全集团领导干部会，我们见面再详细聊。这是刘立天工作以来，遇到的最大危机。能不能度过这次危机，就看自己的把控了。他想过了，钱勇没什么可怕的，顾峰也没什么可怕的。西北厂是国家的企业，我是党派来的。

有人敲门，高林进来了问，听说，张剑调走了？刘立天点点头，高林这段时间经过反思，想通了不走了，走了就是承认失败，他要和刘立天一起战斗。他敞开心扉说，刘书记，你放心，我支持你！我就不信正义压不住邪恶！刘立天心里有些激动地说，是的！不管怎样，工作不能耽误，厂里开展的反腐倡廉和厂纪厂规活动第一阶段结束效果不错，第二阶段就要开始了。高林说，我就知道，书记你不会趴下。两个人说着话，郑凡敲门进来了，手里拿着集团刚传来的文件和会议通知，刘立天接过文件扫了一眼递给高林。郑凡没有走，而是把开展反腐倡廉和厂纪厂规第二阶段的报告简要汇报了一下。刘立天听完讲了几个要点，郑凡说，书记，我记住了。

刘立天下了班，回父母家了。父亲的病在三家医院检查确诊了，胃癌晚期。全家人都回来了。母亲在哭泣，父亲在里屋躺着。母亲说，下午，你徐叔来说，他就是胃癌，做完手术一年多了，好好的。一家人商量完，决定给父亲做手术。刘立天也觉得以现在医疗的水平，做这样的手术应该没有问题。母亲进屋叫父亲出来，告诉他做手术。父亲很平静地说，那就做吧。说完又进了里屋。刘立天看着父亲有些驼背的背影，鼻子一阵发酸。父亲过去多么英俊呀！一米八的大个子，威武雄壮。如今变成佝偻的老人了。

一家人在沉默中吃晚饭。父亲做手术定到了下周二。刘立天陪父亲、母亲聊天聊到了很晚。三弟、四弟有事先走了。父亲宽慰着母亲，似乎没有感到危险，开玩笑地说，老徐的身体还不如我呢！切掉一块胃不影响吃饭就行。母亲坐在一旁，眼睛一直望着父亲。刘立天感到了，几十年夫妻的那种深情，那种心灵的融合。虽然两个人经常拌嘴，但是在这生死关头，才显出了他们的爱恋。父亲调侃说，我都是快七十的人了，在过去，我也算是高寿了。母亲说，你瞎说什么呀！父亲笑了笑说，生老病死是自然规律。母亲生气地说，去去！睡觉去，别在这胡说。父亲没有走，而是问起刘立天的工作。刘立天望着父亲缕缕白发回答，我挺好的！父亲露出了慈爱的眼神，接着问，你这挂职没头了？刘立天遮掩着说，我才一年多。父亲惋惜地问，你们那个厂长可惜了，那么年轻。刘立天不想和父亲过多的说单位的事，怕说了漏嘴，让父亲担忧。刘立天说，爸，你要注意身体，多休息。母亲接话说，你爸每天早上不到六点就起床出去溜达。父亲说，我不想出去，你非叫我出去溜达，我出去了你又说我。母亲说，你现在不是有病吗？父亲说，有病治病，也不耽误我溜达。母亲说，我不跟你说了，我说不过你。父亲笑着说，你说的没理。老两口就是这么走了一辈子。在这生死未卜的时期，父亲还能这样豁达，这是几十年的修炼。刘立天想到了自己，前一段时间，自己想了那么多，觉得比父亲差远了。

刘立天离开了家回到招待所，一想起父亲的病，心里堵堵的，情绪低沉。他洗完给唐琴打了个电话，告诉她父亲下周做手术。唐琴说，我去！刘立天拦住说，家里有孩子，还有妈在。唐琴说，我不来不好吧？刘立天说，没事！我爸我妈会理解的。两个人又说了一会儿家常话就结束了。刘立天躺在床上，始终睡不着，脑海里浮现出父亲的身影。刘立天记得小时候，一年才能见到一次父亲。有一年的夏天，父亲从单位出差到金城。那时他还没上学，在家里带两个弟弟，老四还没出生。母亲早上临出门说，谁来了都不能开门。父亲回来，敲门，刘立天在屋里问，你是谁？父亲说，我是你爸！刘立天说，是我爸也不行，得等我妈回来。父亲怎么说都不行，他就是不开门，一直等到母亲回来。刘立天想着，嘴角露出了笑容。父亲做手术，他还是担心的。他回想着过去，也在想着未来。父亲的病打击着他，工作不顺也打击着他，他想和李燕联系一下，接着又想，我不能把这种情绪传染给她，她不是我什么人，只是在学校那段时光留下的印记，栽下的情感幼苗。多少年过去了，幼苗长成了树，两棵不相干的树。突然觉得心里有些灰蒙蒙的，那格局，那高远，那志向，那种渴望，仿佛突然都远了，觉得自己没用了，对未来感到迷茫。接着又想，这个迷茫会让我泄气！接着心里在问，我为什么要这样呀？这个情绪能当好党委书记吗？厂里有那么多正义的人在看着我。刘立天翻来覆去睡不着。

第十三章

顾峰和妻子赵莹关系恢复了，情绪好了许多。集团的钱勇当上了书记。顾峰对刘立天不在乎了。

今天是周一，明天父亲做手术，刘立天给顾峰打了电话，顾厂长，我明天有点事跟你说一声。顾峰嗯了一声放下了电话。刘立天想起车建文，不知华发公司的情况如何，又拿起电话准备拨号，有人敲门，进来的正是车建文。刘立天放下话筒问，车主任怎么样？车建文详细汇报了华发公司的情况。这家公司就是一家皮包公司，他们所提供的材料都是假的，高林考察的厂子也是别人的，假冒的。刘立天感到情况严重了，拿起电话让高林过来。

顾峰在办公室，电话铃响了，拿起了话筒，华发公司的严岩急切地叫道，顾哥！顾峰说，你说！严岩说，电话里不好说，晚上见面说。顾峰说，好！严岩交代说，您一个人来！顾峰问，怎么回事？严岩回答，见面说。

高林进来坐下，刘立天讲完情况，接着说，第一，这件事要保密，不能走漏风声。第二，要查清楚。第三，要把过去的材料复审一遍。第四要看看顾厂长跟这个华发公司的关系走到了哪一步。第五，高厂长，你组织几个人正面地例行公事检查一下，可以叫上技术科的武炼。高林不解地说，他可是顾峰的铁杆。刘立天说，我要的就是这个效果。高林心里明白刘立天的用意，更加佩服这位年轻的书记了。

晚上，顾峰坐上来接他的车，在一家隐蔽的酒店停了下来。服务员领着他进了包间，严岩马上站了起来。顾峰问，什么事？严岩垂头丧气地说，这事都怪我没做好。他把事情说了一遍。顾峰沉默，知道事情要来了。他在地毯上走来走去，庆幸自己没拿严岩一分钱，心里踏实。他停住脚步说，你们怎么搞的，我不是让你把车建文搞定吗？严岩说，这个人软硬不吃。顾峰说，那现在有别的办法吗？严岩说，要是有办法，我就不跟你说了。顾峰说，这件事保不住了。你这样，把分包那家公司的情况搞清楚，不行你们搞个联合体，剩下的我来想办法。严岩马上说，那家公司老板就在外面。顾峰说，让他进来。严岩出了门。顾峰在屋里转了两圈，越想越不是滋味，刘立天怎么能这么做呢？他到底想干什么？严岩领着一位气宇不凡的中年人进来。向顾峰介绍说，这位是金兰机械厂厂长霍明新。顾峰说，严总，就按我们刚才商量的意见办。顾峰站了起来说，我还有点事，你们继续聊。

刘立天下了班就回父母家了。明天父亲做手术，弟弟们没有回来。父亲有些疼了，吃了两片去痛片就上床了。母亲说，今天你爸不知怎么了，说了那么多话，交代了许多事。刘立天感到父亲做了最坏的打算，怕从手术台上下不来。母亲的心里也非常清楚。刘立天说，我今晚就不回了。母亲点头答应着说，我的心慌得不行。要不，就不做了？刘立天没接话，母亲害怕了，害怕老伴就这么走了。刘立天劝慰说，没事！妈，你也早点睡吧！母亲头上又多了几丝白发。

刘立天心里清楚，这段时间母亲备受煎熬，痛苦无法述说。她和父亲风风雨雨几十年，母亲面对着希望，也面对着最后的离别。父亲的病，让全家陷入了痛苦之中。在来的路上，唐琴打来电话，说一定要来。他做了工作，不让唐琴来，说有什么情况通报。

早上九点，父亲被推进手术室，在进去以前，父亲环视了一下，眼睛流露出一丝的悲哀和留恋，没说一句话。弟弟们都来了，一家人围着父亲。母亲深情地望着。刘立天说道，爸，放心！不要紧张。父亲点点头，随后被年轻的女护士推进了手术室。

时间一分一秒地走着，母亲坐在手术室外的椅子上，低着头，手术门一响，就抬头望望。三弟和四弟的媳妇陪着母亲。刘立天一个人在走廊里来回走动。三弟和四弟站在手术室门旁焦急地等待。

顾峰进了办公室，给严岩打了电话问，安排得怎么样了？严岩说，都安排好了。接着他又给高林打了电话说，高厂长，你去再检查一下华发公司。高林一愣，顾峰怎么主动提出检查华发公司的事，是不是他知道什么了？他放下电话来到刘立天的办公室，敲门发现没人就立刻给刘立天打电话，刘立天听完觉得事情复杂了。顾峰敢这样，说明他是有备而来。刘立天对高林说，你按顾厂长说的去做。

上午十一点多了，父亲的手术还没完，母亲着急了，说，立天，你去问问大夫，怎么这么长时间。三弟接过话说，这是大手术！大夫都在做手术，问谁去呀！母亲不吱声了。

严岩接完顾峰的电话又给霍明新打了电话，问他是否都安排好了。霍明新的心里不舒服，华发公司什么都没有，我们干活儿，他们挣钱。可眼下又没有别的办法，必须要依靠华发公司。霍明新又一想，不管怎么说，先走出第一步，先把活儿揽过来，把第一单干完再说。霍明新满口答应。

下午一点半，手术室的门开了。父亲被护士推了出来，全家人都围了上去。父亲紧闭双眼，脸色苍白，胳膊上输着液。母亲趴在父亲胸前叫道，老刘！老刘！护士忙说，他麻药劲没过，人还在昏睡！你叫，他也听不到。大夫随后出来了叫道，谁是刘章的家属？刘立天忙回答，我是！大夫说，你跟我来一趟。刘立天跟着他，四弟也跟着去了。母亲、三弟和其他人陪着父亲去了病房。

在医生办公室，大夫用手往上推了一下鼻子上的眼镜，指着从父亲身上切下的一块胃说，手术整体做得不错，不过已经扩散了。刘立天脑袋蒙了，随即一片空白。大夫接着指着切下的胃片说，你们看这些小点点，这就表明扩散了。刘立天忍不住流下了眼泪，父亲离离开这个世界不远了，离离开他眷恋的亲人不远了。母亲在等着消息。刘立天想，我能说吗？不能！千万不能！他擦了擦眼泪和小弟回到了病房。母亲着急地问，怎么样？刘立天撒谎说，大夫说做得不错。母亲一屁股坐下叫道，你爸有救了！那声音是歇斯底里，是几十年感情的爆发，像火山、像地震响彻整个房间。随即母亲流下了眼泪。她哪里知道，刘立天骗了她；她哪里知道，相伴几十年的爱人即将离开这个世界，离开她了。刘立天的手机振动了，他从兜里掏出一看，唐琴来的，出了病房，在僻静地方接通了。唐琴问，爸的手术怎么样？刘立天沉默，唐琴叫道，你说话呀？刘立天哽咽地说，已经扩散了。唐琴沉默了，过了一会儿说，下午我过去。刘立天什么也没说放下了电话。他一转身，郑凡出现了。郑凡马上叫道，刘书记！刘立天问，你怎么来了？郑凡说，我来看看大叔。刘立天回到病房，母亲不在了。他问，咱妈呢？三弟回答，咱妈回去给爸熬小米粥去了。刘立天说，大夫说，三天不能进食。三弟马上说，我去告诉妈。刘立天在父亲的病床前坐下了，注视着父亲苍白的脸庞，皱纹更深了，灰白的头发凌乱了。刘立天伸手捋了捋父亲的头发，又拿毛巾擦了擦父亲的脸。父亲在昏迷之中，很安详，似熟睡了一样。

晚上八点多钟，唐琴到了。刘立天跟母亲和弟弟们说，你们回去吧！今晚我和唐琴守着。母亲和弟弟们走了。屋里沉静了，父亲均匀呼吸着。唐琴在看护，刘立天出了病房透透气，站在过道的窗户前，看着漫天的星星。父亲的身影像闪电在脑海飞过。这时高林和老王主任来了，叫了一声，刘书记！刘立天转身问，你们怎么来了？老王主任说，是郑凡回去说的。刘立天说，没有什么事吧？高林说，明天，我叫上技术科武炼、技术科老安、车建文一起去华发公司考察。刘立天点头说，好！高林问，你还有什么指示？刘立天说，我们要查清楚，不是查那个人，而是要保护厂子的利益。高林点点头，接着说，我们去看看老爷子。三人来到病房，唐琴站了起来。高林问，这是弟妹吧？刘立天说，她下午从北京过来的。三个人站在刘立天父亲的身旁，高林问，手术做得怎么样？刘立天回答道，做得不错。老王主任说，现在医学发达了，胃癌做了手术就没事了。刘立天没说真实情况，不想让同事们担心。刘立天说，是的！高林见刘立天面容疲惫说，有什么事，你只管说。刘立天点头答应。高林说，那我们先回去。刘立天送他们出了病房，老王主任说，你不要送了。刘立天停住脚步，望着两人下了楼。高林说，我看刘书记父亲的病很严重，他没有把实情说出来。我看单位派两人来，帮着照顾照顾。老王说，行！我让郑凡去安排。

刘立天回到病房，父亲睁开了眼睛，刘立天高兴地叫道，爸！爸！父亲露出了一丝微笑，朝唐琴点了一下，声音低低地说，我渴！刘立天劝说，大夫说了，三天以后才能喝水！唐琴说，我去买一些湿巾，擦擦爸的嘴唇。你看，爸的嘴唇都没血色了，干干的。刘立天说，我去！刘立天下楼买回了湿巾，撕开包装，抽出湿巾，慢慢地擦父亲的嘴唇。

月亮升起老高，整个城市在夜生活当中，陇省人民医院霓虹灯的大字在黑夜里闪烁。刘立天在病床旁守着父亲，唐琴在另外一张床上休息。病房静静的，父亲疼痛地呻吟着。过了一会儿叫道，渴！渴！刘立天马上抽出湿巾擦了擦父亲的嘴唇。父亲微微睁开眼睛，转动了一下头，又闭上了眼睛。刘立天知道，父亲疼痛难忍。他擦完去找医生，告诉医生父亲很疼。大夫说，刚做完手术，疼痛难免。刘立天问，能有什么办法吗？大夫说，打去痛针对神经有伤害。刘立天转身回到病房。父亲闭着眼睛呻吟着。刘立天的心里痛，望着父亲那苍白的、久经风霜的脸庞，一点办法都没有，只能用心去温暖父亲。

天亮了，晨光射进了病房，亮堂了。唐琴起来说，我看一会儿，你去洗脸。病房的门开了，母亲手提饭盒进来了，忙问，你爸咋样？刘立天回答说，我爸就是疼！母亲说，打止痛药呀！刘立天说，大夫说了，怕伤害神经。母亲坐在父亲身旁，眼泪流了出来，滴到父亲的脸上。父亲睁开眼睛，会意地笑了笑。父亲用微弱的声音，调侃说，哭什么？我不是没死吗！母亲转过头擦了擦眼泪说，什么时候了，你还开玩笑。接着又说，我做的面条，你俩吃了吧！刘立天说，唐琴，你先吃！母亲说，够你俩吃的。

医院上班时间到了，走廊上人来人往。刘立天吃完饭，唐琴拿着饭盒去了水房。三弟、四弟来了。母亲说，你和小唐回去休息休息。刘立天说，不困！母亲说，我们守着，今晚你俩就不要来了。刘立天说，过了三天再说。母亲没再争。父亲又闭上了眼睛。

上午十点多钟，郑凡来了，对刘立天说，顾厂长知道了，他说，下午过来。刘立天点头没有说话。

早晨一上班，顾峰进了办公室刚坐下，李小娜就进来说，刘书记的父亲做手术了，我给高厂长送文件，听他打电话说的。顾峰说，下午上班，我们过去，另外告诉郑凡，让他陪着去。李小娜出门了，高林进来说，我们准备下午去华发公司再核实一下。顾峰说，去吧！高林问，是你通知他们一下，还是我们直接去？顾峰说，不用！你们直接去。高林觉得顾峰在说假话，他一出门，顾峰就会打电话通知对方。这是高林设的局，想试探一下他。他说完刚转身要走，顾峰问道，刘书记的父亲病了，你去看了吗？高林回答道，去了！昨晚去的。顾峰说，我下午去看看。

高林回到了办公室，给车建文、武炼打电话，让他们过来，开一个短会，商量下午去华发公司考察的有关事项。严岩接到了顾峰的通知，已做好了准备。

武炼接完高林的电话，放下话筒，立即来到了顾峰的办公室。一进门就问，高厂长说，下午去华发公司考察，顾厂长，你知道这事吧？顾峰回答，知道，武炼接着又说，高厂长要我去他那儿开个会，顾厂长，你有什么交代的？顾峰说，没有！你去吧！武炼敲门走进高林的办公室，高林正在打电话，武炼坐了下来，车建文推门进来。高林电话打完，站了起来，给两位倒水，放在茶几上说，我们开个短会，下午去考察华发公司，你们有什么想法？武炼说，你们领导怎么定，我怎么执行。车建文说，我觉得应该从以下几个方面去考察，他把意见说完，高林觉得可行，说，那就这样，下午两点出发！车建文问，听说刘书记父亲病了，什么时候去看看？武炼也跟着说，是呀！什么时候去看看！高林说，等我们考察完再说！

下午，一上班，顾峰就带着李小娜和郑凡来到医院。刘立天一个人在看护着父亲，母亲回家了，弟弟们有事，唐琴下楼买日用品去了。高林要派人来看护，让刘立天推掉了。顾峰敲门进了病房，刘立天站了起来说，顾厂长，你怎么来了？顾峰说，你我是一个战壕的，能不来吗！刘立天说，谢谢！接着又说，你挺忙的。顾峰说，再忙，也不在乎这点时间。刘立天陪着三个人站在父亲跟前，父亲睁开了眼睛，刘立天忙介绍说，这是我们厂的顾厂长。刘章点点头露出了一丝微笑，又闭上了眼睛。顾峰问，老爷子手术做得如何？刘立天回答，不错！顾峰说，老爷子！刘章睁开了眼睛。顾峰又说，你好好养病！刘章点点头又闭上了眼睛。顾峰说，老弟，那我走了，有什么事尽管说。刘立天点了点头，送顾峰等三人出了病房。

刘立天的父亲第二天白天平稳度过。晚上，神情好了许多，还和母亲开了几句玩笑。父亲的顽强乐观，给母亲增强了信心，而刘立天的心里却在流血。他表面装着笑脸，同父亲说一些高兴的事。

夜深了，月光洒进了病房。刘立天说，妈，你们回去吧！老三和老四说道，哥，你和嫂子回去休息休息，今晚我们值班。刘立天拒绝说，你们回吧，明天再说。接着又说，明天爸就能喝小米粥了。母亲说，小米都买好了，我明早起来熬。母亲和弟弟们出了病房。刘立天坐在父亲的身旁，用湿巾不停地擦父亲干干的嘴唇，唐琴坐在旁边，父亲不时地在呻吟。

下半夜，刘立天趴在父亲身边，闭着眼睛。父亲微弱地叫道，渴！渴！唐琴起来叫道，刘立天，刘立天，爸渴！刘立天睁开眼睛，唐琴又说，光擦嘴唇不行。我去问问大夫，能不能漱漱口。刘立天点头，没过一会，唐琴回来说，大夫说，可以用纸杯倒些水漱漱口。唐琴往纸杯倒了半杯水，父亲挣扎地坐了起来，用手接过了纸杯，小心翼翼地喝了一口，漱了漱嘴，吐了出来。父亲停下了，手拿纸杯，面带微笑，身子慢慢地倒了下去。刘立天扑上去叫喊，爸，你怎么了？刘章微张眼睛，瞬间闭上，再没有声息了。刘立天大喊，爸！爸！爸！一名值班大夫冲了进来。一个多小时过去，父亲刘章没有抢救过来，微笑着离开了这个世界。

天亮了。刘立天的母亲双手抱着装有小米粥的饭盒，走进了医院，当听到丈夫走了，一屁股坐在地上撕心裂肺地叫道，不是做了好了吗？饭盒掉在了地上，流出了黄黄的小米粥。父亲留给这个世界的最后一句话是，渴！渴！刘立天痛苦地扶起了哭得死去活来的母亲，医院来人把父亲送到了太平间。一家人在后面哭喊着。

这一天，天空是灰蒙蒙的，下起了小雨。树叶上，花瓣上含着晶莹透明的水珠。刘立天望着天空，悲痛地叫道，爸，您走好！

第十四章

一个多月过去了，刘立天渐渐地从痛苦中走了出来。前段时间，他总是在恍惚之中，对什么都没有兴趣。

集团钱勇书记来后，听信了顾峰，说刘立天对行政工作支持不够。刘立天心里不服，觉得钱勇听了一面之词。顾峰接任厂长后，厂里起色不大，这对顾峰和钱勇都有了不小的压力。顾峰把这个责任推给了刘立天，班子有些成员见风使舵。在工作中，刘立天感到力不从心。

张剑自从调走以后，一直没有和刘立天联系。有几次，刘立天拿起了电话，想向张剑诉诉苦，想了想又把话筒放下了。刘立天无处发泄。这一段时间，他时常回家看看，母亲一直不能从痛苦中走出来，嘴里总是嘟囔，我一个孤老婆子活着还有什么意思，真不如跟你爸一起走了。刘立天百般劝解和安慰。每到星期天，弟弟们都回来了，母亲仍以泪洗面。远在北京的唐琴也在给他压力，让他早日回京。

钱勇走后，顾峰更加张狂了。刘立天说的话，他基本不听，总是我行我素。张强被提拔为厂长助理，武炼调到厂办当了主任，把高林挂了起来，把车建文副主任撤了，留下车间支部书记这个职务。刘立天坚守岗位，心里道，你顾峰这样下去，迟早要出事的。

刘立天刚从办公室出来，就接到了同学李燕的电话。自从上次聚完，他再没有和李燕联系过，一晃几个月过去了。李燕问，刘立天，你太不够朋友了。刘立天知道李燕为什么这么说，父亲去世没有告诉任何同学。他装着不明白似的问，怎么回事？李燕说，这么大的事，你都不说，我就让你这么讨厌吗？刘立天一听，感觉严重了，忙解释说，我跟谁都没说，再说大家都挺忙。李燕说，你就没有把我当朋友，你就当个党委书记，有什么了不起的。刘立天顿时不知说什么了，忙认错地说，我错了！认罚！李燕说，你一会儿到金河酒店四〇三包间。刘立天还想问都有谁，李燕已挂了电话。

　　刘立天到了金河酒店，走进了包间，一个人没有，在靠窗户座位坐了下来，欣赏河对面的白塔山的风景。河水是浑浊的，听不见河水流动的声音，听着播放的理查德钢琴曲《太阳最红，毛主席最亲》。窗外奔腾不息的河水，穿城而过，多少的人站在河岸，做着许多的梦想。门外传了男女嘻嘻哈哈的声音，门开了，李燕身后跟着几位多年不见的高中同学，刘立天赶紧站了起来，李燕问道，你还认识吗？刘立天说，他们烧成灰，我都认识，挨个儿叫出了名字，尹楠、李良、王斌，最后一位雍容华贵的女士不认识，刘立天问，这位是？李燕说，你猜猜！刘立天猜了半天没猜出来，李燕说，她是我们初中同学费雯雯。刘立天笑道，她走的时候，还是个干瘦的小姑娘，真是认不出来。李燕说，她今天下午才从北京来的。大家坐下以后，各自详细介绍毕业后的经历。尹楠是北外毕业的，现在广州一家民营外贸公司工作，当了个副总。李良在张掖水电局当一名工程师，王斌在省建一家公司下属的工程处当主任，费雯雯的父亲在金兰军区，据说是一名团职干部，初中一年级那年，调到了北京。费雯雯在北京上了大学，毕业后分配到了外贸部，现在是国家计委一名司长了。费雯雯说，我们这些同学属刘立天混得最好了。刘立天谦虚地说，不要胡说了，我哪能跟你们比呀！费雯雯说，除了你，我们这些同学没有一个当处级干部的。刘立天说，拉倒吧！我这算什么处级，企业不讲究这个。李燕说，抓紧点菜！

　　费雯雯坐刘立天的左边，李燕坐在右边，随后杨凤梅和吕军也来了。李燕悄声问，你父亲得的什么病？刘立天回答，胃癌！尹楠问，唉，李燕，你俩悄悄说啥呢？李燕说，没说啥！吕军说，两人是不是在续前缘呀。同学们哈哈大笑。李燕表情严肃地，刘立天的父亲去世了，他都不跟咱们同学说一声。同学们一下子沉默了。刘立天说，我父亲去世一个多月了，大家都忙。杨凤梅说，你这是看不起我们这些同学。刘立天忙解释说，我刘立天是那样的人吗？我们是发小呀！李良说，立天不是那样的人！接着又说，我说立天呀，你真不该这样！吕军也说，你真不该这样。费雯雯说，我离得远也就算了，在金兰的同学，你应该告诉一声，你应该受罚！刘立天站了起来，端起酒杯说，我承认是我的不是。李燕忙说，人家逗你呢！吕军说，雯雯，你逗立天干什么？费雯雯说，我可没逗！不守规矩的人一定要惩罚！李燕被费雯雯这么一呛，话说不出来了。刘立天说，我喝，我喝！

同学宴会散了，各奔东西。刘立天与李燕一路。在出租车上，李燕问，立天，你有什么心事吗？工作不顺吗？刘立天心里一阵温暖，平静地说，还行吧！接着又说，你放心吧。两人在车上说了几句话，车不一会儿到了，李燕下了车说声再见，走进黑黑的门洞。

月光铺洒在大街上，刘立天不由得想了许多，而这些许多都是过去的事。李燕善解人意的关心，让刘立天的心里久久不能平静。往事如烟，如果娶了李燕，会是什么样的结果呢？刘立天觉得自己跑题了，怎么会有这样的想法呢？唐琴怎么办？

李燕下了车回到家，张岩坐在沙发上看电视，扭头问，一个同学聚会，怎么这么长时间？李燕脱下了外套说，外地来了几个同学，聊的时间长了一些。张岩问，你怎么回来的？李燕回答，我打车回来的。张岩没再说什么，刚才站在窗户前，看见有人送她，没有看清那个人的脸。李燕撒谎了，说明她心里有鬼。张岩憋着气又不好捅破。李燕进了卫生间，脱下衣服，打开淋浴，温水从她那丰满的、白白的身体滑过，舒服极了，刘立天还在她的脑袋里，怎么也去不掉。她心里在问，我这是怎么了？不能这样去，我有家，他也有家。这样下去会很危险的。过了一会儿，刘立天又出现了，她的心里被刘立天充得满满的。往事像柳絮飘了起来，飘满了天空，她想起了在学校的姹紫嫣红的时光。李燕抚摸身体，幻想像天上的流云、天上的雪花、天上的雨水。突然，张岩喊道，你有完没完了。李燕的情绪一下子落到冰点。她擦完身子走了出来，一句话没说上了床，张岩去了卫生间。李燕闭了眼睛，倾听那久远的声音。

张岩上了床，去抚摸一动不动的李燕，抚摸半天，突然没兴趣了，翻过身子。两个人的情感就像那河水流着流着就分叉了。

刘立天早晨起来，感觉轻松了许多，情绪也好了许多。吃完早饭，刘立天来到了办公室，见高林在门口，问道，有事吗？高林说，进去说。两人坐定后，高林说，书记，现在基本查清楚了。顾峰瞒天过海和华发公司一起坑西北厂。他们从西北厂接上活儿又偷偷地返回我们车间干活儿，然后交给华发公司，华发公司又交给了金兰机械厂组装，最后再交付给厂里。这里面有武炼，有张强参与，顾峰拿没拿钱，这个不太好查。刘立天心里愤怒，脸上却平静地说，这不是内外勾结吗！你写个详细报告给我。这是第一。第二，一定要有确凿的证据。第三，要严格保密。高林说，车主任那儿都有证据。另外，顾峰的小舅子也在厂里做生意，供应的电缆不合格，顾峰让质检科放行，被我拦住了。顾峰跟我说，让我与对方协调，重新换，结果换来的电缆依然不合格。顾峰说我找碴。刘立天说，不管他，该怎么管就怎么管。西北厂是国家的，不是他顾峰的。接着又说，你让车建文来一趟。

高林出了门，刘立天陷入沉思。顾峰这么大胆，有没有后台，有没有更大的人物支持？如果有，应该怎么办？高林、车建文拿到的证据是铁证。一方面，顾峰不会这么傻吧？这些疑问在刘立天的脑子里不停地翻腾。如果通过厂纪委来查，会不会出现泄密，出现阻力，打草惊蛇了？如果不通过厂纪委，直接向集团反映，那钱勇会不会通风报信？顾峰会不会提前做好准备销毁证据？一定要想个万全之策，这一锤子下去，一定稳准狠，不能有漏洞，不然的话，以后麻烦就大了。再一方面，这些人会不会陷害自己，会不会使出各种阴招？不得不防，一个人住在招待所，他们万一做通服务员的工作，在房间里放钱或者什么，要是去母亲那儿怎么办？刘立天做了预防和最坏的打算。

车建文敲门进来道，书记，有事？刘立天让了座问，华发公司的情况你说一下。接着去倒水，车建文接过水杯说，书记！简直不可思议，他们真的是找死。华发公司一个员工对我说，他们把不同的零件送到我们厂子里加工，然后他们在外面组装，再交付厂里。刘立天问，这个过程你了解吗？哪个车间加工的？车建文回答，二车间和四车间。对了！上次查二车间干私活，是不是跟这个有关系？车建文说，没关系，那是张强自己揽来的活儿。刘立天说，你一定要拿到确凿的证据。另外，跟厂门卫人员打个招呼，把进出的车辆登记本拿来，挨个儿查一下，那些进厂车辆都是哪里的，另外，找那两个车间的计划员，查一下零件加工清单，这两份要复印。车建文说，这个高厂长都查了，一无所获。刘立天说，他们够严密的。我就不相信，两个车间二百多人都让他们搞定了。车建文说，现在的一些人都认钱，有钱能使鬼推磨。刘立天听完，觉得这件事情不好办。接着问，还有什么办法？车建文说，目前还没有什么好办法。刘立天沉默了，心里在琢磨，不会找不到缺口吧！接着又问，既然车间都能加工，为什么还要给别人加工呢？车建文说，这就是顾峰搞的鬼。刘立天拿起电话，拨通了说，高厂长，你下来一趟。高林进来，刘立天说，咱们商量一下。三个人商量来商量去也没有好的办法，最后刘立天说，这个事先讨论到这儿，我再想想。

刘立天虽然受到顾峰等人的打压，但是他不怕，他有一颗善良正直的心，有高尚的品格，有高贵的灵魂。高林和车建文出了门，两人边走边说。高林说，刘书记现在够难的，上次钱勇来，在全厂的班子会上，明显地在打压书记。车建文说，刘书记是个好人。父亲去世，厂里人送的礼钱，一分没要。我真的很敬佩他，集团到底怎么回事，怎么能用顾峰这种人！高林说，我们现在得支持刘书记，不然良心上都过不去。车建文说，你说的没错，我就不相信正义战胜不了邪恶。

刘立天站在窗前，望着窗外发愣。春天接近尾声，炎热的夏天就要到了。在西北厂工作一年半了。回想这段时光，真像过山车一样，抱着美好的期望，抱着对未来的憧憬来到西北……他在房间走动着。突然有人敲门，刘立天喊道，请进！党办的郑凡进来了。刘立天转过身，郑凡说，刚接到集团党办的通知，让你下周去集团的党校学习三个月。刘立天僵住了，这肯定是顾峰在背后做的鬼，他是不是觉察到什么了，怎么这么巧，在这个时候让他去党校学习，等他学完，顾峰把一切都搞好了。然而，他又不能说不去。他接着问，下周什么时候？郑凡说，下周一报到。刘立天说，我知道了，接着又说，那你订周末的机票。另外，你通知党群口各部门的领导到小会议室开个会。

在小会议室，刘立天坐在圆桌的中间说，开个短会。接到集团通知，我下周一去集团党校学习三个月。我把工作简单地说一下。刘立天把近期的工作安排完，接着问，大家还有什么问题？组织部赵向部长说，党员学习越来越难搞，各个车间的书记反映，党员的学习都组织不起来，都以工作忙推掉了。现在党的工作越来越难开展了。宣传部张兰新也说，宣传部下了通知，每个车间定期更换黑板报，要求一个星期换一次，我下车间一看，一个月都没换，一要求，都说工作忙没时间换。纪委黄书记说，纪委的工作更难搞了，我们纪委下去，车间的人都躲着。工会主席付林说，现在工人思想很散，搞个活动都搞不起来。现在的人都怎么了。过去的那股热情都去哪儿了？郑凡低头记录着。这些情况，刘立天的心里清楚。在这样的大形势下，怎么做好党的工作，是一个新的课题。

刘立天喝了一口茶说，以经济建设为中心，是党最基本的方针。我们要根据这个方针，创造新时期的工作，要有新思路，新方法。组织部赵部长说，我觉得现在人心都散了，不像过去，大家都拧成一股绳。刘立天说，打破了过去的一些东西，人们思想变化也是正常的。黄书记说，现在有些事真是不明白。过去加班都是义务，现在少一分钱都不行。张兰新说，现在是社会主义市场经济！他说了半截，没再说下去。大家的情绪，刘立天是理解的，他说，处在这样的变革时期，人们对过去，对未来都有着自己的想法。过去老的工作方法已不管用了。要用建立现代企业的思路、想法去工作，要适合市场规律。过去是计划经济，一切都是上级安排。现在是走进市场，靠市场来生存。从这几年西北厂来看，我们的起落都是市场的因素。那我们的工作重点就是要琢磨，怎么把西北厂搞上去，让大家有好的收入。这都得靠我们自己。谁损害西北厂的利益，谁就是我们的敌人，我们坚决不答应，坚决反对。刘立天这么说，大家的心里都明白，那是有所指的。

刘立天环视了一下说，今天的会就开到这儿，我走以后，党群这块暂时由黄书记负责。散会后，黄书记留下。刘立天把高林、车建文掌握的情况说了一下，黄书记听完极为愤怒地说道，刘书记，你说，我全力配合。刘立天说，我走后，你多跟高林商量，在各车间找可靠的人，有什么情况及时反映，但绝不能打草惊蛇。黄书记说，我知道了。接着刘立天拿起话筒给高林打电话，高厂长，你到小会议来。高林进来，刘立天说，我下周一去集团党校学习三个月！高林说，这肯定是顾峰干的。黄书记说，一帮蛀虫。西北厂非垮在他们的手里。多少职工一家子都在厂里，厂子垮了，他们怎么办？刘立天说，只要我在一天，就坚决阻止这种行为。高林忧心忡忡地说，厂里这样搞下去非垮了不可，这帮人已经肆无忌惮了。刘立天说，我们为了全厂职工也要和他们进行坚决的斗争，别忘了我们的身份。

周六下午五点多钟，刘立天乘坐的航班徐徐降落在首都机场。他出了机场叫了辆出租车朝家驶去，他没给唐琴打电话，想给她一个惊喜。出发前，他给李燕打了个电话，告诉她自己回集团学习三个月，李燕说，你找找费雯雯。刘立天说，看情况吧！李燕又特意嘱咐了一下说，你见见也没什么坏处！刘立天心里涌进了暖流。很快到家，他抬手敲门。唐琴在屋里喊道，谁呀？刘立天叫道，我！刘立天！门开了，唐琴问，你怎么跑回来了？刘立天说，回来学习！

三个月。唐琴问，学完还回去吗？刘立天说，你让我进去说。唐琴笑着闪开了身子，刘立天进了客厅，放下行李，边脱外套边问，洋洋呢？唐琴喊道，洋洋！你爸回来了！半天没动静，刘立天推开门，洋洋戴着耳机，手舞足蹈的。刘立天关上了门，说，洋洋带着耳机手舞足蹈，唐琴，你去看一下，他干什么呢？说完进了卫生间，冲完澡换上了睡衣出来，唐琴的眼睛盯着，刘立天笑着问，你干吗这么盯着我，不认识了？接着心里涌起波浪，痒痒了起来。唐琴的眼光是渴望的，是放电，是春光荡漾。唐琴站了起来，走到刘立天跟前，双手搂住了他的脖子问，你什么时候能调回来呀？刘立天静静地搂着妻子，触摸到唐琴的心脏扑腾扑腾地跳。唐琴问，你妈的情绪怎么样？刘立天说，时好时坏。我昨天回去了，我说，我回北京，我妈问，还回来吗？刘立天停了一下说，我要带她一起来，她不来。她说，她住不惯。唐琴静静地贴着刘立天的胸脯。突然，洋洋站在一旁问，你俩干啥呢？接着问，爸爸，你回来了？刘立天和唐琴立即分开，唐琴的脸有些红了说，你这孩子！刘立天叫了一声，儿子！要过去抱他，洋洋不理他，拉开了卫生间的门，一阵撒尿声传了出来。唐琴说，你看看，你再不回来，孩子都不认你了。接着又说，现在这孩子怎么都是冷血动物！门开了，洋洋问，你俩说我什么坏话呢？刘立天和唐琴对视了一下，接着笑了起来。洋洋说，真没劲！这有什么好笑的。刘立天笑了，唐琴也笑了，洋洋稚嫩的背影消失在白色的门里。

第十五章

　　顾峰在办公室向财务科的邬科长了解厂里的资金状况。邬科长说，顾厂长，厂里资金很紧张了，有些货款不敢付了，要是付了，全厂职工的工资都开不出了。顾峰说，我算了一下，资金还没有紧张到这种程度。邬科长五十多岁，秃顶，个子不高。他接过话说，集团内部个别单位的款拖欠了许久，系统外的款拖欠得更严重。再一方面，厂里的产品销售不畅，库存积压。这些情况顾峰都知道，也是他近日最头疼的事，批评销售科长朱红旗几次了。最近，有几家公司来催账，包括华发公司。顾峰说，这几天，你跟我去趟北京，向集团反映反映，催催兄弟单位。邬科长说，好的！接着顾峰又说，你给贾兵的公司付上一些款。邬科长说，等这个月工资发了再说，你看行吗？顾峰说，你先付一些，工资再想办法！邬科长不情愿地答应道，那好吧！邬科长刚走，电话响了，华发公司严岩说，顾厂长！顾峰没等他说话，你的事，我正在想办法！严岩还想说什么，顾峰说，我这儿还有事过后再说。严岩放下电话，嘴里骂了一声，滑头！太不够意思了。这段时间，合作的那家公司天天催款，催得他心烦意乱。严岩下定了决心，如果西北厂再不付钱，就准备跟顾峰撕破脸。

　　顾峰放下严岩的电话，心里有些生气了。过去，这些人都是点头哈腰的，欠上钱就变脸了。顾峰吐了口气，觉得现在这条路是越来越难走了，顿时烦躁了起来。

　　黄建在办公室正和郑凡谈工作。他说，这段职工思想比较散，特别厂子效益不好后，职工的意见多了起来。小郑，你调查一下，写个东西给我。郑凡说，知道了。两人又商量了一下工作。郑凡出了门回到办公室，叫上党办新调来的徐军一起下车间了。

厂区的路四通八达，一排排宽大的厂房在阳光下，像那列队的士兵站立着。通往各车间的路，冷冷清清。徐军二十六七岁，大学毕业分到西北厂，在车间当文书。他是省城一所师范大学中文系毕业的。在二车间的门口，两人走了进去，车间书记丁利民忙迎了上来，说，我接了通知，在门口等你们。郑凡和丁利民握了一下手，问，都准备好了吗？丁利民说，我从每个班组抽了有代表性的两名职工。郑凡说，好！三人走进会议室，十几个人围着圆桌坐着，三人坐下来，丁利民说，今天我们开个座谈会，主要了解大家对车间、对厂里有什么意见，有什么好的建议，有什么思想情绪，总而言之，厂党委派郑主任和小徐来了解，大家要畅所欲言。下面请郑主任讲话，随后响起稀稀拉拉的掌声。

郑凡眼睛扫了一下众人说，刚才丁书记都讲了，我们这次来的目的，主要是了解情况，那我们大家要实事求是说真话，讲事实，给厂党委提建议，是为了把厂子搞好。现在请大家发言。一阵沉默，大家都不吱声。丁利民看了看谭老二，叫道，你说说。郑凡抬头看了看，拿起笔来。那位叫谭老二的人，年纪五十岁左右，秃顶，一双小眼睛。他说，有什么谈的，说了也没用，现在谁还听工人的？我们说了跟放屁一样，说多了，饭碗都没了。丁利民说，你怎么是这个态度？我们西北厂是国有企业。谭老二旁边一位四十多岁的女工说，书记，你拉倒吧！国有怎么了？国有的也没有我们工人说话的份儿。厂里现在乱七八糟的，总觉得有一股邪气。郑凡看了看这位面容姣好的女工，觉得她有些思想。丁书记马上说，顾娟，你不要瞎说，有什么邪气？顾娟说，书记，你不清楚吗？这段时间，车间老加班，给谁干活儿呢？给那么一点加班费！丁利民看了一眼郑凡，没有接话。他心里明白，前段时间，车间新上来的主任叫杨军，接来了一些活儿，说这些都是外协件。今天杨军出去了。他话音刚落，顾娟旁边一位男职工说，顾娟说的没错，我们提过那么多建议，厂里听了吗？不是照样吗？该怎么样还是怎么样！我们工人就是做好工，养家糊口。现在的有些事情真是看不惯，但看不惯也得看，不然就让你下岗。五车间不是有一半人都下岗了吗！工资都开始拖欠了。我看西北厂再这样下去非黄了不可。郑凡感到问题严重，感到工厂进入了失控状态。如果不扭转目前的局面，那自己也可能要寻找新的出路。工厂就是这些工人的家，家要是没了，就得流浪。郑凡想到这儿，心里也害怕起来了。丁利民说，我们不能老说不是，谈谈建议。顾娟说，谈什么建议呀！谈了管用吗？丁利民被顾娟呛住了。他说不出来什么，这半年多，他看到工厂在一天一天地衰弱。市场经济袭来，厂里还未从过去的管理模式中走出来。要走出来，在他看来，是要付出代价的，这些代价不能由工人去承担。这一切让他心里冷冷的，转型的阵痛怎么会落在了西北厂？丁利民百思不解，想不明白为什么会这样。郑凡听完也迷茫了，难道这就是西北厂的经济转型吗？这样的转型能适应市场经济吗？能持续发展吗？能把过去的问题都解决吗？这样下去西北厂会变成什么样呢？所有的这些问题，在他的心里画了一个大大的问号。在金兰市，有些市属的工厂、公司进行了股份制的改造，惹了一堆麻烦。这个座谈会开得郑凡心里不是滋味，而这个滋味又说不出来。

在北京城市花园的一栋楼房的第十七层一套房里，在灯光下，刘立天正在陪着儿子洋洋学习，妻子唐琴在看电视，岳母已经睡了，气氛是那么温馨祥和。唐琴说，你不在家，屋里冷冷清清的，我连饭都懒得做。刘立天回头看了看唐琴，没有说话。过了好一会儿，洋洋说，爸，我懂了。刘立天说，那你说说。洋洋说，你怎么这么烦人，他说完就准备走。唐琴说，你怎么跟你爸说话呢，真是没大没小。洋洋撇了一下嘴走进了自己的屋里。刘立天在唐琴身旁坐了下来。唐琴说，那你利用这次学习机会，回京吧！刘立天不语。唐琴说，我跟你说话呢，你怎么没反应？刘立天说，这个事是我能定的吗？唐琴说，不是你能定的，你可以要求呀！刘立天觉得有必要把他在西北厂，在集团的现状讲一下。刘立天捋了一下思路说，唐琴，我跟你讲讲西北厂的情况。唐琴说，你说吧！刘立天讲完后，唐琴说，我没听明白，你说这些是啥意思？我理解就是你现在不能回来，为什么呀？没你，西北厂就不转了？厂子好坏跟你有什么关系？那是你们集团的事。刘立天见唐琴这么说，也没有办法说了。唐琴哪里知道这步走不好的后果！两人谈得不愉快，唐琴看电视，刘立天开始写学习心得笔记。

窗外，月光洒了进来，刘立天突然想出去转转，一年多没有好好看看这座国际大都市了。他说，我们出去转转？唐琴不解地望着说，怎么回事？这么晚了！刘立天说，陪我转转去？唐琴沉吟了一会儿，起来穿衣，两个人下楼了。

月光映在昆玉河面上，岸两边的垂柳摇晃着，两人肩靠肩漫步在岸边，霓虹灯把河面染得五颜六色。

刘立天在桥底下站住了，眼睛注视河面，又抬头看看皎洁的月亮。一阵温柔的风吹来，刘立天感到很舒服，但心里却烦躁了起来。唐琴知道，刘立天一旦认准的事，十头牛也拉不回来。她想好了不拉他了，再说下去，就会影响夫妻的感情了，何况现在也是刘立天最难的时候，自己要多体贴他。她想到这儿，挽起他的胳膊，刘立天扭头看了看妻子，心里觉得对不住妻子，为了前途去了大西北。那里是他出生成长的地方，那条黄河，那座城市两边的山，那曾经居住的家属大院，给他留下太深刻的记忆。他忘不掉。父亲走了，留下母亲一个人。他太想陪母亲了。两种感情交织在一起，让他一阵一阵地心痛。他觉得自己是不是太自私了，这里是自己的家，有儿子，有妻子，他的血脉在这里延伸。唐琴看了看刘立天冷峻的脸庞，不知丈夫心里装了多少事呀！刘立天使劲握了一下唐琴软软的手，说，唐琴，我这个人是不是自私了？唐琴没有接话，心里突然觉得丈夫有些可怜，让人心疼，也有些悲情。他一个人在大西北，没人照顾，不免心疼起来。可她没有勇气去大西北。她是为了儿子呀！唐琴哪里知道，刘立天的痛苦就在这里，她哪里知道男人的心思呀！刘立天说，我们回吧！两个人上了堤坝的坡，走在大街上，黄黄的路灯照着两个人。在楼下，刘立天的手机响了，他看了看对唐琴说，你先回家，厂里的黄书记来的电话。

黄书记把郑凡下各个车间了解的情况和职工的动态汇报了。刘立天听完后，心情沉重了起来，看来顾峰不只是和那些老板打交道，而是隐藏着更大的阴谋。这个阴谋现在还没有证据。工厂在走下坡路，一千七百多人呀，以后的生活怎么办？他告诉黄书记，要注意厂里的动静，有什么情况及时反映。突然，一种使命感涌了出来，而这个使命感，就是不能容忍顾峰这么下去。

唐琴回到家，母亲和儿子都睡了。她想给刘立天一个温存，接着进了卫生间，洗得干干净净。刘立天在楼下转了几圈才上了楼，开了门，房间弥漫着淡淡的香水味儿。他明白了唐琴的信号，可是现在他一点情绪都没有。唐琴穿着透明的睡衣问，电话打完了？没等刘立天回答，接着又说，你来学习也不消停。刘立天说，是呀！厂里的事太多。唐琴不解地问，你一个党委书记有什么事？刘立天不能说厂里目前的情况，怕妻子担心，他说，那么大的工厂怎么能没事呢？唐琴说，现在不是还有厂长吗？刘立天没接话进了卫生间。

刘立天从卫生间出来，唐琴说，你磨蹭什么呢？刘立天笑了笑钻进了被窝，唐琴一只手搭在刘立天的身上抚摸着。刘立天的眼睛盯着天花板，思绪还在西北厂。唐琴有点生气了，把身子转了过去。刘立天有些内疚，伸手去抚摸唐琴柔软的身子，唐琴一动不动。刘立天把手缩了回来，两人无语。窗外，不时地响起汽车的鸣声。刘立天望着睡着的妻子，眼睛闭上了。他一夜无眠。

几天来，刘立天都在想黄书记说的情况，不知怎么办。目前情况不明，厂里的职工看得清清楚楚。昨晚李燕来电，聊了一会儿，她问找没找费雯雯。刘立天告诉她没找。李燕还劝他找找。刘立天想，找了说什么呀！再说了，我在党校学习。黄书记前几天还告诉他，顾峰这几天要去集团。几天过去了，不知顾峰来了没有，他到集团干什么来了？

顾峰是前天下午到的，向钱勇汇报了西北厂的情况，并希望集团出面，跟欠款的单位说说。钱勇答应了，顾峰万般地感谢。西北厂的状况，顾峰只说了一半。另一半他觉得不到说的时机。来的那天，下飞机时，李小娜问，需不需要跟刘书记联系一下？顾峰说，等办完事再说。李小娜没再吱声，顾峰已不把刘立天这个党委书记放在眼里了。李小娜觉得这样不好，再说了，山不转水转，说不定哪天刘立天又成为厂长了。她觉得有必要与刘立天联系一下，那得背着顾峰。

李小娜等顾峰走了，给刘立天打了电话说，刘书记，我，李小娜！刘立天问，小李，有事吗？李小娜说，我到北京了，想见见你。刘立天又问，有事吗？李小娜说，我想向你汇报工作。刘立天沉吟一下说，好呀！并告诉了她见面的地址。

第十六章

　　三个月后，刘立天从党校学完回到金兰。第一天上班，办公楼下聚集了许多职工。在北京时，黄书记汇报了厂里的情况，万没想到，到了这么严重的地步。顾峰和赵建民、李小娜、张强、武炼等人出国考察去了。高林、黄书记等人在会议室和职工代表谈话。刘立天进了办公室，郑凡敲门进来汇报完。他随即和郑凡来到了会议室。高林和黄书记见他进来就站了起来。刘立天示意他们坐下，接着继续听职工代表的意见。

　　一位中年男工说，两个月了，不发工资，我们也有妻儿老小，需要吃饭。你们领导倒好，吃大餐，买新车、出国旅游。接着又一位工人说，厂里大部分职工都下岗了，我们以后怎么办呀？刘立天的心情随即恶劣了起来，接着站了起来说，各位，西北厂走到今天，我这个党委书记，有不可推卸的责任。目前厂里情况不好，大家受累了，受苦了。一位职工代表打断他的话说，别说这些没用的，工资什么时候发？下岗的职工什么时候回厂里上班？高林忙拦住说，你们听刘书记讲完。刘立天继续说，我知道，咱们职工靠工资吃饭，但是，我刚学完习回来，顾厂长又不在，给我点时间，三天之内，我给大家一个准确的答复。一位职工代表说，别用这种鬼话骗我们啦。我们现在就要答复。高林马上说，你这不是捣乱吗！刘书记不是说了，三天之内答复吗！那位职工叫道，谁捣乱？你想过没有，我们一家人都在西北厂，我老伴都到菜市场捡菜叶子啦。我姑娘有病，报不了药费，我家都走投无路了。刘立天看了看那位满头白发的职工，心里难受。这个厂怎么会走到这一步呀！高林还想说什么，被他拦住了。

那位满头白发的职工说完哭了，哭声穿透刘立天的心，也穿透了在坐的每一个人的心，一种悲伤的情绪弥漫起来。

刘立天不知说什么好了。会议室除了那位职工的抽泣声，静静的。每一个人都在问，这到底是怎么回事，好好的厂子变成了伤心的地方。那位抽泣哭着的职工起身走了，其他职工代表随后也跟着走了。会议室剩下了刘立天、高林、黄书记、郑凡。突然，高林狠狠地砸桌子叫道，这叫什么事呀！他妈的这些混蛋跑到国外旅游去了。刘立天脸色铁青，他知道考验的时候到了，不为自己，也要为这些勤勤恳恳的职工呀！刘立天问，邬科长在吗？高林说，在！郑凡说，我叫他去。黄书记说，我们得向集团反映呀！刘立天问，那些事情进行得怎么样？黄建清楚，刘立天所问的情况是什么。他说，我一会儿向你汇报。

邬科长进来了，刘立天问，邬科长，厂里财务什么情况，怎么连工资都发不出来了？邬科长说，外欠的款太多，收不回来。刘立天说，你列一单子给我。接着又问，账上有钱吗？邬科长沉吟了一会儿说，有笔款，那是顾厂长临走时交代要给华发公司支付的。刘立天问，有多少？邬科长回答，三千万。刘立天说，在顾厂长没回来之前，没我的命令，谁也不能支付这笔钱。高林，你去找华发协调一下。高林明白地点点头答道，好的。刘立天接着又对郑凡说，通知各车间的书记、主任，另外，通知一下工会主席付林，下午两点在大会议室开会。他安排完，几个人出了会议室。黄建随着刘立天来到办公室汇报说，通过调查，顾峰做的很严密，找不出破绽来。现在问题就是华发公司加工外协件的问题，从大方面讲，也就是违纪，谈不到违法。从现在的形势看，也属正常。刘立天问，怎么一个正常法？黄建，顾峰抽车建文去把质量关这一招很厉害，把事情透明化了。他没有隐藏，而是在厂办公会定的。再一方面，顾峰个人没收钱财，现在无从下手，找不出证据来。刘立天问，为什么厂里突然这样了？黄建说，王义在的时候就有苗头了。在市场上，我们开发力度不够，何况集团给的任务越来越少，要靠我们自己打市场。我们这些人还没有完全适应。当然了，这跟顾峰的经营思想也有关。黄建又说了一些其他情况就走了。

在刘立天回来前一个星期，费雯雯来电话说，要约集团的程新一起吃个饭，刘立天委婉谢绝了。他觉得没有必要走这条路，这样会被程新瞧不起的。费雯雯说，这可是李燕说的。刘立天开玩笑说，那就让李燕参加吧！费雯雯开玩笑，你真是不知好赖人，皇帝不急太监急。刘立天向费雯雯致谢。刘立天想给程总打个电话，汇报汇报目前西北厂的情况，又拿不定主意。顾峰在国外，许多具体情况不清楚，等顾峰回来处理，职工又等不及。现在西北厂就是一个炸药桶，说不上什么时候就爆炸了。另外，不果断地处理，安抚职工，他们也许还会去政府闹，影响就更不好了。刘立天感到危险正在一步一步逼近。他瞬间开始埋怨自己不果断，接着又想到了张剑，拿起电话又放下了，这个电话打了说什么，何况张剑已不在集团了。他放下话筒，心里叫道，不行！要迅速解决眼前的问题。

顾峰正领着一群人在埃菲尔铁塔上，沐浴着法国的阳光，欣赏着从没见过的景象。厂里发生的一切，他是知道的。这是他布的局，故意让刘立天去处理。处理好了，大家受益；处理不好，刘立天一个人背着。顾峰仿佛觉得这个工厂已是自己的了，和身边的几个人谈笑风生转着。武炼说，这些工人，回去就开除他几个。张强说，让刘立天去处理吧！我们等胜利的果实吧！西北厂不远的将来，就是我们的啦。李小娜在后面跟着，听着，她心里不免有些忧郁，这些人怎么会这么想，难道就不怕党纪国法吗？这么肆无忌惮，她心里不免有些害怕起来，后悔跟着他们出国。又一想，我就是一个跟班的，跟我有什么关系？前段时间，在北京与刘立天见面，李小娜感到刘立天一身正气，感到刘立天不是为自己的人。虽然我李小娜有些贪心，但是还没坏到顾峰、武炼、张强这个地步。接着又想，我要和这些人保持距离，不能走得太近。这段时间，她看到了顾峰的所作所为，感觉这样下去一定会出事的。

在厂里，下午的阳光射进了会议室，一边亮一边阴。刘立天坐在会议桌中间的位置说，我们开个会，今天上午发生的事，大家都看到了。顾厂长不在家，我们在家的人要为厂子着想、要做好职工的工作，稳住职工的情绪。接着又说，各位谈谈想法。会议室一阵沉默。刘立天见大家都不说话，开始点名。他说，那就从一车间开始。刘立天这样做的目的，就是想了解工厂中层的思想状态，摸摸有多少人跟着顾峰跑了。与此同时，也听听治理工厂的一些意见。他知道，现在人心浮动，思想散乱，职工们对未来迷茫。大道理没有人听了，要拿出确实有效的办法解决存在的问题。刘立天也清楚，自己来到这个工厂才一年多，人们对他的认识不深，也许不会说实话。从计划经济往市场经济转变，而这个转变一定是痛苦的。

一车间的朱书记清了一下嗓子，环顾了一下说，我觉得主要问题，现在是市场经济，不是计划经济，过去都是上级下达生产任务，我们只管干活儿。现在要靠我们自己找活儿，我们厂的产品落后了。不是说，落后就会挨打吗？我觉得这才是问题根本。接着又说，这几年，我们没有去开发适合市场的产品，总是按集团的安排来生产，一旦集团的各个企业不给我们活儿，我们就没饭吃了。再一方面，我给厂领导提点建议，要把眼睛盯在市场，不要盯在集团。他讲完后，二车间的丁书记说，现在厂子走到这步，我是没有想到的。过去我们西北厂多辉煌，在金兰也是数一数二的企业，多少人想进都进不来。今天变成这个样子真让人痛心。我们全家都在这个工厂，厂子垮了，我们一家人都得喝西北风。他一直与张强不合，因为张强有顾峰做后台，他心里一直憋着气。张强被顾峰提为厂长助理，杨军接了张强的位置，前两天杨军出差了。丁书记接着说，我认为，我们厂最大的问题就是人的问题。此话一出，人们纷纷议论起来。丁书记说，我先说到这里。三车间贺主任说，我觉得我们厂子怪现象太多，自己能干的却包给外面的人干，这是什么问题呀！我觉得，我们职工永远是好的。我们现在依靠工人吗？你们厂里的几个头头，一拍脑袋就定了，也不管工人的死活。刘立天感到会议气氛不对，偏离了主题，这个会主要是解决目前的问题，如果这样下去，会越开气越大，不解决问题。他接过话，大家刚才说的问题都不错，但我们今天开会主要是解决眼下的问题。五车间龚主任说，我建议厂里安抚一下职工，各车间统计一下困难职工人数，厂里要想办法解决。他话音刚落，六车间的耿书记说，职工都困难，你解决这个，不解决那个，如果处理不好，不是会打仗吗？

　　会议进行了两个小时，也没有找到解决问题的方法。刘立天想了想，说，第一，我们现在是应急，确实解决困难职工的问题。第二，凡在西北厂工作的职工，单职工的，家里有病人的，各个车间先统计这些人数报上来。第三，我们都是领导干部，要安抚职工，不能和职工一样去闹。从今天开始，各车间书记要主动去了解，去做每一个职工的思想工作，不能再出现类似上午的情况，哪个车间出问题，哪个车间自己解决。今天的会就开到这，散会。刘立天回到办公室刚坐下，郑凡进来了。刘立天说，小郑，你写个报告，向集团汇报一下。另外，你安排一下，去困难职工的家里走访一下。

　　郑凡点头看着刘立天冷峻的脸，小心地说，华发公司的严总来了。刘立天问，不是让高林去协调了吗？郑凡说，刚才高厂长打电话说，华发公司跟着高厂长来了，就在高厂长的办公室。刘立天沉默了一会儿，说，你告诉高厂长，让他们等一会儿。郑凡出了门，刘立天拿起电话打给邬科长，办公室没人接。刘立天拿起电话告诉郑凡，你让他们下来吧！

高林推门进来，后面跟着严岩。他一进门，忙与刘立天握手说，我们也是没有办法呀！刘立天微笑说，请坐！严岩说，我们公司揭不开锅了，不然不会上门催债，请刘书记多包涵。刘立天说，我刚学习回来，情况不清楚。严岩说，顾厂长临走的时候都安排了。今天高厂长来，说明了情况，按理说，我们真不应该。可是，我们太困难了，这个款也拖了好几个月了，刚才去财务科找邬科长，他说得找你，我们这才过来。刘立天说，高厂长，你给邬科长打个电话，让他过来。高林打了半天，没人接，说，人不在。刘立天说，严总，你先回去，我问清楚了给你回话。严岩说，不行呀，刘书记，我也回不去了，催债的人把我公司的门都堵死了。刘立天说，我得弄清楚呀！严岩说，不是顾厂长都批了吗？刘立天说，所以我才叫邬科长呀！两人僵在这了。严岩下定决心，要不上钱就不走了。刘立天的心里却惦记着困难职工，想挪用这笔钱，打死也不能付。再说了，也许是顾峰设的局。一定要等到他回来才能办！屋里静静的，下午下班的时间到了，严岩一看刘立天这架势，再等下去也没用，只好起身走了。下了楼，他给顾峰打电话，半天没人接，心想，时差不对，也许顾峰正在睡觉呢。

晚上八点，郑凡、黄建、高林来到了招待所，刘立天下楼坐上车去走访困难职工。在一条灯光黯淡的小巷里，郑凡敲一户人家的门，里面喊道，谁呀？郑凡回答，李师傅，我是郑凡，刘书记和黄书记、高厂长看你来了。门开了，是个一头白发，看上去有五十多岁的男人，在昏暗的灯光下，看不清面孔，郑凡忙向刘立天介绍，这就是李师傅，在八车间。我实习的时候，他是我的师傅。李师傅忙握住刘立天的手说，破家没什么好看的。刘立天等人进了屋，被眼前的情景惊住了，房间有三十多平米，所有的家具都是六十年代的。老伴瘫在床上，两个儿子挤在一间屋里，屋里下脚的地方都没有。李师傅忙拿凳子。刘立天站着问，厂里房改没有给你分房吗？李师傅说，分了！家里没钱，就没有要。两个儿子都没有工作，老伴又这样。屋里太脏，家里就我一个人上班。厂里开不出工资，我只好从亲戚那儿借了点钱。刘立天心里受到巨大的冲击，在西北厂竟还有这样的家庭。他从兜里掏出一百元递给李师傅说，这是厂里给你的补助。李师傅推着不要，我还能过，厂里难。刘立天心道，多好的职工呀！郑凡和黄书记、高林都从兜里掏出钱递了过去，李师傅死活不要。刘立天等人只好把钱放在破旧的柜子上，出门走了。

刘立天心里受到了冲击，而这个冲击让他感慨万分，真没有想到，西北厂还有这么困难的家庭！我们有些人吃喝玩乐出国，简直不可思议。他们怎么能想到职工呢？怎么能成为工厂的领导者呢？这是要出问题的！他仰天长叹！随即，几个人又走访了几家，情况基本和李师傅家一样。晚上十点多钟回到办公室，四个人商量如何解决职工困难问题。黄书记说，现在关键是没钱，说什么都不管用。高林说，不行就把货款挪用一部分。黄书记说，这样是不是违纪呀，能行吗？高林说，那我们总不能眼睁睁地看着职工这么困难吧？刘立天接过话说，小郑，你抓紧催一下各车间，把困难职工名单报上来。接着又说，我看这样，家庭条件好的，补发一个月工资；家里条件不好，特别是一家人都在西北厂的，可以每个家庭补发两个月工资。黄书记问，这样能行吗？上面追查下来怎么办？刘立天说，追查下来，我顶着，不能饿死人。高林心里一震，他说，不能让你一个人顶着，我们一起顶着。黄书记也说，我们班子负责。刘立天从困难职工家出来后，陷入了沉思，改革是为了人民富起来，西北厂走到这种地步，那是走错了方向。不管怎样，首先要让职工生活安定，基本生活有保障。要是职工生活水平下降，那我们的改革一定会失败的。我们脱离不了群众，脱离了群众，我们就会有灭亡的危险。有人说，改革有阵痛，这个阵痛是在能承受的条件下的阵痛。如果承受不了的阵痛，那就会出问题，就会毁于一旦。那所付出的，就会付诸东流。刘立天深有感触地说，一个有良心的人，看到今天的场面和情景都会流泪的。假如因为这个事，我刘立天倒了，我认了。所有的责任，我一个人承担。如果真发生了，那你们一定要坚持好，一定要把西北厂搞上去。那就是对我最大的支持，我倒下也值了。高林、黄书记、郑凡觉得刘立天做了最坏的打算，他讲的有些悲壮了。同时，他们都被刘立天的大无畏精神感动了。

一个星期后，顾峰一行人从巴黎飞回北京，再转机飞回金兰。两天前，他接到了刘立天的电话，告诉他，用货款发工资了。顾峰含糊其词说，我不在家，你看着办！接着又说，刘书记，那可是货款呀！飞机起飞前，邬科长打电话告知，顾峰说，我知道了。到了北京，顾峰给钱勇打电话，说有事情汇报。钱勇说，那你来办公室吧！

第十七章

一个月后，组织部丁部长来了，在全厂干部大会上宣布，顾峰兼任党委书记，刘立天改任专职副书记，在后面加了一句，保留正处级。半个月前，刘立天就听到了一些传言，说上面要撤他的职。黄书记、高林都听到了，劝他去集团解释解释。刘立天说，那是自找没趣，说了管用吗？我想好了，他们愿意怎样就怎样。我早就说过了，事情是我干的，我认了。

昨天下午，丁肃部长从北京来了，晚上吃完饭，单独找刘立天谈谈心。丁部长同情刘立天，知道他心里有些憋屈。没想到，在整个谈话过程中，刘立天一句抱怨的话都没有说，心里不由得佩服这个小伙子了，觉得他能成大器。面对这么大的打击，也依然如故，这让丁肃有些感动地说，刘书记，你有这个胸怀，我就放心了，之前还怕你闹情绪。接着又说，张书记看人没错。刘立天笑了笑说，谢谢丁部长的夸奖。晚上十点多钟，两人聊完了，丁肃回房间了。

丁肃走后，刘立天坐在沙发上，不由得眼泪流了出来。这是他人生道路上遇到的最沉重的打击，都快承受不住了，心道，怎么会这样？妻子唐琴还不知道，昨天两人则通了电话，刘立天还告诉她，一切正常，让她放心。今天就被降职了，而这个降职是为了广大的职工。他想不通，可又没有办法，那个钱勇到底是一个什么样的人？

丁肃部长走后，顾峰召开了党政联系会，对班子成员进行了重新分工。刘立天负责党务工作的同时，兼任厂清欠办主任，负责应收账款的回收。高林气得说道，顾厂长，刘书记是负责党务的，你怎么让他去催款呢？顾峰回答，高厂长，我们都是班子的成员，每个人都得负责一部分工作。现在主要抓经济，班子所有的成员都要为厂子出力。大家心里都明白。刘立天却平静地说，我服从顾厂长的安排。会议开了一个小时就结束了。

刘立天回到办公室，高林和郑凡紧跟进来了。高林叫道，这叫什么事呀，好人遭殃，坏人当道。刘立天劝解说，高厂长，不能这么说，我还是犯错误了吗！不过，要钱也是我一次学习的机会，学学怎么跟客户打交道。他顺手拿起桌子上邬科长给他的欠账单位的名单，说，小郑，你让黄书记、党群口的各部门头来一趟。我们几个开个小会。小郑出去了。刘立天说，这个顾峰把王义的抚恤金停发了。昨天，王义的老婆给我来电话说的，都停发三个月了。今晚，我们去看看，解释一下。这都怪我，把这件事忘了。高林没有接话，而是感慨地说，造成现在这个局面，跟王义在任期间是分不开的。刘立天说，都过去了，不说这些陈糠烂谷子的事了。

纪委黄建书记、组织部赵向部长、宣传部的张兰新、工会的付林主席、团委的张明书记进来了。大家坐定后，刘立天说，根据厂里的分工，我兼任清欠办主任，今后一段时间的主要工作在外面，我不在的时候，这边的工作暂由黄书记负责。党群的工作不能落后，要做好我们的本职工作。组织部赵部长说，这不是乱弹琴吗，让党委书记去催款，这在集团内部没有一家，我看在全国也少见，真是把我们不放在眼里了。这分明是打击报复。刘立天说，赵部长不能这么说，不去要钱，厂子怎么活呀？我们都要学会做经济工作。我们毕竟是企业吗！刘立天乐观的情绪感染了大家，大家没想到他的胸怀如此之大，如此豁达。工会付主席年龄四十六岁左右，原来在车间任党支部书记，一年前当了工会主席，为人正直。他说，刘书记，你刚才这几句话，让我敬佩，遭受这么大的打击，还这么乐观向上，我自愧不如，我们听你的。刘立天又安排了一些具体事就散会了。

晚上，刘立天带着人来到王义的家慰问。他们走进省委家属楼上了电梯，在七层停下了，走出了电梯，正对的门就是王义的家。郑凡上前敲门，屋里有人问，谁呀！郑凡回答，柳处长，西北厂的。门开了，刘立天说，柳处长，我们来看看你。柳依依面带微笑地道，请进！刘立天坐定后，柳依依去沏茶倒水，郑凡要帮忙，柳依依说，你坐！我来！柳依依倒完茶坐了下来。刘立天喝了一口水说，我们这次来，一是向你检讨，二是看看家里有什么事，三是把西北厂的情况向你汇报一下。柳依依说，谢谢！刘书记，你真让人敬佩。这段时间西北厂发生的情况，我还是了解一些。虽然你们是央企，从属地划分来说，也在我们的管辖范围之内。这句话，让刘立天为之一振，省纪委不会不管的，看来在厂里，还是有一些正气的人。柳依依说，过去西北厂是金城骄子，是第一个五年计划期间在大西北建设的厂子，走到今天真是令人痛心。刘立天点点头说，我们经营是有问题。柳依依说，那只是一个方面，我觉得更重要的是我们有些人都想些什么，想自己多，还是想职工和厂子多。刘立天没有接话，而是叫道，小郑，你把王厂长的抚恤金给柳处长。柳依依没有接，而是说，刘书记，有些情况我们可以好好沟通，一定要对我们党和国家有信心。小郑把抚恤金放在茶几上。刘立天等人和柳依依告别下了楼，高林说，我看柳处长和王义不是一路人。刘立天说，王义已经走了，不谈这些了。接着他心里燃起了一丝希望，省纪委如果要介入西北厂的事，这个盖子就能掀开，集团挡也挡不住。

　　晚上，顾峰眼睛盯着天花板，睡不着。最近一段时间发生的事，让他心里有些不踏实，那些事毕竟见不得光的。何况以后能不能发展起来也很难说，刘立天虽然被降职了，但在中层干部和职工中是有威望的。顾峰想到，做的这些事，策划不好就会夭折，就会曝光。然而，那个大老板的梦想让他激动。他想过，如果靠自己打拼，想当大老板是不可能的，利用国企的改制，可以顺利当上大老板。他和自己的团队策划了几次了，现在正朝着那个目标一步一步地走去。在天花板下，顾峰的脸上露出了微笑。他回想着过去，那个家是贫穷的。他穷怕了，有时梦到了小时候的贫穷，都会被惊醒。经过这么多年的奋斗，他才当上大工厂的厂长。每一次和那些民企老板吃饭都是一个冲击，让他感到内心深处，那种表面荣耀的自卑。国家政策的开放，允许民企资本进入国企，允许对经营不好的国企进行改制，他感到希望来了。要想西北厂改制，就要让西北厂走下坡路，走到破产的地步，这样才能有机会，而刘立天是这条路上最大的障碍。

　　刘立天躺在床上反复思考下一步怎么走。突然电话铃响了，拿起电话，那头传来了唐琴情绪极度激动的声音，刘立天，这么大的事，你都不告诉我一声？你都被撤职了，还在大西北待着干什么？就是在北京要饭也不要在西北待了。你们这个集团是什么集团，怎么会作出这么荒唐的事？唐琴用荒唐来形容集团对他撤职的决定。唐琴发完脾气，刘立天说，我怕你担心，所以才没说。唐琴叫道，你别忘了，我是你老婆！我嫁给你的时候，你就是一个小干事。刘立天被唐琴感动了。接着又想，我是一个男人，竟然让妻子操心，担心，我怎么会这样，心里的酸楚无法诉说。然而，当他看到李师傅家里的穷酸境况，看到许多职工期望的眼神，那种使命感让他激动振作了起来。人不能光为自己活。唐琴道，你怎么不说话了，这到底怎么回事？刘立天沉静了一下说，唐琴，事情比较复杂。不过，你放心，我刘立天不会被打趴下，不会辜负你的。唐琴问，你为什么呀？难道北京就没有你施展的地方吗？我哥说了，活动一下，把你调到部委里。唐琴的哥哥在中组部工作，刘立天说，给我点时间。他的血液里流淌着父母的正直善良，也铸就了他那坚强的性格。唐琴知道，刘立天一旦认准的事，她是叫不回来的。她软了下来，她心疼丈夫，欣赏丈夫，口气变得温柔了说，那你要多注意呀！接着问，你妈怎么样？刘立天说，比前一段好多了。对了，我的事，你千万不要跟我妈说。刘立天放下电话，心里滑过了一丝哀愁，看到了唐琴的善良和寂寞孤单。

李燕正在与费雯雯通电话，告诉她刘立天现在的处境。她放下电话又给刘立天打了过去。爱人张岩出差了。刘立天接起电话，问，这么晚了，你还没睡？有事吗？李燕笑了一声说，你不是也没睡吗？接着问，听说，你被撤职了？刘立天说，你的消息挺灵通呀！李燕说，就这么大地方，转上几圈就会知道的。接着又说，我单位一同事，爱人在你们工厂。刘立天哈哈笑着问，是不是我臭名远扬呀！李燕说，我听你单位的人说，你可是一个英雄呀！敢挪用货款发工资。刘立天说，什么英雄呀！狗熊吧！接着问，有什么事吗？李燕回答，也没有什么事，就是想给你打个电话。刘立天心里涌出了一股暖流，被感动得差一点掉下眼泪，沉默了一会儿说，你放心吧，我挺好的。这点事算得了什么呀，我能挺住。谢谢你。刘立天语无伦次了。李燕说，那是！刘立天是谁呀！拖不垮，打不烂！刘立天说，好了！好了！你别糟蹋我了。李燕说，好了！你睡觉吧！刘立天放下了电话心想，这个李燕没头没尾，不咸不淡说了一些没用的话，她是不是有话没说？刘立天起身去了卫生间，月光从窗户铺洒进来，响起了一阵冲水声。

李燕放下电话，也进了卫生间。儿子在母亲家，那里离学校近。每周末，有时儿子强强回来，有时李燕和张岩过去。她洗完躺在床上，电话铃响了，李燕拿起话筒，传来了张岩的声音，他问，这么晚了，跟谁通电话？李燕说，同事！张岩说，同事？不在单位说？李燕气上来了，说，张岩，你有意思吗？张岩没想到李燕会发火，半天说不出话来。李燕接着说，你要没什么事，我挂了。张岩没有吱声，放下了电话。他心里窝气，李燕现在的脾气怎么这么大？原来不这样。李燕放下了话筒，觉得张岩太无趣，格调太低，胸怀太窄，胸口堵得慌，关上了台灯。屋里顿时黑了。李燕怎么也睡不着，翻了一个身，抚摸了一下身体，脑子里跳出了刘立天，肚子里的气慢慢地消了，有些冲动，这个冲动让她漂浮了起来，仿佛在无边的大海，激情漫延了全身，心里激荡着不能控制，海水漫延了。李燕在想，我这是干什么呢？她笑了，笑得灿烂，笑得全身发颤。所有这些都是在学校那段美妙时光的延续。

　　刘立天从卫生间出来心情好了一些，李燕的关心让他心里流淌出了甜蜜，也流出了惆怅，觉得自己现在有些多愁善感了，觉得自己脆弱了！前途蒙上了黑幕，迷茫得不知怎么办才好。但这些只是在他的心里瞬间一滑，接着又想，那多人在看着自己，我要是倒下了，那他们对这个厂就会失望，想到这里，刘立天又有了激情，又有了奋进的精神。今后一段时间，所有精力都要投入催款工作中去，这也是一种锻炼，而这个锻炼是为今后的发展奠定基础。同时，他也想到了这个工作的复杂和艰难。

第十八章

　　第二天，刘立天出发要债去了。半个月来，从西到东，从南到北，一路走下来，毫无收获。刘立天沮丧得近乎神经了。这个打击对他来说，比撤职还严重，这是他没有想到的，头一次产生了自卑，感到了自己的能力，感到以往的工作经验，一点都用不上。这一路走来，他受到了嘲讽、醉过酒、对人低三下四等。这对他自傲的性格是一种折磨。他在反省，觉得这也是一种磨炼，而这个磨炼证明过去的一些想法有些单纯，也有些幼稚了。

　　刘立天心想，顾峰之所以敢这样做，也许是因为他已在这个链条上布好了局。要想打破这个局是非常难的。有一次，刘立天和一家客户喝酒，那家公司的老板喝多了说，你们西北厂乱七八糟的，你来要钱，你们厂一个叫张强的说，不着急！到底怎么回事？刘立天听完，非常气愤，这个顾峰到底想干什么？然而，他一句也没去解释，这个解释不了，看来，自己过去想的太简单了。西北厂危在旦夕了。在广州，一家公司的老板说，刘书记！你们工厂要改制啦。我们公司参参股啦。刘立天不知怎么回答，他从来没有听说西北厂要改制，这个话从哪里来的？刘立天虽然没有要到钱，但是获得了顾峰一伙人想搞垮西北厂的一些信息，这是他没有想到的。

　　刘立天的行踪，顾峰是知道的。有一天下午，顾峰给刘立天打电话，问，立天书记！债催得怎么样了？厂里等着用钱呢！刘立天冷静地说，正在进行！顾峰表面说道，你辛苦了！心里却骂道，就你嘴硬！我看你能坚持多久。刘立天心里也清楚，顾峰是在向他挑战。走了这一路，他明白了，彻底地明白了。

原以为顾峰就是贪财自私，现在了解到了，他是要把西北厂占为己有。刘立天感到这个斗争残酷了，一定要做好准备，要和顾峰斗到底，绝不能让他得逞。

刘立天到了广州南方机械厂，在办公室，总经理说，刘书记，我们真的没钱，你能不能缓缓呀？刘立天说，我们厂职工都开不出工资了……不管刘立天怎么哀求，对方就是不答应。刘立天想好了，如果不给钱就泡在这家公司了。下午下班了，总经理说，刘书记，我们下班了。刘立天心中怒火燃起，问，你们怎么会这样呀？欠钱不给。总经理说，你不行就起诉吧！他话音刚落，进来一个人，问，起诉谁呀？那位总经理叫道，董事长，西北厂来要款的。刘立天眼睛一亮，叫道，龚义，你怎么在这里？龚义兴奋地拥抱刘立天问道，你也是，怎么会在这里？你不是在北京什么集团当宣传部长吗？怎么要起钱来了？龚义忙向总经理介绍说，陆总，这是我大学同学，两年多没有联系了。龚义问，你怎么跑到西北厂去了？刘立天笑了笑回答，看来，你对我不关心呀！龚义说，我真不清楚！刘立天把挂职在西北厂的过程说了一遍。龚义说，一会儿详细聊。陆总，你安排一下，我和老同学好好聊聊。刘立天高兴了，感觉要债有了希望，心里不由得叫道，天助我也！

晚饭后，龚义和刘立天两人来到宾馆的房间，龚义坐在沙发上，刘立天给他沏了茶。龚义喝了一口茶水说，你怎么会来要钱呢？这到底是怎么回事？刘立天坐在对面回答，怎么说呢，一言难尽。龚义说，你说吧！看看我怎么帮你。刘立天把前因后果讲了一遍。龚义说，你这是上了顾峰的当了，你要来钱，是他的功劳，你要不来是你无能，对你越来越不利。刘立天说，我也想到了，又找不出解决问题的办法。龚义说，这个顾峰不地道！接着说，这个结很难解。我想，你是否可以这样，顾峰不是想要改制吗，他认为，你是最大的障碍。那你就顺着他来，在股权上要动些脑子。怎么打好一千七百多名职工股权这张牌是关键。刘立天一听，马上明白了，说，龚义，你太聪明了。你是说，抓住职工这一块。龚义会意地笑了，接着又说，从你反映的情况看，顾峰在厂里名声已经臭了，那么你就有机会。从高层来讲，也希望职工持股，不能把职工推给政府，推给社会。我觉得你是因祸得福，动用货款发工资，集团处理了你，而在职工心里，你是他们的代言人。刘立天的思路打开了，接过龚义的话说，你是说，让我推动股改，顺着顾峰。龚义说，是的！接着又说，你们西北厂的优势，正是我们公司的短板。如果你能当上董事长，我们可以紧密合作。刘立天说，好呀！接着问，我们厂的钱怎么办？龚义说，我不能让你白跑一趟，给一部分，留一部分，等你成功了，再说下面的事。对了！你可以找找张剑，要想弄成这件事，必须要有他的支持才行。刘立天问，你认识张剑？龚义说，张剑是我父亲的大学同学，两个人住上下铺，关系极好。接着又说，他不是挺欣赏你吗？也是你的老领导。龚义的一席话让刘立天一扫阴霾的情绪。两个人又回忆了在校的往事。龚义大学毕业分到这座城，在市经贸委工作，前年调到这家本市最大的国有机械公司当董事长。两人又聊一会儿，天晚了，龚义走了。

刘立天洗漱完，上了床，给唐琴打了电话，传来了儿子洋洋的声音，你找谁？刘立天高兴地说，我找刘洋！儿子一听忙叫道，爸爸！一改过去的样子。接着说，姥姥有病住院了，我妈在医院。刘立天心里着急地说，你在家好好的。儿子答应道，我知道了！我还在写作业呢！儿子放下了电话，刘立天马上拨唐琴的手机，半天没人接。过了一会儿，又打了一遍，还是没人接。刘立天着急了，但着急也没有用。刘立天又往家里打，儿子洋洋接上问，谁呀！刘立天问，你姥姥住哪家医院。洋洋说，北医三院。接着问，你又打电话干吗？刘立天说，你妈不接手机！洋洋说，那你继续打。刘立天刚想拨，唐琴的电话打了过来，刘立天忙问，你妈的病怎么样？唐琴情绪低落地回答，正在检查，不太好！刘立天说，我在外地出差，我马上回去！唐琴沉吟了一会儿，说，等检查结果出来再说。我妈这段时间老是吃不下饭，噎得不行。刘立天明白了，这不是和父亲的病一样吗？那一定疼得很厉害，不然不会这么晚了去医院。他远隔千里，不能干什么，太虚的话又不能说。刘立天说，辛苦你了！有什么消息马上告诉我。唐琴说，告诉你有什么用！我弟弟来了。

刘立天放下电话，心里一阵难受，想了想，接着给顾峰打了个电话。顾峰拿起手机，犹豫了一下接了。刘立天听到音乐伴奏的噪杂声音，好像在娱乐场所。顾峰问，刘书记！这么晚了？有事吗？刘立天说，顾厂长，我回趟北京，家里有点事！顾峰说，知道了！接着问，款要得怎么样了？刘立天没说实话，敷衍说，正在催。顾峰说，好！好！那就这样！顾峰放下电话心里在问，刘立天回北京干什么去？难道真是家里有事？

刘立天收了手机，一股火冲了上来。顾峰太不像话了，工厂都这个样了，他倒莺歌燕舞。这更激发了刘立天的斗志。龚义说的没错，我们毕竟是有血性的人，是忧国忧民的人，是有抱负的人。龚义打开了他的思路，至于下一步怎么走，龚义表态，全力以赴支持他，这让刘立天的心里涌起了激情，掀起了波涛。

　　刘立天第二天中午回到了北京，在医院找到了唐琴。唐琴一脸惊讶地问，不是不让你回来吗？刘立天说，我不放心！唐琴心里感动了，温暖了。她就喜欢刘立天这点，老是给人一些出人意料的感动。岳母在睡觉，刘立天看了看，叫唐琴出了病房。在过道的椅子坐了下来。唐琴的眼里涌出了泪水说，我妈情况不好！刘立天问，确诊了吗？唐琴说，还没有，医院在做活检，下午能出来。刘立天说，我守着，你回家休息吧！唐琴说，我回去也睡不着，等下午活检出来再说。唐琴关切地问，你的事怎么样？刘立天回答道，正常！唐琴的弟弟唐铁过来了，见刘立天问道，姐夫！你怎么回来了？刘立天答，我不放心。唐铁说，我哥在开会，晚点过来。三个人一起进了病房，唐琴的母亲睁开了眼，说，立天，你调回来了？刘立天说，没有！我昨天听唐琴说你病了，回来看看，唐琴的母亲说，这个小琴就是多事，一个肚子疼，叫你回来干什么，这不耽误工作吗！接着又说，立天，抓紧调回来吧！小琴一个人带孩子不容易。我这又有病了，洋洋没人照顾。刘立天马上说，妈，我知道了。刘立天感到现实问题来了。唐琴既要照顾她的母亲，又要照顾儿子，自己在大西北，什么都帮不上。刘立天说，妈，你安心养病，这些问题会解决的。唐琴说，能解决什么？刘立天被唐琴噎住了。唐琴的母亲说，立天在西北也不容易，跟你哥说说，让他帮个忙。唐琴本想说，刘立天不愿回来，怕母亲生气，改口说，妈！你别管这么多事了！唐琴母亲说，我是你妈，我不管谁管。唐琴的母亲是一个刚强的母亲，在唐琴上初中的时候，老伴就去世了，是她带着四个孩子长大成人的，兄妹四人对她感情很深。刘立天敬佩这位母亲，想起了自己的母亲。这段时间忙，一直没有回去看，心里有些歉疚。前几天，他给母亲打了电话，母亲的情绪好了许多，还嘱咐他，在外注意，这就是亲人，岳母关心自己，才让她的大儿子唐钢帮忙，所有这些刘立天都记在心里，激励自己，一定要作出成绩来报答亲人们的关心。

　　下午快下班的时候，岳母的活检做完了，确诊为胃癌晚期，一家陷入了悲痛之中。全家人都在过道，商量如何告诉母亲这一事实。大哥唐钢说，暂时不要说，先止住疼。唐铁说，就算不说，通过治疗的手段妈也会知道的。这样对治疗不好。唐琴没有主意了，只是抹眼泪。刘立天、大嫂、弟媳、小妹站在一边不吱声。

刘立天的手机振动了，是厂里黄书记来的，接通后，黄书记说，刘书记，厂里职工到省政府门口去了，刚才省信访办来电话，让厂里去人把职工叫回去。刘立天问，有多少人？黄书记回答，有一百多人。刘立天问，通知顾厂长了吗？黄书记说，办公室没人，打电话不接。刘立天说，叫上各车间的书记，让他们领回自己车间的人。接着问，什么原因？黄书记说，还是工资的问题。这个月又没有发。刘书记说，我知道了！

刘立天心里烦躁起来，这边岳母有病，那边厂里的职工又闹事。接完电话，他小声对唐琴说，厂里出事了，我得马上回厂。唐琴气得说不出话，大哥唐钢说，立天，这里有我们，你回去吧！刘立天进病房跟岳母打了声招呼就直奔机场了。

第十九章

　　宽大的会议室，坐满了人。顾峰咳嗽了一声，叫道，现在开会。下面请刘书记讲话。所有人的眼光都射了过来，透出了疑问。刘立天喝了一口水说，今天的会议主题，一是如何解决西北厂目前存在的问题，二是西北厂的未来方向，三是西北改制的问题，四是职工全员持股可研报告的讨论。这次顾峰让刘立天先讲话，是他深思熟虑的，国营企业的改制，是这些人从未听过的，吃了一辈子国企的饭，现在要改为吃自己的饭，这个思想的转变是有风险的。另外，在集团内，他虽然向钱勇汇报了，但是这个涉及国企层面上的改革，万一有什么差错，可以把责任推到刘立天的身上，而刘立天却想的是，通过这个大会，展现自己的思想，展现搞好西北厂的决心，那么职工就会拥护他，为下一步奠定基础。因此当顾峰让他发言时，他没有推辞，心里想，这也算是一次演练吧。他开始讲话了，我现在讲第一个问题，大家都知道西北厂的现状，再不改革，那我们真有可能要喝西北风了，那怎么改，怎么保护全体职工的利益，这需要和大家一起来探讨。他用数据讲述了厂里的困境，接着他说，总归一句话，西北厂已经走到了崩溃的边缘。他讲完第一个问题后，底下有议论了。有一位职工代表说，这个跟我们工人有关系吗？厂里让我们怎么干，我们就怎么干。厂里到了这种地步，你们领导要负责任。另一名职工代表道，你们领导有大吃二喝的钱，有买小轿车的钱，没有给职工发工资的钱？顾峰气得脸铁青，一句话不说。黄书记说，大家静一静，让刘书记继续说。一位职工代表说，说什么呀！还不是骗我们职工。那名职工所在的车间书记看了他一眼，说，老秦，你怎么这么多话，你让刘书记说嘛，现在不是在商量这些问题吗？老秦不吭声了。刘立天把四个问题讲完后，会场沉寂了。过了一会儿，一位职工代表说，我同意改制，员工持股，这不跟农村包产到户、承包制一样吗？又一名职工代表问，持股是不是我们职工还得掏钱，要是掏钱，我们哪有钱呀！厂里都不发工资了。刘立天一声不响记着笔记，听着职工的意见。一位职工代表说，职工持股，那是很遥远的事，眼下的问题怎么解决，又一个月不开工资了。厂里过去多辉煌，现在搞成这个样子，心疼呀！我在这个厂里一辈子，从学徒起就在这个厂，说着流下了眼泪。会议室顿时弥漫着悲伤的气氛。刘立天也受到感染！现在能说什么呢？自己也是班子成员之一呀！

顾峰坐不住了，说，这都怪厂里吗？现在是市场经济，产品卖不动，领导也没有办法。如果你们当中，谁能一下子把厂里积压的产品卖完，谁就来当这个厂长，我让位。会场顿时静了下来！顾峰接着问，谁敢站出来，市场经济就是优胜劣汰。刘书记现在讲的，就是怎么拯救西北厂！说过去的事管用吗？还是想想怎么养家糊口吧。顾峰话音刚落，一位满头白发的职工站了起来，自我介绍说，我姓宗，今年五十七岁了，是六车间的，过几年，我就退休了。顾厂长，你把职工当贴心人吗？你把职工当主人了？你把职工冷暖放在心上了吗？刘书记为了职工，用货款发工资犯了错误，你们把他降级了，还让他出去要钱。顾厂长，我不怕你打击报复，你想想，你也有父母，妻儿老小！你想过职工吗？顾峰噌地站了起来说，你！老宗！你！刘立天拉了一下他，顾峰实在坐不住了，这不是把他放在炉子上烤吗！刘立天挥了挥手说，宗师傅！你跑题了！老宗说，我没跑题！如果改制，员工持股，那我们就拥护为厂里操心、为职工操心的人。接着又说，我是走过来的人，新中国成立后几十年风风雨雨，我看清楚了，共产党是不准许欺负老百姓的，谁欺负老百姓那就不是共产党。老宗话音一落，全场响起了热烈的掌声。顾峰心里极度地震惊和恐慌。

散会后，刘立天回到了办公室，高林、黄书记、工会付主席、组织部赵部长、宣传部张兰新、郑凡都跟着过来了。黄书记说，今天的会，我看到了西北厂的希望，我看到了我们胜利的希望。赵部长说，集团把你降职，有失公平，太不地道了，这都是顾峰搞的鬼。刘立天说，不要议论这件事了，毕竟我有错。张兰新说，刘书记，有你在，我心里就踏实了，你可不要把我们扔下回北京了。黄书记说，是呀！刘书记，你千万不能这样呀！刘立天笑了笑说，既然开始了，就没有回头路了。高林说，你不扔下我们就行！刘立天心里一阵感动，有职工的支持，有同志们支持，不由有种神圣感，增强了发展好西北厂的信心，坚定了打败顾峰一伙人的信念，绝不能让西北厂落入这伙人的手里，绝不能让职工受苦。刘立天高兴地说，今晚，我请你们吃饭。黄书记说，刘书记，你真是破例了，来了这么长时间，头一回请我们吃饭。高林问，刘书记，你这是贿赂我们呀！大家都笑了。刘立天说，你说的没错。高林通过这段时间，看到了刘立天是一个干事的人，是一个可以共事的人，为自己有一段时间想放弃的懦夫行为而感到羞愧，决心和刘立天一起去跟顾峰等人战斗。大家起身下楼吃饭去了。

刘立天等人在招待所旁的一家家常菜馆吃饭。黄书记说，我觉得我们要好好想一想，顾峰他们是怎么想的。高林说，今天的会对他们是一个打击，也是一个提醒。没有职工的支持，他们难以成功，所以，我想他们一定会做拉拢职工的事。郑凡说，我觉得高厂长说得对。刘立天看了看工会付主席，说，老付，你认为呢？付林主席说，今天的会已经很清楚了，职工倾向我们，倾向于改制，而顾峰一伙人掌握着厂里的一切，想拉拢职工是比较容易的。我想，我们在这方面要好好想一想，要有些对策。黄书记接过话说，我也想到这点了，双方的牌互相都清楚，如果顾峰采取了手段，那我们就处于劣势。刘立天举起杯子说，我们先喝一杯！他说完一仰脖喝了。高林喝完说，这酒够烈的。刘立天喝完酒说，我想，职工的眼睛是雪亮的。经过这段时间，顾峰的所作所为，大家看得清楚，就是有什么拉拢的手段，他们也不会糊涂的。再说，这件事本身就是试验，成功与否，对集团改革至关重要。我们只要一心为职工，一心为西北厂，我想，谁也战胜不了我们的。同时，我也告诉各位，谁也不能私下去拉选票，要靠我们的实力赢得这场斗争的胜利。黄书记说，刘书记，我真佩服你。你看得远，看得深刻。顾峰他们的所作所为，职工心里是明白的。郑凡说，刘书记，我建议，是不是通过工会，在恰当的时间开几个职工座谈会，摸摸底？刘立天没有回绝，而是说，等集团批复了改制方案再探讨。高林说，真没想到，西北厂会走到今天。刘立天说，不要气馁。我们要让西北厂重新强盛起来。经过刘立天这么一说，大家来了精神。黄书记说，改制方案要经过职代会。为此，党办、厂办、工会要迅速的拿出改制方案。刘立天接过话说，郑凡，你拟一个通知，西北厂改制领导小组，顾峰任组长，我和黄书记、付林主席任副组长，各科室负责人、职工代表任组员。郑凡点头，说，好，明白！

第二天早上，郑凡把写好的西北厂改制领导小组名单给了刘立天，他看完后就来到了顾峰办公室，顾峰看完名单，没有马上表态，而是说，我们开个党政会议联系讨论一下。刘立天想了想说，好！接着问，什么时候开会？顾峰想了一下说，明天下午怎么样？刘立天说，上午吧！顾峰接着问，南方机械厂的款怎么到了一半，另外一半什么时候付？刘立天说，我再催催。说完出门了，回到办公室，他给郑凡打了个电话，让他陪着自己去车间走走。顾峰拿起话筒给武炼、张强打了个电话，让两人来办公室。

刘立天和郑凡来到六车间，转了一圈也没见到宗师傅。刘立天觉得有问题，来到车间办公室，六车间主任刘艺彬正在打电话，没觉察刘立天进来。他手拿话筒点着头说，你放心张助理，我一定不让他回来。他放下电话，看见了刘立天，慌张地说，刘书记来了，请坐！刘立天站着问，宗师傅呢？刘艺彬说，他家里有事没来！刘立天问，你知道他家在哪儿吗？刘艺彬回答说，不知道！刘立天立刻明白了，没有吱声转身走了。刘艺彬在后面叫道，刘书记坐一会儿。刘立天没有理他，而对郑凡说，你让付主席查一下宗师傅家在哪里！

刘立天来到七车间，空旷的车间没有几个人，在车间转了一圈正准备出门。突然，从车间办公室传来激烈的争吵声，他停住脚步，朝车间办公室走去。站在门口，里面的吵闹声清晰地传了出来。一位男子说，我告诉你，王主任，你想让我下岗，没门！我要是下了岗，就带老婆孩子到你家去。王主任高声叫道，你吓唬谁呀！别来这一套。再说了，这是厂里的决定，不是我的决定。那位男子说，我告诉你，什么时候都不能让你们这些人胡来。你们现在把厂子折腾黄了，想把工人一脚踢开……王主任说，敬宜宾，你跟我说没用！明天，你就不要来了。敬宜宾说，我就不信这个邪，明天不但我来，还把下岗的工人都喊来，不信咱们就试试。王主任冷笑一下，不再吱声。刘立天推门进来了，笑着说，挺热闹，探讨什么呢？王主任忙说，刘书记，你坐。他搬过来了一把椅子，放好说，根据厂部通知，我们车间要下岗一批职工。刘立天没接他的话，而是问那位工人，敬师傅，你的脾气不小呀！敬宜宾说，刘书记，你评评理，这个厂是我们工人搞黄的吗？你们领导搞黄了厂子，却拿我们工人开刀，这哪有天理呀！刘立天说，工厂有工厂的苦衷。我们不想让职工下岗，可厂里没活，产品没有销路，你说，怎么办？王主任接过话说，总不能让工厂养活你们吧？敬宜宾火了叫道，到底谁养活谁？是我们工人养活你们！我们不干活儿，你们吃什么，喝什么？现在，你们自己把钱挣够了，想一脚把我们踢开。刘立天的手机振动了，他接完电话后对王主任说，你让他留下吧！剩下的问题，我来解决。王主任刚想张口，刘立天说，就这么定了，有什么问题，我负责。他说完和郑凡快速回到了办公室。

改制方案集团一直没有批复，这段时间是刘立天最黑暗的时候，是最难受的时候。有时真想打退堂鼓，想回京了。可他已经表态了，开弓没有回头箭，不能失信呀！宗师傅的信任，黄书记、高林等人的信任，让他一天一天地熬着。昨天，母亲来电话，问他这么长时间不回家，怎么回事。他说今晚一定回家。刘立天觉得思想抛锚了，捋了捋乌黑的头发说，现在咱们开一个座谈会，商量一下西北厂怎么搞。大家都是老职工了，经验比我们这些领导丰富。宗师傅说，各位，今天刘书记把我们请来，就是商量西北厂怎么搞，只有厂子好了，我们才能有饭吃，才能不下岗。刘立天接过话说，随便谈，说错了也不要紧。座谈会开得有声有色，职工们提出许多合理化建议。刘立天听完心里很激动，为什么过去自己没有这样呢？西北厂不是起不来，而是没有充分发挥职工的能动作用。在职工当中不乏能工巧匠和有创新精神的人。他突然觉得自己发现了新大陆，觉得看到了曙光，希望就在前头。

晚上，刘立天下了班去了母亲那。一进门，母亲倒在沙发上睡觉。他没有打扰，换了拖鞋，走进了厨房，想做点吃的，找了半天，只有挂面和鸡蛋。刘立天烧水做饭。厨房有些脏，开始打扫卫生了，不小心，一个碗咣当掉在地上。母亲在客厅问，谁呀？小革，你回来了？母亲叫的是四弟的小名。刘立天出了厨房回应，妈！我！母亲说，立天回来了。刘立天坐在母亲跟前说，妈，我最近忙！母亲说，忙你还回来干吗？刘立天说，你不是给我打电话了吗？母亲说，我什么时候打电话了！刘立天笑了笑说，前几天打的。母亲说，我才没有打电话，是你记错了。母亲竟然忘了，糊涂了。厨房的报警器响了，锅里还烧着水呢！刘立天跑进厨房，下了挂面，打了两个鸡蛋，朝母亲喊，妈，你吃了没有？母亲说，我五点多钟吃的。这时锅里冒起了白沫。刘立天拿勺子刮了刮，关上燃气，拿着碗捞面条，不小心，又掉在地上几根。刘立天笑了笑自嘲说，真没用！端着碗从厨房里走出来，问，妈！小革、小新最近没来？母亲说，来了，昨天来的。刘立天坐下边吃边和母亲聊天。自父亲去世后，母亲明显衰老了许多，说话也颠三倒四，记忆力极差，面部呆滞。刘立天看着疼在心里，又无法排解母亲的孤独和痛苦。刘立天心想，母亲就像一棵衰老的树，这棵树慢慢地就会枯萎了，以后不能再乘凉了。我们长大了，能让父母依靠的时候，我们却一个一个地走了。自然法则的残酷，让多少人心灵受到折磨。刘立天静静地陪着，母亲问，你怎么不看电视？把电视打开。接着说，我一整天都不看，没什么好看的。母亲在惦记自己的儿子，她把一切都献给了子女。刘立天说，不看了！母亲闭上了眼睛。她累了，几十年来，她养育了四个孩子，耗尽了心力。母亲年轻的时候，多么英姿飒爽呀！干净、利索、聪慧、漂亮。

突然，手机振动了，打断了刘立天的思绪，拿起一看，是张剑的电话，心里激动了，张书记终于给他来电话了，平静地叫道，张书记，你好！张剑笑了笑说，立天，最近辛苦！西北厂的改制方案，我看了，这几天你抽空来一趟北京，我们交流一下。刘立天激动地答道，好的！张剑放下电话。一周前，办公厅转来了关于西北厂改制的方案，他看后觉得在职工持股的比例过低，这样有悖于改革的初衷，想叫来刘立天问问情况，听他说说西北厂目前的情况。这么长时间了，刘立天从来没有找过他，从来没有向他求救。他觉得没看错刘立天，他是可以担起大任的。

刘立天放下电话，在屋里踱来踱去，想给唐琴打个电话，问问岳母的病。前两天问过，唐琴说，他哥在找专家，找好了就做手术。刘立天心里特别内疚，觉得对不住唐琴。一个家因为他的行为而分开了。夜深人静的时候，他心里总是隐隐作痛，而这个痛又无法述说，也无人述说。刘立天的情绪就像那大海的波浪，时起时伏，就像大战前的指挥，在运筹帷幄。他信心百倍，一定要打赢这场战斗。他拨了唐琴的手机，问，专家找好了没有？唐琴说，刚才我哥说找好了，定于后天做手术，你能回来吗？刘立天回答，我能回去。接着问，洋洋怎么样？唐琴说，我刚从家里来医院，洋洋好着呢。接着又说，我不跟你说了，我妈要去卫生间。刘立天放下电话，又打家里的座机。儿子洋洋接上问，谁呀？刘立天笑着叫道，洋洋！洋洋说，你是不是找我妈？我妈去医院了，你打她手机吧！刘立天说，我不找她，找你。洋洋说，你找我干什么？你跑到大西北也不回来了。我妈还得给我姥姥做饭。你请几天假行不行？接着又说，你要没什么事，我挂电话了，我要做作业去了。儿子洋洋机关枪似的说，还没等他回话就放下了话筒。刘立天拿着手机苦笑了一下。他放下话筒，走到了窗前，望着窗外皎洁的月亮，感叹了起来，男人呀！难呀！家庭、事业总是不在一条线上。为了发展进步，来到了大西北。当时信心满满，想干出个样子来，结果事与愿违。自己一步一步地陷入了被动，厂里越来越不行了，觉得自己辜负了张剑的期望。由此又想，如果现在回京，那就是打了败仗了，会让那些对自己有期望的人失望。我不能做这样的人，我也不会做这样的人。宋朝的文天祥说过："人生自古谁无死，留取丹心照汗青。"回想自己走过的路，没有遇到过大的挫折，很顺利。来到西北厂，也许就是自己人生的一次锤炼吧！刘立天在问，我能经受住这次锤炼吗？能施展自己的抱负吗？如果失败了呢，不由得又感到了忧虑。这个忧虑来自顾峰、来自集团目前的状况。同时，他也看到了希望，这个希望来自全厂的职工，来自支持他的那些同志们，来自张剑，张剑叫他去北京就是希望。如果说改制方案可行的话，那张书记批了就行了，为什么要我去北京呢？刘立天想到这儿兴奋了，他感到豪情万丈，恨不得马上到北京。接着，他又想到了目前的困难。一定在改制前，把所有前期准备做好，不能打败仗，一定要打赢。岳母的病也让刘立天放心不下。月亮西斜了，天边露出了曙光，他一夜没睡，精神却好了许多。他走进卫生间，用冷水冲了澡，上床迷糊了一会儿。

太阳升起，刘立天被电话铃吵醒，墙上的表的指针过了八点半。他拿起电话，传来了黄书记急促的声音，刘书记，顾峰被省纪委带走了。刘立天惊讶地问，怎么回事？黄书记说，不清楚！早上一上班，有三个人来到顾峰的办公室，说他们是省纪委的，带走了顾峰。刘立天说，你给王义的老婆处长打个电话问问。黄书记说，我打了！柳处长说，无可奉告。刘立天说，我马上过去。当刘立天来到办公楼，楼下集聚了许多职工。刘立天进了办公室，黄书记进来了，高林来了，党群口几位领导都来了。刘立天说，现在不能乱，下午召开各车间书记、主任会。要坚守岗位，等顾峰有了消息，再做下一步的打算。几分钟后，李小娜又进来了说，刘书记，武炼的家属来电话，说，武炼从楼上跳了下去，现在正在医院抢救！刘立天问，怎么回事。李小娜说，不清楚！刘立天说，高厂长，你们去医院，看看到底怎么回事。工会付主席说，乱套了，抓的抓，跳楼的跳楼。刘立天接过话说，付主席，你也去。李小娜说，在省人民医院。刘立天说，郑凡，你向集团办公室通报一下。

这个突发的事件，让刘立天也有些措手不及。西北厂的命运变得更加扑朔迷离了！

第二十章

　　两天来，刘立天除了向张剑汇报那天下午不在医院，其他时间都在医院陪岳母。手术做得非常成功，唐琴一家人悬着的心终于落下了，情绪好了许多。手术第二天的下午，刘立天在病房外走廊的窗户前和唐钢聊天。阳光洒了进来，窗外的树影落在墙上，不停地晃动。唐钢说，立天，我建议，你还是回京吧！西北厂不适合你。我觉得你在机关工作，肯定会有一些作为的。在基层工作，特别是厂子里，工作千头万绪，有时努力了，付出了，结果不一定好。刘立天说，我回来那天，单独见了国资委的张副主任。他原来是我们集团的党委书记。唐钢说，我知道这个人，是一个正直能干的领导，接着问，他怎么说？刘立天详细地把和张剑谈话的内容说了。唐钢沉思了许久说，我觉得张剑，是一个有思想的领导。我们现在改革，目的就是让人民过好日子。如果背道而驰，那这个改革肯定是失败的，也违背我们的宗旨。如果改革只为了少数人，那总有一天会失败的。接着又说，如果这个试验能成功，很有价值。我收回我刚才的话，看来我对你了解不够。刘立天笑了笑说，哥，你客气了。我在经营方面确实不行。如果西北厂这个试验能行，那你在唐琴面前多说好话，也要从家里多支持。唐钢说，一家人不说两家话。

　　刘立天从北京回来的第二天，集团组织部来了两个人，一名是干部科长，一名是干事。在全厂干部大会上，干部科长宣布，厂的行政工作由赵建民暂时负责，党委工作依然由刘立天负责。宣布完，俩人下午就回北京了。刘立天感到集团这么处理西北厂的班子，有悖于常理。再怎么说，组织部也得来个领导呀！同时，也感到西北的改制在加快脚步，不然集团不会这么做的。

刘立天在办公室，站在窗前，回想和张剑的交流，完全明白了张剑的思路，想在国企改革方面探索一条新路，而这个探索，落在了自己的身上。由此心里有了底，现在就等待集团的批复了。为此在职务安排上也就没放在心上，这是维持现状。赵建民却想，西北厂目前的状况对谁来说都是放在炉子上烤。虽然让他主持行政工作，但是一点也高兴不起来。何况又是暂时负责。他想了想，有事要多跟刘立天商量，为自己留后路。有人敲门，李小娜进来了说，赵厂长！有几个人来催款。赵建民说，这事找我干什么，我手里也没钱。让他们去找邬科长。李小娜说，他们去找过了，邬科长让他们来找你。赵建民一声不吭，李小娜也不吱声。赵建民不耐烦地说，你就说我不在。李小娜说，人已到门口了。赵建民沉思一下说，这样吧！领这些人去找刘书记，刘书记不是在催欠款吗？接着又说，我马上下去。催款的是何强和侯志。过去，赵建民不是这样，今天怎么变成这样了？

李小娜出了门，赵建民又坐了一会儿，才起身下楼。李小娜领着何强和侯志走进刘立天的办公室。刘立天正在和郑凡说话，扭过脸，李小娜忙介绍说，刘书记，这两位是来厂里催债的。接着又说，是赵厂长让我领来的。他一会儿下来。刘立天明白了，对郑凡说，先到这儿！满脸堆笑地说，各位请坐！郑凡出门了。小李倒水。何强把情况说完，刘立天说，现在西北厂的状况，我想你们心里也清楚。过去我们都是合作伙伴，你们支持了西北厂！何况，厂子欠你们的钱。欠债还钱，天经地义。我表个态，西北厂不会赖账，一定会还你们的钱，给西北厂点时间。你们说行不行？何强和侯志感到这个书记说话这么情真意切，何况现在西北厂没钱，要也是白要。何强说，谢谢刘书记！接着问，那你看什么时候能给钱呢？刘立天回答，这个我不好回答你，但是西北厂有了钱会立即还！将来，我们还可以做生意。你们理解一下。何强第一次和刘立天打交道，他一看，人家这么客气，再赖在这里就有点过分了，站了起来说，我信你。我们先走了。李小娜看在眼里，刘书记有水平，几句话就把人说服。李小娜领着人没走几分钟，赵建民进来了，忙问，要账的人呢？刘立天说，走了！赵建民忙说，不好意思！刚才忙其他事了，我就叫李小娜领到你这来了。刘立天没有说话，赵建民接着说，厂子到了山穷水尽的地步了，集团也不管我们了。刘立天笑了一下说，还得靠我们自己呀！《国际歌》里不是有这段歌词吗？从来就没有什么救世主，也不靠神仙皇帝，要创造人类的幸福全靠我们自己。赵建民不自然地笑了笑说，刘书记不愧是从宣传部出来的。刘立天说，赵厂长，明天上午，开个班子会？赵建民说，好！刘立天接着又说，把厂子里最近的财务状况、职工的状况、欠款的情况、产品销售情况一起碰一下，我们还得朝前走呀！赵建民问，我们改制的方案集团什么时候能批下来？刘立天回答，应该快了吧！

刘立天拿起电话，拨完号码，半天没人接。这个电话是打给黄书记的。他放下了话筒，出了门，叫上了郑凡，去车间看看职工的情绪。

两人走了几个车间，刘立天的心沉重了。车间死气沉沉，留岗的职工都在喝着茶，聊着天。车间一点活儿都没有。刘立天心如刀绞，心里在问，这就是我即将要登上的舞台吗？我有能力把这个厂搞活吗？这哪里像工厂呀！一腔热血会不会空流？突然感到了莫大的惆怅，抬头看看了天空，一群鸟飞过。郑凡看出了刘立天表情的变化，心里也在为刘立天担心。他心想，刘书记不在北京好好待着，跑到这个乱摊子来。上级领导不信任，同级排斥，他依旧抛家舍业！他一定有大的胸怀，大的目标！他不是为了自己，他不是说过，开弓没有回头箭！郑凡在心里佩服刘立天，佩服他的执着。郑凡哪里知道，刘立天此时此刻心情一片灰暗，他的信心开始动摇，但这种动摇的念头瞬间又消失了，他激励自己一定要鼓起勇气！心想厂里有一千七百多名职工，厂里黄了，他们怎么办？刚才的闪念，还是一个有良心的人的想法吗？我可以一甩手走了，他们呢？自己不是表过态吗？这种犹豫不是我刘立天的性格！再苦再难都得去克服，这条路走通了，一定会很灿烂。我不是答应了张剑吗？要把这个厂子搞好。我这种状态不就辜负了张剑，辜负了信任我的宗师傅、黄书记他们吗？我要打起精神来。郑凡看着刘立天表情变化说，书记！这厂子不能这样下去了！刘立天说，是的！明天，在班子会上，商量一下，我们先干起来，不能坐等集团方案下来。

第二天，在班子会上，刘立天提出了自己的想法。他说，我昨天去车间转了一圈，心里很难过。西北厂走到这一步，是我们这些人的罪过。为此，我想，我们不能坐等集团的方案批复了。我们先干起来。黄书记表态说，我同意刘书记的意见。高林说，早就应该这样了。付主席说，再不行动起来，西北厂就完蛋了。我们这些人怎么办？这一千七百多名职工怎么办？赵建民抽着烟，一声没吭。大家发言完，刘立天问，赵厂长，你的意见呢？赵建民说，厂子走到这步，不是发几句豪言壮语就能搞起来的。那是科学，是管理，科学管理不要豪言壮语，不要口号！就目前厂子的情况，没有外力的支持很难活的。现在是市场经济，是你死我活，竞争太激烈！过去，我们吃的计划经济的饭，现在西北厂是什么状况，要钱没钱，要设备没有新型设备，要产品没有打开市场的好产品。这些都是硬条件，我们现在行吗？我觉得还是等集团的方案下来，我们就好办了。高林说，赵厂长，我们总不能坐着等死吧？职工这个月的工资又没钱发了，再这样下去，那要出大事的。既然我们现在还是西北厂当家的，那就要先干起来，活命要紧！赵建民抽了口烟说，积重难返呀！黄书记说，不难要我们这些人干吗？我这个老头子跟你们年轻人一起干！我自告奋勇，负责要债，要解决短时间内的职工困难。刘立天心里一阵感动！这一群人在决定着西北厂的命运。手机振动了，张剑来的。刘立天心道，改制方案下来了！

第二十一章

集团的改制方案终于下来了，经过职工代表大会选举投票，刘立天代表国有股当选为西北厂新一届的董事长。顾峰因涉嫌受贿被移送司法机关。钱勇因涉嫌受贿被上级纪委双规。集团总裁程新暂时兼任集团党委书记。张强涉案已被开除厂籍。西北厂迎来了春天，开始了新的征程。

刘立天上任第一天的早晨，就接待了几拨催债的人。他费尽了口舌，催债的人才答应宽限几天。人走后，刘立天打电话叫道，老黄，你下来一趟。黄书记一进门就说，这债真难要，都是三角债。刘立天说，黄书记，你坐！接着又说，目前厂里十分困难，我想从机关各科室、各车间抽一些能干的人，充实销售和催款的力量。你负责催款，高厂长负责销售，我负责寻求合作伙伴，付主席负责厂里的职工创新小组组建。没有创新，就没有好的产品，我们走不出困境的。我们暂时按这个计划进行。一会儿开个会。黄书记说，刘书记，你放心，我拼上老命也要把西北厂救活。我弟弟在一个部委当司长，信息多，办法多，我想去找他帮帮忙，看看能不能帮上我们。刘书记说，太好了！你去一趟北京，带上郑凡，让小伙子锻炼锻炼。刘立天说完，拿起电话叫道，郑凡，你通知高厂长、付主席来我这里开个会。这几人都是董事会的董事。接着又说，通知一下职工董事。对了！改在小会议室。黄书记望着充满朝气地刘立天，感到他能干大事，也能干成大事。前一段，刘立天遭遇巨大的打击都没有退却，而是坚持和他们一起来完成他的诺言。黄建下过乡、当过工人，一九七七年恢复高考，上了本省的黄河政法大学，毕业后就分到西北厂，从干事一直干到厂纪委书记，为人正直，善良。刘立天让他去催债，因为他懂法律。刘立天说，黄书记，你刚提供的信息非常重要，我们无论如何要把眼前的难关渡过去。我有一个同学在南方机械厂当董事长，他们厂和我们厂互补性非常强，我想邀请他来考察考察，看看能不能合作。黄建说，那太好了！你赶紧约呀，还等什么？刘立天说，我已经约了，下周他过来。另外，厂里要进行整顿，对那些调皮捣蛋、不好好上班的员工要进行处罚。黄建说，那是必须的，有些车间已经乱套了。

董事们陆续到齐了，郑凡推门说，刘书记，人都到齐了。赵建民和另外一名副厂长在选举中不过半数，没当选董事，被安排车间里当副主任。小会议室坐满了人，刘立天坐下说，今天我们开第一次董事会，讨论一下怎么拯救西北厂，怎么发展西北厂，怎么做大做强西北厂。大家要畅所欲言，提出你们宝贵的经验和办法。六车间的宗师傅，叫宗世富。虽然他年龄大了，但经刘立天提议，当选为西北厂的职工董事。宗世富一身正气，嫉恶如仇，眼里揉不得沙子。他站了起来说，这两天，我和厂里一些老职工商量了一下。厂里现在非常困难，困难主要在钱上，巧妇难做无米之炊呀！我有个建议，全厂职工进行集资，比银行利息高一些。我算了一下，全厂一千七百多人，每人一万就一千七百多万，每人两万就三千四百多万，能解燃眉之急，请董事会考虑。另外，我和几位技术能手正在研发一种智能产品。之前我跟顾峰谈过几次，都被他拒绝了。刘立天一听，眼睛亮了。西北厂不就缺好的产品吗？宗世富继续说，集资上来的资金，一部分可用于新产品的开发。刘立天接过话说，宗师傅，这个主意太好了！这个问题我们专题讨论一下。如果能蹚出路子，西北厂就有救了！刘立天情不自禁了。毛主席说的没错，人民，只有人民，才是创造世界历史的动力。

七车间的李野站了起来。他是车间的技术员，四十岁左右，金兰大学毕业，专业学的机械制造，也是代表技术人员新当选的董事。他说，宗师傅说的，我没有意见。厂里半年来，工资经常欠发，职工会相信我们吗？这是第一个问题。第二问题，职工能不能拿出钱来。第三，我们保证职工能上挣钱吗？第四，这涉及政策性问题。另外，我们要组织一支科研队伍。现在的世界正发生日新月异的变化，稍微迟钝一下就会被摔到后面。西北厂走到今天就是一个例子，不能重蹈覆辙。刘立天在笔记本上记着，抬头看了看，问，李野，你说完了？接着说，你说得非常好。李野接着又说，我们厂在本省是响当当的，过去完成了许多国家级的项目，无论是人才，还是技术力量都可以说是上乘的，现在的问题就是我们怎么发挥出来，还要发挥到极致。我想，西北厂一定能翻身，肯定会走在这个行业前头的。刘立天听完热血沸腾了，这么好的队伍，这么好的职工，顾峰怎么就会把厂子搞垮呢？他为了少数人的利益，抛弃了大多数人的利益，他把职工当成对立的。看来牺牲群众的利益，只为少数人谋利益，迟早要垮台的。这就是教训。

高厂长站了起来说，听了刚才两位的发言，我心情很激动，他们让我看到西北厂光辉前景，也看到了广大职工的潜力。现在改制了，工厂就是我们大家的，这艘船沉了，我们都会淹死。我提两点：第一，要把厂子热烈气氛搞起来，让全厂职工看到我们的决心，也看到未来的前景。坚定信心，克服困难。第二点，要对全厂进行一次整顿，进行一次筛选，能者上劣者下，创造一个心连在一起、力拧成一股绳的局面，把西北厂建成全省乃至全国最好的企业。我们发展了，可以搞职工免费住房，如果免费不了，可以搞些补贴，免费医疗，孩子上学费用，厂里给予补贴，要把这些目标告诉给每一名职工。我们的幸福要靠我们自己创造出来。刘立天万万没想到高林有这么远大的目标。他带头鼓起掌来，称赞道，高厂长说得好。我们发展经济就是为了大家过好、幸福、快乐！这既是我们的宗旨，也是先烈们的期盼。黄建动情地说，刚才几位发言，让我震撼到了，多久都没有听到这样让人激动的、让人热血沸腾的话了。一支队伍没有精神不行，没有上下一条心不行，没有铁的纪律不行，没有远大目标不行，没有一往无前的精神更不行。刘立天心潮澎湃！他坚信西北厂会辉煌的。有这么好的核心队伍，还害怕什么！

刘立天环视了一下大家，问，谁还说？一车间张武说，刚才几位的发言，让我很激动！可我们不能忽视现实。现实是什么？张武是技校毕业的，在厂里工作十年了，作为青年当选为董事的。接着他又说，现在和过去不能比了。时代不同了，现在是市场经济，没钱什么都干不成。厂里没钱，职工收入下降，还开不出工资来。豪言壮语管一时，不能管长远。不解决职工实际问题，我觉得许多都是空谈，那理想，那目标就难以实现，甚至说，根本实现不了。宗师傅接过话，你说得不错，不干，什么都没有。你看看那些有成就的人，哪个不是从小做起的，哪个不经历了风风雨雨！张武说，宗师傅，你说得没错，现在不一样了。市场经济下，有钱就有市场，没钱说啥都没用。我们周围这些厂现在都成什么样了，你们也不是没看见。工人就是干活儿给钱，少一分都不行。眼下只有提高收入才能把职工的积极性调动起来。宗师傅接过话说，张武说得没错，我们现在不就在讨论怎么把西北厂搞起来吗？不就是在讨论怎么给职工创造好的生活吗？如果有人觉得西北厂不行，我绝不拦着，可以走呀！张武接过话说，宗师傅，话不能这么说，都走了，谁干活儿呀！别忘了工人要养家糊口呀！缺一个月工资，有些职工就得要饭去。刘立天的表情变得严肃，这是一个实际问题，不解决是不行的，不然一切都是空谈。

张武讲完了，刘立天接过话说，张武说的是个现实问题。付主席，你在全厂调查一下，摸摸情况，我们要拿出切实可行的办法，稳定职工队伍，特别是关键岗位的人员。付主席点头答应。刘立天感到了事情的紧迫性，如不迅速解决这个问题，还会出现上访的事件。工人们的思想问题是个大问题，处理不好就会毁了西北厂。高林说，张武提的建议非常好，但是，我们现在处于困难时期，马上解决也是不可能的。但要让职工看到希望，勒紧裤腰带渡过这个难关。黄建说，是的！只要办法得当，厂子翻身不会遥远。我们有我们的优势。只要大家不分心，想在一起，应该没问题。刘立天说，南方机械厂跟我们合作，人家是大厂，产品销往海内外。再说了，我们要争取国家的支持、集团的支持，下大力气开拓市场。我是有信心的。会议开得热烈，开出了思路，开出了志气，也开出了一些忧虑。

刘立天在最后总结说，这是我们第一次董事会，各位发言都切中西北厂的要害，谈到了我们的优势和劣势。我下面讲五点意见：一是，我们要明白，西北厂是在濒临倒闭下而改制的，为什么改制，就是要救活这个厂。我们全厂有一千七百多名职工，厂子倒闭了，职工怎么办呢？我们这些当领导的，能眼看职工流浪街头吗？当然，也有走了会发财的。但我觉得那是少数，大多数职工的生活会更加困难。我们在座的每一位都要承担这个责任，把西北厂搞好，让职工过上美好的生活。刚才高厂长谈了我们的目标，我们就要朝这个目标奋斗，不奋斗，幸福不会来。为此，全厂每一个职工和我们一起，流血流汗拼出一条血路来，让我们这个厂大放异彩，再上辉煌。第二点，干事情光喊口号没用，要实干、巧干，需要智慧地干。从今天开始，全厂下岗的职工愿意回来的都欢迎大家回来，不愿意回来的，我们等他们回来。我在这里提示一下，凡是拖欠的职工工资，可以折算股份，等厂子好了可以高价回购。当然了，厂里现在的情况，职工不一定信，但是可以告诉职工，信也好不信也好都是西北厂的一颗心。我想，从今天起，宗师傅和技术科筹划一下，近期在全厂举办创新救厂活动，不管什么创新都行。我就不信，有市场，有技术，资金会成为问题？投资者就喜欢有市场的产品，凭我们一千七百多名职工的智慧，不会没有好的产品。我们要尽力挖潜，当然了，我们要结合我厂优势与相关科研院所、大专院校合作，真正走出一条适合我厂发展的路子来。现在是市场经济，我们要做的都要围绕市场，没有市场都是零，那么怎么去寻找市场，怎么开拓市场，也是我们这些在计划经济下成长的人，需要去探索的。这个探索会有一个转变的过程，但是转变不是停滞不前，不是叫苦连天，不是丧气。我们要有近期、中期、远期的目标。要使西北厂永远不落后，不被淘汰，只有创新。第三点，我们西北厂为什么会走到今天，为什么会衰落，除了顾峰等人的因素外，我觉得就是我们墨守成规，不思进取。我们曾经是陇省最好的企业，我们万事不求人，自高自大，信息闭塞，自满不前，井中之蛙。为此，我们就要解放思想，把西北厂真正当我们自己的家、我们的生存之地。我们怎么去教育职工，团结职工，怎么渡过难关，这也是我们这些决策人需要思考的重要问题。刚才张武谈的都是实际问题，职工基本生存都没有保证，还谈什么兴旺，谈什么发展，谈什么前进。因此，我们党群部门要围绕这个问题，详细地制订计划，分步骤开展工作，通过一些寓教于乐的活动，增强凝聚力。我建议，开展一些文体活动，如体育比赛、合唱比赛。要把厂子当成一个家庭，让每个职工都感到在西北厂的温暖。第四点，我想，我们这些人既然走上这条路，我们就要把全部精力投入建设西北厂上来，不能分心，不能朝三暮四，不能腐败，不能做丢人的事，至此我们要建立严密的监督机制，这项工作由我和黄书记负责，组织部和纪委为具体负责部门。在这里，我特意强调一下，我们在坐的每一个人都不能把路走偏了，我们不能辜负全厂职工的期望。第五点，就是我向大家表个态，不把西北厂搞好，我不会离开。同时，我也希望大家来监督我，管束我。我这个人毛病不少，工作经验不足，欢迎大家监督。

刘立天讲完，会场上响起了热烈的掌声。宗师傅站了起来。刘立天忙说，宗师傅，你坐下说。宗师傅说，我听了刘书记的讲话，心里很激动。不瞒你们说，前几天，有人高薪聘我，比我在厂里的工资多好几倍。为啥我不去呢？我是一个农民的孩子，没有西北厂就没有我今天。我不能忘本，不能做无情无义的人。我相信刘书记，也相信西北厂一定会好起来。刘立天带头鼓掌，激动地说，这是一位老工人火热的心呀！黄书记说，宗师傅！你讲得太好了。整个会议在热烈的气氛中结束了。西北厂在他们的手里开始起航了。

散会后，刘立天觉得今天这个会开得太及时了。黄书记进来说，刘书记，大家的气鼓起来了。明天，我去北京。刘立天说，叫郑凡过来，我们好好商量一下。接着又说，黄书记，这回看你的了。郑凡推门进来，三个人商量了起来。刘立天说，郑凡，你今晚加个班，把厂里整个情况汇总一下，准备一个材料，明天带上，材料要实，不能虚，有什么说什么，一定要把我们的问题说透，我们的优势讲清，劣势也要说清。郑凡点头记录着。这时，高林进来，高兴地说，引黄工程指挥部明天来人考察，要订两千万设备。刘立天高兴地问，他们怎么找到我们了？高林说，宗师傅的一位亲戚在引黄指挥部。刘立天兴奋地说，太好了！高林说，人家只是来考察我们厂的能力行不行，人家考察完再说。刘立天说，不管怎么说，这就是机会。人家给了机会，我们不能错过。高厂长，你记住，不管多大的困难都要拿下这个订单。人家怎么要求，我们怎么做，一定要满足人家的要求。这个订单对我们太重要了，也许我们从这里会杀出一条血路。高林表态说，放心！刘立天说，这个工作，你全权负责，出了问题，你向全厂职工交代。高林笑着说，只要你支持，我没有问题。刘立天把所有人的热情之火都点了起来，这把火在西北厂熊熊燃烧。高林兴奋地出了门。黄建说，这样一来，厂里就有救了。刘立天说，不要高兴得太早，现在厂里的状况还是让人担忧，另外，等考察组来了，看看提什么要求，看我们厂的技术能力能不能达到。黄建说，这是关键。刘立天问郑凡，小郑！今晚没问题吧？郑凡干脆地回答，没问题。黄建和郑凡出门了。刘立天看了看时间，好久没给唐琴打电话了，拨通了电话，唐琴哭了。刘立天慌了忙问，怎么了，出什么事了？唐琴哽咽地说，我妈癌症复发了，情况非常不好！刘立天心痛了，接着问，那，那下一步怎么办？唐琴说，我哥和我弟都在医院和医生商量。刘立天说，我这段时间非常忙，暂时回不去。唐琴说，你忙吧！我就知道指望不上你，你回来也没有什么用。刘立天心里既感激又愧疚，接着说，有什么情况，及时告诉我。唐琴放下电话，心里有一股怨气，而这个怨气不能撒给刘立天。他刚刚当上了董事长，工作千头万绪，不能给他添麻烦。家里有哥哥，有弟弟，有妹妹。她换上衣服下楼去了医院，儿子洋洋在弟弟唐铁家，由弟媳带着。

刘立天放下电话，内心在自责，可又没有办法。他捋了一下头发，给厂办李小娜打电话。接通后，刘立天说，小李，你找一下宗师傅，让他到我办公室来一趟。刘立天想通过宗师傅提前了解考察组的意图，最好能弄来引黄指挥部所订的产品各项技术指标，好做提前安排。他又打电话给高林，让他来一趟。高林进来，刘立天说，我想了一下，我们要提前了解引黄指挥部所订的产品的技术指标。高林说，刘书记，你考虑得周全。刘立天说，一会儿宗师傅来，高厂长，这个订单要组织最强的力量！高林回答，我了解了一下，这次订购的产品主要是非标的，厂里有几个技术好的职工，顾峰在的时候，都下岗了，有的在民营企业干呢，有的在街上做点小买卖，有的南下了。刘立天说，抓紧找回来呀！高林说，我已通知这些人所在的车间了。接着又说，威亚公司跟我们厂也有互补性，原来我谈过，后来王义让顾峰和赵建民去谈，威亚公司吴总觉得他们人品不行，没再和他们谈。昨天，威亚公司的吴总给我打电话，说他们听到西北厂最新的情况，问还能不能继续合作。刘立天说，能合作，只要对西北厂有利的事都能合作。这个事继续由你负责。高林答应道，好！这时宗师傅敲门进来了。刘立天站了起来让座，说，宗师傅真得谢谢你！宗师傅说，谢我什么！这是我应该做的。书记，你这么客气，那就把我当外人了。刘立天说，哪里！哪里！我嘴笨不会说话！接着说，宗师傅，我有个建议，你看行不行？宗师傅说，书记，你这么客气干吗，有话直说。刘立天说，我想，能不能通过你那位亲戚把所订的产品各项指标弄出来，我们不打无把握之仗。宗师傅兴奋地说，刘书记，你考虑得周全。我怎么就没有想到这点呢！好，这件事，我来办。刘立天说，这件事由高厂长全权负责！有什么需要就找高厂长。高林表态说，宗师傅，你放心，我全力以赴。要我的脑袋都行！三个人哈哈大笑。宗师傅说，脑袋要了没用，还是要人吧！刘立天说，你俩去商量一下细节，务必不能出差错。

两个人出了门，刘立天打电话，叫工会付林主席马上过来。付主席年龄不到五十岁，一参加工作就在西北厂，是从工人中提拔起来的。他一推门就问，什么事？这么急！刘立天说，坐！是这样，过几天，省引黄指挥部来考察我厂，刚才高厂长说，有几名主要技术工人下岗回家了，高厂长通知各车间让这些人立即回来。我想让你摸一下这些职工家里情况，人家要是不回来怎么办，我们要有备用方案。付林说，我明白了，我去找高厂长了解。刘立天会意地笑了，看来付林也是一名干将，不用多说，就明白了意图。这时桌上电话铃响了，刘立天拿起电话，一阵咆哮声传过来，你是刘立天吗？刘立天镇静地问，哪位？对方问，你是不是刘立天？刘立天回答，我是！你有什么事？对方叫道，欠我们的钱什么时候还？刘立天依然镇静地问，你是哪位？对方说，你不要管，限你三天内还钱，不然，我就不客气了。对方放下了电话，刘立天觉得莫名其妙，不报公司的名，这肯定是个醉汉。

在一家酒店，贾兵和几位朋友喝酒，那几位朋友喝多了，其中一个打了这个电话。贾兵有些害怕了，骂道，你打这个电话干什么？你这不是害我吗？刘立天现在是董事长呀！自从钱勇、滕斌被双规后，贾兵就躲了起来，生怕钱勇和滕斌案子连累自己，一直没敢去西北厂要欠的尾款。今天和几个朋友喝酒，郁闷了，酒喝多了，把西北厂欠款的事说了，没想到，这个朋友就给刘立天打了电话！这位朋友叫金新华，个子不高，身体微胖，眼睛不大。他说，你怕什么？欠钱还钱，天经地义。贾兵喝了杯水，说，幸好！你没说出公司的名字，就当一个骚扰电话吧！

刘立天放下电话苦笑了一下。他心里清楚，这些债务是一座大山，压在西北厂的身上。怎么去还，怎么去处理，这是当务之急。财务科统计了一下，欠款达到八千多万，应收款不到一个亿。这么复杂的债务问题，不是马上就能解决的。如果天天有人要债或打官司，对西北厂未来的发展会造成影响的，没有良好的信誉，想在市场上做好是不可能的，一定要从根本上解决这个问题。刘立天喝了口水，拿起电话，邬科长，你把我们的应收款列一个详细的清单给我，把厂里的应付款也列一个清单，接着又说，要马上！邬科长回答，好，一会儿给你。半个小时后，邬科长送来了两张报表，刘立天看完问，就这些吗？邬科长说，就这些！过去，我们从来不欠款的，都是别人欠我们的。刘立天问，有什么好办法解决这个问题？邬科长说，没有什么好办法。刘立天说，你想想有什么办法！这个问题不解决会拖住西北厂的后腿。邬科长点头，说，现在真没有什么好办法。他说完出了门。刘立天陷入沉思，心里在问，怎么办呀？目前西北厂存在的每个问题，如果处理不好，越不过去，重振西北厂的目标就有可能夭折，美好的梦想就会成为泡影。

刘立天心里十分沉重。电话铃响了，他拿起话筒，龚义的声音传了过来，立天，下周二，我带我们总工程师、副总、办公室主任去你们厂里。刘立天高兴地说，好！欢迎，热烈欢迎。龚义说，我们只是考察，至于下一步如何，我们董事会还要讨论！刘立天说，那是下一步的事，你们来了先看看，如果条件不行，我也不能逼你呀！接着又说，龚义！我实话给你讲，西北厂确实很困难。龚义问，你们债务有多少？刘立天回答，八千多万！龚义沉思了，心里在想，这么大债务，如果合作了，那压力不小呀！刘立天接着说，但我们应收款有一个多亿！这个差，有两千多万！龚义说，我知道了，见面谈。他放下电话，拿起内部电话，叫财务部部长过来。这位财务部部长姓石，叫石明天，不到五十岁，秃顶，儒雅，带着一副厚厚的眼镜。他走进龚义的办公室问，董事长，什么事这么急？龚义说，下周二，我们去西北厂，刚才和西北厂的董事长通了电话，他们债务达到八千多万，应收款一个多亿。我想问问，我们能和他们合作吗？但是，我们厂和西北厂在产品、技术上，有着天然的优势互补性，我们合作了会把南方厂做得更好。石明天说，董事长，我觉得这既是危机也是转机，把握好，会为我们所用，把握不好，就会把我们拖进去。龚义来精神了，说，你说具体点。石明天说，第一点，我们可以花钱把西北厂的应收款买回来，这个价格可以谈，可以把那八千多万债务清掉，我们用这部分款入股西北厂。二是可以建议西北厂把所有债务化为股东。龚义听明白了，说，老石！你这个主意好！我们进退自如，既救了西北厂，也减少了我们的负担，我们是出口，西北厂是我们上游产业。那我们就会把市场放大，你去找计划部，一起弄个与西北厂合作的详细计划。

龚义在盘算一个大计划，嘴角露出了微笑。接着又忧虑，不知刘立天能不能听明白，能不能同意。心想，这个石明天真是个宝，看来要从资本这个方向走，才能化解西北厂的危机。

第二十二章

　　早晨的阳光洒进了办公室，清新的空气涌了进来。刘立天迈着坚定的步子走进了办公室。这段时间，几件关系西北厂命运前途的事都有了些眉目。第一，黄建从北京回来，带来了西部大油田开发的好消息。第二，与龚义的合作，大的原则基本敲定，所欠的款项按比例入股西北厂，这样既保持了西北厂的独立性，又减少了与南方厂合作的压力。虽然南方厂答应这笔钱他们出，但是条件有些苛刻，股份比例超过百分之四十，这种情况董事会不一定能通过，通不过，那和南方厂的合作就有可能流产，就要做两手准备。第三，省引黄指挥部基本敲定与西北厂的合作。第四，整个厂里活跃起来，创新小组研发的几个新产品正在相关部门进行研判，高林与威亚公司的合作也有了进展。第五，厂里困难职工通过工会得到很好安排。刘立天打了几个电话后，站在窗前凝望着蓝蓝的天，在思考下一步的工作，心想在这期间千万不能出现差错。目前，最难办的也是最紧迫的，是那些欠款的单位。如果南方厂出现了问题，这些单位能不能答应入股，能不能达到预期的目的？如果不行，怎么办？刘立天转身走到办公桌前，拿起电话，告诉郑凡，通知所有董事立即开会。另外，通知财务科邬科长、供应科符科长、销售科朱红旗科长列席会议。

　　半个小时后，所有参会人员都到了小会议室。刘立天进来坐下后说，我们开个紧急的会，这个会的主要内容，就是如何解决债务问题。这个问题不解决，西北厂就会被困住，走不出去，脱不了身，大好局面也许就会消失。那么怎么解决这个问题，我主要谈两点：第一是按传统的做法，欠钱还钱。但从目前状况看，我们根本没这个条件。如果还不了钱，那我们就无法安定，安定不了，那就有可能把西北厂拖垮。第二，我们要讲诚信，没有诚信就无法立足于市场。天天打官司，上失信名单，我们就被动了。现在由郐科长谈谈欠款情况。郐科长说，刚才刘书记把情况都说了。我主要讲与南方厂合作谈判所要具备的条件。经过第三方评估，我们厂的总资产八个亿，外面拖欠我厂的款项一个多亿。上次与南方厂谈，他们表示可以代我们还清所有欠款，不过，他们要占我厂百分之四十的股权。我和刘书记合计了一下，我们会吃大亏。如果把所有欠款化为股份只占百分之十。我这一算，大家就明白了。现在的难点，就是这几十家企业能不能接受我们的条件。这就需要大家一起讨论了。

刘立天说，供应科的符科长谈谈所欠企业的情况。符科长说，我把所有的企业摸了一下，捋了一遍，有以下几点：一是欠款企业有五十二家，我觉得可以合作的应该有三十五家，这些企业和西北厂有互补，也有多年的合作，可以说感情深厚。同时他们还指望从西北厂发财呢！这三十五家企业，占欠款的百分之六十多。二是有十家企业，跟西北打交道时间不长，做做工作也许也会答应。三是还有七家企业都是供应消耗品的小公司，所欠款比例不大，我觉得这个款我们是能还上的。关键是那三十五家企业，如果他们答应了，我们就解套了。刘立天说，朱科长，你说说销售这一块。朱科长翻开笔记本说，根据厂里的布置安排，我们用了一个星期，对我厂的产品销售、应收账款的回收进行了梳理。我现在谈以下几点：第一点，我们用户现有一百二十家。大的用户有五十家，一般用户有四十家，小用户三十家。购买我们产品超过五百万以上为大用户，三百万以下为一般用户，一百万以下为小用户。目前所拖欠款的都是大用户。欠一千万的有七家，欠五百万的八家，小用户基本不拖款。另外，从用户反馈来看，我们销售数量在下降，产品问题不少，厂里要提高产品质量。我们销售科的工作，越来越难做。刘立天问，朱科长，说完了？朱科长回答，完了！刘立天继续说，这就是我们的现状，这段时间，我们有好的一方面，也有坏的一方面。大家有什么意见？黄建说，我建议，我们先搞个细则出来，对所欠企业进行一次摸底。刘立天说，我同意黄书记的建议，这个工作黄书记全权负责，先和这些企业谈一下，摸摸底。高林说，一是我们要不要开个职工代表会。二是我们还有国有股，需不需要跟集团商量一下，涉不涉及国有资产流失的问题。刘立天说，高厂长谈得对，我要算一下，有一个预测，不要损害我们厂的利益，不能让国有资产流失，同时要保护职工的权益。宗师傅说，我觉得不涉及国有资产的流失，因为我们是全民持股，国有股份比例少，只占百分之二十。我们可以从职工股份和高管股来考虑。黄建说，宗师傅说得有道理。张武说，股份涉及每个人的利益，一定要慎重，一方面要做好职工工作，另一方面要做好欠款企业的工作。刘立天点点头说，张武说得没错，两方面不可缺一，哪一方面有问题，这事都谈不成。付主席和宗师傅来负责这件事，成立一个小组，付主席为组长，宗师傅为副组长。付主席说，好！刘立天接着说，大家还有什么意见？如果没有意见，我建议，这个月底前，把所有的准备工作做好，下个月开始进行这项工作。黄建说，我弟弟联系了西部大油田，让我们去一趟，了解了解需求。刘立天说，好！你安排一下，尽快去。接着又说，股改的事，让郑凡配合你。财务科、厂办、党办、供应科、销售科都抽一个人，黄书记是组长，郑凡为副组长。同时，高厂长和付主席要把全厂创新这块工作抓好，这是我们翻身的根本。

散了会，刘立天刚进办公室，电话铃就响了，他拿起电话，是四弟打来的，他说，哥，你抓紧回家，咱妈昨晚洗澡摔倒了，我今早回来，咱妈躺在地上。我送到医院了。刘立天的心扑通一下，接着问，现在怎么样了？四弟刘真说，还在昏迷，正在抢救！刘立天出了门，把事情经过告诉郑凡，便下了楼去了医院。在急诊室门口见到刘真，问，怎么回事？刘真说，我早上给家里打电话，家里没人接电话，我有点担心就回去了。没想到，老娘躺在卫生间的地上了。刘立天一声没吭，心里难受，自责。这段时间工作忙，没有回去看母亲。过了许久，医生出来了，告诉说，你母亲是心梗，需要住院观察，人醒过来了，神志不太不清楚。刘立天进了急诊室，母亲躺在病床上，双目紧闭，脸色苍白，白发凌乱。刘立天看着衰老的母亲，心里愧疚。母亲睁开了眼睛，用迷乱的眼神看了看她的大儿子，一语不发。刘立天叫道，妈！母亲点点头又闭上眼睛。

刘立天的手机响了，接通后，高林说，刘书记，有一家要债单位，来了几十人把厂子大门堵死了，说不给钱就不离开。刘立天平静地说，知道了！他收了手机对刘真说，厂里出事了，我先回去一趟，有什么情况及时通知我。刘真说，你去吧！我守着。刘立天心里不是滋味。他出了病房下楼回到厂里。在路上，他给那家公司老板打了电话，辛总，你不能这样呀！你们公司一直和我们厂合作，你们也赚到了钱。我们厂现在确实很困难，也在积极地想办法解决这个问题。辛总说，刘书记，半年了！你们是大厂，我们都揭不开锅了。我真的没有办法了！你老高抬贵手，饶了我们吧！刘立天说，你这样也不是办法，不过，我可以告诉你，下个月解决这个问题。辛总说，你们一推再推，我怎么才能相信你们呀！刘立天说，你相信我，下个月一定给你答复。辛总想了想说，好吧，我信你一回。刘立天说，谢谢！刘立天回到厂里，以为堵门的人走了，没想到人还在。刘立天生气了，拿起电话给辛总打电话，电话没人接。刘立天骂了一句，流氓！高林说，不行！报警吧！刘立天说，报警没有什么用。过了一会儿，那群人走。刘立天松了口气，看来这个辛总还是讲情义的。

刘立天和高林回到办公室，高林说，这个问题得抓紧解决，不然真会影响职工的情绪。刘立天说，是的！这真是个难题。高林又说了一下引黄指挥部订货的事。刘立天嘱咐道，千万不能出问题！高林说，预付款给了百分之三十，能不能用这款洒洒胡椒面，给各欠款单位点钱？刘立天斩钉截铁地说，这款千万不能动。高林说，这三天两头就来闹，真够烦人的了。刘立天说，再难也不能动这个款。高林问，书记！你脸色怎么这么难看？刘立天说，昨晚没睡好！他不想告诉别人母亲病了。高林没有吱声出了门。刘立天手托着下巴，注视对面的白墙。母亲病重、岳母癌症晚期，工厂困难重重，妻子一个人带着孩子……刘立天感到自己快承受不住了，心里在问，我能挺得住吗？回想到了西北厂后，接踵而来的打击，让他思考了许多，我是一个什么样的人？我在追求什么？我高尚吗？那藏在心里的愿望，就是出人头地吗？不！这不是我追求的目标，那我追求的目标是什么？西北厂翻身强大，每个职工都能过上好的生活，同事们殷切的眼光。是呀！我不能辜负他们呀！我虽然在追求事业，但我不能没有良心，不能说话不算数。

突然，电话响了，刘立天拿起话筒，李燕的声音传了过来，刘立天，你最近忙什么，怎么没你消息了？刘立天苦笑了一下，问，有事吗？李燕问，你的情绪不对呀？出了什么事？刘立天回答，没什么事！你说，什么事？李燕说，今晚有个同学聚会！大家邀请你来。要是别人，刘立天就推掉了，李燕的邀请不好意思推。但现在他没有心情去吃饭，想了想问，都有谁？李燕说，费雯雯两口子，我，尹楠，吕军。刘立天说，好吧！几点？李燕告诉了地址和时间。刘立天放下电话，又给弟弟打了电话问母亲的情况，弟弟刘真说，妈已经好多了。我正想给你打电话，大夫说，要做手术，做支架！刘立天说，那就做呀。

刘真说，老妈不做，说花钱太多。刘立天说，那也得做。我一会儿去医院。刘立天放下电话下楼去了医院。母亲清醒了，见大儿子就说，你来干什么？你那么忙。刘立天说，妈，手术还得做，不做会很危险。母亲说，我一个老太太了，不做了，花这么多钱干吗！刘立天说，妈，钱你就不用操心了。母亲说，我都这么大岁数了，活一天算一天，不花那钱。刘真在旁边也劝，妈，一定要做。母亲死活不答应。刘立天无法劝动母亲，就去找大夫。在办公室，刘立天与主治大夫沟通。大夫说，你母亲做支架最好，如果不做时刻都有危险。刘立天说，我母亲死活不做。你看看有什么好办法？大夫想了想说，那就药物治疗，但效果不会太好，只能维持。刘立天说，谢谢！他回到病房，母亲坐了起来，背靠床头说，我再住几天，没有什么事我就出院。刘立天继续劝说，妈，刚才我问大夫了，不做很危险。母亲说，大夫说话都是吓唬人。不做！刘立天看着母亲心里难受，母亲为了儿女拿生命做赌注。刘立天看了看时间，快到聚会的时间了，怕堵车，就跟母亲说，我还有事，先走了。母亲说，我没事！你工作忙，以后就不要来了。刘立天道，多好的母亲呀！但同时他心里很难受。刘真说，一会儿老三来，哥，你有事先忙去吧。刘立天出了病房下了楼，心里像有一块石头压着。他打了个出租车来到河边的黄河酒店，时间早了，他下了车走到黄河边。

黄黄的河水向东流去，河面上不时有游船驶过。夕阳映红了河面，岸边搭有凉棚，人们在喝茶聊天。刘立天望着河面，母亲的病让他揪心。母亲把全部心血都花在几个儿女身上了。如今，有病了却舍不得花钱。这就是伟大的母亲。一阵风刮来，吹乱了刘立天的头发，心也被母亲的病弄乱了。我这是怎么了，怎么伤感起来了？我不能乱，不能丧气，不能退却。他望着流动的河面，既惆怅又伤感，不知前面路还会遇到什么风雨。他静静地待着，过了一会儿，看了看时间，调整好情绪朝酒店的方向走去。

他进了包间，一个人也没有。一位年轻的女服务员进来，问，喝什么茶？刘立天说，稍等一会儿。他坐在靠窗户的沙发上，看着夕阳映红的河面。过了十几分钟，李燕气喘吁吁进来说，真不好意思！来晚了。刘立天面带微笑说，没事！李燕说，费雯雯两口子来不了了。刘立天笑了笑问，就咱俩了？李燕说，尹楠和吕军一会儿到。接着问，我看你脸色不好，怎么了？刘立天叹了口气说，都是一些难事。他本想说，母亲病了，想了想没说，不想给别人添麻烦。李燕说，你刚接手，肯定问题不少。我约你，就是想让你和费雯雯老公聊聊，看看能不能帮你。没想到，他俩又不来了。

两人说着话，尹楠和吕军进来了。吕军说，我俩来的不是时候吧？刘立天没接话，而是朝两人笑了笑。李燕说，你这嘴真损，净瞎说。两人坐定开始点菜。尹楠问，立天，听说你当西北厂董事长了，看看有没有合作的机会。刘立天说，那当然好了，你可以把我厂设备卖到国外去，你不是在外贸公司吗？尹楠说，我也是这么想的。刘立天说，我明天让我们销售科朱科长跟你联系一下。接着问，你什么时候回广州？尹楠回答，过两天。刘立天说，你最好到我们厂考察一下。李燕点着菜说，尹楠，你帮帮刘立天，他刚接手西北厂，困难重重。吕军接过话，我们李燕就惦记着立天，感人呀！尹楠哈哈大笑，接着说，李燕都说话了，我一定照办。吕军问，费雯雯两口子呢？怎么还不来？李燕说，忘告诉你们了，他们被领导叫走了。吕军说，真不靠谱！李燕点完菜后说，吕军，你有什么资源，也帮帮刘立天。吕军说，这还用你说吗？我本想跟费雯雯老公说说，结果他没来。刘立天从心里感谢李燕。她这么理解自己，真让他感动。不过，这个感动只能在心里，不能表露出来。吕军说，看看！立天呀，你真幸福！尹楠对吕军说，你呀，琢磨琢磨怎么能帮立天吧！别净说些没用的话。刘立天思绪又落到错综复杂的厂里的形势上了。这些问题不解决，西北厂想走出困境那就是一个口号。这段时间，捋出了思路，正在一步一步艰难地朝前走着，哪一步走不好都会万劫不复呀！危险时刻存在着。同时，还有时间，时间拖得越久风险越大。要在短期内解决，难度非常大。现在没有退路，只能拼命往前走。虽然这段时间有些进展，但是还没有实质性的改变。尹楠在广州做外贸，对西北厂来讲也许是一个机会。刘立天思绪收回来了，问，尹楠，你们出口的产品有哪些？尹楠说，只要能赚钱的都可以，大型机械、电子产品到日用品等等。接着又说，我觉得你们厂应该在大型机械这方面多想想，你们厂所生产的大型机械设备在业内有一定知名度，只是你们产品有些落后，跟不上市场的需求，需要提升品质。我们跟中东有关系，可以从采油机械上下点功夫，你们技术力量应该没有问题。刘立天想到了，黄书记的弟弟不是告诉他们，西部油田的开发？刘立天说，尹楠，你提供的信息非常重要，你能不能提供一下产品的信息，如中东需要什么样的设备我们可以研发生产。尹楠说，这个好办！我回去给你一个需求产品的目录，看看你们能不能生产。刘立天拍了拍尹楠的肩膀说，这才是老同学呀！谢谢！吕军说，开饭吧！饿了！李燕说，你就知道吃！

这时服务员上了菜。四个人开始吃饭。刘立天先端起酒杯说，我谢谢同学为我操心，都怪我无能，还想干事。我敬你们一杯！他一仰脖一杯酒下了肚。尹楠说，立天，你客气了。我们是合作，是双赢。不赚钱的事，我也不干，不存在谢谢！要说谢，是我谢你，你给我们提供了一次机会，我回去跟领导好好商量一下，怎么跟西北厂合作。我想我们可以订一个长久的合作协议，我们是出口，西北厂就是我们的基地。李燕深情地看了刘立天一眼。这个男人在她的心里位置很重。她希望刘立天好起来，希望他快乐，刘立天一脸的憔悴让她心疼，可又帮不上什么忙。吕军端起酒杯说，立天，我挺佩服你的。不在首都舒舒服服待着，来到大西北，我觉得这就是干大事的气魄！人们都想进京，而你却是出京。我想，立天是有抱负的人，是有远大志向的人。刘立天忙拦住说，吕军，我都这样了，一个快破产的厂长，你就别欺负我了，想想办法让我翻身吧。吕军一本正经地说，我可不是拍马屁，拍你马屁也没有什么用。我是从内心敬佩你。你说，你在大机关当个处长多好，跑到这儿来，如果没有志向，那就是为了私情，奔李燕来的！接着说，我讲个故事，有一次，碰见一个朋友，他问我，什么地方最好？你们猜猜，什么地方最好？尹楠说，家最好！父母在的地方。吕军说，不准确！继续猜！三个人不说话，尹楠说，快说，别卖关子了。吕军说，哪有恋人，哪个地方最好！尹楠哈哈大笑，准确！非常准确！吕军呀，你这张嘴可以杀人！李燕抿嘴笑，刘立天也在笑。两人无法回答这个问题。刘立天说，吕军，我没你说的那么伟大，说心里话，想经经风雨，见见世面，也是试验试验自己，有多大本事。没想到，一开局就掉进了坑里。我在爬坑！酸甜苦辣呀！对了！没甜！在刘立天内心里，他是想干事，他觉得人要有精神，要有抱负。这个抱负就是让西北厂翻身，实现梦想，梦想就是让西北厂员工人人快乐，人人享受公平、正义、自由。李燕静静地听着三个男人说话，内心在荡漾。正如吕军说，刘立天为了她来到大西北？她不相信，而心里却愿意听这样的话。刘立天手机振动了，弟弟刘真来的，刘真说，咱妈又昏迷过去了，正在抢救。刘立收了线，说，各位，我有急事，得马上走。李燕问，什么事！刘立天不想说母亲病重，只说家里有点事。尹楠说，需要帮忙吗？刘立天起身边走边说，不需要！李燕跟着出去，问，到底怎么回事？刘立天想了想说，我妈病重在医院抢救。李燕说，我跟你一起去。刘立天说，不用！你先陪尹楠他们，有什么事，我会跟你联系。李燕说，好的！

刘立天到了医院，母亲在重病监护室抢救，弟弟、弟媳妇都来了，站在玻璃前注视着。弟弟刘真说，你走之后，妈还好好的，跟我聊天，说东说西呢！八点多钟，突然又昏过去了。一家人默默祈祷，整个过道静静的，只有大夫出出进进在紧张地抢救。

下半夜两点多钟，母亲终究没有抢救过来，在重病监护室走完了一生。刘立天忍着巨大悲伤安排处理后事。李燕和尹楠、吕军都来了，他们陪着刘立天。弟妹们扑到母亲身上哭喊着。李燕问，告诉唐琴了吗？刘立天说，还没告诉。李燕说，那你得告诉一声。刘立天说，我在犹豫，唐琴的母亲癌症晚期，做完手术又扩散了。李燕说，那你也得告诉她呀！这是她的婆婆去世呀！刘立天拨通了唐琴的电话，含着泪告诉唐琴，我妈走了！唐琴问，你说什么？谁走了？刘立天又说了一遍。唐琴半天不吭声，接着传来哭泣声。刘立天拿着手机静静地听着。唐琴哭着说，我明天带洋洋回去。刘立天说，洋洋上学呢！你妈也需要照顾，你不要来了。唐琴火了，叫道，你说的什么话，我能不去吗？接着口气缓和地说，我过去，我弟弟和小妹在家照顾我妈！李燕在旁边小声说，你怎么能不让唐琴来呢！刘立天自知说错了。他被痛苦打傻了，打蒙了。短短的几个月内，父母亲都走了。他心如刀绞，无比难受，像一团乌云压在心中。李燕在旁边宽慰，同时也感到了这个宽慰是那么无力，不由得眼角流出了泪花。李燕陪着刘立天守候了一夜。

三天后，母亲出殡了，处理完丧事，唐琴没有多待就回京了。刘立天开始上班了，心里空落落的，六神无主，情绪极度低沉。唐琴走的时候说，刘立天，家里的事，你不用操心！刘立天很感动，同时也觉得无地自容。我一个男子汉，一点都不能照顾家里，内心有愧。有愧有什么用！他彷徨，他惆怅，犹豫了，觉得在这里继续待下去没有多大意思。家没了，根没了，在这个世界上，成为孤儿了。他在问，我能走吗？但我身上扛着责任，扛着使命。这里有一千七百多名职工，他们渴望着西北厂的翻身，渴望过上美好的生活。我怎么了？不能让私情打败了我！刘立天的心在翻江倒海。

这时门开了，所有的股东都来看望刘立天。他们默默站着，刘立天望了望说，你们坐吧！人们分头坐下了，屋里一阵沉默。高林首先打破了沉默说，刘书记，你多休息几天吧！刘立天几天几夜没有合眼了，精疲力竭。刘立天没有回答，而是问，黄书记去西部油田了吗？郑凡回答，三天前走的。刘立天又问，朱科长跟广州外贸尹总联系没有？高林说，联系了，尹总来了，我和朱科长接待的。刘立天说，好！桌子上电话铃响了，刘立天拿起电话，黄书记激动地说，刘书记，西北厂有救了。西部油田给了我们三个亿的订单，下周来我们厂考察。电话传来的声音，董事们都听到了，大家喜笑颜开，欢呼起来。刘立天激动地说，黄书记，谢谢你呀！黄书记说，我马上把油田所需设备清单和技术要求传真过去，立刻安排人拿出可行方案，做好开工前的准备。刘立天说，好！老黄你辛苦。黄书记放下电话，心里太高兴了，又给弟弟打了个电话，告诉这边的结果，特意嘱咐弟弟，这个订单千万盯住，不能黄了。这是在救西北厂的命呀！

刘立天放下了电话。高林首先叫道，这太好了，我们有救了。刘立天压着伤痛，开始布置任务，等黄书记传真过来，通知技术科、质量科、总工、相关车间一起开个会。郑凡说，好的！刘立天又说，郑凡，你去文档室接传真。接着又说，我们各部门，各个环节都要围绕这个订单定出详细计划，绝不能出问题。高厂长，你负责整个计划的制订。这个消息，让刘立天又看到了希望，而这个希望是他在最痛苦时来的，格外珍贵。这个希望冲走了他的一些痛苦，这个希望也是对父亲、母亲最好的祭奠。

这时桌子上电话响了，刘立天稳了稳情绪，拿起话筒，传来了龚义的声音，老同学，我们上次谈的方案，你考虑没有？刘立天苦笑着说，龚董事长，你们是不是黑了些，八千万就占我八个亿资产的百分之四十。龚义一惊，觉得刘立天口气不对呀！上次会面的时候，提出了这个方案，当时刘立天没有表态，以为他默许了。龚义有点急了，说，西北厂到了什么地步了，我们也是尽了最大努力。刘立天说，我们再商量商量，我这可不是说官话。经过测算，这个方案，我们损失太大。龚义说，老同学！这些都是空的，占百分之四十，不挣钱，那就是一个数字。我出八千万，那可是现钱呀，可以解决你眼下的实际问题。再说了，你们不还是控股吗！刘立天想过这个问题，当时没有表态，就怕在整合八千万欠款过程中出现问题，留下龚义这个伏笔。万一整合不了，可以跟龚义再谈。刘立天说，这样吧，你再等等，我尽快回话。龚义说，我等你的消息。刘立天反复在想，龚义这步棋能不能走，如果整合了八千万的债务，实际上也背上了包袱，那些债主在一定时间内安静了，时间久了，分不到红也是问题。

这只是权宜之计，但和龚义合作，相对来讲是安全的。刘立天也在反思，是不是自己心胸窄了些，没有心胸，怎么能干大事呢！刘立天对高林说，下个星期一，通知所有债主到厂里开个会，我们先吹吹风，这件事要加快步伐。董事们都站了起来，一起说，好的！人们走了，郑凡进来告诉他，黄书记的传真件都发了过来。刘立天安排说，按刚才说的，分头开始工作，三天拿出计划。

龚义放下电话，又拿起内线电话，叫财务部部长过来一下。他放下电话，心想刚才听刘立天的口气，对这个方案不满意。他沉思了，刘立天是一个干事的人，和他合作不会吃亏。再说了，应该相信刘立天。财务部部长石明天进来了。龚义指了指沙发说，坐！又拿起电话，叫道，贺主任，你过来一趟。他放下电话问，老石，我刚才跟西北厂刘立天通了电话，他对我们的持股方案不太满意，我们会不会失去这个机会？石明天说，他肯定认为我们趁火打劫，落井下石。不过，西北厂的状况确实很危险，我们也是在冒风险。龚义说，干事都有风险，要算算风险占几成！另外，还要考虑将来，对西北厂的未来要有一个准确的预判。

这时贺静进来，龚义说，贺主任，陆总出差了，咱们三人先聊聊。上次我们去西北厂谈的持股方案，你觉得如何？没等贺静回答，龚义又说，刚才和刘立天通了话，我觉得他的语气不对，是不是我们狠了点？贺静笑了笑说，刘立天是你同学，狠不狠，你心里清楚。贺静对刘立天印象非常好，觉得刘立天心胸开阔，是一个有抱负的人，肯定能干大事。既然龚义问到了，就把自己的想法说出来。贺静又说，董事长，我觉得我们寻找合作者，主要是看人，事都是人干的。人不好，条件再好，也会失败。龚义笑了笑，说，听你这话，刘立天是好人？贺静说，董事长，那你认为刘立天是不是好人呀？龚义指了一下贺静说，你真鬼。石明天问，董事长，你是不是有新的思路了？龚义朝贺静问，你有什么想法？贺静沉思了一会儿说，我觉得，和西北厂的合作，首先要建立在公平、科学、真诚、合理的基础上，也就是说，心胸开阔一下，要有思想，要有新意，要有远大的抱负，这样就能和刘立天合拍了。从目前的情况看，我们暂时占优势，从长远看，西北厂占优势。他们毕竟在这个行业有一定的知名度，我们现在占了一些便宜，刘立天忍下这口气，等他翻身了，我们就难受了，这是第一点。第二点，我们在整体技术力量上不如西北厂，在管理上也有些欠缺。西北厂毕竟是几十年的企业，有着一套完整的管理制度。另外，职工的整体素质比较高，我们贪了小便宜，将来会吃大亏。龚义听完，没有笑，而是陷入了沉思，贺静说得没错呀！刘立天这段时间没有来电话，是不是和贺静的想法是一样的？刘立天本想让南方厂帮助他走出困境，没想到我落井下石，想占便宜。龚义在反思，在思考，在寻求最佳点，觉得自己心胸窄了。

龚义看了看贺静问，你有没有什么具体的想法？贺静说，按实际评估入股。龚义说，明白了！这样我们先出一个内部方案，下周去一趟西北厂。接着又说，谢谢你的提醒，又马上问，是不是需要给刘立天打个电话，稳住他？贺静说，我觉得有这个必要。龚义问，怎么跟他说呢？贺静回答，可以告诉他，我们出钱帮他还账，这部分资金可以按股份折算入西北厂的股。龚义想，万一董事会通不过怎么办？要留点余地，这些想法，让贺静去说。想到这儿，他又说，那你把我们的意思告诉刘立天，但要有余地，不能说死了。贺静点了点头答道，明白了！她转身回办公室了。

刘立天刚放下催债的电话，电话铃又响了，不想接，可铃声执着响着。他拿起电话，没想到，是南方厂的办公室主任贺静。刘立天客气地叫道，贺主任，你好！贺静说，刘董事长，你真忙呀！打了几遍才打通。刘立天说，焦头乱额呀！你有什么指示？贺静开玩笑说，刘董事长，你折煞我呀！我哪敢有什么指示，只是告诉你一声，我们上次所谈股份比例，可以再谈谈，下周，我们龚董事长要过去。刘立天马上明白了，南方厂代还八千万所占的股份比例下降了，心里一阵高兴地说，欢迎欢迎！接着问，贺主任你也来？贺静回答，领导走哪儿，我跟哪儿，我是提包的。刘立天寒暄了几句，放下了电话，立刻给高林打电话，让他马上过来一趟。高林推门进来问，书记，有什么好事？刘立天说，刚才南方厂的贺主任来电话说，他们为我们还钱入股的比例可以商量，下周龚义和她过来。我想这是好兆头，我们得马上召欠款户开会，你觉得呢？高林说，和南方厂合作，当然是最佳方案了。刘立天翻了翻桌子上的台历说，今天是周二，周四召集欠款户开会，把我们的意图说清楚，摸摸底，看看有多少家愿意的。高林说，知道了！我马上通知。刘立天说，黄书记说的事，要快，不能耽误。高林说，都布置下去了。刘立天笑了笑说，最近，你多辛苦一下。高林说，书记，你说哪儿去了，这是应该的。他说完转身走了。

桌子上电话铃响了，刘立天拿起电话，对方问，是刘书记吗？刘立天问，你是哪位？对方自我介绍说，我是市政府办公厅的金善亮。刘立天马上叫道，金主任，有何指示？金善亮说，你们厂整体搬迁规划，政府批下来了。后天在市政府第三会议室开会。刘立天说，好！我安排一下。金善亮说，最好一把手来。刘立天解释说，后天，我有一个很重要的会。金善亮说，有比搬迁的会更重要吗？没等刘立天回话，金善亮放下了电话，捋了捋头发心想，刘立天，你欠款不还还摆起架子来了！前几天，严岩找到他，让他给西北厂说说，抓紧把剩余的款付了。正好西北厂搬迁规划下来了，他想利用这个机会催催刘立天。没想到他打算安排别人来，心里不快，没有同意就挂了电话。

刘立天放下电话摇了摇头，苦笑了一下心想，这个金主任脾气还挺大。不管他，欠款户的大会重要。办公室静了，刘立天站了起来走到窗前，明媚的阳光洒了进来。最近连续地工作，他感到了疲乏。他望着窗外，蓝天飘着几朵白云，街两旁绿绿的柳树在微风中晃动，街上的人流、车流给城市增加了活力。远处，翠绿的山在蓝天下显得清晰。山下的黄河，游艇穿梭，游人手扶栏杆指点两岸景色。白塔公园游人如织，岸边水车不停地淘着河水，凉棚下坐满了喝茶的人。这景象太熟悉了，童年、少年在河边捡过黄河石，在河里游过泳。这些仿佛就在昨天。自从上大学走后，再次回到了金兰。刘立天用手擦了擦脸，脑海又浮出了父母的形象，心里一阵疼痛，觉得自己不孝，不由得眼泪涌了出来。接着又想，真是对不住唐琴，不知岳母的病如何。他转身在椅子上坐了下来，准备打个电话。

电话铃响了。他拿起电话，唐琴哭着说，我妈走了！刘立天忍着悲痛放下了电话，心里一片灰暗，静了一会儿，拿起电话告诉郑凡，订下午的航班回京，返回的航班订到明天下午，接着打电话告诉高林一声。过了一会儿，董事们都来了，送上了礼金。刘立天拒收说，大家的情谊我领了。厂里很困难，我不能收。董事们说，再困难，我们也要表达一下心意。宗师傅说，刘书记，你是为了我们才留在西北厂的。做人不能没有良心，你就收下大伙儿的心意吧！高林附和说，刘书记，宗师傅说得没错，你是为了我们才留在西北厂的，虽然钱不多，可那是大家的一片心呀！刘立天动情地说，我知道大家的心意，谢谢大家。他坚决不收。高林看刘立天态度坚决，也就劝董事们说，那我们就听刘书记的。宗师傅说，刘书记，跟着你干没错。他这么一说，大家都笑了。高林笑着问，宗师傅，看来你原来还有疑虑呀？宗师傅马上反驳说，我早就觉得刘书记是一个堂堂正正的人。大家笑得更欢了。刘立天看到班子这么团结，心里涌出了幸福，多么好的一群人呀！人与人之间的情感是互动的，互动的频率越快越和谐，人们的情绪越高亢。高林劝着说，书记，你回去多待几天。刘立天说，我明天回来，后天不是开欠款户大会吗！付主席也劝说，书记，你多待几天吧！刘立天说，谢谢各位！宗师傅接上话，你说反了，是我们谢谢你！你放下一切来到了大西北，忍辱负重和我们一起振兴西北厂。董事们异口同声地说，是我们谢谢你！刘立天激动了，感动了！付主席说，工会有救助金，可以给予补助。刘立天说，不谈这个了，多帮助一些困难职工吧！董事们看着这位领头人，心里热乎乎的，更坚信跟着他走，一定会有更美好的前程。郑凡说，书记，该走了。

刘立天拎上包，董事们送他下了楼。在去机场的路上，郑凡汇报了西部油田材料准备情况。刘立天说，多跟黄书记沟通，全面介绍西北厂的情况。郑凡开着车点头答应着。一个小时后车到了机场，刘立天的手机振动了，黄建说，明天下午西部油田相关人员来厂考察。刘立天说，知道了。放下电话说，郑凡，我们回厂，明天下午西部油田的人来考察。郑凡说，不回了？刘立天回答，不回啦！手机又响了，唐琴来的，她情绪低落地问，你什么时候能到？刘立天说，我在机场，刚才厂里来了个电话，有紧急事。唐琴气愤地说道，那是我妈呀！你自己看着办吧！刘立天犯难了！郑凡说，书记，你回去吧！你明天上午再回来，时间来得急。刘立天想了想说，也好！接着给高林打个电话，高厂长，今晚你们加个班，务必在西部油田的人到来之前，把所有工作做完。高林回答，没问题，你放心，一定完成任务。刘立天收了线，走进了机场安检口，上了飞机，窗外灯火通明。飞机腾空而起，飞向了夜空。郑凡看着飞机起飞才开车回了厂。

第二十三章

半年后，西北厂走出了困境，进入了良性循环。工厂热气腾腾，职工们脸上露出了灿烂的笑容。车间的玻璃擦得锃亮，通往各车间的道路干净整洁。刘立天正在办公室和南方厂的龚义说话。

由于南方厂的参股，那八千万的债务还清了；西部油田钻机配套备件成功承揽，正在做前期的准备工作；引黄工程指挥部的设备又追加了三千万；厂里创新小组开发的产品正在小批量地试销，销售科的朱科长汇报，市场反应不错，正准备增量生产；厂里的搬迁也在做前期规划。

阳光洒进了办公室，刘立天和龚义的脸上洋溢着欢快的笑容。刘立天说，龚义，谢谢你，关键的时候帮了我。龚义开玩笑说，立天，你嘴变甜了！是不是又想害我了？接着又说，那段时间，你还想把欠钱户变为股东，要不是我快，你就把我甩了。刘立天笑着说，你太敏感了吧！我感谢你还来不及呢！那时，你太黑了，八千万占百分之四十的股份，你这不是落井下石吗？我不得不留后手呀！接着说，你们贺主任眼光远大。龚义哈哈一笑说，怎么，对我们贺主任有意思？刘立天说，没错，我是对她有意思，只要是人才，我都有意思。可惜呀！贺主任看不上大西北呀。龚义说，咱两家都成为一家了，我打算派她出任我们的合资公司总经理，你意见如何？刘立天说，我没有意见，那要问董事会行不行。龚义说，你得提名呀！刘立天说，我可以提！不过，我建议，你跟董事们通通气。龚义说，我都通过气了，大家认为贺静适合这个岗位，你是最后一个通气的，我怕你小心眼，怎么都是你们的南方厂的人哪！刘立天哈哈一笑说，我是朝世界五百强方向奔呢！龚义说，你是大胸怀呀！但我劝你千万不要做梦。刘立天说，人类的发展都是从梦想开始的，没有梦想哪会有飞机，没有梦想哪会有卫星上天……龚义忙拦住说，算了！算了！别给我梦想了，我们谈一谈下一步的规划吧！刘立天说，好呀！两个人热情地谈起了未来的蓝图。

办公桌上电话铃响了，刘立天拿起电话，传来李燕的声音。今晚，你有空吗？刘立天问，有什么事？李燕回答，费雯雯回来了，想请你吃个饭！刘立天犹豫了，接着问，她有什么事吗？李燕回答，不知道，她只说，请几个同学一起吃个饭，让我通知你。接着又说，你是不是太敏感了，同学在一起吃饭，有什么呀！刘立天看了看龚义说，我这会儿有事，一会儿回你。李燕说，行不行，行了，我就告诉费雯雯，不行，我也告诉人家呀！刘立天被问住了，想了想说，好吧！李燕放下电话，心里有些不高兴，过去刘立天不这样，刚当西北厂的董事长没几天，人就变了。转念一想，也许刘立天真有事，觉得自己有些狭隘了。她拨通了费雯雯的电话，告诉她刘立天答应了。费雯雯笑着说，还是你有面子，刘立天现在是董事长了。李燕觉得费雯雯说话酸了吧唧的，没再吱声放下了电话。吃饭的地点订在黄河边的金港饭店。刘立天放下电话，觉得李燕的话有些不对味，口气特冲。接着对龚义说，晚上有个高中同学聚会，有一位女同学回来，她老公在经贸部当一名司长，该部主管全国工业的。龚义说，那好呀！你去接触一下。我，你就不用管了，一会儿，我叫上贺静、老石到外面去吃。贺静正在和石明天还有邬科长商量事。刘立天说，多不好意思！龚义笑着说，别虚了吧唧的，我是谁呀！

傍晚下了班，刘立天打的去了金港酒店，时间早了十几分钟。他没有进酒店，而是下了坡，站在黄河边注视。落日染红了岸边的山，河面仿佛铺上了金黄色，波光粼粼，清风拂面，河水拍打着岸边哗哗地响。这景色让人陶醉，刘立天心想，多久没有欣赏河景了！随后想起了回京送岳母那天晚上，大舅哥唐钢给了他许多支持，帮他解决和唐琴的矛盾，他感到唐钢是一位有抱负的人，是一位有思想的人，是一位有正义感的人，也是一位有智慧的人。回想这半年来，自己克服了一个一个困难，才走到了今天，虽然前面的路还很长，困难还不少，但是已看到了曙光，看到了在大海航行轮船的桅杆了。目前，工作千头万绪，千万不能懈怠，不能出现反复，不能出现任何纰漏。接着又想，西北厂现在很脆弱，稍有不慎就有可能翻船。这是他最担心的，也是最害怕的。由此，在各方面一定小心而大胆地前进。手机振动了，接通后，李燕问，你到哪儿了？刘立天回答，马上就到。接着用手梳了梳头发，上了坡走进了酒店。

刘立天走进了包间，面带笑容地说，欢迎司长夫人来到穷乡僻壤。费雯雯满脸堆笑说，看看，上次没来，这不留下话把了。李燕面带笑容看着，费雯雯笑着说，今天我多喝两杯，赔罪。尹楠站了起来，没等他说话。刘立天问，尹楠，我听我们朱科长说，你有一批出口阿拉伯的钻机配件。尹楠说，我就是为这事来的，我给吕军打电话，也准备晚上请你一起吃饭，接着又说，没想到费雯雯回来了，我和吕军就来了。吕军说，没错！立天，你得请尹楠。刘立天说，好呀！不过，事没办成不请，办成了准请。吕军说，你太势利了，怎么说，你也是西北厂的董事长呀！刘立天说，我是穷董事长呀！没钱！李燕叫道，别贫嘴了，赶快坐。费雯雯跟着说，大家快坐！接着又说，今天我请客，谁都不能抢！吕军说，今天我请，你请那是瞧不起我们金兰的人。费雯雯说，今天是说好了我请，谁也不能争！尹楠说，你们不要争了，我请！李燕说，你们争什么呀！抓紧点菜！刘立天面带微笑不说话，心里猜测，费雯雯今天肯定有事，而这个事跟他有关。费雯雯抢过菜单开始点菜了。

龚义和贺静、石明天在隔壁包间。龚义本想今晚请刘立天坐坐，没到到他同学聚会，就没有说出来。下了班回到宾馆洗漱完，就来到金兰这家靠着黄河边的酒店。

菜没有上来，费雯雯、李燕在聊天，刘立天、尹楠、吕军三人热聊。刘立天问，尹楠，出口钻机配件有多少？尹楠说，五六个亿吧！刘立天激动地吐了一口水，问，你说多少？五六个亿？尹楠说，是呀！这有什么大惊小怪的，我们公司一年出口五六十个亿，这只占十分之一呀！刘立天没想到尹楠帮了大忙，这个五六个亿的订单一接，西北厂将被彻底盘活，彻底翻身了。费雯雯悄声说，李燕，一会儿，你多帮我说说话。我弟弟找我好多回了。刘立天困难的时候，我也没有帮什么忙，何况上次又失约了。刘立天会帮忙吗？李燕悄声回答，我试试吧！

菜上齐了。费雯雯先端起了一红酒杯说，今天，我赔罪！上次失约了。我先干了这杯。吕军说，慢！要喝就得喝白酒，是不是立天？刘立天含笑不语。尹楠说，吕军，你怎么那么多毛病，女的喝红的，男的喝白的。李燕立即接话，行！吕军哈哈一笑说，尹楠，你别有用心呀！费雯雯说，我们听立天的！刘立天说，我管不着，你们定什么，我喝什么！费雯雯说，那就按尹楠说的办！几个人斗完了嘴，各自扬脖把酒喝了。第一杯进肚后，费雯雯又说，好事成双，再来一杯，大家也跟着喝了。李燕说，我建议，我们给两位从北京来的敬一杯！吕军问，那位是谁呀！李燕说，刘立天呀！刘立天忙说，我可不算，我是金兰的。他感到李燕今天有什么不对的地方，从约他吃饭到刚才的态度，和往常不一样，总是向着费雯雯说话。吕军说，对！立天也是从北京来的。刘立天被逼无奈只好端起杯子说，我喝一杯！李燕笑了笑说，这还差不多！刘立天又倒了一杯酒说，尹楠，我敬你一杯，这杯酒是西北厂敬你的。尹楠说，我不敢当！西北厂太大，你敬我喝，西北厂敬我不喝。刘立天说，你不能这么说，你帮我，就是帮西北厂，西北厂敬你一杯酒也是应当的！吕军说，咱们是同学，不能把社会上那套带来，我们就是同学，无私利，无权贵，无铜臭味！李燕说道，吕军说得没错，同学之间要互相帮助，不求私利。费雯雯说，我同意李燕说的。刘立天只好说，吕军，那我也敬你一杯酒！几杯酒下肚，刘立天情绪上来了，可内心时刻在提醒自己，不能糊涂，不能瞎说，不能乱想。费雯雯觉得时机到了，端起酒杯说，我敬大家一杯！她喝完说，你们继续喝，我和立天说点事。吕军开完笑说，你俩有秘密呀？我们回避一下！李燕说，啥事？就在这儿说呗！费雯雯说，你们愿意怎么想都行！接着叫道，立天！走！

两个人来到外面，在走廊上说起话来。一名三十岁左右的男子走了过来，手里拎着皮包，费雯雯叫道，费仲文，接着向刘立天介绍说，这是我弟弟。刘立天与他握手说，你好！费仲文稍微弯腰叫道，刘董事长好！费雯雯说，立天，我弟弟是做生意的，想和西北厂做生意，求你帮帮忙。费雯雯的谜底揭开了。刘立天说，好呀！我欢迎呀！接着说，供应商要进厂里采购名录，让你弟弟拿上材料到我们供应科报名，通过招标入围。费雯雯说，你不是董事长吗？你打个招呼，手下的人会重视起来。刘立天说，费雯雯，这个招呼，我不能打！打了就坏了规矩，请老同学理解。费雯雯从费仲文手里接过皮包说，我从北京给你带了一份礼物，请你收下。刘立天笑着说，老同学，你客气了！不要这样。费仲文说，刘董事长，你就收下吧！刘立天说，这样就不好了，不是我不给你面子，请老同学理解。费雯雯见刘立天执意不收，说，那好吧！说完把皮包还给了费仲文。

这时，贺静从卫生间出来，见刘立天和一位美女在一起，想回避已经不可能了，只能迎了上去叫道，刘董事长，你也来吃饭？刘立天问道，你们也在这儿吃饭？接着向她介绍了费雯雯，这是我的同学，接着又向费雯雯介绍贺静说，这是我们的合作伙伴。费雯雯笑了笑说，那你们聊！接着走进了包间。费仲文也走了。贺静说，真巧！不好意思！刘立天解释说，我们几个高中同学聚会！贺静笑了笑。刘立天笑着说，走，我过去给龚义敬两杯酒。两人走进包间，龚义站了起来问，你不是同学聚吗？怎么跑到这儿来了？刘立天解释说，我们在隔壁的包间！龚义说，坐下来喝两杯。贺静拿了一双干净筷子放在刘立天面前，龚义端起酒杯问，见到那位司长夫人了？刘立天说，刚才贺主任见到了！龚义说，肯定是美人啦！贺静说，是一个大美人！龚义哈哈一笑，说，立天，咱俩干一杯！刘立天喝完又和石明天和贺静喝了一杯就回去了。

一进包间，费雯雯不在了。刘立天问，费雯雯呢？尹楠说，她接个电话，说有事先走了。刘立天坐下来，李燕凑过来，小声问，我看费雯雯脸色不好，怎么回事？刘立天说，过后再说！吕军问，怎么回事？费雯雯回来，脸色不好，接了个电话就走了。刘立天说，没什么！尹楠说，我们喝酒！刘立天心道，费雯雯怎么会这样，大小姐的作风！刘立天心里不是滋味。李燕不自在了，费雯雯没说什么，只是让她约刘立天，她想也许对刘立天有帮助，也就帮着费雯雯说话了，没想是费雯雯有求于刘立天，心里有点过意不去了，人多又不好解释。刘立天看了李燕一眼，端起酒杯和尹楠碰了一下，一扬脖把酒喝了。吕军觉得气氛不对忙说，我们继续来！他话音刚落，包间门开了，龚义和石明天进来了。龚义说，听说，刘董事长同学聚会，我和老石敬杯酒，刘董事长没意见吧！刘立天高兴地向李燕、吕军、尹楠介绍说，这是我大学同学，在南方厂当董事长，接着向龚义介绍，这三位都是我高中同学，李燕、吕军、尹楠。龚义问，你那位司长夫人的同学呢？刘立天回答，她有事先走了！龚义给每个人敬完酒就出门了。

吕军见龚义走了问，立天，他真是你大学同学？我怎么感觉，他年龄比你大？刘立天说，是的，他比我大两岁。李燕不吭声了。刘立天说，我们两个厂在合作，准备成立一个合资公司。尹楠说，南方厂，我知道，那可是知名企业，我公司和他们合作过。这个龚义不是简单人物，在当地有一定影响力，你们和他们合作，我觉得前景会更好！刘立天说，我明天早上让朱科长和你联系，明天上午，我们商量下一步的工作。尹楠说，没问题。大家又喝一会儿就散席了。

四个人一起走出了酒店，刘立天送李燕，在车上，李燕想解释，刘立天说，不用解释了！跟你没关系。我算是得罪了费雯雯了，你有空向她解释解释。李燕道歉地说，我真不是故意的，你可别多心呀！我要知道费雯雯找你是为了她弟弟和你们做生意的事，我肯定会阻止的。刘立天相信李燕的话，相信李燕就是这么想的。一阵风吹进车里，李燕的香水味袭来，刘立天咳嗽了一声，李燕关切地问，你感冒了？刘立天本想说，香水熏的，话到嗓子眼又压了回去。车到了李燕的家，她下车招了招手，说，再见。

刘立天回到招待所，前台的一名年轻女服务员叫道，刘书记，有人给你一个包。刘立天警觉地问，那个人长什么样？女服务员大概描述了一下，刘立天猜到了，那是费仲文。他表情严肃地说道，我不是告诉过你吗？任何人给我送东西都不能收！服务员见刘立天生气了，忙解释说，我让他拿回去，他扔下包就走了。刘立天自从当了董事长后，就给所有的服务员交代过，不管任何人给他送东西都不能收。他想了想说，你把东西放好，我让人来取。他回到房间给费雯雯打了个电话，接通了电话，费雯雯热情地，像什么事都没有发生过一样地问，立天，这么晚了，有事吗？接着又说，我刚才有点急事先走了，你没有生气吧？刘立天直截了当地说，你弟弟把包落在我这里了，你告诉你弟弟到前台取一下。如果不取，我就交给厂纪委了。费雯雯口气变了说，你看着办！说完就把电话挂了。半个小时后，服务员打电话告诉他，那个人把包拿走了。刘立天很生气，费雯雯怎么会变成这样？这个人以后不能来往了，这样做早晚要出事的。他拿起电话给李燕打了过去，接通后，李燕说，刚才费雯雯来电话，大骂你不近人情，接着问，怎么回事？刘立天说，李燕，费雯雯这个人少来往。李燕又问，到底怎么回事？刘立天说，你别问了，以后不要和她来往。说完放下了电话，李燕手里握着话筒发愣。

刘立天放下电话越想越生气，他知道，过不了两天，同学之间就会传，我刘立天不近人情，当了官就忘了同学。

李燕想了想又给费雯雯打了过去，费雯雯脾气暴躁地叫道，李燕，你以后少给我提刘立天，他就是一个小人，得志更猖狂！我怎么会有这样一个同学呀！李燕小心地问，到底怎么回事？费雯雯说，你别问了！你以后不要再给我提他了，不要提给他帮忙的事了。李燕忙解释说，也许刘立天有难言之隐吧！我们都是同学，你也不要发这么大脾气，有什么解不开的疙瘩呀！费雯雯说，他真是有眼不识泰山。李燕感到费雯雯有些过了，这样说刘立天她不高兴，不再说话了，放下了电话。她感到费雯雯变了，变得张狂了。

刘立天走进了卫生间，冲了澡上了床，给家里打了个电话，儿子洋洋接的。刘立天问，你妈呢？洋洋回答，在厨房给我做饭呢。刘立天问，怎么才做饭？洋洋说，你别问我，你问你老婆呀！刘立天扑哧笑了，儿子挺幽默。接着问，你学习怎么样？洋洋回答，就那样！刘立天问，你情绪不对呀？洋洋说，你除了问我学习，其他你关心吗？你就在大西北待着吧！说不定哪天，你老婆就把你休了。刘立天苦笑了一下，接着有些内疚地说，等我回去好好陪你玩！洋洋说，你拉倒吧！别放空炮了！洋洋喊道，小唐！你老公的电话！放下话筒走进屋里。刘立天手握话筒等唐琴。过了半天，传来了唐琴生硬的声音，有事吗？刘立天本想开个玩笑，瞬间改了口气，说，没什么事。唐琴说，好了，我正在干活儿！刘立天说，你要注意身体，别太劳累了。唐琴说，你说得轻巧，我不劳累能行吗？唐琴说话就像放枪，刘立天没再说话。唐琴放下了电话。自从岳母出世后，两人一直在冷战。虽然唐钢多次劝，但是唐琴一直不原谅。刘立天想用时间来消磨那些不愉快，消磨唐琴的不满，伤口总会慢慢愈合的，再说，自己也做得不对，对唐琴也有失公平。为此，唐琴发脾气，也是可以理解的。

这时有人敲门，这么晚了，谁呀！刘立天开门，龚义一身的酒气，舌头卷着问，你没睡？刘立天问，你怎么喝这么多酒？龚义回答，他俩一起灌我一个人，特别是石明天！我回去也睡不着就跑到你这儿来聊聊天。刘立天冲茶。龚义问，看你脸色不好，怎么回事？刘立天把茶杯推了过去，叹了口气说，唉！我把同学得罪了。龚义问，就那位司长夫人？刘立天回答，是的！她弟弟要和西北厂做生意！龚义问，她怎么会生气？刘立天回答，要我打招呼！这个招呼我能打吗？我告诉她，参加厂里统一采购招标入围。另外，她让她弟弟给我送钱，我拒绝了，她大发脾气。接着又说，不管她了，没有什么大事。龚义问，他老公不会给你小鞋穿吧？刘立天哈哈一笑说，我会害怕吗？不说这些了，今天跟石明天、贺静和邬科长谈得怎么样？另外，我告诉你，广州一家外贸公司从阿拉伯拿下了五个亿钻井设备配件订单，明天到厂里考察，负责采购的是我高中同学。龚义哈哈一笑说，好呀！看来我跟你合作对了！这得感谢贺静呀！刘立天高兴地说，好了，那是你们的事，你别套我了！龚义说，你这人别过河拆桥，没有贺静，哪会有我们今天的局面呀！刘立天说，那你后悔了？现在反悔还来得急！龚义说，你想得美，不要小人得志更猖狂！刘立天说，我同学费雯雯也是这样骂我的。两人喝着茶，海聊了起来。龚义说，我想不明白，你在北京待着好好的，跑到大西北干吗？唯一的解释就是你有野心，想干大事。刘立天说，你别瞎想了，不谈这个，为了这事，唐琴都跟我闹翻了。龚义说，女人嘛，想得多，你这么优秀，一个人在外，叫谁都会胡想的。刘立天笑了笑，喝了口茶，两人聊着。

贺静回到宾馆，冲完澡上了床，躺下总是睡不着，不知怎么，刘立天一直在她脑海里转悠。自从和刘立天认识以后，她发现刘立天是一个干大事的人，心胸开阔，原则性强，又不失灵活，总觉得好像和刘立天认识很久了。这个感觉越来越清晰。晚上，在酒店的走廊上，刘立天那么帅气……贺静眼睛睁大望着天花板，心里又在说，贺静，刘立天是有家室的人，你不要胡思乱想了。窗外，月光印在窗帘上，斑斓如花。贺静苦笑一下，好男人怎么都成别人的了？她想起自己的老公，一个没有素质的人，除了床上，其他什么都不行。

招待所静静的，龚义喝了口茶，说，立天！我看，贺静迷上你了，只要一提你，她眼睛都放光，精神就来了！刘立天说，别瞎扯了！不谈这事。接着又说，不早了，你是回去睡，还是再开个房间？龚义说，我回宾馆了，不在你这里住了。

龚义走了，刘立天关灯睡觉。一觉醒来，晨阳映红了窗帘。他起来，拉开了窗帘，推开了窗扇，一阵清风吹来，让人心旷神怡。他站了一会儿走进了卫生间，洗漱完出门下楼去吃早餐，吃完早餐上楼时，在办公室楼门前碰见了龚义、石明天和贺静。龚义说，今天我们把合资条款商量一下，没什么事，我们明天就回去了。刘立天说，好！对了，你们也听听阿拉伯的订单的事，如果可行，我们商量商量怎么完成这单生意。龚义心里叫道，刘立天真是一个好合作伙伴，干事就是敞亮。昨晚，就等刘立天说这句话了，一直不见他说，看来自己心眼小了。龚义说，我以为你们要自己干。刘立天说，你想什么呢！咱两家是一家，我要那样做，成什么人了，你呀！小心眼！贺静的脸色瞬间红了，红色又瞬间消失。突然，刘立天有一种莫名其妙的，说不清楚的感觉，这个感觉告诉他，贺静是一个让人舒服的女人。这个念头一出现，接着就消失了，云散了。

第二十四章

西北厂正在发生变化，而这个变化，让全厂职工看到了希望，职工格外团结，热情格外高涨。刘立天带着郑凡在各个车间巡视。

所有的工作都有了阶段性的成果。西北厂和南方厂合资的公司地点定在了金兰。经过董事会同意，刘立天被推选为董事长。这个职位，刘立天推让过，董事会没有同意。贺静被推举为总经理。三个月来，贺静每天都要向刘立天汇报工作，两个人从表面看没有发生什么变化，而在内心里却起了波澜。

阳光明媚，刘立天和郑凡走进了二车间，机器轰鸣。经过调整的车间主任王笑东迎面走来，笑着叫道，书记！刘立天点点头问，怎么样？王笑东汇报，正常！就是人手不够。刘立天问，劳资科招工计划拟好了没有？郑凡回答，好了！在高厂长手里。刘立天说，笑东，一定要把住质量关，出口阿拉伯的设备一定精益求精，千万不能出现质量问题。王笑东个子不高，不到四十岁，在大学里学的是机械专业，在西北厂工作了十七年了，原是车间的技术组组长。王笑东说，书记！有些职工反映，工资太低！刘立天点头没有表态。他正在考虑增加职工的收入。目前工厂生产任务饱满，应收款回笼得慢，整个效益没有体现出来，在这个空当中，一定要稳住职工的思想情绪，干劲不能泄，要鼓足劲，要坚持，要闯过这个坎，还需做大量的职工思想工作。刘立天和郑凡从二车间出来，来到了四车间。车间静悄悄的，工人们三个一群，五个一伙都在聊天。刘立天走到工人跟前问，怎么回事？一名工人说，停电了！刘立天问，怎么会停电？那位工人回答，电线老化，短路了。刘立天转身来到车间办公室，一个人也没有。刘立天出了门，碰见一名工人问，你们书记和主任呢？那位工人回答，都在配电室抢修呢！刘立天和郑凡过去了，车间的李铁书记和张凯主任在抢修，脸上沾了些黑油腻，见刘立天过来，李铁说，书记，电路老化，经常短路。刘立天问，你们上报了吗？李铁说，上个月就报给动力科了。刘立天说，郑凡，你给动力科郝科长打电话，让他马上过来。郑凡给郝科长打了电话，电话通了，没人接。郑凡又打了一遍，郝科长问，郑主任有事吗？郑凡说，你马上到四车间来一趟，刘书记在这。郝科长叫郝新，年纪不到五十岁，一直在动力科工作，负责全厂的动力供应。他飞速下了楼来到四车间。刘立天神情严肃地问，怎么回事？郝新紧张地解释说，四车间维修报告上个月就报给我了，我已经报给供电局了。接着又说，我天天催。刘立天问，我们内部电路改造，需要报供电局吗？郝新回答，需要！接着又说，整个电路都老化了，我搞了个改造方案给高厂长了。刘立天没有吱声转身走了，回到办公楼来到高林办公室，高林站起来问，书记，有事吗？刘立天坐下说，全厂电路老化，再困难也要想办法解决。我刚去了四车间，又短路了。高林说，全厂要进行改造就要花一笔不少的钱。刘立天说，这钱得花，不能吝啬。你订个计划，上报董事会。高林回答，好！

刘立天出了门回到办公室，刚坐下，就有人敲门，李小娜进来说，书记，省国资委来电话说，要到我们厂来考察。刘立天问，什么时候？李小娜回答，时间没定，先让我们写个汇报材料，然后再确定考察的时间。刘立天说，你跟郑凡联系，写好了给我看看。李小娜出了门。桌上电话铃响了，刘立天拿起电话，同学尹楠说，立天！你们报的生产计划我看了，时间能不能再往前提提？刘立天说，好！接着尹楠邀请说，你什么时候也来广州，和我们头见见面，合同签了，你们两个头还没见过面！刘立天愉快地答应了，接着拿起话筒打给高林说，我们往阿拉伯出口设备的计划，对方要求我们往前提提。你安排一下，重新制订一个计划，最好明后天拿出来。高林点头答应。刘立天刚放下电话，贺静敲门进来。刘立天面带微笑问，有事？贺静笑着，加重语气说，刘书记，你干吗呀，这么严肃？刘立天微笑调侃说，我严肃吗？我不严肃！贺静坐在对面的沙发上说，厂里设备老化了，长远考虑，有些设备要更新。刘立天说，你说得没错，要改造更新，就得需要一大笔钱。贺静说，如果不改造更新，我们的产品质量难以保证，没有好的产品质量，厂子是走不远的，将来的问题会更多。我想，我们可以把一些不是核心件的产品外包出去。我们主要生产核心件，组装，做品牌。刘立天心里明白了，这是打破过去大而全的传统生产流程，那厂里就要面临一次大的更新。这个更新是危险的，稍微不慎就会失去机会。刘立天问，你有什么具体想法？贺静说，我们可以拿出非核心件外协件进来公开招标，选几家优质企业与我们合作，一是我们提高了质量，二是建立了品牌，三是降低了成本，四是省下的人工可以开发第三产业。刘立天说，这样，你拿个具体方案，上董事会讨论。贺静说，好的！接着又说，今晚有个应酬，想请你参加一下。刘立天笑了笑说，算了！我就不去了。没问什么应酬。贺静美丽的柳叶眉微动了一下，没再说什么转身出门了。今晚的宴会是她的两个女同学到金兰出差。刘立天也感到有些生硬了，想解释又觉得多余，微笑着看着贺静出了门。

在河边上的黄河酒店，贺静与分别几年的女同学热情拥抱，互相问候。其中一位说，贺静，我发现你是越来越年轻了，是不是有第二春了？这位同学叫焦菊花，家在农村，大学毕业后，分到家乡，在中原某市统计局工作，现在是一名科长。贺静说，我想来第二春，可春天在哪里？另外一位女同学叫都洁。她笑着说，贺总在找春天，春天在田野里，在蓝天里，在阳光里，在寻找的一半里。焦菊花说，都洁真是一个诗人，出口就那么浪漫。接着问贺静，你老公怎么会放你出来？他放心吗？美女！贺静没有接话，而是叫道，服务员点菜！都洁大学毕业后，分到北方一座海滨城市，在一家大型民企办公室工作。她试探地问，贺美女，黄河边上是不是有情郎呀？贺静笑着说，你猜猜？焦菊花说，别卖弄了，有问题抓紧交代！贺静说，交代什么呀？都洁说，不交代是吧，那你从南方跑到大西北干什么来了？一定有浪漫的故事。你说说，让我们也浪漫浪漫！贺静说，别瞎扯了，哪儿来那么多的浪漫！这时门开了，年轻的女服务员端菜进来了。贺静开了一瓶红酒，黑红的酒液倒入了白色透明杯里，玻璃壁上挂着色。贺静举杯说，欢迎两位来到大西北。都洁拦住说，快点喝吧，别说了。三个人哈哈大笑，都洁仰脖喝了，焦菊花叫道，哎！都美女，那是红酒不是白酒！都洁笑了笑说，土洋结合！贺静说，是的！土洋结合，喝酒。焦菊花哈哈大笑道，可别喝吐了。贺静笑了。都洁说，该土还是土，该洋还是洋。三个人快乐地回忆学校生活。都洁说，在学校，贺静是校花，多少白马王子追呀！贺静说，拉倒吧！都洁，你在学校的礼堂里，在聚光灯下，朗诵一位诗人写的

《青春不是冰凌花》，我还记得几句：

　　青春啊！青春

　　你是火炉

　　你不怕妖魔鬼怪，你不怕死亡

　　你是朝霞，你是桅杆上的火红的太阳

　　你是火山爆发流淌的金色熔岩

　　你的受伤，你的艰难，你的迷惘

　　那都是青春的辉煌

　　贺静的女高音朗诵完，焦菊花、都洁鼓掌叫道，朗诵得真好！贺静说，诗写得好。接着叹口气说，我们都成半老徐娘了！黄脸婆了！青春走远了。都洁说，三十如狼四十如虎，你不是在想那个了吧！贺静说，你可别说，有时夜深人静真想！焦菊花说，你找一个呀？贺静说，找谁！都洁说，你不是说，西北厂那个董事长不错吗？贺静说，不瞒你们说，我下午下班真去邀请他了，人家拒绝了！都洁说，你别泄气，我觉得这样才有嚼头，跟你跑的人没什么意思。焦菊花说，都洁说得没错，你看咱班那些男生追女生的结果，没有几个过好的，几乎都离了。咱们班那个尤美丽追求林大志，现在过得不错，据说，林大志调到国家能源局当处长了。贺静装着不知地问，哪个林大志？都洁回答，就是我们学校的师哥，前一届的。贺静回忆着，自己曾经暗恋过两个男人，一个是高中的同学，另一个是大学同学，就是林大志。都是些美好的回忆。现在落在了刘立天身上了，而这个倒是一个没有结果的幻想。都洁问，贺静，你有心事？贺静说，喝酒！焦菊花忍不住地问，你的那位不合身？贺静说，不说这个！三个端起酒杯碰了一下喝了。贺静想到了，西北厂不正在给西部油田供应设备吗？能源局是不是能帮上忙，她问，尤美丽，你们还和她有联系吗？都洁说，有联系，昨天还通话呢。接着问，你有事吗？贺静说，有事我会找你的。三个人说着话，聊着各自的工作。

　　贺静走后，刘立天觉得她的眼神在暗示什么，不由得心里想道，这条沟不能迈过去，迈过去就会惊天动地。贺静是一个非常优秀的女人。晚上，他又想起了李燕，少年时结下的情谊，以及费雯雯的狂妄、尹楠的帮忙。前几天看了国资委的内部简报，张剑的讲话，就是继续搞好国企的改革，谈到了全员持股，特意提到了西北厂。刘立天非常高兴，这是张剑在关注他，在关注西北厂。他现在最担心的就是下一步的发展。虽然工厂有了发展，但是危机依然存在。工厂设备老化，基础设施需要更新，而这些都需要花钱。如果不提高产品质量，现在的局面就会昙花一现。要跟龚义见一个面，寻求他的支持。

月光洒了进来，刘立天洗漱完，躺在床上给唐琴打了个电话。唐琴很冷淡地接了电话，不管刘立天说什么，她都是哼哼。刘立天无趣地放下了电话。唐琴变了，她是在逼我回京呀，现在能走吗？就是能走也不能走，走了对不起一千七百多名职工，对不起董事会的董事们，对不起龚义，对不起支持他的人。忍吧，忍到唐琴理解的时候。深夜了，他怎么也睡不着，感到了孤独了，涌出酸楚，忧伤袭来，情绪在波动。突然觉得，不应该这样。接着又想，我是一个人，也有七情六欲，也有高兴和忧伤。

窗外下起了雨，雨滴打在窗户上。他披衣起来了，走到窗户前，推开了窗扇，凉凉的雨滴打在了脸上，水腥味侵入了鼻孔。西北厂未来的蓝图跃进了他脑海里，他的情绪又高亢了起来，血在血管里加速地流动。雨停了，乌云散了，明月挂在天空，星星望着月亮。浩瀚的宇宙，朦胧的城市。他期盼成功的那一天。不由得想起了在大学，一位诗人写的诗——《信仰不是表演》。

> 太阳照在山上，我知道那条山路难走
>
> 也许会花费一生的精力和力量
>
> 走下去，不退缩
>
> 这就是信仰的力量
>
> 信仰者会遭到非议和嘲弄
>
> 会遇到风寒，会遇到雷电
>
> 也许一生都在坎坷之中，也许等不到明天
>
> 那后人一定会等到
>
> 信仰与私利无关
>
> 私利不是信仰
>
> 获取的总归会失去
>
> 信仰是自由，私利是枷锁
>
> 信仰是美好的人生，会成为赢家
>
> 信仰不是飘渺，不是海市蜃楼
>
> 不是获取私利的护身符

> 不是表演者的舞台
>
> 信仰是正义、公平、自由
>
> 是心灵的寄托和力量
>
> 是滚滚东去大河大江，是高山之巅
>
> 是波澜壮阔的海洋
>
> 太阳升起，大地灿烂

信仰是不是表演？我是在表演吗？不是表演，我在谋求什么，在展示什么？我谋求的是让西北厂腾飞，让职工过上好日子，不辜负大家的期望。做人一定要信守诺言，为了这个去克服困难，争取胜利。

贺静和两个同学喝了三瓶红酒，情绪高亢来到 KTV 唱歌。霓虹灯下，映照着三个女人，她们发泄着情绪，趁着酒劲诉说各自的过去，展望未来。贺静在唱《一帘幽梦》，这首歌的词，适合贺静目前的心情。她拿起麦克风，陶醉地唱起：

> 我有一帘幽梦，不知与谁能共，多少秘密在其中，欲诉无人能懂，窗外更深露重，今夜落花成冢，春来春去俱无踪，徒留一帘幽梦。谁能解我情衷，谁将柔情深种，若能相知又相逢，共此一帘幽梦、窗外更深露重，今夜落花成冢，春来春去俱无踪，徒留一帘幽梦，谁能解我情衷，谁将柔情深种，若能相知又相逢，共此一帘幽梦。窗外更深露重，今夜落花成冢，若能相知又相逢，共此一帘幽梦。

贺静唱完，都洁动情地问，贺静，你心里苦吗？贺静回应，你别联想好不好，这是在唱歌！都洁说，别瞒了，我们都是女人，心是相通的。焦菊花在唱，十五的月亮！军功章，有你的一半，也有我的一半。贺静说，不说这些了！都洁问，他有家吗？贺静掩饰着说，不说这些了，烦心！唱歌！

夜深了，外面雨停了，贺静送两人回到宾馆，自己然后回到了厂招待所。路过刘立天的房间时，她停住了，里面一点动静没有，心扑通扑通地跳。她问自己，我这是怎么了？接着进了房间，脱下衣服走进了卫生间，洁白的皮肤在镜子里展现，苗条的身材，姣美的脸庞，自己都喜欢自己了。她冲完澡，躺在床上做起了美妙的梦。

第二天早晨，太阳升起，经过夜晚的沉淀，刘立天又精神抖擞，走进了办公室，开始了繁忙的一天。高林推门进来，递上了工厂改造的计划。刘立天看完问，怎么样？高林回答，我调查了，厂区电路改造跟供电局没有关系。郝新说了假话。刘立天问，怎么处理？高林说，郝新能力是有的，给个行政处分。刘立天严肃说，有能力不干正事，破坏力更强，我建议撤职。动力科长人选，我建议，在全厂海选，你意见如何？高林没有马上回答，郝新和他是师兄弟的关系，他想挽留一下。接着又想，如果反驳了，跟刘立天的意见不同了，对自己更没好处，为了大局，想到这儿说，听你的！接着问，撤动力科长职务后怎么安排？刘立天回答，去四车间当副主任。高林松了口气，总算可以给郝新交代了，觉得刘立天一定知道他和郝新的关系。这样处理也是给自己一个台阶。刘立天看完计划说，计划可行，一会儿开个经理办公会，我参加，大家讨论一下，没什么问题，再报给董事会。高林答应道，好！十点开会，在小会议室？刘立天点头。

　　高林走出了门，回到办公室，给郝新打了电话，让他过来一趟。郝新接了电话，立即来了，进门问，什么事？这么着急叫我干吗？高林说，你坐下，我问你，上次刘书记问你，四车间电路改造的计划，你怎么回答的？郝新问，你问这件事干吗？高林问，你是怎么说的？郝新说，我撒谎了，告诉他，报供电局了！高林说，这个谎，你能撒吗？郝新警觉地问，怎么，惹麻烦了？高林站了起来，给郝新倒了杯水说，这件事查清楚了，你确实说谎了！西北厂现在是什么状况，你不清楚吗？高林停顿了一下又说，调你去四车间当副主任。郝新眼睛睁大了，张开的嘴又闭上了。高林继续说，你不要带情绪，现在是非常时期，不能出现任何问题。你到了四车间好好干。郝新心里恼怒，表面从命说，我知道了！接着问，还有事吗？高林说，你不要想歪了，这样对你不好。另外，不要说任何不满的话，要表态同意工厂的处理，为下一步做好准备。郝新心想，下一步，我不想有下一步了。高林看郝新的情绪还算稳定，接着说，这个事先不要对外说，等定下再说。郝新说，谢谢师弟！说完转身出门。高林心想，郝新怎么这么平静？这不是他的性格，心里不安了起来，想了想给郝新的媳妇打了个电话，没人接。他出了门来到动力科，郝新不在，科里小王说，郝科长出去就没有回来。高林打郝新的手机，没有人接。高林有些后悔，觉得不应该提前告诉他。可不提前告诉他，又怕他心里承受不了。回到了办公室，想告诉刘立天，又觉得自己是不是多虑了，敏感了，想了想没告诉。

　　九点五十分，刘立天来到会议室，大家陆续进来了。最后进来的是贺静，她眼睛浮肿，神情有些萎靡，坐在刘立天的对面，用纤细的手揉了揉眼睛，朝刘立天望了一眼。刘立天不知怎么，心里又翻腾了，强压着情绪说，现在开会，这次会议的主要内容是，根据董事会要求，对我厂的基础设施老化、设备老化改造问题进行研讨，然后拿出意见向董事会汇报。高厂长（西北机械厂在刘立天上任为厂长半年后已与南方机械厂合资成为西北机械有限责任公司，高厂长也就应该是高副总，只是大家习惯了叫高厂长），你先说，接着又问，动力科郝科长呢？动力科小王回答，郝科长出去了。刘立天一进门就发现郝科长不在，想到了，也许高林跟郝科长说了。高林说，那我先把整个改造计划向各位汇报一下。

　　贺静闭着眼睛，刘立天专心听着，余光瞟了一下贺静。高林汇报完，会议室沉静了下来，挂在墙上电子钟，嘀嗒、嘀嗒走着。贺静开口了，大家说说。从三车间提上来的副总李均说，这个改造计划是不是大了些？按厂里的实际情况，没有那么多的钱改造。再说，我们要搬迁，投了这么多钱，搬迁了不就损失了吗？我认为是不是分期实施改造会好一些。总工程师魏前说，这个跟搬迁没关系，设备可以搬走，装上去可以拆吗！再说了，搬迁遥遥无期，要改造就得一起改造，从技术角度看，要分期改造，整体性不融合，这样会出问题的。负责经营的副总符朝说，我们多渠道筹措资金，银行、集资、融资等。他是从供应科长提拔上来的，个子不高，有些秃顶，小眼睛、小鼻子，身体单薄。接着又说，这个问题不解决，影响厂子后续发展，这可至关重要。我们刚起步，产品质量跟不上，厂子效益就会滑坡，来之不易的大好局面就有可能夭折。贺静说，符总说得对，不改造就会影响后续的发展，我建议，我们没有条件，创造条件也要改造。这是一个紧迫的问题。接着说，刘董事长，你说两句。刘立天笑了笑说，我只听不发表意见。会议最后决定，一次性改造，报董事会批准。

　　散会后，刘立天叫贺静来办公室。两人坐定后，刘立天问，贺总，你有什么想法？贺静说，这要向龚义汇报。厂里现在没钱，看看能不能让南方厂出这笔钱，合资公司盈利后，再还这笔钱，我觉得问题不大。刘立天说，谢谢！这件事拜托你了。另外，我跟你说件事，动力科的郝新，我建议撤职下派到四车间当副主任，你意见如何？贺静说，这事不必跟我商量，你是董事长。再说了，我不可能有意见。刘立天说，那好吧！贺静起身走了。

贺静走后，刘立天觉得贺静今天怪怪的，脸上没有一点笑容，摇了摇头，自言自语说，女人真难琢磨。高林进来说，刚才供电局来电话说，明天全厂停电。刘立天问，为什么？厂外的这条线路检修，停电三天。刘立天停顿一下说，你去找一下供电局。高林走后，刘立天拿起话筒，给李燕打了过去问道，我记得，你说过，咱们院子的谁在供电局当头儿？李燕回答，我哥呀！刘立天把情况说完，李燕说，你让你们的人去找我哥。刘立天打电话告诉了高林。

贺静进来了说，我刚才跟龚义通了电话，他说，改造的资金，他来想办法。刘立天兴奋了，高兴地说，你真神速！真是感谢你。贺静面无表情地说，不用谢！说完转身走了。黄建进来通报，书记，西部油田指挥部来电话，交货时间提前了。我刚才去了生产科，问了一下进度，时间来不急怎么办？刘立天说，马上开个相关人员的会，交货期必须保证，不然，我们再接西部油田的项目就难了。黄建说，我也是这么想的。宗世富进来了，刘立天站了起来说，宗师傅来了！他现在是厂职工小组的副组长，最近又研发了几种产品，市场反映不错。前段进入的产品，开始批量生产了。宗师傅详细汇报了产品的试制情况，刘立天听完很高兴，说，宗师傅，真得谢谢您！宗师傅说，你这见外了，我们是一家人，这是应该的。接着又说，我建议，可以批量生产了。刘立天说，你拿个计划，汇报一下董事会。宗师傅说，我听说，厂里要改造，这可要花一大笔钱呀！工厂任务重，不会耽误生产吧？黄建也跟着说，是不是缓缓，等我们过了这个难关。刘立天说，长痛不如短痛。如果这样下去，产品质量就会一直得不到保证，质量不好，工厂就会完蛋。不过，你俩的建议非常好，我们既要改造，又不能耽误生产，这要有一个详细的计划。我们白天生产，晚上改造，压缩改造的时间。另外，可以向南方厂和集团内部企业求救。刚才贺总跟我说，改造资金由南方厂来解决。黄建说，书记，你这个同学太给力了，真是我们厂的福星。刘立天说，你别忘了他们和我们是一家人了。黄建说，人家才占我们股份百分之十五呀！小股东，能这么支持我们，真应该好好感谢人家呀！刘立天说，大恩不言谢！不过，南方厂也有了大的发展，这叫双赢。宗师傅哈哈大笑，接着说，我们走到今天真是不容易呀！黄建说，这是第一步！照这样速度下去，我们进入中国五百强、世界五百强是有可能的。刘立天笑着说，这是我们的目标，当然这需要一个漫长的过程，也许我们这些人见不到这个目标实现，但为下一代打好基础，一定会达到这个目标。

宗世富被两位领导的气魄感动了，他不知道这个目标有多大，但他知道那一定是一个灿烂的目标。他有些激动地说，刘书记，跟着你干心里就是敞亮，就是舒服，就是觉得特有奔头。黄建说，宗师傅，好日子在后面呢！照这个速度下去，我想三年后西北厂就会大变样。刘立天说，另外，我跟你说个事，动力科的郝新，欺上瞒下，不思进取，我建议撤了他。你看呢？黄建说，我没意见。刘立天接着说，由此，我想到我们的干部，特别是中层干部，要管理好，需要下功夫。我想，你安排纪委的同志先拿一个方案出来，先不定框框，放开思路去写。黄建说，好！说完两人出了门。

桌子上电话铃响了，刘立天拿起话筒，高林说，问题解决，具体情况回去汇报。刘立天就喜欢高林这点，事事都有回音，不让你着急。同时，也感到高林独立作战能力欠缺一些。人都有两面性，性格强的难以约束，性格弱的能力又弱一些。刘立天笑了一下，怎么想这些了，人无完人嘛！郝新不参加会，不打招呼就走了，高林没有管好，是有责任的，要抽空跟他谈谈。刘立天端起杯子喝了口水，拿起电话，拨通了龚义的电话。电话没人接，他放下电话，站了起来，在屋里来回走动。他想，如何管理干部，既能调动干部积极性，又能约束干部不胡来，不瞎搞，特别是那些掌握比较大权力的干部，这是一个系统工程，难度一定不会小。自从当了董事长以后，他一直在思考这个问题，而这个问题如果解决不好，西北厂的发展也许就是昙花一现。有钱了，权力大了，就任性了。约束、管理、素质、能力、水平、自我控制力、干净、清白、道德、良心、善良、正直、上进、心里有群众，想要把这些点有机地结合起来，需要大的智慧，需要全局的谋划。另外，现在是市场经济，如何把精神文明融进整个市场行为里？接着又想，一个团队，一个单位、要想打造出人人平等、人人心情舒畅、积极向上的局面，就要从干部入手，榜样的力量是无穷的。他转身回到办公桌，坐了下来，拿出笔开始起草西北厂的干部廉政守则了。

第二十五章

立冬了，浴火重生的西北厂走入了正常的轨道。工厂基础设施改造完毕了，主要的设备更新了，完成了几个大客户的订单，产品的销量上升的势头强劲。全厂的职工空前团结，外出谋生的职工纷纷要求回来，工厂一派欣欣向荣的景象。

窗外，寒风阵阵。刘立天回忆这段艰难坎坷的路程，由衷地感叹没有全厂职工全员持股，没有全体干部的苦干，没有一个紧密团结的班子，没有和南方厂合资，是走不到今天的。在工厂改造过程中，南方厂提供的资金有了缺口，全厂职工集资，热闹的场面还在眼前回放。全体干部严以律己，遵循工厂制定的廉政守则，涌现出不少好的干部、好的职工，他们支撑着西北厂的发展。他们懂得，这座大厦倒了，就会失去赖以生存的家园，保护这个家园是义不容辞的责任。这个局面来之不易，同时也存在变数，一定要居安思危。

昨天，西部油田来电话，说有些设备出现质量问题，要求马上派人去维修。晚上，高林就带队去了油田。有人敲门进来，是工会付林主席，他手里拿着材料说，刘书记，根据你的建议，我们搞了一个职工福利方案，你过下目。刘立天看完后说，有几点要讲清楚：一是我们建立福利制度，要和厂的目标结合起来，达到什么样的目标，福利获得多少。二是要和每个职工的业绩、品德结合起来。我建议，工会成立一个职工道德评估小组，各个车间也要成立。三是不能搞平均主义，要根据每个车间、每个科室、每个班组、每个人的情况，制定标准，不能搞一个福利标准，如果搞一个标准，就失去了搞福利的意义了。四是要把职工分类，老弱病残要区分，男女要区分，工作年限要区分。我们制定这个制度就是把所有的人都凝聚在一起，为西北厂的持续发展做贡献。五是要把福利的种类做细，要透明，要让全厂职工知道，我做了什么会得到什么，这个很关键。另外，在搞福利的同时，要解决职工在工作、生活、子女、家庭等等一系列的问题。我建议，工会专门成立职工生活保障组，这个名字，你琢磨琢磨。如看病住院、孩子上学、婚丧嫁娶。也就说，凡是职工个人生活出现困难，我们都要去服务，这样职工就会更加喜欢工厂。六是搞好职工业余生活，利用节假日，搞一些寓教于乐的活动。我先谈这些，再强调一下，方案写实，不能虚了，虚了就会失色。

付林主席记录完说，书记，我回去再补充修改。刘立天说，这个方案对西北厂来说非常重要，平均主义不行，也不能干群之间差别太大，把握好这个尺度。虽然搞这个方案会遇到阻力，但是要兑现我们上任时的诺言。接着又说，先易后难。付林主席刚出了门，符朝副总和销售科朱红旗科长进来了，详细汇报产品销售的情况，接着建议，在全国建立销售网点。刘立天说，你们说细一些。符朝说，我们草拟了一个方案，你看看？刘立天说，我就不看了，你们说说。符朝说，朱科长，你先说。朱红旗说，根据目前销售情况，直销已经跟不上形势了，销售员忙不过来了，我想分两步走：第一步，分三个阶段，第一阶段，先在北京、上海、广州、深圳建立销售网点；第二阶段，根据情况，再扩大到各个省会城市；第三个阶段扩散到各个地级市。第二步，也是分三个阶段，先在发达国家寻找国外代理商，第二阶段在中等发达国家，第三阶段在不发达国家。刘立天听完，笑了笑说，这个计划挺庞大，有雄心。不过，我要求细，不能急于扩张，要坚实走好每一步，你们再细化一下，完善一些。接着问，给贺总看了吗？朱科长说，送了，她看完后让我们向你汇报一下。刘立天说，你们辛苦。符朝说，销售人员很辛苦，厂里能否把出差补助提高一下？刘立天问，你们有具体意见吗？朱科长说，有！在贺总那里！刘立天说，我知道了。符朝和朱红旗出了门。

刘立天觉得贺静最近情绪有些变化，而这个变化就是有意疏远他。一开始以为这是女人通病，后来发现不是那么回事。几次想找个机会谈一下，都因为工作忙拖延了。这些事本是贺静来定的，她是总经理。刘立天在反思，是不是自己在工作中有什么不妥？是不是过于权力集中，自己拍板的事多了？

　　刘立天起身来到贺静的办公室，隔壁厂办公室的人说，贺总与李小娜下车间了。刘立天回到了办公室。宗世富进来说，书记，我反映一下情况。刘立天点头。宗世富说，我听说，销售科朱科长刚在市中心买了一套楼房，以他的收入，应该没能力买呀！刘立天笑了笑说，谢谢你对我们干部的监督。宗世富等了一会儿，不见书记下文了，接着又说，书记，你要重视起来。刘立天说，我知道了。宗世富心里不痛快了，直爽的性格让他心里装不住东西，说，我建议，纪委摸摸情况，他哪来的这么多钱。刘立天没有接他的话，而是问起了创新小组研发的情况，宗世富兴奋地说，我们几款产品在市场上都反映不错。刘立天说，刚才符总和朱科长跟我说，要在全国建立销售网，你觉得怎么样？宗世富说，这些我不懂，说不出什么意见来。两人又聊了一会儿新产品开发，宗世富出门了。

　　刘立天思考起来，宗世富所反映的问题，不能忽视，但应如何监督干部呢？特别是财产的监督，是不是要搞一个干部财产的申报制度？刘立天拿起笔在稿纸上画了一个问号。桌上的电话铃响了。他拿起话筒，传来龚义的声音，刘董事长，出来走走呀！刘立天哈哈一笑学着龚义腔调说，龚董事长，别阴阳怪气啦，有啥指示快说啦。两人哈哈大笑。龚义说，你来一趟广州，咱们商量商量下一步打算。刘立天答应，问，什么时候？龚义说，最好今天晚上过来。刘立天回答，好！

　　贺静和李小娜从车间回来，办公室的人告诉她，刘立天找过她。贺静点头开门进了办公室，倒了一杯水，坐在椅子上在想，是过去，还是等刘立天再次来呢？这段时间，她觉得好像提前到了更年期，郁闷、烦躁、心焦、时常爱发脾气。两人都住在招待所。多少个夜晚，她在想刘立天，多少次走到刘立天的门口，没有勇气敲门，她心里装进了刘立天，然而，刘立天没有给她一点反馈。郁闷了，受不了，想离开了西北厂，想躲开了，想清静。昨天她给龚义打电话，表达了自己的意思，龚义什么都没有问，只是说，抽时间见面谈。

　　刘立天在办公室批阅文件，批着批着跑神了。两小时过去了，贺静没有来，他摇了摇脑袋，心里叫道，我这是怎么了？怎么会这样？拿起杯子喝了口水，继续批阅文件，不知怎么就是看不下去，放下笔站了起来，走到窗前望着外面。冬天的蓝天是空旷的。他心乱了！贺静是一位识大体、正直善良、聪明美丽的女人，在梦中还出现过贺静。想到这儿，他不自然地笑了。

贺静在望着窗外，下定决心离开西北厂，她知道这样下去，总有一天会出事。刘立天躲避，说明刘立天心里有她。爱他就不能伤害他，只能选择离开。接着又想，这么走了，合适吗？走了也许就是伤害了刘立天。贺静迷茫了。

刘立天出门来到贺静的办公室，敲门，贺静捋捋头发，照照了镜子，回身坐在了椅子上叫道，请进！门开了，贺静站了起来，神态自如，面带微笑。刘立天笑着问，下车间了？贺静坐下汇报，最近三车间、四车间进度跟不上，我下去看了看。刘立天说，两件事：一是符总提议建全国销售网点的事，二是提高销售人员出差补助的事。我建议，上一下董事会。贺静说，知道了。说完两人没话了，屋里静了下来。刘立天坐在沙发上。贺静在犹豫，说不说回去的事。不说，怕刘立天有想法，说了怕刘立天伤心，想来想去，决定说吧！接着又犹豫了，说也要找一个合适的理由呀！这时刘立天的手机响了，他从口袋掏出手机说，高厂长的电话，接完说，有几台设备出现了质量问题，要厂里派几个专家去。另外，南方厂也要派人过去会诊。要快，你跟龚义协商一下。西北厂这边，让宗世富选几个人，你带队去。接着又说，我晚上去广州，明后天回来。贺静点头答应。刘立天出了门。贺静望着刘立天的背影，想喊他，却没有勇气。接着疑惑，他到广州干什么去？

晚上，贺静带着宗师傅等三个人乘机去了油田，南方厂的人第二日出发。晚上八点半，刘立天到了广州白云机场，龚义派司机来接，在南方厂旁边的宾馆住下了。半个小时后，龚义来了，脸红着说，对不住，晚上有个应酬没去接你。刘立天说，你去西北厂，我亲自去接，你不礼尚往来呀！龚义坐下说，小心眼了吧！刘立天哈哈笑说，你这是倒打一耙呀！接着问，你叫我过来干吗？龚义喝了口水说，西北厂走到今天真不容易呀！总算渡过了难关。我有个想法，想把贺静抽回来，再给你安排一个人过去，你看怎么样？刘立天面带微笑没有吱声，联想到最近贺静的表现，看来是自己想错了？那是挽留呢，还是放行？停了一下问，你总不是为了这件事让我来的吧？龚义回答，当然不是！贺静也是我的一员干将，总不能老在大西北待着吧，该轮轮岗。不过正事明天再说，今天休息休息，扯扯淡。刘立天被龚义说蒙了，怎么回事？既然他不说，就不说吧！龚义说，咱俩出去溜达溜达，看看珠江的夜景。

南方温暖如春。两个人漫步在沿江大道上，欣赏着五彩缤纷的夜景。刘立天许久没有这么轻松了。江面上船只穿梭，中音的笛声在回荡，月亮沉在江里，两岸高楼的霓虹灯在闪烁。龚义问，唐琴还在学校当老师？你俩老这么分居也不是事，不行，把唐琴调到西北来。刘立天警觉了起来，他怎么谈到了唐琴呢？刘立天说，我也是这么想的，可孩子上学呀！龚义问，唐琴对你有意见吧？刘立天反问，你怎么关心这事了？龚义回答，这不是瞎聊吗！刘立天问道，龚义，你想说什么就什么，别绕圈子。龚义说，看看，你多心了，我真是瞎聊。刘立天问，是不是贺静给你说什么了？龚义哈哈一笑，说，我跟你说实话吧！贺静找我说想回来，我问为什么，她没有回答。我想，她想回来，可能跟你有关系。刘立天说，你别胡想！龚义说，你是什么人，我还不清楚吗？刘立天想到龚义要说什么了，问，你说说看！龚义说，贺静有可能爱上你了！刘立天没有吱声，龚义继续说，贺静这个人我是了解的，她的家庭不太幸福，去西北厂，也是她要求的。西北厂刚刚起步，前一段时间，她还信心满满，怎么突然想回来了，我想，一定跟你有关系。刘立天问，那你的意思呢？龚义回答，我能有什么，你自己去悟吧！想留下贺静，你就想想办法，现在都什么年代了。刘立天什么都明白了，说，回不回来，由你定。她留下我高兴，她走我也高兴。龚义说，你说什么屁话呀！你怎么这么不开窍呀！人家一往情深，你就这么回绝呀！交个朋友总可以吧？刘立天说，谢谢你的好意，有些事不能开头，开了头就无法收拾，对谁都不好，去留随她吧！龚义打心眼佩服刘立天，一个大美女送到怀里，都被他推了出来，是一个干大事的人。龚义说，你真是不知好歹，不知好赖人呀！江风吹来，有些凉了，波光粼粼的江面，游船少了。两人又聊起了西北厂的未来，信心十足，壮志凌云。这对志同道合的人踏着银白的月光漫步在夜色之中。

贺静到了，和高林碰了面，连夜开会商讨维修方案，一直开到第二天凌晨。会散后，高林说，贺总，你回去休息，我带人去现场。贺静说，你休息，我带人去，你在这儿都几天了。高林哈哈一笑说，你就别争了！让你去？要是刘书记知道了，我就得挨训。你回去休息吧！高林出了门，下了楼吃完早饭带着人去了现场。贺静有些困了，洗了洗就上床了。

她一下飞机就领略到了大西北的寒冷，西北风刮得刺骨。一个南方来的女人，头一次感受到寒风刺骨。宾馆里很温暖。她躺在床上，不知怎么没有睡意了，拿起床头柜话筒，想告诉刘立天一声，想了想又放下了。外面刮起风来，拍打着窗户，屋里有了土腥味，起来走到窗前，把窗帘拉紧了。突然，一阵急促的敲门声，一个不熟悉的声音喊道，贺总！贺总！贺静穿好衣服开门，一个陌生的中年男人说，你屋里电话打不进来，打到前台了。贺静下楼，拿起前台的话筒，传来宗师傅着急的声音，贺总，我们在半路出车祸了，高厂长受了重伤，另外两人是轻伤。我没什么事。贺静睡意全无，回到房间，拿上手机，从宾馆包了一台车朝出事地点奔去。

在现场，一辆客货两用车被一台卡车撞了，车头瘪了，零件撒了一地。宗师傅叫道，贺总！贺静看了看问，高厂长呢？宗师傅回答，送到附近的县城医院了，西部油田派的车。贺静接着问，其他人呢？宗师傅说，也去了医院，我在等你，一会儿有车来，把零件送到维修的地方。贺静问，通知厂里了吗？宗师傅说，通知了！刘立天在广州，他已安排厂里速派人来。贺静说，你在这里等车，我去医院。宗师傅说，好！贺静坐上车，手机响了，接通，刘立天着急问道，贺总，情况怎样？贺静冷静地说，我在去医院的路上，高厂长和另外两人在医院，我还没见到。刘立天焦急地说，我过去！贺静忙说，厂里的事多，你就不要来了，我在这儿，有什么事及时向你汇报。刘立天沉吟了一下说，好！你一定要注意安全。贺静心里顿感温暖，回答道，知道了！

贺静到了医院，高厂长正在手术室抢救。她站在手术室门前，等了一会儿，从手术室出来一名大夫，贺静马上问，大夫，人怎么样？大夫回答，很危险。贺静看了看手术室的门，转身去探望两位轻伤的职工。在病房里，两位惊魂未定的职工讲述着事情的经过。他们说，吃完早饭，我们就出门，从宾馆到现场，有一百七十多公里，高厂长说，十点要赶到现场，车速就开快了，在一处拐弯的地方，突然迎面来了一辆卡车，躲闪不及就撞上了，正撞在了高厂长坐的那边，我们和宗师傅坐在后排的座位上。贺静看了看两个人问题不大，出了病房打电话，刘立天听完说，贺总，你告诉医院，无论如何都要把高厂长抢救过来，花多大代价都行，我已安排厂医护室的人去了。

贺静在手术室门口边上的长条凳子坐了下来。她心里很乱，很焦急，很担心，在为刘立天担心。如果高厂长真倒下了，我能走吗？即使不倒下，高厂长也不能马上上班。厂里刚转入正轨，正缺人手，我走了，合适吗？

刘立天从广州回到了西北厂，安排布置后续的工作。在广州，龚义所谈，在他心里起了波澜，贺静怎么会这样？看来一定要抽时间跟她谈谈，躲是不行的，要敞开心扉地谈。高厂长出了事，贺静要是走了，厂里的工作会受到很大的影响，一定要说服她，抛开儿女私情，从大局考虑。他一进办公室，几个董事和厂领导都来了。黄建说，怎么这么倒霉，老天爷怎么跟我们西北厂过不去呀！千万不能出事呀！刘书记，不行我去一趟。刘立天拦住说，贺总在，你就不用去了。几个人着急等待高厂长的消息。付主席说，是不是通知一下家属？刘立天说，可以！话要委婉些说，工会安排一下，派人陪着去。付主席出门了。刘立天说，大家都回去，坚守各自的岗位，有什么情况，我会通知大家的。人们都走了，他不自觉地悲痛起来，心里默默祈祷，高林，你千万不能倒下呀！

傍晚，贺静悲痛地来电话，高林因抢救无效死亡。刘立天手握话筒，眼泪流了出来。一个好同志、好朋友走了。他给付主席打电话说，高林走了！接着问，家属出发了吗？付主席回答，出发了！估计明早能到！刘立天说，你再派两个人过去。接着让郑凡通知，各位董事和在家的领导立即到小会议室开会商量高林追悼会的事。

三天后，在金兰市华林陵园举行了高林的追悼会。刘立天致悼词，付主席主持了追悼会。刘立天的心很痛，这种痛无法释放。两年来三次来华林山，是因为父亲、母亲、高林。追悼会完毕，刘立天在焚烧室，看着高林化为灰烬，飞向了天空，飞向了海洋，飞向了崇山峻岭。

几天来，悲痛笼罩着刘立天，他时时想起高林。贺静在油田现场指挥抢修，高林的去世，对她触动很大，她决定不走了。爱不是躲避，爱是奉献，要把对刘立天的爱融化在工作中，工作做得好，才是对刘立天真正的爱，要把这个爱化为动力。

茫茫的沙漠，贺静和维修工人一起坚持了半个月，把所有的设备都修好了。在离开油田的前两天，一位负责油田设备的领导宴请西北厂的维修人员。在宴席上，这位领导紧紧握着贺静的手说，真谢谢你们呀。你们这种忘我的精神真值得赞扬！何况，为了油田，你们还失去了一位领导，真让人痛心！真对不住呀！接着又说，我要给油田领导建议，从此以后，这方面的设备都由西北厂提供。贺静一高兴多喝了几杯，脸色微红地说，谢谢谭总，我们一定完成好，你放心！谭总笑着说，有你这么漂亮，这么能干的女领导，我当然放心。

晚上，贺静回到了宾馆，情绪依然激动，给刘立天打了电话，告诉了油田继续采购设备，这次订单，是八个亿！电话那头的刘立天高兴得站了起来，一个劲说，谢谢！贺总！接着说，这也是高林用生命换来的。他说完这句话，贺静沉默了。刘立天马上说，你回来，我给你庆功！贺静突然冒出了一句，你怎么谢我？怎么庆功？刘立天明白她的意思，一时语塞，接着说，你说怎么谢谢，我就怎么谢！说完就后悔了，觉得有些轻薄了。贺静哈哈一笑说，好了！睡觉吧！接着说，我们后天回。明天再去现场做最后一次检查。

刘立天在房间睡不着，摇了摇头在问，这是怎么了？不能这样，可就是挥之不去。心里想道，要控制自己，要控制，但还是不由自主得拿起了电话打了过去，电话没人接。他放下电话，关上了灯，黎明的曙光铺洒在窗帘上，新的一天开始了。

贺静洗完澡，上了床，脑袋清醒了。刘立天在脑海里浮了出来。高林的去世，震撼了她，她决定继续留在西北厂。前一段时间，老公发来最后的通牒，如果再不回就离婚。一个月前，贺静往家里打电话，听见女人的声音，知道老公在干什么，她没在意，不是她不在意，而是放任了，不管了，不爱了。老公愿意干什么就干什么吧！把心思都用在了刘立天的身上，却得不到爱的回答。她想走，想一走了之，情绪激动地给龚义打了电话，龚义劝她，不要耍小孩子脾气，什么事都得慢慢来，不能急。她心里在问，慢慢来是什么意思？龚义是不是看到了她的内心知道她为什么要回来，还是刘立天提过对自己有好感，只是条件不具备，只是环境不允许？只要刘立天能接受，她不在乎名分，不在乎婚姻，只要有爱就行。贺静是一个文学爱好者，看过许多浪漫的小说，一直在寻找真爱！想到这里，她不由得烦躁起来，悲伤起来，回想这些走过的路，感情上磕磕绊绊，喜欢她的人，她不喜欢，她喜欢的人，人不喜欢她。那一天，第一次见到刘立天，心里一阵激动，特别有好感。为了这个感觉，她极力说服龚义走到了今天，而且她来到西北厂，就是想和刘立天走近些。没想到一年快过去了，一点进展都没有，浪漫变成了苦涩，咽不下吐不出。整天在恍惚之中，整天在暗恋之中，所得到的都是刘立天硬邦邦的声音。爱是折磨人的，这爱不平等，不和谐，不浪漫，这是为什么呀！龚义说，慢慢来，不就是告诉自己，没有漫长的长跑不会达到终点？那自己会达到终点吗？刘立天有家庭，有孩子，他能挣脱这个枷锁吗？贺静在床上翻来覆去地想着，这些所想的都是空中楼阁，都是飘渺的，都是海市蜃楼。同时，又恨自己，为什么这么没出息？为什么走不掉？为什么爬不出这个爱的泥潭？我是一个什么样的人？不！为了爱不管这些了，受苦也愿意。让事实证明，让刘立天醒悟，让刘立天明白，我是爱他的就足够了。黎明的曙光打在窗户上，新的一天来到了，而心却在茫茫黑夜之中，根本看不到曙光。贺静的心蒙上了黑布，自己来到西北厂是不是个错误？不！和刘立天参与了一场变革，参与西北厂起死回生的过程，这个过程是激动人心的，人的一生会有几次这样的经历？

贺静带着人回到了西北厂。一出机场，刘立天带着所有董事和厂领导迎了上来，献上了鲜花。刘立天高兴地说，欢迎！欢迎！你们辛苦了。贺静抿嘴笑了笑，和人们一起上了面包车朝市区驶去。黄建赞扬说，贺总，你真是个巾帼英雄，一下子拿下八个亿的订单，西北厂彻底活了。宗世富说，黄书记，你这是什么话，我们本来就活着。车上的人都哈哈大笑。贺静坐在司机的后面一排，刘立天坐在她的后面，闻着贺静的气味，望着窗外。龚义的谈话，又在耳边回响，心里在问，贺静会走吗？如果贺静提起，是劝留下，还是放行，两种想法一直在心里打架，这是一个难以做选择的决定。接着又想到，明天省国资委的人来考察，今晚还得加班准备材料。

车窗外的景色是荒凉的，山是黄的，天是灰蒙的。一辆卡车迎面而来，卷起了尘土，从车窗的缝隙钻了进来，弥漫着土腥味，淡淡的香水味和土腥味搅在一起。黄建说道，书记，我们西北厂得给贺总记功，得给予奖励。刘立天说，那是当然了。接着问工会付主席，老付，你说呢？老付说，那是当然的！这次维修小组立了大功，一定要好好奖励，好好宣传，宗师傅和其他两位也要好好奖励，另外，南方厂那两位技师也要奖励。接着说，西部油田项目来之不易，是高厂长用命换来的。车里顿时静了。过了一会儿，刘立天说，是的！我们一定把西北厂搞好，才能告慰高厂长在天之灵！贺静感到了刘立天的人格魅力、信念的力量。西北厂在这么艰苦的条件下，他没有走，而是勇敢地挑起了这副担子。贺静知道，刘立天想走很容易，可他没有走，这说明他有大胸怀，有大智慧，用不了多久，他就会脱颖而出，前途不可限量，跟着这样的人走，前景一定会广阔灿烂。而自己为了儿女情长就想退却，想到这儿，她的脸红了，差一点犯下了不可饶恕的错误。灰蒙的云散去，从云里透出的阳光照进了车里。贺静望着黄河朝东流去，上游的黄河是清澈的，水量少了许多，河床裸露了出来。她联想到了珠江，抬头看看后视镜，一张有些粗糙的脸，头发发干，嘴唇发干，摸了摸发干的手，情绪又波动了。

车到了办公楼下，已是下午五点半了。付林说，晚上安排了一桌饭，就在招待所食堂。刘立天看了看表说，那我们六点半集合，所有的人都得参加，不得缺席。另外，那两位受轻伤的职工，看看他们能不能参加，如能参加派个车去接。付林说，我已通知了，他们来。刘立天欣赏地点点头，这位工会主席办事可靠周全，什么事都提前想到了。

刘立天回到办公室，准备明天的材料。这件事，他是拒绝过的，省国资委非要来，没有办法。他知道，现在的西北厂正处于恢复期，不宜宣传，不宜出名。有人会认为他留在西北厂动机不纯，所以在汇报上，尽量低调，谦虚，实事求是讲。他本想让贺静去汇报，想了想人家才回来，就放弃了这个想法。

贺静回到了房间，情绪好了许多，冲个澡，换上漂亮的衣服，泡了一杯茶，慢慢品着，觉得自己情绪多变，是不是有病了，而这个病也许就是相思病。这时手机振动了，接通后叫道，董事长好！龚义笑着问，你怎么这么客气了？没等贺静回答又说，这次你辛苦了，为我们厂立了大功。我听回来的人讲，你接了大单呀！贺静说，那是人家西北厂的功劳，那是人家黄书记前期铺垫得好，是人家高厂长用命换来的。龚义沉吟了一下说，你有什么打算？贺静问，我跟你说的事，你没跟刘立天说吧？龚义说，说了！他没有表态，说回去想想。对了，这次刘立天来，我们把明年的计划商量了一下，明年任务重一些，你的压力会大，如果你确定回来，我好安排人接你的班呀！贺静斩钉截铁地说，谢谢！不回了！龚义哈哈大笑说，我早知道这个结果，好了！不说了，下月开董事会的时候再细聊。贺静放下话筒，心想这个龚义早猜到这一步，他知道自己离不开刘立天了。

六点半，人们纷纷走进了招待所食堂的大包间里，摆了两张桌，桌上摆好了菜，有酒有烟。大家坐定后，工会主席付林站起来说，贺总、宗师傅凯旋，为西北厂立了大功，为此在这里举办小型的庆功会。现在请刘书记，对了，刘董事长讲话！大家鼓掌。刘立天站了起来，用眼睛扫了一下，贺静身穿着黑色的西装，没有扎领带，雪白的衬衣领口开着，白皙的脖子在灯光下十分诱人。刘立天收回了眼神说，我们首先为高林默哀，大家默哀三分钟。刘立天接着说，我们西北厂通过一年多的努力，有了新的起色，这都是大家奋斗吃苦的结果，都是大家一条心的结果，都是大家一心为西北厂的结果，都是大家付出的结果，同时，也要为西北厂牺牲的高林厂长敬礼，也就是说，今天的成就来之不易，是用鲜血和汗水付出换来的，我在这里向你们，向全厂职工，向贺静同志，向宗世富同志及维修小组其他同志敬酒。大家鼓掌，纷纷站了起来，向贺静等人敬酒。

刘立天敬了一圈便先回去了。回到了办公室继续修改材料，一直到晚上十点多钟才回到房间。听见外面有人敲门,打开门,贺静站在面前。刘立天有些慌张道,请进!她莞尔一笑,身上有酒味,进了屋坐了下来。刘立天倒水,贺静起身说,我自己来。刘立天接完水,将茶杯放在茶几上,顺手拉了把凳子坐在对面。两人无语,屋里静静的。沉默了许久,贺静开口了,我来西北厂快一年了,厂子走入正轨了,南方厂与西北厂合资达到了双赢。刘立天屏住呼吸继续听,脑袋在想,听这话音像要离开的意思。贺静停住了,刘立天喝了一杯水,放下杯子说,贺总,龚义跟我说了。贺静表情没有任何变化,刘立天继续说,西北厂走到今天不容易,没有南方厂的鼎力支持,没你的斡旋,没你的……话没说完,突然,贺静哈哈大笑了起来说,你是要撵我走呀?开始给我评语了。刘立天的思路被打乱了,说,你理解错了,我不是那个意思!贺静紧逼说,你不是这个意思,你是啥意思?你都给我下评语了。刘立天觉得这个贺静太厉害,自己乱了阵脚。贺静接着说,你不是那个意思,那就是想留下我呗!看来我这个人还不让人那么讨厌呀!刘立天全线崩溃了,把自己的心思全暴露了,又一想,我是男人,就要精诚坦白,不要躲躲闪闪,不然会让贺静看不起的,不是一个大丈夫的性格!贺静面如桃花,迷离的眼睛望着他。刘立天站了起来,怕自己控制不住冲上去,去拥抱,去亲吻,去翻江倒海。突然转身叫道,贺静!刘立天热血在沸腾,贺静在等待那盼望已久的时候到来。屋里静静的。

突然,电话铃响了,刘立天随即拿起话筒,传来二车间主任王笑东急促的声音,刘书记!我们车间一名女工出事了,被车床的卡头缠住了头发,摔成重伤,生命垂危,已经送到了市人民医院了。刘立天说,我马上过去。贺静站了起来问,怎么了?发生什么事了?刘立天回答,二车间一名女工受了重伤,我得马上去医院。贺静说,我跟你去。两个人急速下了楼,贺静开上车朝医院驶去。

两人到了医院,二车间主任王笑东和几名工人坐在手术室门口的长条椅子上,见刘立天和贺静来了都站了起来,讲述事故发生的经过。然后又说,刘书记,贺总,你们回吧,我们在这里守着就行。刘立天没有吱声,贺静也没有吱声。过了一会儿,刘立天问,通知家属了吗?王笑东回答,没有!她家在定西的农村,前年,才从技校分来的。接着又说,书记,你们回吧!刘立天沉重地说,等手术做完了吧!下半夜了,手术依然在进行当中。刘立天说,王主任,你带着他们几个人下去吃个饭,我和贺总在这里守着。贺静被刘立天的行为再一次感动了,被刘立天的人格力量征服了,心想,他是一家大工厂的董事长,能这么做,真是一个正直善良的人，是一个心里装着职工的人。她有些动情地说，你也去吃吧，我在这里守着。刘立天说，不用！接着说，王主任，你们去吧。

天边露出了鱼肚白，手术终于做完了。女工躺在手术车上，她脸色苍白，双目紧闭。刘立天忙问，大夫，情况怎么样？中年女大夫说，手术成功了，看看后期会不会出现反复，现在还不好说。王笑东说，谢谢！刘立天松了口气。

刘立天和贺静离开医院的时候，天已经大亮了，整个城市躁动了起来。刘立天回到办公室，贺静回招待所了。两个人的沟通就这样被打断了。刘立天看了看表，差二十分钟到上班时间，拿毛巾去了水房，李小娜正在洗手，见刘立天进来说，书记，汇报会，在十七楼的大会议室。刘立天说，好！他洗完脸，回到办公室刚坐下，付主席进来了问，二车间出事故了？刘立天说，是的！昨晚上夜班的一位女工受了伤，挺严重的。你通知一下家属，她家在定西，派车去接一下。另外，她家在农村，条件不好，你看看怎么补助一下。付主席出了门，刘立天开始看汇报材料。黄建敲门进来，说，刚才西部油田来电话，让我们去人谈那八个亿的设备供应合同。刘立天放下笔说，你和贺总去。接着又说，你安排人摸一下销售科朱科长的情况，他财产申报不准。黄建说，这事正想向你汇报，他把两套房的产权落在了他岳母的身上，这有点难查。刘立天说，这就是我们的漏洞，补充一下廉政守则的内容，要把直系亲属写上去。黄建说，这个好说吗？刘立天说，你先拿个补充意见，我们再讨论。黄建说，好！

省国资委的汇报会一直开到中午，下午接着开。中午，刘立天安排他们在招待所食堂吃饭，贺静、黄建、付林主席作陪。国资委企业处的王处长说，刘董事长，你们西北厂都是精兵强将，还有美女呀！大家都笑了，坐定后，黄建小声对刘立天说，我和贺总晚上的飞机。刘立天点点头。贺静大方地说，我给领导们斟酒。王处长忙拦住说，中午不喝酒，工作餐，简单一些。接着说，西北厂搞得不错，在我们省能起到示范作用。刘立天说，西北厂刚刚起步，还有许多要完善的。王处长说，你们全员持股在本省范围来讲是头一家，另外，你们从工厂管理，从职工福利，从干部的廉政守则都有许多的创新，我听了耳目一新！刘董事长，你应该到我们省里来。刘立天笑了笑没有回答。黄建说，王处长，你不能挖我们的墙脚呀！没有刘书记，我们哪能有今天呀！午饭很快就结束了。王处长一行人去招待所休息，刘立天又接着与贺静和黄建商量西部油田设备供应合同的事。

第二十六章

下午四点多，省国资委的人考察完后走了。晚上八点，黄建和贺静乘机飞往西部油田了。刘立天回到了房间，实在困得不行了，穿着衣服躺下了，没过一会儿，就打起鼾来。

在飞机上，贺静困了，慢慢地进入了梦乡。黄建看着身边的美女，由于受紫外线辐射，白白的脸透出了紫红色。心里在问，一个人来到大西北，她为什么呀？在多次会议上，他发现贺静看刘立天的眼神总是迷离的。昨天晚上，她和刘立天在医院待了一夜，他俩怎么会在一起呢？黄建觉得自己好笑，怎么想到这儿了？接着又想，贺静不会是在追求刘立天吧？如果是这样，就复杂了。刘立天有家，有孩子，真要和贺静弄出点事来，影响就大了，抽时间要给刘立天提个醒，千万不能犯这种低级错误。虽然社会开放了，男女关系不像过去那样了，但是也不能随便呀！孤男寡女住在一栋楼里，说不定哪天就控制不住了。黄建直了一下身子，又看了看睡熟的贺静，心里在盘算，能不能把刘立天的老婆调来？但又觉得这个想法不切合实际。刘立天的老婆能来吗？如果能来，刘立天早就把她调来了。突然，贺静的嘴里咕噜滚出了"刘立天"三个字，其他没有听清楚。黄建心里一惊，看来验证了自己的猜测。黄建犯起难来。飞机遇到气流颠簸了起来，贺静睁开了眼睛，朝黄建莞尔一笑，她笑得特别甜，刚才梦中见到了刘立天朝她飞奔而来，她叫着刘立天的名字迎了上去，两人拥抱接吻，但突然狂风骤起，两个人分开了，在茫茫沙漠，她喊刘立天。黄建望着她笑了笑，接着问，贺总，你老公是干什么的？你跑这么远，他理解吗？贺静警惕了，刚才做的梦是不是喊出声了？脸上不由得泛起一团红晕，挺直一下身子，淡淡地说，在市政府工作。黄建没再吱声，飞机飞行正常了，贺静又闭上了眼睛。

刘立天一觉醒来，已晚上十点多钟了，起身去了趟卫生间，擦了把脸，回来拿起话筒按键给家里打了过去。唐琴说，这么晚了打什么电话，儿子都睡觉了。对了！昨天，我去我哥家，我哥说，想把你调回来，西北厂现在已走入正轨了，你可以回来了。刘立天沉默了，不知说什么好，这个问题两人探讨了许多回，每次都是不欢而散。刘立天没有回答，而是问，洋洋怎么样？唐琴说，儿子想爸爸！刘立天说，我也想呀！唐琴冷笑了一声说，想，你就回来！刘立天说，我跟你讲了西北厂现在的情况！唐琴截住话说，我不听！我又不是你们西北厂的人，我是你老婆，是你儿子的娘。刘立天说，厂子刚走入正轨，我现在走了，他们会伤心的，说我是一个言而无信的人。唐琴说，你怕他们伤心，就不怕我和儿子伤心？刘立天笑了笑说，你这不是抬杠吗？唐琴说，我抬杠？你把我们娘儿俩扔下，跑到大西北去了，是我抬杠？家里的事，一点都指望不上你，我抬杠？你说话有点良心行不行？刘立天无语，等唐琴发泄完，刘立天温柔地说，我认错，我认错。唐琴被刘立天的话逗乐了，说，你要注意身体，不要到外面吃饭，要在食堂吃。她深爱着刘立天，她知道，刘立天认准的事，她是说不动的。唐琴的几句话，让刘立天心里温暖，心道，女人就像天气一样，说变就变，一会阴一会晴。刘立天说，我知道了！你说的事，让我想想。唐琴听他这么说，气又来了。她说，你又开始哄我了，你愿意回来就回来，不回来拉倒。接着说，厨房正在烧水呢！不跟你说了。没等刘立天再说话，就把电话挂了。刘立天手握话筒苦笑了一下，放下了话筒，进了卫生间冲了澡，边冲澡边想，贺静从广州来到大西北，唐琴让我回京，两个人境界不一样呀！他突然有点想贺静了，心里念叨，她和黄建应该到了吧？

三天后，黄建和贺静回来了，拿来了和西部油田订设备合同的草本，经过分析测算，董事会也通过了，八个亿的设备供应尘埃落定，西北厂又上了一个台阶。

元旦前夕，召开了全厂职工代表大会暨股东代表大会，刘立天代表股东、董事会作了工作报告，黄建代表党委作了工作报告，工会付主席代表了全厂职工作了工会工作报告，通过西北厂职工福利分配方案，全体代表热烈鼓掌。刘立天被这掌声和这热情洋溢的气氛感动，这就是一年多的成果。刘立天在想，照这个速度，三年之内就可以上市了，那时，他就可以离开西北厂了。刘立天在会上讲道，西北厂有今天不容易，从明年开始，利润每年增长百分之二十，按照这个计划，我们三年之内上市，大家都分享这个劳动果实。全场响起了热烈掌声，西北厂开始了新的一年。

一九九六年除夕，刘立天下午才回京。除夕夜，全家人来到唐琴的大哥唐钢家，吃着团圆饭，热聊着过去和未来。唐钢表扬了刘立天，对妹妹说，唐琴，立天是有理想的人，我预感，立天会有大的发展。唐琴说，哥，你就别替他吹了！这些跟我有什么关系？我就是要他这个人，其他的对我没有什么用。我讲实际，他再伟大也是洋洋他爸，也是我老公。她说这话，是笑着说的。弟弟唐铁说，我姐夫是英雄，你别小看我姐夫，将来会有大出息，你可别头发长见识短。唐琴说，你怎么这么说你姐？刘立天端起酒杯说，谢谢你们的理解，谢谢唐琴的奉献。唐钢说，立天坐下，一家人别这样。刘立天说，大哥，我是真心的。由于阴差阳错，我留在了西北厂，刚去的时候，抱着镀金的思想，后来情况发生变化，逼着我不得不留下，我琢磨了许久，决定留下，哪儿都不去了，要把西北厂搞好，实行全员持股，为国企改革提供一些经验。同时，个人在经济上也好一些。当然，这个思想转变过程，也是痛苦的。好了，现在西北厂有了发展。我觉得男人嘛，就是要做点事。唐钢拍起了手说，立天，你讲得好，我是没你这个机会。唐铁也说，姐夫，你们厂需要人吗？我也去。唐铁才结婚两年，他媳妇叫道，你说什么呀！你敢去，我就跟你离婚！唐铁的媳妇叫钟娜，是一个美人，在市属一家企业当会计。唐琴接着话说，就是！他去，你就跟他离婚。我支持。唐铁说，女人就是女人，眼光只有一寸。西北厂是全员持股，我去了就是股东了，照这个速度，用不了多久，我就成百万富翁了。钟娜说，亿万富翁都不能去，钱是为人服务的，不是人为钱服务的，钱再多，人不在，有什么用！我没有那么大志向，我就是老公孩子热炕头。大家都笑了，唐铁笑着说，看看，人分着不同层次的，你有宏伟志向，钟娜有热炕头的志向。这就叫多彩的世界。钟娜说，姐夫有这个能力，你有吗？你一个科员都当不好，别谈什么志向了。你要是有志向，混个处长当了，我就让你去。唐钢哈哈大笑说，谁说钟娜没志向。刘立天也跟着笑了，觉得钟娜挺有意思。唐钢的媳妇端着菜，从厨房出来，放在饭桌上问，你们怎么这么高兴？唐琴说，嫂子，你也吃吧，菜多了。唐钢的媳妇叫李婷，白净、匀称，个子不高，很有气质，在大学里当老师，做得一手好菜。李婷说，还有两个菜就好。唐琴夸奖道，嫂子，你做的菜真好吃！可以开饭店了。李婷说，你哥还说我做得不好呢！唐钢幸福地说，我说过吗？李婷扭身进了厨房，唐琴也跟着进去了，又被李婷推了出来。唐钢问，立天，你什么时候走？刘立天回答，我初三回去，初四和我弟弟们聚一聚，父母都不在了，我是老大。唐钢说，理解！理解！接着问，唐琴去吗？刘立天看了看。唐琴说，我不去了。唐钢本想劝劝，后一想，别人家的事就不要掺和了。

初三傍晚，刘立天离开了家，回到了金兰市。冬天的金兰，天色灰蒙蒙的。他下了飞机，打了车回招待所，在路上，给贺静发了个短信，说我已经回到金兰。接着又发了一条，让贺静在家多待几天。贺静没有回信。刘立天告诉了郑凡、付林，初四早上，在招待所集合，走访职工，其他厂领导回老家的回老家，到外地度假的度假。他到了招待所，已是晚上十点多，给唐琴打了电话，告诉他安全到了。唐琴嘱咐了几句，就放下话筒。刘立天冲个澡就上床了，本想这次回京，去看看张剑，又怕张剑误会，刚取得了的点成绩就来汇报。刘立天冲完澡给弟弟刘真打了电话，接通后，声音嘈杂。刘真叫道，大哥，你回来了？刘立天说，我回来了，明天晚上，你叫上你三哥一家，我们一起聚聚，饭店你定。刘真说，我三哥去了厦门，就我在。刘立天说，那就咱们聚。我明天白天一天都去走访慰问职工。刘真说，好！刘立天放下电话，心想父母在，家就在；父母不在，家就散了，兄弟们都凑不齐了。

初四早晨，刘立天起来，换了件朴素大方的衣服，在食堂吃完了早饭。付主席和郑凡已经到了，见了面互相问候拜年。郑凡开车，付主席坐在副驾驶，刘立天坐在后排。刘立天问，先去谁家？付主席回答，先去宗师傅家。刘立天问，慰问的东西都准备好了吗？郑凡回答，都在后备厢里。

城关区属于老城区，在一片低矮的平房旁，矗立了几栋高楼，和低矮的平房形成鲜明的对比，很显眼，也很怪。车驶到了畅家巷口进不去了，郑凡找了地方停车，从后备拎上东西，三个人步行走进了小巷里，在一栋低矮屋前停住脚步。郑凡上去敲门，门开了，是一位满脸皱纹的年纪大的妇女，郑凡问，宗师傅在吗？那位妇女问，你们哪里的？郑凡说，我们是厂里的，这时宗师傅出来了，高兴地叫道，刘书记，你怎么来了？大过年的，你不在北京过年，怎么跑我这来了？快进！接着叫道，老婆子倒茶。进了屋，一个屋连着一个屋，三个屋连在一起不到六十平米。郑凡放下慰问品，三人坐在沙发上，宗世富老伴端着茶，说，你们喝茶。刘立天问，你这房子够老的。宗世富说，解放前的房子，是我父亲从河南逃荒来时盖的，几十年了。听说要动迁了。宗师傅接着又说，真要搬，还真有些舍不得。宗世富的老伴说，刘书记呀，我家老宗回家老是夸你呀！说你家在北京，但为了西北厂放弃一切。接着又说，你们西北厂真好！我小儿子今年考上大学，厂里给补助；我有病，除了医保费用外，其余的厂里都给报销；我家房子漏水，厂里派人维修。真是太感谢你们了！我们老宗在西北厂真让你们照顾了，等小儿子大学毕业，就来你们西北厂。刘立天说，老嫂子，宗师傅为厂里可立了大功了，我们这样做都是应该的。老宗的老伴又说，去年，厂里困难，开不出工资，外面的人叫老宗去，工资可高了，他不去，为这事，我还生气。现在想想，没去是对的！刘立天站起来说，我们还得到其他家看看。老宗的老伴说，吃了中午饭再走？刘立天说，不了！改日专门来吃。老宗的老伴说，那怎么能行呢！老宗，你劝劝呀！人家大过年不和家里人在一起，真让我过意不去，一定要吃完饭再走。老宗说，老婆子，人家还有事呢！老宗的老伴理解地说，实在有事，那你们就走吧！宗师傅和老伴送刘立天等人出了门。

三个人又来到七河区，这个区是文化区，他们在一栋五六十年代的楼房前停了下来，楼房就像一个衰老的人一样。在二层，郑凡敲了敲一扇破旧的、起了漆皮的门，门开了，一位男青年问，你们找谁？付主席问，李哲在家吗？年轻人喊道，爸，找你的。李哲热情道，哎呀，刘书记，你们来了！快进！快进！李哲五十多岁，秃顶，带着厚厚的眼镜，接着叫道，老婆子，刘书记和付主席来了。他感到很荣幸，接着对儿子说，赶快倒茶。三个人进了房间，这是一套两室一厅的房子，家具都是老式的。窗外洒下了灰蒙蒙的光。刘立天坐在沙发上，付主席说，刘书记专门来看你们。李哲的脸有些红了，半天说不出一句话，只说，谢谢！大过年的还来看我们。他儿子端茶放在茶几上，靠窗户坐下了。李哲的老婆端来了过年的瓜子、糖、烟，说，你们吃糖，抽烟。刘立天拿起一块糖，扒开糖纸，糖果放进嘴里问，李师傅，家里都挺好吧？李哲说，好好！他老婆说，刘书记，真的感谢厂里呀！前一段时间，孙子上不了幼儿园，愁死人。老李跟工会一说，厂里安排人帮着联系，很快进了幼儿园，真不知道怎么感谢厂里，接着又说，老李的收入也高了，家里都挺好的。前两年，我们都愁死了，老李开不出工资，儿子又没有工作，觉得都快活不下去了。现在好了，儿子在厂里的三车间，老李的收入也正常了，家里没有什么负担了。李哲说，这都是刘书记领导得好，人家刘书记是从北京来的。李哲的老婆说，那真难为你了，你在这受苦了！刘立天说，老嫂子，李师傅对厂里有贡献，我们所做的事都是应该的，没有像李师傅这样的职工，厂子也不会走到今天。李哲的老伴说，都是你领导得好！接着又说，我们邻居们都说西北厂真好，对职工关心，连上幼儿园的事都管，他们可羡慕死了。刘立天说，谢谢你对我们工作的支持和鼓励。李哲马上说，谢谢领导！刘立天说，我们走了，还得去其他职工家看看。李哲和老伴一直送到楼下，招手再见。

三人来到离老城区二十多里的西虹区。这个区是由两家大企业支撑，两家都是国家"一五"计划建的大型炼油厂和化工厂，刘立天的父亲曾经参与了建设。父亲已经走了，工厂依然生机勃勃，高楼林立，厂房成排。三个人来到福利区，在一片干打垒的平房寻找，在一座小院落门前停下，敲门，门开了，一位看上去有三十多岁的青年，忙叫道，哎呀，刘书记来了。他边忙着迎接边喊，李秀兰，我们厂的刘书记来了。一位漂亮的女人出现了，脸上有些红晕，忙说，请进！接着又说，张真武也没说你们来，屋里乱糟糟的，啥也没有准备，真不好意思！刘立天看看，说，这屋收拾得真温馨呀！张真武对李秀兰说，抓紧倒水呀！李秀兰扭着苗条的身子走进了厨房。张真武很激动。他是十五车间的磨工，技术尖子，全厂磨工比武，获得第一名，刘立天比较看重他。张真武说，领导们吃糖，吃瓜子。李秀兰端茶放在茶几上，在旁边坐下了。她捋了一下头发说，你们西北厂真好！前一段时间，我妈有病，真武找到工会，工会跑东跑西地联系医院，在炼油厂的职工医院住上了。我妈说，真感谢你们，厂里还给送来了慰问金。我跟真武说，你在厂里要好好干，人不能没有良心呀！付主席笑着说，有你这样的媳妇，真武就没有后顾之忧了，你这么理解，对我们的工作也是很好的支持。李秀兰说，我爸本想把真武调到化学公司，他死活不去。我也劝我爸，西北厂多关心职工呀！对职工多好呀！走了就是没有良心。刘立天说，真武是我厂的中坚力量，他走了，对厂里就是一个损失。真武说，书记，我不会走的，我要跟着你干。刘立天说，不能这么说，是给自己干，财富是自己创造出来的，快乐幸福的生活都是从自己手里创造出来的。李秀兰说，书记说得真好！没有厂里，我们什么都创造不出来的。厂子就是我们幸福生活的源泉。付主席说，小李说得没错。工厂就是我们的家，家没了，就谈不上幸福了。刘立天接过话说，家的好坏都是靠大家的努力和奋斗，贪图享乐是没有幸福的生活。真武表态说，刘书记，我会好好干的。大家都笑了。刘立天说，好了！我们走了，李秀兰拦住说，中午了，吃完饭再走。付主席说，厂里有人加班，说好了，刘书记中午请他们吃饭，食堂都准备了。李秀兰感慨地说，你们领导真好！

刘立天一行人回到厂里招待所，已是十一点半了，十二点开席。刘立天先回了房间，付主席和郑凡去食堂准备。刘立天刚泡上茶，就有人敲门，他开门，贺静出现了。刘立天半天没有反应过来，贺静笑着说，不认识了？过年好！刘立天闪开身子，贺静进来一屁股坐在沙发上，问，你怎么这么早回来？也不跟嫂子多待几天。刘立天恢复常态问，你怎么也回来这么早呀？贺静说，你忘了，西部油田的设备，春节一上班就得发货，我回来做最后一次检查。刘立天知道，这是她找的理由，抬手看了一下表说，中午有个聚餐，你也参加！贺静说，我听说了，我上午回来就看到人们在准备。接着说，我回房间换件衣服，一会儿餐厅见。

贺静走后，刘立天心想道，这个贺静到底怎么回事？我让她多待几天，她却这么早回来了，这个巧合会造成误会的。刘立天叹了口气，不管她了，身正不怕影子斜，怕就影响工作了。接着又想，一对中年孤男寡女住在一个楼里，容易让人多想。自从父母去世后，那房子一直空着。虽说给了老四了，但老四上班的地方远，一直没去住。刘立天突然感到自己婆婆妈妈了起来，心窄了。贺静是一个多么善解人意的女人，她这是回来陪我，我不感谢，还胡思乱想。在情感上，聪明的人也会有迷茫的，爱的纯洁之花不能绽放，不能结出硕果。这时，电话铃响了，刘立天拿起电话，郑凡说，书记，人都到齐了！贺总也回来。刘立天放下话筒来到了食堂，一进门，所有的人都站了起来，热烈地鼓掌，齐声喊道，刘董事长，过年好！刘立天有些不习惯，顺口喊出，同志们过年好！大家又一次热烈地鼓掌。刘立天笑着说，大家这么热情，快烤化我了，我害怕，不习惯呀！大家哄堂大笑。刘立天感到职工善良，得到一点点的好处，就这么热情，这么满足，让他感动。他坐定后，招呼说，大家都坐！宴席开始了。

工会付林主席首先讲话,我首先给大家拜个年。在春节期间,为了西北厂,大家都在加班加点,我代表工会向大家表示感谢,顿时响起了一阵掌声。现在请刘董事长讲话,大家鼓掌!刘立天喝了口水说,我再次给大家拜年了!春节是中国的传统节日,大家加班加点,辛苦了!人们齐声,董事长辛苦!刘立天继续讲,大家见证了西北厂走过来的历程,近两年来,我们历经各种困难走到了今天。虽然我们取得一些成绩,但是这只是个开头,后面路还很长!因此,我们还得继续拼搏,还得继续吃苦。不付出是结不出硕果的。好了,我不耽误大家吃饭了。

刘立天端起酒杯说,我敬各位!随后,跟每个人碰杯。敬完酒后,职工向刘立天敬酒,每人一杯,就三十多杯。虽然杯子小,但架不住多。贺静一看,这么喝下去,刘立天非倒下不可。她站了起来拦住说,你们都敬董事长,怎么不敬我呀?付林主席笑了笑。职工们马上敬这位美女领导。贺静酒量很好。那次在西部油田喝酒,把油田的大老爷们都灌多了,为了拿下八个亿做了贡献。刘立天被解了围,坐了下来,面带微笑看着,接着道,你们意思意思就行了。一位职工叫道,女人天生三斤酒。接着另外一名职工叫道,董事长不喝酒,可以唱首歌!大家齐声叫道,好!请董事长唱个歌!付林主席凑热闹叫道,贺总敬完酒,刘董事长再唱!大家一起鼓掌,刘立天借着酒劲说,我唱!我唱!人们又一次鼓掌。刘立天歌唱得不错,在学校获得过名次,一曲《歌唱祖国》在大厅响起了,接着大家也跟着唱了起来,场面热烈,人们激动。刘立天唱完,又有人喊道,再唱一首。付林主席拦住说,好了!好了!职工们互相敬酒,大厅乱起来。

刘立天看着场面,思绪又飘远了。他在想,厂里好了,千万不能飘,不能自满,要居安思危!贺静端着酒杯过来说,咱俩碰一杯。刘立天微笑着碰了一下喝了。付主席也过来碰了一下杯,喝完说,书记!这气氛真让人热血沸腾呀!我们的职工太好了。厂子发展了不能亏待他们。刘立天说,是的!我们的职工是好职工呀!贺静说,依靠职工,是我们取胜的法宝。刘立天说,贺总说得没错!不是有一首歌吗?我们工人有力量!郑凡端着杯子过来说,我敬各位领导一杯!话音刚落,一名职工过来,说,我是五车间的,叫李大勇!我给你们领导提个意见,现在厂里好了,工资还这么低,物价一直涨,能不能给我们涨涨工资呀?刘立天没有说话,付主席说,这个问题厂里会有通盘考虑的。李大勇说，现在这点钱真是不够花呀！物价天天涨，工资不涨，受不了呀！刘立天说，来，我跟你干一杯，你提的意见对！接着说，工厂刚走入正轨，这需要时间，你给我们点时间，行不行？李大勇的脸红了，说，我不是那个意思。我也是随便说说，西北厂比其他厂的工资高多了。他说完，和每个领导碰了一下，转身对付主席说，书记，你不要见怪呀！这个李大勇有四十多岁，一参加工作就在西北厂，是铣工技术能手。刘立天说，这个大勇挺有闯劲。

下午两点多，宴会结束了。刘立天本想再走几家，由于酒喝得有些多，再说，晚上又要和弟弟聚一聚，为此安排明天上午，看看家住在周边农村的职工，特别是那位受伤的女工。他让付主席通知二车间主任王笑东参加。他回到了房间，贺静去了车间。

晚上，刘立天去了弟弟刘真订的酒店。弟弟一家人都到了，还有一位朋友。刘立天摸着小侄子的头问，斌斌，想大大没有？斌斌小脑袋晃了晃说，没想！大家都笑了。弟媳妇说，你忘了，大大老抱你，给你买好吃的，你这个没有良心的小东西。弟弟刘真介绍说，这是我的好朋友，在市公交集团当司机。刘立天点了点头。菜上来了，刘真说，大哥，喝点酒吧？刘立天本想不喝，随即又点头说，少喝点！中午我喝了些酒。刘真说，我拿的茅台。这酒还是你孝顺老爹的！一直舍不得喝！刘立天想起了，刚参加工作不久，回家探亲送给父亲的，这瓶酒还是唐琴给的，不由得想起了父母。刘立天说，打开吧！接着说，这瓶酒还是你嫂子送的呢！弟媳问，大哥，你怎么不把嫂子调来呢？刘真说，嫂子能来大西北吗？！接着又说，洋洋在北京还要上学。刘真说，大哥，你可不能把嫂子调来呀！等斌斌上了大学，到北京去上，上清华、北大。刘立天转过头问，斌斌，想去北京吗？弟媳说，斌斌才四岁，上大学早着呢！酒倒好了。刘立天举杯说，春节快乐！四个人喝了。刘真斟酒，刘立天说，你跟你朋友多喝点。弟媳说，刘真，你少喝点。刘真说，你少管闲事，酒还没喝呢，就少喝点。三巡酒过去，刘真说，大哥，我朋友想调到西北厂去。刘立天笑了笑没有回答！那位朋友马上站了起来，给刘立天斟酒，接着说，大哥，你们西北厂真好！我邻居就在西北厂，他经常给我讲西北厂的好处。我也想调进去。刘立天想了想，看来不表个态是不行的。他说，老四说了，按道理，我这个当大哥的应该帮忙。可我是董事长，现在要求调进西北厂的人不少。你看这样行不行，你经常关注我厂的招聘广告，你可以去报名。我们进人有一套完整的流程，而这个流程是工厂制定的。我不能打破这个规矩。弟弟的朋友说，是！是！我理解！刘真的脸沉了下来说，大哥，你可是董事长呀！他的朋友拦住说，大哥有难处，工厂有规矩！刘真不说话了，觉得把牛吹大了，大哥不给面子。弟媳说，大哥肯定有难处，厂子有规定。刘真说，不谈这个了。这顿饭吃得有点别扭，很快就结束了。今天有外人，刘立天没有过多解释，想抽空再好好跟刘真解释。

　　刘立天回到了招待所，洗了洗就上床了。一夜过去，贺静悄无音信。早上起来，路过贺静的房间，他敲了一下门。屋里没人，心想这个贺静搞什么名堂，跑哪儿去了？手机振动了，掏出了一看，张剑来的，接通后，富有磁性的声音传了过来，立天，你在哪里？刘立天忙回答，我在金兰！张剑问，春节没回家？刘立天回答，回了！我初三晚上回来的。张剑说，我本想，春节了，你会过来看看我这个老头子。刘立天心里一紧说，我本想去的，又一想，工作没有做好，不好跟你讲，等我做好了，我一定去看你呀！张剑说，陇省国资委看上你了，他们说，你们搞得很好。刘立天心里一惊，继续听。张剑说，抽时间你回来一趟，听听你的汇报。张剑放下电话，刘立天收了线，接着心里在问，省国资委要我？现在怎么能走呢？西北厂正在上升阶段。接着又想，张剑找我，是不是要听取我的意见，或者有别的打算？他下了楼，在餐厅，贺静正在吃早餐，向他招手，刘立天坐下后问，你怎么起这么早？贺静说，组装设备出了点问题，昨天干了一夜，我一会儿还去车间。刘立天说，辛苦了！贺静在刘立天心里的地位又浓浓地抹重了一笔，对她更加肃然起敬了。郑凡和付林走了进来，刘立天抹了一下嘴巴说，走！

　　一百多公里的距离，他们用两个多小时就到了受工伤女工的家里。看到刘立天他们，全家激动得不知说啥好。女工还没有完全康复，医生建议回家休养。年轻的女工叫朱小琴，她见厂领导来家里，激动地掉下了眼泪，也不知说什么好了。父母是老实巴交的农民，搓着手说，谢谢！低矮的房子，光线不好，屋里很暗。刘立天说，小朱，你是为厂里受伤的，厂里就得关心你！你好好养伤，其他不用愁，厂里会帮你解决的。有什么困难找付主席，他解决不了找我。随后，刘立天站了起来说，我们走了！接着又说，厂里等你回来。三个人出了门，朱小琴的父母出门相送。刘立天一行人上了车，去下一名职工的家里。

　　贺静吃完早饭去了车间。春节前，工作安排完了，也打算在家里多待几天，多留时间陪陪父母。除夕夜，一家人团聚，她的丈夫那个猥琐的男人，喝了些酒，开始胡说八道起来，说她为了相好的去了大西北，说她不想过了，说她是冷女人，说她一直在做梦，说她怪不得到现在不要孩子。贺静忍着，一声不吭。那个心窄如针眼的男人见她不吱声，越说越带劲了。贺静听不下去，起身走了。贺静的弟弟忍不住了说，姐夫，今天是除夕，你俩要吵回家去吵。你没看见，我爸我妈饭都不吃了？贺静的老公怪声怪气地说，这得问你姐呀！为什么呀！贺静的弟弟贺鸣把手里的筷子摔在桌子上叫道，丁君，别给你脸不要脸，跑到我家要横来了。丁君不甘示弱地站了起来叫道，你凶什么，想打人呀？你打我试试？贺静的父母出来，叫道，你们这是干什么呀！大过年的。贺静气得眼泪流了出来，骂道，丁君，你就是王八蛋！你滚！你滚！丁君嘿嘿冷笑说，你让我滚，我就滚？你别忘了，这房子是我的。不然，你们都得睡马路！他话音刚落，贺鸣重重地打了丁君一个嘴巴，叫道，你他妈的王八蛋。丁君捂着脸叫道，贺鸣，你敢打我！你敢打我！贺静的母亲流泪说，造孽呀！贺静的父亲长长地叹了口气，摇着头转身走进里屋。贺静再也控制不住了，丁君，你想干什么？你不是想离婚吗？不用这样！贺鸣低头坐了下来。丁君摔门走了。屋里沉静了。过了好一会儿，贺鸣叫道，姐，你怎么找了这么一个货？离了吧！话音刚落，有人敲门，贺鸣开门，丁君回来了，从桌上拿走了车钥匙，贺静冲了过去叫道，丁君，你……你……贺静被气疯了。丁君随后出门了。贺静的除夕就是这么过的。初一，一家人搬回了原来的老屋，房子给丁君腾了出来。初二，贺静找了丁君把签好字的离婚协议给了他。初三收到了刘立天短信，她回到了西北厂，本想向刘立天诉诉苦，当见到了刘立天时，他冷淡的态度，让她不由得心中升起了怒火，决定不理他了。今天早上，刘立天的神情又流露出了温柔，贺静又控制不住了。刘立天不是不喜欢我，而是误解了我，他怕影响，他怕遭到人们的非议。他来了，我也来了。没有设身处地为他想想，觉得自己误解了刘立天，他绝不是薄情寡义的人。今晚必须跟他谈谈，告诉他自己的遭遇。

　　太阳落了下去，刘立天没有回来。贺静敲了几次门，那扇门紧紧地关着。她在房间等。寒冷的冬天，外面刮着寒风，枯干的树枝在风中晃动。

　　突然，桌上的电话铃响了，贺静拿起话筒，付主席叫道，贺总，刘书记受伤了！贺静紧张地问，怎么回事？付主席回答，我们去慰问一名职工。她家在西果园的狗娃山里，我们下山时，刘书记不小心失足掉进了沟里，人摔昏迷了，在省人民医院。贺静心急如焚，穿上衣服朝医院奔去。

刘立天躺在急诊室的病床上，脸色苍白，闭着眼睛。几位医生围着刘立天正在检查。付主席、郑凡通过玻璃望着。由于深夜，医院人不多。郑凡说，主席，需不需要告诉刘立天的爱人？付主席说，等检查完再说。我刚才告诉贺总了，估计她一会儿到。郑凡说，都怪我，要是搀着刘书记就不会这样。付主席说，不去狗娃山就好了，我跟书记说了，他不同意。半个小时后，大夫出来了说，问题不太，就是摔昏了，休息一下就好了。今晚在这儿观察观察。这时贺静跑了进来，问道，怎么样？付林主席说，大夫说，问题不大！肌肉有些损伤，就是摔昏了，休息休息就好了。贺静长长地松了口气，脸上露出了微笑，说，那就好！接着说，你们回吧，我在这儿守着。付主席说，等刘书记醒来，我们再走。

一个小时后，刘立天醒了，环顾四周问，我怎么会在医院？付主席回答，你掉沟里了，摔昏了。刘立天这才感到浑身疼。接着朝贺静点了点头，一句话没说，闭上了眼睛。贺静说，主席、郑凡，你们回吧！付主席和郑凡看了看刘立天，出门了。贺静拉过一把椅子坐在旁边，深情地望着这个男人。

墙上的钟表嘀嗒、嘀嗒走着，窗外黑乎乎的。贺静坐了一会儿，起身拿上水壶去了水房，等她回来，刘立天坐起来了。贺静马上说，你躺下，怎么坐起来了？刘立天说，浑身疼，坐起来会好些。贺静倒了杯水递了过去，刘立天接过水杯喝了一口问，设备装配正常吧？贺静说，不谈工作，好好休息。两人沉默了。刘立天仰头看着天花板，贺静盯着他。刘立天转过脸问，家里都挺好吧？贺静忍不住，眼泪掉了下来。刘立天急忙问，怎么了？贺静觉得自己失态了，从兜里掏出纸巾擦了擦眼泪，说，没什么！等有时间再说！刘立天突然冒出了一句话，谢谢你，贺静！谢谢你的理解！贺静知道他的意思，接过话说，你不要想多了，我知道分寸，知道尺度。你放心吧！刘立天一时语塞，不知怎么去说，怎么去表达，怎么向这位美丽女人说出自己的苦衷。贺静本有一肚子话向刘立天讲，当真正面对他却无话可说了，说什么？说爱你胜过爱自己？说我离不开你？说我天天想你？

夜深了，刘立天有些困了，闭上了眼睛。贺静见刘立天睡着了，俯下身趴在病床沿上。

天亮了，两个人就这么过了一夜。虽然两人没说什么，但是心越来越近了。贺静睁开了眼睛，起身拿上脸盆去了水房洗脸。当贺静从水房出来，医院过道站满了人，都是来看刘立天的职工。贺静激动了。宗世富见贺静问，这到底怎么回事呀？贺静问，宗师傅，你怎么来了？宗世富说，我想今天请刘书记到家里吃顿饭，打座机房间没人，打手机关机，我问付主席，才知道刘书记住院了。这一传十，十传百……刘书记是为了我们工人呀！我们见刘书记在睡觉，没有打扰，在门外等着刘书记醒来。贺静说，刘书记没什么大毛病，休息休息就好了。大家请回吧！职工们把她围住了，一名职工道，我们看一眼刘书记再走。谁对工人们好，他们就会对谁好！他们知道感恩，知道情谊的珍贵。

春节过后，第一天上班，刘立天准点来到办公室。这两天在医院，他想了许多，西北厂怎么能持久，怎么能步步向前进。有些厂领导建议，西北厂好了，大家待遇可以提高提高了。刘立天想，不给个答案，说不过去，怎么给，为什么给，这需要智慧，需要平衡，需要勇气。在春节前，黄建就提过这个问题，认为在收入分配上，要分几个层次。付主席出了一个方案，干部和职工差距悬殊，领导干部和干部更悬殊。刘立天看了方案，心里不免有些不舒服。回想过去，大家一个心眼，劲往一处使，团结如一个人，现在有些变了，如果掌控不好，就有可能出现干群对立，企业会陷入内讧，会走下坡路。刘立天内心烦躁不安起来。同时，也看到了职工们对他的信任，对他的关心，住院这两天，厂里职工络绎不绝地来看望。他激动，感动，同时有种使命感，要完善制定，完善维护大多数人利益的制度。刘立天看着对面的墙跑神了。

突然，电话铃响了，黄建说，书记，我去你那儿！刘立天说，好！贺静推门进来说，南方厂技术人员来了，设备组装出了点问题。另外，南方厂加工部分配件，今晚就能到。我计划三天内完成起运，月底之前全部安装完毕。刘立天点了点头说，好！接着问，付主席草拟了奖金分配方案，你看一下，过后我们交流交流。这时黄建进来了。贺静拿着方案朝黄建点了点头出门了。黄建望着贺静出了门，转身对刘立天说，书记！想说，你注意点，话到了嘴边又咽了回去，觉得在办公室不适合说这个事，等合适的机会再说。刘立天心里清楚黄建想说什么，他不说，也就不问了。黄建说，付主席的方案我看了。刘立天面无表情望着，等他继续说。黄建问，你的意见呢？刘立天没有回答，而是问，你有什么想法？黄建想了想说，总体可以。春节前，他和刘立天谈过，刘立天没有表态，那说明刘立天对这个方案是有质疑的，为此，不能轻易表达意见了。刘立天说，抽时间，我们好好讨论一下。接着又说，我个人看，近两年大家辛苦，多奖励也不为过。你为西北厂做出了巨大贡献，没有你，就没有西部油田的设备供应。不过，你想过没有，这个方案一实施，职工会有什么反应？他们会怎么想？我们制定一个政策，一定要想到大多数人的利益，如果只为少数人，这个制度肯定长久不了，就是实施了，工厂也会人心浮动。我们是全员持股，我们占的多了，工人会满意吗？不满意，工厂就会出问题。过去发生的事就是教训。黄建辩解说，现在是市场经济，适者生存，不能搞平均主义。刘立天说，你说得没错，可我们的制度限制了我们，不能贫富悬殊太大。任何时候，悬殊太大准会出问题。黄建说，书记，你说得没错，可我们也是人呀！也有老婆孩子，也需要房子，也需要好的生活呀！刘立天说，你想想，我们干这个厂是为了你和我吗？我想，肯定不是。黄建说，这个我明白，没有这个平台，哪有我们的表演。刘立天说，我们是全员持股，每个人都有股份，如果按照我们的计划实施，三年后，黄书记，你的股票也值不少钱吧。黄建笑了，过了一会儿说，那是！进了百万富翁行列了。刘立天接着说，那你想想，我们在分配上，高出职工许多，职工是不是不会满意，是不是会把我们看成和顾峰一样了？黄建笑了笑，由衷地佩服刘立天的高瞻远瞩，佩服他的胸怀。他摸了脑袋说，看来，我的眼光只有一寸，贪小便宜吃大亏。刘立天也笑了。黄建的理解，让刘立天心情舒畅了。

郑凡推门进来说，市政府通知，明天上午，开西北厂搬迁协调会。刘立天说，你和黄书记去参加，我建议成立厂搬迁小组，组长由黄书记来当，你是副组长，组员由相关科室的人组成。这可是一件大事，既要搬迁，又不能耽误生产。黄书记，搞个计划，讨论一下。黄建点头答应。

黄建和郑凡出了门，黄建边走边说，郑主任，搬迁小组的名单，你草拟一下送给我。黄建回到了办公室在想，刘立天刚才说得对，难道他不为自己想吗？如果不为自己想，那他就有更大的抱负，他从北京来的，人脉应该很广，肯定在西北厂待不长，我一定要和刘立天保持好关系，为自己的将来铺好路。又觉得这不是在投机吗？看来自己的格局、境界都比不上刘立天呀！

贺静看完了奖金方案，虽然从表面上看，与南方厂没有多大的关系，但会间接地影响南方厂的利益。这应该不是刘立天的想法，他为什么要给我看呢？肯定有寓意，想让我表达什么？从刘立天的管理思想看，他不会同意这个方案的。贺静明白了。想到这儿，她来到刘立天的办公室。贺静说，方案我看了，我觉得按照这个方案实行，南方厂的利益会受到侵害。另外，这个方案如果实施，会造成职工思想的混乱，也许葬送西北厂的前途。刘立天笑着说，贺总犀利，说到点子上了。贺静坐在沙发上，望着这张英俊深沉的脸庞，心里又涌出了波澜。想到这儿，她的眼睛不由得柔情了。刘立天似乎也感到贺静的变化，屋里沉静了！刘立天在想，这段时间怎么回事，怎么老跑神，脑袋空白，贺静就从空白钻了出来。他收回了思绪问，总装没问题吧？贺静说，明天上午讨论。她说完站了起来出了门。

刘立天的心，总被一根线牵着。他不想，又在想，想分开，又不想分开。他觉得很危险，又觉得很安全。贺静带给他的，不光是工作上的支持，还有情感照射下的温暖和燃烧的激情。每当夜深人静，贺静在他的脑海里便开始浮现。有一天晚上，他梦见了唐琴在指责他，说他变心了，说他不想她了。这时有人敲门，刘立天慌忙的，像被人发现似的，直了一下身子，喊道，请进！郑凡推门进来说，书记，省国资委电话通知，下周三让您去国资委开会，在省政府办公楼四层第三会议室，没有具体内容。刘立天问，必须我去吗？郑凡回答，是的！企业处王处长特意交代了，您必须参加。说完递上电话记录出了门。

刘立天拿起话筒，拨了张剑的电话，接通后，刘立天道，张书记好，我是立天，周五您在吗？张剑回答，在。张剑今年五十九岁，明年就退休了，想和刘立天聊聊，原打算调刘立天回京，前段时间，陇省管组织的副书记钟强找到他，希望把刘立天调到省里，确切地说调到省国资委当主任。张剑没有说行，也没有说不行。春节前，钟强又来电话催。因此，在春节中间，他想着刘立天会来看他，没想到没来，当打电话问时，刘立天已经回金兰了，刘立天是他欣赏的年轻人，这段时间，得知刘立天把西北厂搞了起来，搞得还不错。

刘立天放下话筒，又拨打了郑凡的电话，告诉他，订周五上午去北京的机票。

第二十七章

　　黄建和郑凡走进了市政府办公大楼的会议室。一进门，副市长金善亮迎面握住黄建的手说，欢迎！欢迎！金善亮，原市委办公厅主任。黄建和他不熟悉，接着问，刘董事长没在？黄建撒谎说，刘董事长出差了。对了！金市长，我们厂成立了以我为首的搬迁小组，指着郑凡介绍说，这是我们办公室主任郑凡，也是搬迁小组的副组长。春节前，刘立天把党办和行政办合并了，统一对外，叫西北厂办公室。金副市长与郑凡握手说，好年轻！

　　会议九点开始，金市长主持会议，他讲了西北厂搬迁是政府盘活土地资源的一大举措，要求各单位，按照市政府的要求，做好西北厂的搬迁工作，计划一年内搬迁完。黄建在会上表了态，一定按政府的要求完成这次搬迁任务。会议完后，金副市长对黄建说，晚上，有个应酬，邀请你参加。黄建不知怎么回答，对这个突来的邀请，他有点不适应。金副市长说，没有什么人，就我的几个朋友，黄建不好驳他的面子答应了。金副市长说，晚上六点，在黄河边的金港酒店八八八房间。

　　黄建和郑凡下了楼坐上车回厂里了。在车上，黄建总觉得不是味，金副市长为什么邀请他吃饭，他们之间除了开会没有什么交往呀他怎么这么热情呢！是不是有什么事找我？看他的表情，又觉得没有什么事。郑凡开着车在想，金副市长邀请黄建，那一定和搬迁有关，但这个话不能说，黄建应该会想到的。

　　黄建回到办公室，想了想觉得还是跟刘立天汇报一下。他来到刘立天的办公室，向刘立天汇报了开会的内容。接着说，书记，金副市长请我吃饭，不知什么意思。刘立天说，那还用问吗？肯定跟厂子搬迁有关系。不过，跟金市长这个人打交道要注意点原则，上次开会，我没有去，他就有意见了。黄建说，那我就推掉吧？刘立天说，饭可以吃，你不去，将来关系不好处。是你的顶头上司。黄建说，他是我什么上司，你才是我的上司。刘立天说，我们是一个战壕的战友，是同事！黄建说，我去可是你同意的，不能说我腐败呀！刘立天说，你可不要被金市长拉下水呀！黄建说，看看，还是对我不放心。放心吧，有你把着，我想下水也下不了。刘立天说，但愿如此。黄建说，书记，你就放心吧！接着说，那我就去了？刘立天笑了笑点头说，周五我回一趟北京，有点事。黄建本想问什么事，但刘立天不说，他也就不方便问了。黄建说，书记，去西部油田安装设备，我们是不是派个头儿去，以表示重视。刘立天说，就让贺总去吧！情况她熟。你通知她一下。接着又说，等贺总从西部油田回来，我们开个会，把奖金分配方案讨论一下。黄建说，好！

他说完转身出了门，刚进办公室，符朝副总随后进来了，黄建问，有事？符朝说，没有什么事。他在屋里走了几步问，黄书记，那个奖金方案，你看了？黄建回答，看了！符朝说，听说，董事长不太同意？黄建问，符总，你有想法？符朝反问，你没有什么想法？黄建说，咱俩别逗了，你说吧！符朝大学毕业后分到西北厂，一直在车间，从技术员、车间副主任，到供应科长，改制后被董事会聘为主管经营的副总。符朝说，任何团体都有核心，不论是国家、单位都得有核心。就像一个家庭一样，父母就是核心，没有核心，团队就没有主心骨。因此，核心能不能团结，能不能稳定，就关系到团队的发展和稳定。黄建说，你就直说吧！别绕圈子了。符朝说，不是绕圈子，是讲这个道理。西北厂的核心，就是我们这几个人，核心是由人组成的，是人就得有需求。保住核心不能单凭热情、信仰、口号，还得有实实在在的收获，不仅在精神上，还要在物质上。黄建问，你是说，这个方案可行？符朝说，我看可以。我们待遇好些，大家情绪就好些，干劲更足了。退一步讲，对老婆孩子也是一个交代。天天不分白天黑夜地干，收入又少，老婆会骂的，孩子也会不满意的。黄建跟刘立天谈过，眼光放长远了，接过话说，符总，你别忘了，我们是全员持股。我们如果奖励过度了，会侵害职工利益，会侵害合资方的利益，我们得到眼前的利益，会失去更大的利益。你和我都有股份，如果我们奖金高了，势必影响厂里总体利润，影响全体职工的利益，从而会影响工人工作积极性，我们就得不偿失了。

符朝看了看黄建没有再解释，他知道解释也没有用了，黄建说得这么透。符朝说，还是现黄麦子现割，你说的太遥远，人生无常呀！今日好不等于明日好。黄建说，你悲观了，只要我们掌控好，就能朝前走。过去，西北厂是什么样，今天是什么样，已经越来越好了。当然，只要我们不分心，不玩邪的。我想，前途一定光明。符朝说，借你的吉言。黄建说，老符，你可不要胡想！咱们能一起走到今天不容易呀！符朝说，你放心吧！我遵从大家的意见。黄建觉得有必要向刘立天反映反映，符朝在会上也许会说，也许跟其他人有过沟通，好让刘立天思想有个准备。他来到刘立天办公室汇报了。刘立天说，我知道了，付主席汇报过了。符朝与付主席沟通的言辞比较激烈，认为有功就有赏，不把厂级班子团结好，西北厂就有可能走下坡路。刘立天接着又说，大家有些议论也是正常，从中也看到思想更深的地方，这需要我们去解释，我想，符朝会明白这些道理的。

下午下了班，刘立天吃完饭来到了十五车间。贺静正和南方厂的技术人员检查最后的总装。一群人围着设备在组装。刘立天走了过去，人们没有发现，他听着人们的交流。贺静的后背上有些黑色的油腻，头上戴着蓝布工作帽子，裹住了黑油油的头发。

天黑了，刘立天站了一会儿出了车间大门。月亮升了起来。他走在厂区的大道上，又来到七车间。这里灯火通明，机器轰响。刘立天没去办公室，走到机器旁，站着观看，一位中年职工停下机器叫道，刘书记好！刘立天说，你继续！那位职工开动了机器。刘立天看了一会儿走出车间回到了房间。

晚上，黄建如约来到金港酒店，包间坐满了人，金副市长忙站了起来，黄建有些不适应。没想到，严岩、刘亮也在。在工厂改制之前，严岩找厂里要钱，刘立天让他接待过。两年来，再没有打过交道。严岩忙伸出手，握着黄建的手，说，黄书记，你还是这么神采奕奕，真是越活越年轻了。黄建哈哈一笑，说，哪能越活越年轻呢？那是违反自然规律，违反规律要遭到大自然的报复。金副市长接过说，黄书记讲起哲学来了。心态好，心情就好，心情好，身体就好。科学家不是研究过吗，人百分之八十的病，都是由于心情不好、精神不好引起的。严岩说，金市长说得对！人，没有精神，就只剩皮囊。金副市长说，快坐。大家开始吃菜聊天，严岩没再提搬迁的事，金善亮也没说。大家说着笑话，吹着牛。

严岩拉着黄建去玩，黄建有些过量了，舌头咕噜说，你们去吧！我就不去了。这时黄建还清楚，不能去，酒后容易出事。金善亮叫道，去玩一会儿？黄建说，我……我还有事。不……不去了。我回去。金善亮说，黄书记，既然有事不去就不去吧！严总，你用车送一下黄书记。黄建说，不用！我打的走。正好一辆出租车停在了酒店门口，黄建钻进车说，去西北厂招待所。他要向刘立天汇报今天的情况，问下一步怎么办。黄建不愿因小失大，不能让刘立天对自己有怀疑，今后在西北厂的路还很长呢！

出租车到了招待所，司机叫道，到了！黄建睁开眼睛说，这么快！直起身子付了钱上了三楼。他走到房间，听到了刘立天和贺静说话的声音，听不清说什么，他站了一会儿下了楼，拿出手机，拨打刘立天的电话，通了。黄建问，书记，你在房间吗？刘立天回答，在！接着问，有事吗？黄建说，有事！向你汇报！刘立天说，你来吧！他放下电话说，黄建有事汇报。贺静说，我回去。刘立天拦住说，不用！你等他来。两个人继续说话。

黄建在楼下磨蹭了一会儿，醒了醒酒才上楼，敲门，门开了。刘立天坐在沙发上，贺静坐在对面。两个人站起来，黄建愣住了，接着忙说，不好意思！打扰了。贺静说，你们有事，我先走了。刘立天送贺静出了门。黄建说，书记，我酒喝多了，搅了你的好事。刘立天笑了笑说，你是纪委书记，有权监督呀。黄建说，你扯到哪儿去了！不说了。他详细汇报了今晚的饭局情况。刘立天说，这个金善亮，什么都参与！你可以继续跟他交往，饭可以吃，违反原则的事不能办。另外，要制定准确完善的招标制度，结合我们搬迁的实际情况，要透明，要公平，要民主决策，杜绝腐败的产生。黄建说，知道了，我心中有数。他又和刘立天聊了一会儿起身回家了。

刘立天洗了洗上床了。贺静来主要讲总装的事，想到贺静，刘立天的内心起了波澜，贺静的美丽面容在脑海挥之不去。

贺静回到房间，注意到刘立天刚才的眼神迷离了，脸有些红了。她知道刘立天心里有她了，这是今晚最大的收获。

黄建回到家，觉得刘立天深不可测，出的牌总是让他猜不透。按道理说，打了电话，他应该让贺静回避。没想到，贺静没有走，这让他始料不及。那证明了什么？证明了刘立天的纯洁，还是证明了刘立天的聪明？

周五上午，刘立天去了北京。下午，刘立天来到张剑办公室。张剑热情地接待了他。刘立天详细汇报了西北厂近两年的变化，张剑不停地点头。刘立天汇报完，张剑没有给任何评价，而是问起了刘立天今后的打算。刘立天知道了今天谈话的内容，他说，我想把西北厂发展壮大到上市，这也是我的一个目标。张剑说，这个想法好！这需要时间的。刘立天点点头，没有吱声。张剑随意地说，陇省最近可能要找你，你得有个思想准备。刘立天说，下周三，省国资委找我。张剑说，他们找你，有些事你就清楚了。接着说，中午，我有个接待，给你点时间回家看看。刘立天告别张剑下了楼。

刘立天走后，张剑陷入沉思，刘立天思想成熟，稳健而灵活，超前而不脱离实际，看来可以重用了。我们这个时代，就需要这样的人。刘立天一心为公，心里装着百姓，西北厂实行的福利政策到位，充分体现了社会主义的优越性。他路没有走偏！我们没有看错人。

刘立天回到了家，家里没人。刘立天想给唐琴一个惊喜，开始做饭了，等待她娘儿俩回来。

冬日的阳光洒进屋里，是疲软的，落在墙上，地板上，一边亮，一边阴。刘立天在厨房忙着做饭，边做饭边想，我为什么给唐琴惊喜呀？刘立天明白了，自己心里走进了另外一个女人，心里自然有愧疚。刘立天摇摇头，我怎么会想这些呢？可贺静确确实实在他心里了。从张书记办公室出来，就发了一条短信告诉贺静到了北京，贺静回复了短信，好好陪陪孩子嫂子，刘立天看了，不知怎么，有种说不清楚的情绪。

他推开厨房的窗扇，喧闹的声音涌了进来，伸头朝外望了望，又看了看表，时间过了十二点。响起了开门的声音，他挂着围裙出来了，洋洋回来了。刘立天兴奋地叫道，洋洋！洋洋惊奇地问，你怎么回来了？刘立天过去摸着儿子的头，说，这是我家呀！洋洋脸上露出天真的笑容问，你调回来，还是出差？他那大人似的问话，让刘立天笑了。洋洋又问，饭好了吗？刘立天说，马上就好！你去洗手。洋洋回到自己的房间，放下了书包，走进卫生间。

唐琴进屋了，厨房飘出了饭香。她放下了包走到厨房门口，靠着门框问，你怎么回来了？刘立天回头笑了笑问，下班了？接着回答，张书记找我。唐琴的眼睛亮了，紧接问，调你回来了？刘立天边炒菜边说，没有！让我汇报一下西北厂的情况。唐琴问，他没说别的？刘立天回答，说了，陇省的领导要找我。唐琴不解地问，他们找你干什么？你又不归他们管。刘立天说，张书记没说为什么。唐琴想了一会儿说，不是要把你调到陇省吧？接着又说，刘立天，我告诉你，绝不能调到陇省！刘立天说，不会的，有可能让我介绍西北厂的经验。其实，是有这个可能的，张剑的态度让他感觉到了。当然，这不能跟唐琴说。刘立天说，把桌子铺好，饭马上就好。唐琴问，洋洋回来了？刘立天回答，在卫生间！唐琴喊道，洋洋！儿子在卫生间叫道，喊什么喊，我在拉屎呢！唐琴笑着问，刘立天，你怎么这么勤快？是不是做了对不起我的事？刘立天笑着说，你对自己这么没信心呀！唐琴说，我想你也不敢！你要做了对不起我们娘俩的事，你就别进这个门。刘立天说，那是！这家是你的，你随时都可以赶我走。唐琴说，你想走可没那么容易，你走走试试。刘立天端上菜，儿子从卫生间出来说，我肚子疼，不吃了。唐琴说，你过来，我看看。儿子说，肚子疼，你能看出什么？唐琴问，昨天给你的十块钱，你是不是花了？洋洋不吱声了。上午，他买零食吃了，现在不饿。唐琴叫道，我给你钱，是让你备用的，你倒好，吃零食了。洋洋回答，你做饭不好吃，我饿！刘立天和气地说，零食不能老吃，对身体不好。洋洋不吱声了，唐琴问，手洗了吗？洋洋回答，洗了！刘立天说，吃饭吧！

一家人围着桌子吃饭。唐琴问，你待几天？刘立天说，周日回去！唐琴问，你打算什么时候调回来？刘立天说，不好说，你别忘了，我还是西北厂的股东呢！再说了，西北厂刚步入正轨。唐琴问，你别扯这些没用的，你给我一个具体的时间。刘立天夹了一口菜说，不好说！唐琴有些火，说，你就糊弄我吧！你去的时候，怎么说的，最多两年，现在都三年多了。刘立天笑着说，我现在真的走不开呀！唐琴沉默了，不说话了。刘立天不想让她生气，说，今天张书记找我谈话，肯定有别的意思。唐琴说，啥意思？刘立天说，他听完我的汇报，很高兴，让我好好干。我这个级别的人，不会向他直接汇报的。唐琴说，对你，他有打算。接着说，张书记不会丢下你不管的。脸上又露出了笑容。他知道，刘立天最听张剑的话，只要张剑调他，他肯定会回来的。她暗自想，我过去怎么没有想到这点呀！找唐钢，让他去找张剑。唐琴笑容满面地说，洋洋抓紧吃菜，夹了一筷子菜给洋洋，又夹了一筷子菜给刘立天，刘立天看着唐琴的瞬间变化，心里的负担放下了。

下午，唐琴去上班了，洋洋去上学了。刘立天收拾完，打开电视看了看没什么意思关掉了。有多久了没有这么清闲过了？他走进房间看起了书，怎么也看不进去，贺静又出现在脑海里，想打电话，忍了忍没有打。

贺静正在车间里忙着准备西部油田设备的资料，下周一要带着装配小组去西部油田。中午快下班的时候收到了刘立天的短信，刘立天临走的时候打电话告诉她，但没有说去干什么。贺静在想，是不是他家里有事，还是有别的打算？她发完短信，刘立天没再回。贺静觉得自己有点魂不守舍，心里空了。她想刘立天了。刘立天在，心就沉静；刘立天不在，心就慌。春节回家，就有这个感觉，觉得自己离不开了刘立天了，心里不由得酸楚了起来。

周日下午，刘立天回金兰了，唐琴心里空荡了。她觉得刘立天变了，可这个变化是感觉得到，却摸不着。昨晚的激情告诉她了，心里不免紧张，也许是自己敏感了，多虑了。刘立天不可能背叛她。她对刘立天十分的信任，可昨晚的感觉怎么来的？要防患于未然，抓紧找大哥，让他去找张剑。她想到这，就给大哥打电话。嫂子李婷接的。她问，小琴有事吗？唐琴问，我大哥呢？李婷回答，出差了！接着问，有什么事吗？唐琴说，嫂子！我想让大哥找找关系，把刘立天调回来。李婷不解地问，春节不都好好的吗？怎么突然想起这个事了？唐琴说，我不想让刘立天待在大西北。李婷劝解道，我觉得立天是有政治抱负的人，绝对不限于在西北厂，肯定会有大的发展。妹子，你听我的，这样的男人不好找呀！接着问，你是不是发现什么了？唐琴慌张地说，没有！我就是想把他调回来。李婷说，你哥也支持他，说了也没用。唐琴心想，哥哥还鼓励刘立天，说了他大概也不会办。唐琴放下电话，李婷却多想了，唐琴肯定发现了什么，等唐钢回来，让人了解了解刘立天在西北厂的情况。

刘立天在飞机上，闭目想着昨晚的激情，总觉得缺少了什么。唐琴肯定会感觉到的，而这激情是装不出来的，心里不由得紧张了起来。内疚了起来，我的心分家了，有一部分给贺静了。刘立天在告诫自己，你千万不能做对不起唐琴的事，可昨晚不像过去那么全身心投入，已经对不起唐琴了。虽然肉体没有出轨，但是精神出轨了。他陷入深深的不安和自责。

飞机在中川机场降落，刘立天出了机场，打了个车朝厂里驶去。他在车上给唐琴打了电话，告诉她安全到达。唐琴嘱咐他，要定时吃饭，不能太累了，一大堆婆婆妈妈的话，刘立天觉得唐琴格外热情。他感觉到了，唐琴也感觉到了。刘立天不知是喜还是祸！他回到房间，洗了洗，有人敲门，刘立天犹豫了一下，开了门，贺静不顾一切冲过来拥抱他。刘立天呆呆地站着，过了一会儿说，贺静，你冷静些！贺静慢慢松开了手，泪流满面。刘立天深情地，静静地看着，不知怎么办了！贺静扭头走了，回到房间，趴在床上大哭，泪水湿透了枕巾，压抑得到释放，而这个释放得不到回应。刘立天没有激情，没有热吻，没有拥抱。但是，这彻底地告诉了刘立天，我贺静是爱他的，想到这里，贺静心情渐渐恢复了平静。爱就是付出，得不到回应，也是爱的另外一种结果。不！会得到结果，刘立天眼神告诉我了，他是爱我的。

　　刘立天感到沉重，十分纠结，心里突然变得空白了，怎么会这样？这是为什么？他痛苦了，而这个痛苦是藏在最深处的。刘立天忍着，忍着，不知不觉他走到了十字路口。

第二十八章

　　第二天，贺静带着装配小组去了西部油田。她没有去跟刘立天告别，而是直接去了机场。在飞机上，轰鸣伴着她进入了梦乡。昨晚的一幕，还在缠绕，还在回味。缠绕是激情的爆发，是两年来情感的总结，品尝了却是无味的。刘立天朝她走来，当她热情地迎了上去，刘立天没停下脚步，而是擦肩而过。望着刘立天离去的背影，她心里惆怅了。飞机颠簸了，贺静睁开了眼睛，刚才的梦境是什么意思？她环顾了一下，人们都在睡梦中，她起身穿过过道去卫生间。突然，一个男人叫道，贺静！贺静做梦也没有想到，竟然是高中同学，曾经的白马王子张志武。她惊讶地问，你怎么在飞机上？你去哪儿？张志武高个子，身材魁梧，四方脸，两道浓浓的黑眉毛。张志武站了起来说，我去西部油田。贺静问，出差？张志武回答，不！我在西部油田工作。贺静说，我记得你不是在茂名石油工作吗？张志武回答，一周前才调来的。贺静说，我也去西部油田。接着又说，我们下了飞机再聊。一晃十六七年了，竟然在飞机上碰到了，这个世界太小了。

　　贺静下了飞机，和维修小组的五位同事，一起坐上了租的面包车去油田总部。临上车，张志武过来，告诉贺静他住在油田招待所。贺静一行人也住在这个招待所。张志武说，晚上见。在车上，贺静思绪飘了起来，回忆在学校的时光，她曾经暗恋过张志武，那时的张志武是学校的佼佼者。她突然感到，张志武特别像刘立天，那时暗恋的火已经熄灭了。然而，今天见到张志武心情还是有些激动。

刘立天回京记

晚上，贺静吃完饭，召集小组的人，开了一个小会，布置第二天的工作。九点多钟，开完了会，给刘立天发了个短信告诉安全到达，把第二天的工作简单地汇报了一下，冲了澡，上了床，打开了电视。

十点多钟，有人敲门，贺静披上了外衣开门。张志武进来客气地问，你还没睡？贺静笑了笑回答，没有！张志武问，你到油田干什么来了？贺静简单讲了一下。张志武说，这么说来我们还是合作单位。贺静问，你具体干什么？张志武回答，油田的副指挥，负责整个油田的设备。贺静看着这么年轻的指挥，欣赏地说，我们给油田供应设备。张志武说，我知道，你们西北厂在我们这里反映不错。接着问，我记得你不是在南方厂办公室，怎么来到西北厂了？贺静说，两年前，我们和西北厂成立合资公司，我作为南方厂代表派来的。张志武说，那以后我们要常打交道了。接着问，你跑到大西北适应吗？感觉怎么样？贺静说，工作需要，没有办法，为了生存嘛！两个人又聊起了往事，十一点多，张志武出门下楼，感到贺静有些忧郁，神情有些黯淡。在学校，他也暗恋过贺静，没想到，却在飞机上遇见了，更没想到，工作上还有联系。高中毕业后，他考上了石油大学，贺静考上了西南机械学院，都是从她要好的同学那儿得到的消息，知道贺静的家庭不太幸福。

贺静躺在床上，怎么也睡不着。刘立天回了短信：注意安全，保重身体。张志武的出现，让她想了许多，真是世事无常。有了这个收获，本想告诉刘立天，想了想没说。

刘立天昨晚没有睡好，对这个突如其来的激情，他有些不知所措。早上上班，脑袋昏沉沉的，走进了办公室。符朝和朱科长推门进来汇报产品销售的情况。刘立天听完，问，销售下降的原因找到没有？为什么会出现这种情况？朱科长回答，我们正在找原因。刘立天说，查找一下，到底是什么原因？符朝接过话，我分析，主要在销售员上！他们待遇低，积极性受到了影响。刘立天问，是这样吗？符朝说，我是这么分析，但说不准，市场每天都在变化之中。刘立天说，朱科长，你写个报告给我。朱科长回答，好的！两人出了门，刘立天打电话叫黄建过来。黄建一进门说，你脸色不好？刘立天说，昨晚没有睡好。接着说，刚才符朝和朱科长汇报，最近一个月，产品销售下滑，你安排人调查一下，找找原因。黄建想想说，是不是符朝要跟你谈条件呀？刘立天说，不要瞎猜！没有根据的话不要说，会影响团结。黄建说，我不是在分析吗？刘立天觉得自己刚才的口气不对，接着心里在问，怎么会这样呢？于是口气缓和地解释说，黄书记，我刚才有点急了，不要见怪。黄建说，你想哪去了？我怎么会呢！我是说，怕符朝有什么想法。刘立天说，我相信大多数销售员是好的。把原因弄清楚，我们再想办法。黄建说，我明白了。对了！你同学昨天来了。刘立天问，是不是尹楠？黄建说，符朝和朱科长没跟你说？刘立天没接话，而是问，他人呢？黄建说，不知道！

刘立天拿起电话，给尹楠打了过去，接通后，问，你在哪里？尹楠回答，我在瑞尔厂！接着问，你回来了？我正在找你，下午我去你办公室。刘立天放下电话，说，他下午过来。接着又说，让付主席过来，我们商量一下给销售人员提高补助的事。黄建说，春节前，不是发通知了吗？怎么还要提高？刘立天心里是清楚的，他之所以这样做，是为了寻找销售下降的答案，当然了，现在还不能说，他对这件事已经怀疑了。刘立天说，刚才符朝和朱科长来了，谈到了这个问题。黄建有些气愤地说，符朝想什么呢？这跟提高不提高补助没关系。我看是他思想有问题，是想通过这件事来满足自己的欲望。刘立天在想，在事情没有弄清楚之前，不能表态，也不能谈自己的想法，想让黄建替换符朝。不能一条心，就得换人，要换人就得有充足的理由，要让符朝心服口服，不能让他掌握点权力就来要挟。付主席推门进来，刘立天说，我们三个人商量一下销售人员补助的事。付主席说，年前不是解决了吗？怎么又提高呀！我有意见。刘立天说，销售人员在一线，他们的好坏直接关系产品的销量，这是大局。付主席说，要提高，我们也要有个标准，不能搞平均主义。刘立天要的就是这句话。黄建说，我同意付林的意见。刘立天说，把符朝叫来，一起商量一下。

没过一会儿，符朝进来了，四个人讨论了起来。符朝首先说，补助和奖励不要混淆在一起。我觉得，先提高补助，然后再谈奖励，本身不冲突。付林说，符总，我觉得补助和业绩挂钩。我们厂是全员持股，我们也制定了福利的制度。通过实践，效果不错。等我们再上一个台阶，福利制度再进一步完善。如果说，补助搞一块，奖励再搞一块，这不公平。车间的职工会怎么看，大家都这么想，西北厂就会出现问题，都为个人或小团体考虑，厂子就减少了凝聚力，缺少权威了。我觉得，我们还是要为大多数人着想。另外，职工都明白，只有工厂总体好了，自己才会好。符朝说，你说的我觉得有些偏颇，这是两件事，应该具体情况具体分析，我认为补助与奖励要分开。黄建说，分配问题不能绝对公平，也不能差距太大，大了会影响厂子的稳定。符朝接过话说，黄书记，咱们讨论的是补助，不是稳定，不要说得太大，上纲上线。难道说，我是想搞乱西北厂吗？你们愿意涨就涨，不愿意涨就不要涨，西北厂又不是我一个人的。黄建有些气了，说，你怎么这么说话呢？大家不是在讨论吗？符朝发这通脾气是故意的，就是想把水搅浑，看看刘立天怎么处理。刘立天笑了笑没有吱声，这是符朝逼他表态。黄建说，书记，我建议，补助不能提。符朝冷笑了一下说，我还有事，你们讨论吧！他说完转身出门了。黄建说，这个人属狗的，说翻脸就翻脸。刘立天的火也起来了，想喊住符朝，想了想又压住了。付林说，这个符朝太不像话了。刘立天下定了决心，要换掉符朝。随后，刘立天说，付主席、黄书记，你俩先弄个方案，根据我们今天探讨的内容上一下董事会。

符朝出了门，心里在想，整个市场这块在我手里，我还怕你们不成！通过这两年，他亲手建立了全国销售网络，有了这张牌，心里就踏实，有底气。我就不相信，你有本事把我撤了。他来到朱科长办公室，一屁股坐在沙发上，说，明晚，叫各大区销售负责人回来开个会。朱科长不明白地问，他们不是刚走吗？怎么又要叫回来。符朝说，对了，不要回金兰，换个地方开。接着说，在西安开，我俩今晚过去。朱科长问，怎么了？符朝说，补助不给涨，我们给他们点颜色瞧瞧。朱科长说，好的！符朝起身回办公室了，坐在椅子上，眼睛看着对面的白墙。刘立天会让步吗？刚才他没有说一句话呀！如果要挟失败了怎么办？现在工厂正在走上坡路，他不会因为补助而影响大局吧？如果这样，西北厂就待不下去了，这样做合算吗？但如果不这样，自己在销售人员面前就立不起威信。年前提高了补助，大家一片欢呼，自己的威信大大提高。这次提高是为了配合厂级领导奖励分配方案的实施，不是真提高，可黄建和付林说的话，让人生气，他们根本没把我放在眼里。他越想越生气，点燃了一支烟。电话铃响了，他拿起电话，没想到是刘立天打来的，告诉他，下周四召开厂销售会议。符朝看了一下台历答应道，好！

刘立天刚放下话筒，电话铃又响了，接通后，传来贺静的声音，是汇报西部油田安装的情况。汇报完，刘立天说了句，注意身体，注意安全。贺静放下电话，又想起了那天晚上的冲动，嘴角露出了一丝甜蜜的微笑。她现在平静了许多。张志武一连两天没有给她打电话，也没有来房间。设备安装顺利，按现在的速度，一周后，设备就安装完毕了。

张志武非常忙，两天没有和贺静联系了。贺静在他心里就是一个向往，这个向往却让他在大西北巧遇了，这个巧遇让他有了想法。

离开家之前，他与妻子离了婚，结婚五年来，妻子一直没有生育。父母亲天天催他生孩子，可妻子偏偏不要，为了这个事，两人不知吵过多少回。这次来西部油田，妻子提出了离婚。他同意了。没想到碰见了贺静，据同学讲，贺静也离婚了，没有孩子。这是天赐良机呀！但不知道贺静心里怎么想的，不由得惆怅了，怎么能让贺静走到自己的身边来呢？张志武心里没有把握，不管怎么说，既然上天给了这个机会就不能错过。

晚上，贺静从现场回来，与维修小组同事一起吃饭。四车间的高级技工曾施说，贺总，我佩服你，在广州多好呀！离港澳近，改革的前沿，青山绿水，多好的地方，你怎么会跑到大西北来了？黄土高坡，干燥又寒冷。贺静没有回答，而是说，你们刘书记，还是从北京来的呢，首都多好呀！曾施说，刘书记是被派来的。我听说，你是主动要求来的。贺静解释说，都是为了工作。曾施说，你们南方厂应该派个男的来。接着问，你和我们刘书记早就认识吧？贺静吃了一口饭，放下筷子说，说早也早，说晚也晚。她没有直接回答这个问题，而是站了起来说，你们慢慢吃，我先回房间了。曾施见贺静走远了问旁边的人，贺总是不是奔刘书记来的？二车间的李三娃说，你别瞎说，他俩一个北一个南，怎么认识呢？李三娃生在农村，长在农村，十年前考上了技校，毕业后就分到了西北厂，这几年西北厂的变化，他看在眼里，没有刘书记，厂里不会走到今天。他今年二十八岁，技术在厂里属于一流的。曾施不吭声了，知道自己说话跑偏了，不能说这些捕风捉影的事。

贺静回到了房间，刚才工人的问话，让她有了警觉，她对刘立天的情感，是不是让人觉察到了？在厂里是不是有风言风语了？随后又想，我和刘立天的关系是纯洁的，议论有什么可怕的，身正不怕影子斜。贺静突然觉得自己好笑，怎么会想这些事呢？别人愿意怎么想，那是别人的事，管这些干什么！她脱下工作服，露出苗条的身材，进了卫生间，洗完澡换上了睡衣，坐在沙发上，打开了电视。

窗外的月亮升起了，大漠的月亮格外亮，格外圆。虽说是冬天，但屋里的暖气非常热，温暖极了，让她感觉非常舒服。她边看着电视，边想着和刘立天两年来的交往，那一幕幕像电影一样，从脑海中浮现，让她心里有激动，有甜蜜，有沮丧，有惆怅。她不知道这个日子能延续多久，但知道有念想，心里就不空，情感把心充得满满的。每一天，刘立天不时地从脑海中浮出。特别是暂时的分离，更让她的心激荡。同时，她知道，这条走起来很危险，时时刻刻都在悬崖边上，一不小心就会掉进深渊。这是刺激，这是玩火，弄不好就会把自己点燃，变成熊熊的大火。我会把刘立天点燃吗？点燃了，燃尽了就成了灰烬，即使这样，这个过程也是美好的。贺静的思绪在飘荡，而这个飘荡不见风，不见雨，没有旋律，没有歌唱，只有内心的呐喊，而这个呐喊是无声的，又像一朵正在渐渐盛开的鲜花，总一天会凋零。会凋零吗？会的，我变老了，满头白发，蹒跚走路，所有的过去都变成了无穷的回忆。

一阵敲门声打断了思绪。她起身开门，张志武脸红红的，望着她，几秒钟。就这几秒钟，张志武表达了一切，贺静明白了，而又不能明白。如果明白了，以后就会成为累赘，成为枷锁，但也许会成为幸福。她闪了一下身子，问，你喝酒了？张志武瞬间恢复了常态回答，是的！喝了几杯。接着问，设备安装正常吗？贺静回答，正常！再有三四天就可以干完了。张志武坐了下来说，好！有什么困难可以说。贺静给他倒了一杯茶，放在茶几上说，那是！有问题找同学。张志武哈哈大笑说，你戏弄我？贺静说，你多想了！两个人说的话南辕北辙，又藏着暗语。张志武明白，自己的意思她是清楚的。张志武心想，我就愿意和智慧的女人斗智斗勇。他说，多想是人的本性，不多想人就不会进步，不会有人类的今天。贺静笑了笑说，想多了会迷茫，会看不清路，会掉进沟里的。张志武喝了口茶说，不屈不挠，那才是真英雄。贺静说，不看方向的不屈不挠，就是傻子。张志武说，鲁迅说过，聪明人不能做事，世界是属于傻子的。贺静笑了笑说，那你就做傻子吧！张志武装着什么都不知道地问，你跑这么远，老公没意见？贺静说，能没意见吗？这不就是为了生存吗？张志武心想，看来贺静在防着他，接着问，你是男孩女孩？贺静说，你查户口呀？贺静猜想，也许张志武都知道她的情况了，不然不会这么问。但她对张志武的家庭情况一概不知。接着问，你怎么样？张志武回答，我离了，没孩子。贺静没问为什么，而是说，那你自由了。张志武说，自由也是枷锁，自由也是苦难！贺静说，太深奥！她有意回避这个话题，不想再说。张志武是故意引到这个话题上的，而贺静在回避，那说明她内心在挣扎，这就是机会，就是缝隙，抓住机会，挤进去。不过，不能着急，不能强攻，要智取，要慢火烧。张志武喝了口茶，说，我还有点事先走了。贺静站了起来送到门口，过道闪了一个人影，那不是曾施吗？他干什么来了？贺静出门叫道，曾师傅，有事吗？曾师傅回答，没什么事！贺静关上了门，又打开了电视。

张志武回到房间，冲了个澡上床了，脑海浮现出了贺静美丽的面孔，思绪飘动了起来。他在学校暗恋贺静，多少次来到贺静家门前，躲在暗处期待贺静的出现，她家的那扇大门，黑黑的，始终紧紧关着。在学校操场上他望着贺静的背影，在教室里回头望坐在后面的贺静，在一起的时候闻着贺静身上散发的芳香……这些都丢了许久，今天又找了回来。这一夜，张志武都在甜蜜的梦中。

三天后，设备安装完毕。第四天，贺静就要返回西北厂了，她原以为，张志武会在晚上送行，结果他没来。直到晚上十一点多钟，她接到了张志武的电话说，因有急事，下午去了北京。贺静平静地说，知道了。张志武没有听出任何意思来，说明贺静在极力装着平静，看来今晚没去送她，她心里起了波澜。张志武心里笑了，只要贺静心里有活动就行。张志武说，祝你顺利。贺静放下电话，心里觉得这个张志武有些怪，不像在学校的时候了，脑袋闪出了刘立天，这一夜也在梦中。

周三下午，刘立天准时去了省政府三楼会议室，省委组织部常务副部长李汉祥、国资委主任王岩、企业处王处长等人，听取刘立天的汇报。两个小时的汇报完了，李汉祥说，你这个汇报，对我省很有示范的意义，我听了很好。他中等个，儒雅，风度翩翩，说话很慢，一个字一个字地吐，有磁性，清晰，年龄不到五十岁。刘立天含笑听着，接着李汉祥又问了一些题外的话，家庭呀，学历呀，孩子呀等等。再接着，抬手看了一下表说，我还有个会，先走一步。又说，听了你的汇报我很受启发。两人握了握手，他走出了会议室。省国资委主任王岩说，刘董事长，你的汇报，启发了我们的工作思路，感谢你呀！刘立天说，你客气了，省里对我们帮助不少，为我们厂里相关的资质、孩子的上学就业、水电供应都提供了不少的支持。特别是在厂里困难时期，我们欠了水费、电费，政府都协调，保证了我们厂正常的运转。另外，解决了厂里的搬迁，也让我们盘活了黄金地段的地产。王岩主任说，政府就是为人民服务的。接着说，我有个想法，你能不能抽点时间，给我们的一些企业讲讲西北厂的经验？刘立天笑着说，王主任，你就别赶鸭子上架了。王主任没再强求，说，我们今天就到这里。刘立天站了起来，与在座的每个人握了手出门了。王主任送他出门说，刘董事长，没事经常过来坐坐，交流交流。刘立天点头答应。

在回厂的路上，刘立天坐在车上想，国资委安排汇报，肯定有目的，是什么呢？可又什么都没讲，什么也没有表达，一点意图都没有泄露！不只是汇报吧？刘立天隐隐约约感到，自己的命运将要发生变化了。

上周，同学尹楠来了，反映了厂里的一些情况，都跟符朝、朱科长有关系。在设备转运港口上，在付运费上拖延时间，运输单位向尹楠反映过。符朝、朱科长为什么要这样？这块资金是专项资金，必须保证使用。刘立天心里冒出了火，没有证据不能贸然去说，由此安排尹楠了解原因。黄建敲门进来说，刚才西部油田来电话，我弟弟的朋友说，西北厂干得不错，有可能继续给我们订单。另外，贺总的作用大了。据说，她的一个高中同学刚调过去当副指挥长，这对我们工作是大有好处的。刘立天笑眯眯地、平静地说，从来没听贺总说过。黄建说，她那位同学叫张志武，在飞机上见到的，你说巧不巧？我觉得是好兆头呀！西部油田就跑不掉了。刘立天说，当然好了！接着说，广州那家外贸公司反映，我们拖人家的运输费用，我记得这块费用是专款专用，你侧面了解一下。黄建回答，好的！接着说，我总感到符朝跟我们不是一条心，有些做法不是我们西北厂的风格，我也听到了一些风言风语，在销售员中，散布一些不好的言论，主要是对分配不满意。听说，他在西安召开了各大区负责人的会，你知道吗？刘立天不知道这件事，为了维护团结，他没有吱声。黄建看刘立天没有反应，心里明白了。刘立天说，下周四开个全厂销售人员负责会，你参加一下。另外，你要尽快了解付运费的事。这关系到和外贸公司的关系。黄建说，搬迁小组成立，你抽空给大家讲讲话？刘立天说，搬迁的事，你全面负责，我就不讲了。接着说，你弄一个搬迁计划，上一下董事会。另外，要安全、顺利做好搬迁，搬迁涉及面广，周期长，复杂，一定要合理制订出计划。既不能耽误搬迁，也不能耽误生产。

黄建出了门，付林进来了，说，我把奖金分配修改了一下。刘立天说，按原方案在董事会汇报，然后再修改。大家都看了，没经董事会改了不好。付林说，知道了。接着又说，我有个建议，是否在合适的时间，开个全厂创新奖励大会？自从厂里成立创新小组以来，全厂涌现出了许多创新能手、创新小组。刘立天赞赏地说，你这个主意好，我看可以，你拿出一个计划来，我建议越快越好。付林接着说，自从我们成立职工福利小组后，帮助了许多家庭，职工送了许多锦旗，厂里凝聚力在增强。刘书记这个办法好，起了大作用。要让职工爱厂，就要关心他们。职工有了干劲，创新力就会增强，这两者有着密切的联系。创新好了，厂里发展了，职工生活好了，对厂里就更好了，良性的循环，互相促进，所以，坚持分配方案向一线职工倾斜是对的。刘立天说，省国资委对我们的经验民给予了肯定。接着又说，在服务职工这方面，要再细一些、准确一些。各个车间工会也要成立这样的机构，往下延伸一直到班组，分类、分细，自下而上，自上而下地互动，那么就形成了一个网络，这样会更好。付林说，明白了，我抓紧落实。付林出了门，刘立天脑袋里闪出了黄建刚才说的话，贺静的同学是西部油田副指挥长，贺静为什么没有告诉他？刘立天翻看了一下台历，后天，贺静就回了。那天晚上的冲动，深深刻在了他心上，有时会情不自禁地想起。刘立天叹了口气，用手搓了搓脸，站了起来走到窗户跟前，情感的波浪在冲击着他的心灵。

　　他站了许久才回到办公桌前，桌上的电话响了，刘立天做梦也没想到，是大舅哥唐钢来的电话。刘立天有些激动地问，大哥有事吗？唐钢问，晚上，有空吗？刘立天问，大哥！你到金城了？唐钢说，晚上见面聊。黄河酒店三个八房间，六点。刘立天放下电话，觉得哪不对，唐钢来金兰，唐琴怎么没说，一点消息都没有，唐钢没有告诉唐琴，还是唐琴知道而不告诉我？如果是这样，就有问题了，是什么问题呢？突然想到了贺静，难道有流言蜚语了？他拿起话筒，想给唐琴打个电话，按了两个键又放下了，心想我不做贼心虚怕什么？我虽然没有做贼，可有了贼心了，为什么脑海里时常出现贺静呢？

　　下了班，刘立天打的来到黄河酒店，看了一下表，差十几分钟到六点。他走进了包间，环顾了一下，一位年轻的女服务员进来问，先生，喝什么茶？刘立天说，人到齐了再要。话音刚落，李婷推门进来了。刘立天惊讶地问，嫂子，你怎么也来了？李婷问，你不欢迎吗？刘立天说，我敢吗？他赶紧拉开凳子说，嫂子请坐！刘立天问，你和我哥来旅游？李婷没有回答，而是说，冬天都过去了，这里还这么冷。刘立天说，春寒！接着又问，你和我哥干什么来了？李婷说，一会儿你哥来了，你就知道。刘立天觉得奇怪，两个人同时来，不来旅游，那来干什么？莫非唐钢调到金兰来了？要是调来，李婷也不会调来呀！李婷坐下问，怎么样？刘立天回答，挺好！搞企业就是吃力。接着说，唐琴也没有跟我说一声，我去接你们。李婷没有回答。服务员推开了门，唐钢走了进来，身后的一位年轻人轻轻关上了门。唐钢热情地握着刘立天的手说，你瘦了，搞企业操心吧！三个人坐下后，唐钢问，唐琴没告诉你？刘立天说，没有呀！唐钢说，为什么？其实，他心里清楚，是他不让唐琴讲的。李婷说，是我不让小琴告诉立天的。刘立天糊涂了，这是怎么回事？唐钢说，我挂职在金兰市了，任市委副书记。两年！接着说，你嫂子不放心来送我。明天她就回去了。刘立天高兴地叫道，太好了！唐钢开玩笑说，我可帮不了你什么忙。刘立天说，不用帮忙，有你在，我心里更踏实了。那位年轻人推门进来问，书记，菜好了，上菜吗？唐钢说，上！那位年轻人退了出去。刘立天问，大哥，这是什么时候的事？春节的时候你都没说。唐钢说，那时部里没定。刘立天问，来几天了？唐钢说，三天前来的。菜上齐了。唐钢说，我们家的主力都到金城来了，这几年，立天辛苦了！干企业不容易，现在情况如何？刘立天汇报说，还行！唐钢说，我听说，你搞得不错，有些做法，很受省国资委推崇呀！你抽时间给我们市国资委讲讲，我们的宗旨，就是为大多数人的利益。立天，你是很有想法、很有创新精神的企业干部，怎么搞好企业，你比我有经验，我主要抓经济，跟企业打交道，你要多帮帮我。刘立天接过说，大哥！你不能这么说，我也是学习。李婷笑着说，一家人不要装着谦虚。唐钢说，我可不是装，我是真的，立天不能装。他说完，刘立天笑了，没有回答。

突然，李婷说，我听说，你们厂有个很能干的女老总？刘立天平静地回答，是的！叫贺静！李婷问，她是一个人在厂里？刘立天意识到李婷的问话另有含义，要小心地回答，不能让她有误会，这也许是唐钢的意思，关心亲妹妹，也能理解。刘立天说，是的！她爱人在广州市政府工作。贺总是我大学同学手下，合资厂成立后，就派她来了。李婷笑了笑没再问。她了解过了，没有什么问题，但通过别人了解，是了解不出真实情况的，所以当面问问，看看刘立天有什么变化。女人的第六感觉非常准，刘立天表情没有透出什么信息，但有一点可以肯定，刘立天对这个女人很欣赏。李婷停顿了一会儿，又说，一个人在外，各方面都要注意，厂里人多嘴杂。刘立天明白，这是李婷的忠告，也可以说是警告。刘立天笑着说，放心吧！唐钢接过话说，立天是有抱负的人，我是相信他的，会干成事的。李婷说，我也是随便一说，立天，你别在意。刘立天回答，嫂子也是为我好，我心里有数，谁好谁坏，我都分辨不出来，不成废人了吗？唐钢说，立天，我刚才说的，你抽空给我们市国资委讲讲。刘立天说，大哥，你都发话了，我敢不讲吗？李婷说，给小琴打个电话。刘立天拿出手机拨了过去，说，唐琴，我和大哥大嫂在一起呢！你真能保密！李婷马上接过电话说，小琴，我把你出卖了，你不生气吧！不知唐琴说句什么话，李婷哈哈大笑，接着说，你和立天说几句。

三个人吃完饭，唐钢要送刘立天，刘立天拦住了说，不用！我散散步。唐钢没有强求。在车上，唐钢很有感触地说，立天，这么大厂的董事长，出门都打的，真不简单呀！李婷说，是的！我觉得小琴找了立天，真的很幸福。抽空劝劝小琴，不要老给立天甩脸子了。唐钢说，知道，我妹妹都是我父母惯的。接着又说，你怎么问起那个女老总呢？这样不好，刘立天会以为是小琴让你了解的，这样会产生误会，对小琴不好！李婷说，我也只是告诫一下，也没说什么呀！立天会这么小心眼吗？唐钢不吱声了，车上有秘书和司机。

刘立天回到房间想了许多，李婷的暗示，让他心里有火，又有警觉。本想给唐琴打个电话，想了想没打，她怎么会胡想，怎么会猜疑，让李婷调查我？难道夫妻间连这点信任都没有吗？刘立天觉得自己是不是做贼心虚了，李婷什么也没说，干吗这么生气，也许唐琴根本不知道李婷干的事，也许是唐钢安排的，为妹妹着想可以理解，说明他们一家人喜欢我，在乎我。刘立天想到这儿，觉得自己心胸窄了，心情随即好了许多。

第二十九章

　　贺静从西部油田回来，对刘立天的态度发生了改变，除了工作接触以外，再没有任何接触。一开始，刘立天觉得正常，后来感到有问题了。他不明白为什么，难道是自己态度变了吗？还是贺静有什么难言之隐？在几次董事会上，贺静总是默默听着，情绪低沉，眼睛透出了忧郁。刘立天看在眼里，总想找个机会和贺静聊聊，而每次贺静都以工作忙推了，两个人平静了好一段时间。有一天，贺静来到刘立天办公室说，西部油田副指挥长张志武一行六人，后天来西北厂考察。刘立天笑着说，好呀！我听说，张指挥长是你的同学？贺静面无表情地回答，我们是同学，这跟你有关系吗？刘立天被她这么一呛，不知说啥了，停了一下说，你负责整个接待。贺静说，好！接着说，下午我把接待事项和流程给你。说完正准备走，刘立天鼓足了勇气道，你稍等！贺静问，还有事吗？刘立天问，我发现你最近情绪不对。贺静说，这跟工作有关系吗？刘立天无话了，这样谈话真别扭。他想继续说，接着又想，办公室不是谈这种话的场合，吃完晚饭找时间再谈。

　　贺静出了门，心里灰暗到了极点。半个月前，龚义给她来电话，讲了许多，中心的意思，就是告诉她离刘立天远点，不要想入非非，有些事情是不能往前走的，走了也许就是深渊，掉下去会粉身碎骨的。贺静不明白，龚义怎么会说这么一通话，是不是刘立天说了什么。贺静为此掉了眼泪，这个刘立天怎么是这样的人，怎么会跟龚义说这些事？看来这个刘立天是一个自私的人。其实，龚义之所以说这些话，是因为前段时间，一位朋友与唐钢老婆李婷认识，李婷找到他，让他问贺静的情况，他找到龚义打听。龚义听明白了，才给贺静打了这个电话。

刘立天望着离去的贺静，心里在问，她怎么会变成这样？回望那次拥抱的事件后，这一个月来，再没有任何私下的接触，一切都正常平静。贺静的脾气怎么变成这样？本想问问龚义，又觉得要是问了，龚义就会胡想，看来要解开这个心结只能自己去问贺静了。

宗师傅、付林、技术科长袁前进推门进来了，付林说，宗师傅在产品开发上，提了一些好的想法，想向你汇报一下。刘立天说，好！你们请坐。宗世富说，书记，我想，我们在人工智能方面琢磨琢磨，我们要有超前意识，制造是基础，过去不是说实业救国吗？人工智能肯定是下一个发展的方向。袁科长接过话解释说，人工智能是计算机科学的一个分支，它企图了解智能的实质，并生产出一种新的能以人类智能相似的方式做出反应的智能机器，该领域的研究包括机器人、语言识别、图像识别、自然语言处理和专家系统等。人工智能从诞生以来，理论和技术日益成熟，应用领域也不断扩大，可以设想，未来人工智能带来的科技产品，将会是人类智慧的"容器"。人工智能可以对人的意识、思维的信息过程进行模拟。人工智能不是人的智能，但能像人那样思考，也可能超过人的智能。袁科长接着说，在国外，特别在西方都进行了广泛的开发和使用，国内刚刚起步，我们现在开始着手，将来不会落在后面。我们厂是机械制造厂，我们现在所有设备零件制造，不停留在传统方法上。如果我们上了人工智能，可以解放职工的劳动强度，也能解决劳动力的不足，大大提高生产效率，产品的质量会得到更大的提高。在国外，像我们这样的企业，只需几百人。刘立天问，你们有没有具体想法？付林回答，他们想在总装车间试制，有了结果，我们再走入市场。刘立天说，我同意，这样，你们制订一个计划，上一下董事会决定。另外，从我个人来讲，我是坚决支持你们的，不走前列，就是落伍，不创新，就不会发展。我强调的是，必须结合我们的实际情况，结合整个市场需求情况去开发。宗师傅说，这个市场需求前景广阔。

四个人谈得很兴奋，又谈了一些具体事项。刘立天说，付林，后天西部油田的领导来考察，我已安排贺总拿出一个接待计划和流程，你通知一下车间，今晚加班打扫全厂的卫生，这个事你负责督促检查，接着又说，在家的领导都出面接待。付林答应说，好。三个人出了门，黄建推门进来了说，我刚从市政府回来，我们新厂址在七河区马滩乡，占地一万平方公里，总预算投资为十个亿。我算了一下，我们这块地皮置换后，大概有二十个亿，加上和开发商共同开发，我们还能获利五个亿，这笔买卖合算。政府原理建议新厂址，建成一部分，我们搬一部分，我不同意，我说，建成后一次搬。刘立天说，老黄，谢谢！你给厂里办成一件大事，这一年是我们厂的关键一年。黄建说，金副市长向我推荐了几家公司，你看怎么办？刘立天说，只要不违反原则，你掌握处理。在这段时间，黄建已与金副市长、华发公司的严岩等人见过几次面了，今天又获得刘立天的授权，下一步工作就好开展了。不过，黄建明白这也是考验自己的时候，绝对不能干违纪违法违反原则的事，刘立天这么信任自己，一定要把好这个关，负好这个责。黄建说，我先过去了？刘立天说，对了，西部油田后天来人考察。黄建说，好呀！刘立天说，你也参加一下接待。具体的由贺静负责。黄建站了起来说，好。他出了门，刘立天陷入沉思，要防止在搬迁过程中出现问题，不能滋生腐败，拿起电话叫来了郑凡，让他起草一个防范搬迁滋生腐败的文件，建立一个机制。他谈了几点：第一点，所有项目，必须经过招标；第二点，所有的项目都由第三方评标，最后由搬迁小组报董事会批准；第三点，要做好搬迁小组人员的廉政教育；第四点，搞好每个项目的审计，加强工程预算管理。接着又说，我先说这么几条，你再考虑考虑。有一点要注意，要公平、公正、科学地去招标。郑凡记完，说，好的！我抓紧写出初稿。

　　寒冷的冬天过去了。晚上，刘立天吃完晚饭，回到房间，弟弟刘真来电话说，晚上要过来，刘立天说，好吧！接着给唐琴打了过去，家里没人接，打唐琴的手机，也没人接。过了一会儿，唐琴打了过来，问，有什么事？刘立天说，没有什么事。唐琴说，我在大哥家呢！没有什么事，我就挂了。刘立天放下了电话，有人敲门，刘立天开门，弟弟刘真领着上次一起吃饭的那个人，手里拎一个包，刘立天明白了。进来后，刘真说，大哥！我求你了，帮帮我这个哥们，公交公司效益不好，他可是我最好的朋友。刘立天说，我上次已经说过了，这个事不好办，不要难为我。刘真一下子火了，叫道，你别忘了，你是我大哥，求你办这点事，你都不办，我以后不会再求你了。刘立天觉得自己有些过分，口气稍微松动了，说，给我点时间，我想想。刘真脸上露出了微笑。接着说，我们走了。刘立天马上指着放在地上的包说，把包拿走！刘真说，这是给你的！刘立天说，你不拿走，这事就不考虑了。刘真对他朋友说，你拿上吧！两个人出了门，刘立天心里堵得慌，对这个弟弟真没有办法。父母去世了，自己又是老大，不能太让弟弟为难。刘真下了楼说，我哥总算答应了。他朋友说，算了吧，你哥太为难了。我还是参加西北厂招聘，如果聘上了，以后还要仰仗你哥呢！刘真说，那也行！两边都努力。

弟弟走后，刘立天看看时间，八点多了，他来到贺静的门前，敲门无人，下了楼来到厂区，一派灯火辉煌。各个车间都在加班打扫卫生，迎接西部油田领导的到来。下午，贺静送来接待的有关事项和流程，刘立天看完后签字给了贺静。他在一车间门口，看到了贺静指挥人们打扫机床，擦洗玻璃。他看了看，没有走进去，转身走了。突然，付林喊道，刘书记！刘立天转过身，付林跑过来说，今晚能把卫生打扫完。刘立天说，辛苦！付林说，职工干劲可高了。接着说，我想从工会的经费里拿出一部分钱，给职工发加班费。刘立天说，从厂里发吧，你去落实这件事。这时贺静朝这边望了望，又扭过头继续干活儿。刘立天看了看，走了，又转了几个车间回到了招待所，在大厅见到了贺静，她正在和服务员说话。刘立天上了电梯回到房间，不知怎么搞的，心里有些紧张，待平静了些才出去，敲贺静房间的门。

门开了，贺静穿着睡衣，冷淡地问，有事吗？刘立天说，想找你聊聊。贺静闪身，刘立天闻着女人的芳香，坐在沙发上，贺静端了一杯水放在茶几上，拉了把椅子坐在对面，一言不发。屋里很窒息，刘立天过了一会问，你最近情绪不对，发生了什么事？贺静不吱声。过了一会儿，说，没有什么事，不会发生什么事。刘立天说，你是不是对我有误会？贺静声音一下子高了起来，说，我和你有什么误会？我没有误会，你有误会。刘立天心里明白了，贺静对他肯定有误会。刘立天继续说，我这人毛病不少，可能有些问题考虑不周，说话不注意，如果有，伤了你，请你原谅。贺静说，我们俩没有什么，你没有必要跟别人讲。刘立天一头雾水，不知所云，接过话问，怎么回事，这话从何说起？贺静问，你跟龚义说什么了？刘立天说，我什么都没说。贺静说，你怎么不诚实？说了就是说了，怎么不敢承认？刘立天明白了，贺静对他有误会了。龚义跟她都说了些什么呢？贺静不想再跟刘立天说话了，她说，我累了！改天再说。刘立天没有动身，而是说，你一定误会我了。贺静说，就这样吧！刘立天无奈地起身出了门，心里不由得伤感起来。这是为什么？刘立天不明白，也不可能明白贺静现在的心情。他想立即给龚义打电话，问问什么原因，冷静了一想，不能打了，越说越说不清楚，那这个误会就解除不了。贺静应该明白，我不是这种人，也不可能做这种事，我怎么会去跟龚义讲呢？这个扣没法解，也不能去问唐琴，只能用时间来证明自己是无辜的。贺静应该相信，唐琴也应该相信，许多年了，他在感情上没有掀起过这么大的波澜。李燕是他心里的第一个恋人，唐琴也是他深爱的女人，贺静是他敬佩而又喜欢的女人。这些都是在他的灵魂里，在他那情感深处的荡漾。

　　刘立天走后，贺静悲伤地扑在床上痛哭了起来。刘立天的神情告诉她，他也根本不知道这件事，那是怎么回事呢？贺静百思不解，龚义莫名其妙的电话，从何而来，难道说，有人在关心这件事，不会是刘立天的老婆吧？如果不是，那是谁呢？也许自己真误会刘立天了！贺静心里稍微舒畅了一些，只要跟刘立天没有关系，刘立天的形象就不会在她的心里消失。这段交往，刘立天是可信的，难道说，真是我误会他了，是我错了？从今以后，一定要注意，不能为刘立天添乱，不能让刘立天为难，这就是爱！可转念一想，心里又灰暗了，对刘立天的情感就要深深埋藏在心里，而这个埋藏是痛苦，是炽热的火焰在地下燃烧，就像火山一样，总有一天会爆发，那一天什么时候到来？也许永远不会到来。

　　太阳升起，春风送暖。刘立天和贺静度过了不眠之夜，迎来了新的一天。刘立天走进办公室，推开了窗户，早晨清新的空气涌了进来，他深深地呼吸。昨晚的一切就这么过去了，满脑的工作涌了出来。办公桌上电话铃响了，刘立天转身走了过去，拿起电话，没想到是龚义来的，立天，我明天到西北厂，你在吧？刘立天平静地回答，在！有事？龚义说，见面说。刘立天说，明天西部油田的领导来，你来了更好，一起接待。龚义又说，接待的事，我就不参加了。刘立天放下话筒，接着又拿起内部电话打给贺静，在家的班子成员，一起去机场接西部油田的领导！贺静说，我带队去接，你就不用去了。刘立天说，大客户，我不出面去接不好！贺静沉吟了一会儿说，好吧！

　　龚义放下电话，点燃了一颗烟。昨天，市委组织部找他谈话，调他去市国资委当主任。这对别人来讲也许是件好事，可对他来讲，他不想去。工厂是自己的舞台，愿意怎么表演就怎么表演，只要经济好，其他什么事都好，到了机关就不一样了。他向组织极力说明南方厂目前的情况，自己不想走。市委组织部态度坚决，让龚义提出接任的人选，想来想去，他准备让贺静出任董事长这个职务，组织部答应考虑，要向市委汇报。这个情况必须通报给刘立天，让他早点做思想准备。如果贺静接任，和西北厂的合作就会有更好的延续。

第二天下午，刘立天一行人乘车来到了中川机场，迎接西部油田人的到来。贺静今天特意打扮了一下，红色的风衣披在身上，在人群中特别显眼。张志武一行人从机场走了出来，贺静上前迎接，向张志武介绍刘立天及厂里的其他领导。张志武说，刘董事长，你让我受宠若惊呀！刘立天哈哈一笑，说，客户就是上帝！张志武说，你们贺总可是我的高中同学，你们这么隆重，她会骂我的。刘立天说，贺总可没说，她要是说了，我们就不来了。大家哈哈大笑。贺静面带微笑一声没吭。人们一起上了车驶向西北厂。刘立天、张志武、贺静坐在一辆面包车上，其他人坐在另一辆车上。张志武和贺静坐在长座位上，刘立天坐在后面。张志武说，贺总，上次你走时也没有给你送行，实在不好意思。贺静没有接话。张志武转过身对着刘立天说，你们西北厂真是一个打硬仗的队伍，我们油田的人都对你们竖大拇指！刘立天说，谢谢你们给了我们展现的机会。一路上，贺静面带微笑，始终一言不发，张志武觉得奇怪，刘立天也觉得奇怪，不知为什么。

晚上，在黄河边的金港酒店宴请张志武等人。宴会开始，刘立天首先举杯说，我代表西北厂，热烈欢迎张指挥长一行到西北厂考察，西北油田给了西北厂大力支持，让西北厂起死回生。接着又说，大恩不言谢，全在这酒里，这杯酒我敬你们！大家纷纷起身，举杯相碰。刘立天敬了三杯酒后，接着又说，在我们最艰难的时候，你们伸出了援助之手。张志武说，刘董事长不能这么说，我们是合作，你这样说就见外了。黄建举杯说，我们董事长说得没错，第一单生意就是西部油田给的，确实救了我们的命，滴水之恩当涌泉相报，我敬各位一杯。张志武说，你们这么说，我多不好意思。在关键的时候，你们确实也帮了我们的大忙，我调来后，我们油田的人说，是你们西北厂伸出了救援之手。我们找了几家企业都不能按时交货。你们西北厂不讲任何条件，按时保质完成了设备的供应，使我们完成了国家下达的任务，我应该敬你们。黄建敬完酒说，贺总，你也敬敬你老同学呀！贺静面带微笑说，好的！接着又说，我一会儿敬。张志武微笑望着贺静。这时刘立天的手机振动了，他站起来说，我接个电话，你们继续进行。在门外，龚义说，我到了，住在飞天酒店，五〇三房间。刘立天回答，好！接完电话去了趟卫生间，在门口碰见大舅哥唐钢。刘立天叫道，大哥！唐钢也叫道，立天！接着说，我准备明天找你！刘立天说，西部油田一名副指挥长来了。唐钢说，我听省组织部的人说，要调你去省国资委当主任。刘立天愣住了，接着问，定了吗？唐钢说，你不属于他们管，这要征求你个人的意见，你毕竟代表国有股份，虽然集团不干涉你，但你的身份没有变。刘立天说，大哥，我现在不想走，你帮我做做工作。唐钢笑了一下说，这是一个机会。刘立天说，说实话，我觉得时机不成熟。唐钢会地意笑了，接着说，过后再说，我进去了。刘立天站了一会儿，心里不平静了，这突来的消息，让他有些蒙，接着稳了稳神走了进房间。贺静正在敬酒。

宴会持续到晚上九点多钟，刘立天送走了张志武等人，只身来到了飞天酒店。一进门，就问，什么事让你这么着急？龚义说，你坐下，我慢慢跟你说。他说完，刘立天沉思了，龚义调走了，对西北厂是个损失，如果贺静当上南方厂董事长，也许是好事，也可能是件坏事。刘立天问，非走不行吗？龚义说，我争取了！市委的态度很坚决。如果贺静起来，我想应该不会出问题。就怕市委不同意。我才跟你说，利用你的关系，让贺静上位。刘立天知道龚义的意思，也知道他是一片好心。如果去找人，只能去找唐钢，他会不会联想？

贺静陪着张志武回到了宾馆，张志武下了车进了大厅。贺静回到了厂招待所上了楼进了房间，洗了洗上床睡觉了。张志武回到房间，觉得贺静的情绪有问题，眼神流露出了忧郁，不知道为什么。本想单独聊聊，贺静的神情让他打消了这个念头。他想，明天抽空再和她聊聊，不能错过机会。

龚义见刘立天不表态，知道他心里怎么想的，知道他的为难，可这是关键的时候，不能为儿女情长耽误事。他说，立天，要以大局为重，不能因为小事，误了大事。刘立天本想告诉龚义他的变化，想了想没有说。至于贺静的事，是有点为难，怎么跟唐钢说，龚义刚才这一通话，也就是说，身正不怕影子斜。为了西北厂的将来去求求唐钢。刘立天说，我试试看。他想，只要说清楚，唐钢不会这么狭隘！龚义想了想，把李婷找人问贺静的事告诉了刘立天。刘立天明白了贺静的火从哪里来的，龚义之所以告诉他这件事，目的就是让刘立天有些思想准备。刘立天心结解开了，但他没有说贺静找他。龚义说，我会去跟贺静解释的。刘立天问，你见贺静吗？我没有说你来。龚义说，明天我和厂里的领导见个面，晚上一起聚聚。刘立天说，我建议，你明天就回，等贺静的事有了消息你再来。过两天，西部油田的人走。龚义想了想说，那也行！我明早走。

两人又聊了一会儿，刘立天回到了招待所。龚义的突变，让刘立天有些措手不及，如果贺静离开了，会涌出浓浓的留恋，心里会空白的，而这只能在内心里存在，压抑的情感会产生痛苦。然而，现实不容超越，不容表露，只能在心里默默地回味。

夜深了，刘立天在床上翻来覆去睡不着，回想那失去的时光，总觉得在梦中，梦醒了，一切照旧，今天和明天都在预定的轨道上行驶。

龚义第二天回广州了。刘立天和贺静陪张志武一行人在厂里考察，获得了张志武的赞扬。张志武同时表态，把西北厂作为西部油田紧密型的战略合作伙伴。刘立天十分高兴。

龚义在飞机上思来想去，觉得让刘立天去找人，为贺静活动，有点强人所难了。李婷找他问刘立天在西北厂和贺静的关系，现又让他去找唐钢是有些不合适的，又一想不这样不行呀！

晚饭早早地结束了。张志武回到宾馆休息了一会儿又出了门，来到西北厂招待所，走到五三七房间敲门，门开了。贺静很平静，微笑地说，张指挥长，请进！张志武笑着说，看来，不欢迎我呀！贺静觉得自己过于冷淡了，马上说，哪能呢，你是我们西北厂的上帝！张志武坐在沙发上说，明天就回了，特意来告个别。接着说，你们西北厂从各方面都不错，在刘立天和你的管理下，真的不错。贺静说，那都是刘立天的功劳，你别忘了，我是南方厂的。张志武站了起来，在屋里走了几步，突然问，贺静，我听说你现在一个人？贺静回答，你消息挺灵通。张志武又坐了下来，接着又说，我也是一个人。贺静没有接话。张志武继续说，我们都是成年人，又是同学，我也不必转弯抹角，他停顿了一会儿又说，我们能否建立超出朋友的关系？贺静没想到张志武这么直接，目前，她不能回答，也不敢回答，刘立天还在她心里，对这突来的求爱还不适应。她沉默了一会儿说，张志武，我暂时不想谈这个问题。接着说，西部油田与西北厂的合作，不能夹杂着咱们的关系。张志武心里高兴了，贺静没有关闭两个人关系的大门，是暂时不谈，不是绝对不谈。张志武说，你放心，我不会那么卑鄙。我是什么人，你应该了解，抛开咱俩的关系，西北厂也是很好的合作伙伴。不过，我给你提个意见，你不能这么看我。贺静说，我想错了，我认错。张志武哈哈大笑，贺静虽然是一个女人，但有大丈夫的胸怀。张志武得到了他想得到的答复，心里不由得憧憬起了未来。如果和少年时的偶像、暗恋的女人有个结果，从茂名石油调到大西北，应该是最大的收获。张志武起身说，我回去了，只要你不关门就行。贺静明白这句话的意思，说，我明天上午送你去机场。张志武出了门，多少年的向往，今天终于说了出来，心里畅快多了。

刘立天送走了张志武一行人，根据龚义安排，给唐钢打电话，说有事找他。唐钢问，什么事？刘立天回答，见面说。接着又说，那你有空给我打电话。唐钢又问了一句，什么事？刘立天不想在电话里说，怕说不清楚会引起误会。唐钢说，我这段时间带队外出考察，估计十天半个月才能回来。刘立天说，等你回来再说。

刘立天出了办公室，来到人事科来福科长办公室。来福个子不高，秃顶，四十多岁，戴着厚厚的眼睛。他站了起来，叫了声，刘书记！刘立天坐下后问，你把厂里的销售人员名单给我一份。另外又问了问招聘的情况。来福说，下周一，我们在《金兰晚报》、金兰电视台发出招聘广告，他说完，把招聘的广告递过来，刘立天扫了一眼，招聘职位有司机。他放下后，说，来科长，进人要严格把关，一定要按流程办事。来福说，你放心！我们一定按你的指示办！刘立天笑了笑说，按制度办！来福笑了，接着把销售人员名单递了过来。刘立天看了看说，来科长，我想能不能在全厂招聘销售人员，只限于本厂职工？来科长说，我明白了。刘立天说，你出个方案。

刘立天回到办公室，给弟弟打了电话，告诉厂里这次招聘有司机，让他通知他那个朋友。弟弟刘真说，好！刘立天放下电话，详细看了销售人员的名单，想对销售人员重新洗牌，市场这块不能完全交给符朝，要掺沙子进去。黄建推门进来，刘立天问，有事？黄建说，符朝和朱科长有问题。刘立天问，有证据吗？黄建说，没有！他还想说，刘立天拦住说，没有证据就不要说了，我们不能乱怀疑人。黄建说，我也是听说。刘立天身子往后一靠说，你是纪委书记，不能靠听说。黄建笑着说，我会找到证据的。接着汇报搬迁的事，说完后，刘立天说，你现在主要就是负责搬迁工作，纪委的工作暂时由李文彦临时负责，大事还是由我把握，你看怎么样？黄建说，我同意。刘立天说，我想，搞一次厂纪厂规大检查，你跟李文彦说一下，拿出了一个方案来。刘立天与黄建又商量了其他的工作。

一个星期后，龚义来电话，告诉刘立天，贺静的任职有了眉目，找人的事暂时停止。他过两天来金兰。刘立天心里既高兴又惆怅。他放下话筒走到窗前，望着蓝天。街上绿绿的树枝在微风中摇晃，汽车笛声阵阵，春天真正来了。有人敲门，刘立天喊，请进！贺静进来了，眼睛透出了忧郁。刘立天说，请坐！贺静说，刚才西部油田来电话，有几台设备运行出现了异常，要我们派人去看看。刘立天说，你安排。贺静说，让宗师傅带队去？刘立天没有吱声，过了一会儿说，我建议，还是你带队去，宗师傅正组织人员研制人工智能设备。贺静接着说，那就让黄书记去。刘立天说，黄书记正在安排搬迁，脱不开身。贺静没再推辞地答应道，那好吧！她不愿意去，因为张志武已向她表明了爱慕，去了免不了要和张志武打交道，接着又想，我怕什么呀！躲，不是回事，说明内心里潜在着什么，但又说不清楚，复杂的情绪让她心里有些漂浮。刘立天没有一点拦住她的意思，想测验一下，没想到刘立天再三让她去，心里有些悲哀，我为什么要这样？刘立天在她心里扎得太深，拔出来会很痛的。贺静回到办公室，无心办公。情感的折磨，让她夜不成眠，伴着月亮，伴着星星，她心里想着刘立天。这段时间，压抑着感情，尽量躲避刘立天，可是心怎么也躲避不了。贺静叹了口气，擦了一下涌出的泪水，叫道，不想了，不想了！

刘立天望着贺静的背影，觉得自己也进入了情网。他之所以派贺静去，怕贺静有想法，坚持她去，也是告诉贺静，我刘立天的心是有胸怀的，当然工作第一，情感第二，这是原则。同时也告诉贺静，我们不能往前走了。

第二天，贺静带着人去了西部油田。在飞机上，贺静闭目想着，想着，不知想些什么。刘立天有家，有孩子。张志武单身一人，何况又是在学校暗恋的人，再次重逢，如果没有刘立天的出现，自己会投入张志武的怀抱吗？现实没有如果，刘立天出现了，而这个出现是寂静的，是冉冉升起的出现，带来了多少个不眠的夜晚。突然，飞机颠簸，打断了贺静的思绪。她站了起来去了卫生间，走到一半，突然感到了头晕，扶着靠背椅停住了，缓了缓神，继续朝前走，进了卫生间，坐在马桶上，恶心想吐，待了一会儿，站了起来，照了照镜子，脸色苍白憔悴。最近一段时间，一直没有休息好，她回到座位上，闭上了眼睛。

贺静下了飞机，出了机场，在接机口见有人举着牌子，接西北厂贺静等人，心里纳闷，这是怎么回事？估计是张志武安排的！贺静走向前说，我是贺静！那个年轻的小伙子热情地说，我叫何文，我们张指挥长让我来接你。贺静微笑说，谢谢！心里涌出了暖意。她们一行人跟着何文来到了停车场，坐上了一辆面包车，出了机场，朝油田基地驶去。贺静浑身软软的，一点力气都没有。同行的李志强问，贺总，你是不是不舒服？贺静说，没事！李志强又说，去医院看看？贺静摇摇头说，没事！接着闭上了眼睛。窗外一片沙漠，低矮的芨芨草在风中摇晃，远处是一片一片的胡杨林和连绵不断的沙丘。

张志武在办公室来回走动。在西北厂，他向贺静吐出了心声，贺静说了"暂时"，这个暂时让他燃起了希望。贺静是一个性格内向刚强的女人，从脸上看不出她那分炽热，张志武知道，贺静在学校面对众多的追求者，平静地对待，与他们都保持着很好的关系，同学们都很喜欢她。我张志武也是追求者之一，是羞涩的追求，那时觉得和贺静距离差距太大，把爱慕、喜欢都放在了心里。毕业后，都走入了社会，断了联系，那颗爱慕的心慢慢地冷却了，成了家，过上了不如意的生活。人生无常呀，在飞机上遇见了贺静，自己也离了婚，巧的是，贺静也离婚了。在学校的暗恋，隔断了近二十年，又回来了。接着想，今晚请贺静吃饭。

贺静一行人住进了招待所。何文关心地说，贺总，去医院看看？贺静摇头说，休息一下就好了。接着开会安排好明天的工作，散会回到房间倒在了床上。

下午六点来钟，电话铃吵醒了贺静。她拿起话筒，有气无力地问，谁呀？张志武说，我！接着问，你怎么了？病了？贺静说，有点不舒服。张志武说，那去医院？贺静说，不用了！休息一下就好了。张志武放下了电话。

贺静刚放下了话筒，就响起了敲门声，何文叫道，贺总，吃饭了！贺静说，你们去吃吧！我不吃了。接着又迷糊了，不知过了多久，外面的敲门声叫醒了贺静。她起身开门，张志武出现了。他关心地问，你脸色怎么这么难看？你生病了？贺静回答道，浑身不舒服。张志武掏出手机给油田医院打了电话，安排医生过来。张志武打完电话坐了下来，贺静靠在床头说，我就是没有休息好。张志武说，你脸色非常不好。贺静没有接话，两个人无话了。有人敲门，张志武跑过去开门，李建、郝明新、李志强三人出现在门口，贺静叫道，你们进来。她向他们介绍，这是西部油田的张指挥长，接着向张志武介绍，这是西北厂的师傅。张志武和三人握了握手说，你们好！他们围着贺静说，贺总！你明天就不要去现场了。贺静说，明天再说。两位女医生也到了，张志武介绍说，这位是西北厂的贺总，医生走上前给贺静检查了起来，检查完后说，没什么毛病，有些发烧，吃点药就好了。贺静说，谢谢！医生走了，李志强他们也走了。屋里又沉静了，贺静看了看张志武，心里不由得有了一种奇怪的感觉，而这个感觉告诉她，也许他就是那个托付终身的人，而此时她的情感却在另外一个人身上，但那个人不可能给她结果，不可能伴她一生。张志武仿佛回到曾经青涩的时光，想起了许多，给了他许多憧憬。贺静直了一下身子问，张志武，什么原因呀？和你妻子分手？张志武从遥远的回忆走了回来，凝望着贺静，瞬间恢复了常态说，道不同！贺静"哦"了一声，没再往深处问，而是说，你回吧！我休息了。张志武心里高兴了，他和贺静的距离更近了。他没有猜错，贺静是离他越来越近了。张志武说，那你好好休息！贺静露出了微笑点点头。张志武出了门，心里荡漾了，回味刚才贺静的话，你回吧！我休息了。

　　贺静起来，走进卫生间，刷完牙洗完脸，上了床，手机振动了，刘立天来的，接通后，刘立天问，身体不舒服？贺静说，没事！刘立天说，我听李建说的。你可要注意身体。贺静说，知道了！接着问，还有事吗？刘立天回答，没有什么事，那就这样。两人同时放下电话。刘立天心里惦记贺静，刚才给李志强打了个电话问问情况，实际上是在问贺静的情况，犹豫了半天才打的。因为，贺静就要离开西北厂了，想给个回音，我刘立天心里是想她的，事实谁也改变不了。贺静也觉得奇怪，刘立天打来了这个暖心的电话，这不是他的风格，心里又流出了酸楚。她对刘立天是向往，是刻在心里的。然而，张志武的出现，让自己不得不考虑以后的生活，而这个生活的路是必须走下去，和千千万万的人一样，要居家过日子，结婚生子。贺静睡不着了，情感太折磨人了。同时，心里响起了潺潺的溪水声，朦胧的情感从遥远的地方向她走来。她起身披上衣服，走到窗前，拉开了红色的窗帘。天空上，月亮是那么皎洁，沙漠的夜晚那么沉静。远处传了采油的磕头机（游梁式抽油机，即有杆类采油设备和无杆类采油设备）有节奏的声音，她凝视着沙漠的夜景，泛起了无限的遐想，回想和刘立天第一次认识的场景。往事如云，忧伤沉淀在了心里，那扇门即将关上。不知过了多久，一阵风吹来，贺静关上了窗扇，拉上红色的窗帘，回身上了床，吃了药闭上了眼睛。

　　第二天，贺静彻底地病倒了。早晨，李志强敲门，贺静挣扎着起来开门，李志强见状说，贺总，你休息吧！我们去，有什么情况及时向你汇报。贺静点点头，李志强刚走，张志武来了，不容贺静拒绝，他还是带着贺静立即住进了医院。三天后，贺静的身体恢复了。这三天，张志武一下班就来到病房，默默陪着贺静，走近贺静，温暖贺静，融化贺静。

　　十天后，贺静正式离开西北厂，出任南方厂董事长。在临走的前一天晚上，欢送晚宴上，贺静穿着一身黑色的西服，红色的衬衣，庄重而又热烈。龚义也被邀请来了。刘立天的左边坐着龚义，右边坐着贺静。刘立天首先讲话，举着酒杯站了起来动情地说，明天，贺总就要离开西北厂了，我代表西北厂敬贺总一杯酒，给贺总送行，祝贺总在新的岗位更好与我们西北厂合作。我们这两年来，在南方厂的支持下走出了困境，走入了上升通道，我感谢贺总，感谢南方厂，也感谢龚义主任！龚义在旁边笑着说，刘董事长，你这话说得有问题，我怎么会"也"呢？整场的人哈哈大笑。刘立天也笑了，接着说，我再重说一遍，感谢龚主任，感谢贺总，感谢南方厂。刘立天有许多话想说，而今天这种场合不宜说得太多。接着又说，我们一起给龚主任，给贺总敬酒！贺静站了起来，环视了一下说，刘董事长说两家话，我们南方厂和西北厂不是两家，是一家，我在西北厂工作了两年，得到大家支持，我感谢大家，感谢西北厂！她没有说，感谢刘立天，那是她故意的。龚义接过话说，贺总，你也感谢刘董事长。刘立天笑着说，我也成为"也"了。全场人哄堂大笑。贺静笑着说，我再说一遍，感谢西北厂，感谢大家，感谢刘董事长。贺静举起酒杯说，我敬大家一杯。

　　接着，刘立天站了起来，说，现在请南方厂原董事长龚义讲话。全场一阵热烈掌声。龚义站了起来说，我现在是局外人了，过去，我们两家优势互补，不存在谁帮谁，我们是共赢。今天，我们看到，西北厂、南方厂都有了长足的发展，取得了好的成绩，但是，我们的路还很长，我们不能松气，更不能骄傲自满，我们还得卯足了劲，继续前进。我表个态，不管我在什么岗位，在哪里，需要我的，我全力支持，谢谢大家！全场响起了热烈的掌声。刘立天端起酒杯敬了龚义，接着又敬贺静，两人眼睛对视几秒钟，瞬间转为只有两个人知道的眼神。黄建端着酒杯过来了，对贺静说，贺总，你走了，我会想你的，真舍不得你走呀！龚义说，黄书记的嘴巴就是甜呀！黄建说，我可是心里话，不是假话。刘立天笑着没有吱声。付林也过来了，说，贺总，你以后要经常来呀！别走了就忘了我们！贺静微笑着没有接话。三个人碰了一下杯仰脖喝了。这时，宗师傅、各车间的领导、职工代表过来给贺静敬酒。贺静的脸泛起了红晕，刘立天劝阻说，意思一下就行了，不要喝多了。龚义在一旁露出了微笑。

　　晚宴持续到九点多钟，结束后，刘立天、龚义回到了房间。刘立天开玩笑说，这回你解脱了，我还得朝前走。龚义喝了口水，说，你拉倒吧！有舞台才有英雄，你的发展不可限量。刘立天说，你别吹我了。龚义说，刘立天，你不够朋友，我们是同学，你有事瞒着我。刘立天一愣，龚义是不是知道省国资委想调他的情况了？刘立天哈哈一笑说，你呀！别瞎猜了。我这么一个透明的人，怎么会瞒你呢！龚义说，前几天，陇省国资委的人去广州，他们对你大加赞赏呀！刘立天刚准备说，敲门声响了，开门，贺静进来，见龚义在就说，你俩在密谋什么呢？龚义开玩笑问，你是找我，还是找他？贺静聪明地回答，谁也不找！龚义说，我们贺总就是聪明！贺静坐下后，一反常态说，你们两位领导都在，下一步怎么干？我心里可没有底呀！别把我弄了上去，你们不管我了。龚义说，找刘立天呀！你们好好干，争取五年冲入世界五百强！贺静说，龚主任，你嘴巴一动，就五百强了。龚义说，这是激励，也是鞭策。贺静的手机振动了，拿出一看，是张志武来的，接通后，说，我这有事，一会儿打给你。刘立天和龚义两人会意地笑了。自从贺静从西部油田回来后，张志武基本每天都来一次电话，贺静收了电话说，不是开玩笑，我心里真是没底。龚义说，慢慢就会有底。刘立天说，我也是这么干起来的，时势造英雄！刘立天说完就后悔，我怎么会说这样的话呢！虚了！贺静说，你们俩聊，我回去了。贺静出了门，没有回房间，而是来到厂区看了看，这是她在西北厂工作的最后一个夜晚，明天就要走了。在路上，她给张志武打了电话，没什么事，瞎聊了几句就收线了。

月亮特别圆，她本想与刘立天聊聊下一步的打算，不巧龚义在，就不能深说了。她从厂区回来，夜已深了，刚进卫生间，就响起了敲门声。开门了，刘立天走进来，没有坐下，站着说，我明天就不去送你了，有什么事及时沟通。我想，你到任以后，我们两个厂的领导在一起开个会，商量我们总体发展的思路。贺静心里明白了，刘立天在帮助她，高兴地说，我同意！接着问，什么时间合适？刘立天说，争取下周吧，我们去广州，去南方厂，学学改革前沿的经验。贺静点点头，刘立天转身走了，消失在长长的、昏暗的走廊。贺静关上门，环视了一下，走进了卫生间，一阵哗哗的流水声。她洗完澡，换上睡衣，躺在床上，脑袋空了，接着又填满了，这段岁月让她难以忘怀。多么美好呀！忧伤里带着高兴，高兴里带着忧伤，然而，这都过去了。

第三十章

时间过得真快，一转眼就来到了第二年的春天，大地复苏，解冻的河水在流淌，街两旁的柳树吐出了嫩芽，行人们依然穿着冬天的衣裳。刘立天走进了充满晨光的办公室，脸上多了一些皱纹，黑黑的头发里夹着几丝白发，显得更加沉稳，更加自信。这一年多，刘立天脱了几层皮，内外都发生了一些不想不愿发生的事情，黄建被严岩拖下了水，这是让刘立天最痛苦的事，多好的同志，挡不住金钱的诱惑；符朝和朱科长也因受贿受到了惩罚；郑凡当了搬迁小组组长，付林接替了符朝，主管销售；宗世富继续返聘，由他领导的创新小组研制的人工智能有了很大进展；贺静和张志武的关系有了更进一步发展；龚义被选为了副市长，正在公示期……所有人都发了变化，也没有发生变化，每个人都按照自己的人生轨迹行进。

去年底，刘立天拒绝了陇省国资委的调动，工厂发生了天翻地覆的变化，年底审计，工厂产值达到了二十五个亿，利润达到三个亿，元旦过后，就开始做上市前的准备了，预计三年产值达到六十个亿，利润达到五个亿。在职代会上，刘立天庄严宣布：上不了市，他就辞职。职工热情高涨，工厂按照预定轨道前行。

郑凡敲门进来说，书记，咱们走吧！刘立天说，走！今天早上，去看黄建。黄建的堕落是他做梦也没有想到的。两个人下了楼，刘立天转过身问郑凡，东西买了吗？郑凡回答，买了！两人上了车，驶出了大院。一路上，刘立天都在沉思，为什么一名好干部经不住金钱的诱惑呀！过去，黄建是多么廉洁，他本质是好的，人怎么会为私利变得这么疯狂呢？这对家庭、对孩子是多么大的伤害呀！这个家就散了。车过了黄河桥，来到大沙坪监狱。刘立天和郑凡走进了高墙内，在会见室见到了黄建。刘立天拿起话筒，黄建也拿起话筒，两个人隔着玻璃开始说话了。刘立天叫了一声，老黄！黄建的眼泪流了出来，郑凡站在一旁。黄建不知说什么，现在说什么都没有用了，钱怎么会在家里呢？刘立天安慰说，家里的事，你放心，都安排好了。黄建抽泣地说，谢谢书记！刘立天语重心长地说，按年龄，我应该管你叫大哥；按工作关系，我们是同事。我也有不可推卸的责任。黄建拦住说，都是我交友不慎呀，都是我的错呀！他说完，深深地叹了口气。这个叹气让他百感交集，痛苦万分。刘立天说，老黄！这也许是你人生的一个插曲，打起精神来。黄建点点头。会见时间到了，刘立天走出了会见室，上了车，一路上不说一句话，他后悔让老黄管搬迁了，心里十分难受。黄建所出现的状况，他早该意识到了，几次见他喝醉了。怪自己没有及时纠察，没有及时调整，要是换别人，也许就救了黄建。在最艰难的时候，黄建都没有退缩，支持自己的工作。如今变成了这样，刘立天的内心在翻腾，而这个翻腾是在深深地自责。

车到了厂办公楼前，刘立天下了车回到办公室，桌上的电话铃响了，拿起电话，那边传来了贺静的声音，刘董事长！刘立天说，你别这么客气了，叫我老刘就行了。接着问，什么指示？贺静说，昨天张志武来电话，说他们又要订十个亿的设备供应，我提前告诉你，要早做一些准备。刘立天兴奋地说，太好了！自从双方厂级领导在广州见完面后，南方厂没有再派人来，董事长、总经理都由西北厂的人担任。贺静没再来西北厂，都是西北厂的人去广州。刘立天问，张志武什么时候来谈合作？贺静说，可能就这几天，我也去。刘立天说，好！贺静问，老黄好吗？刘立天沉闷地说，我刚从监狱回来。贺静说，老黄都是被那些人害的，真是交友不慎呀！刘立天没有接话，贺静接着说，具体时间定下来，我通知你。两人放下电话，刘立天望了望窗外，收回了眼神。电话铃又响了，拿起话筒，那边传来了唐钢的声音，立天，晚上有空吗？刘立天叫道，大哥！接着又说，有空！唐钢说，六点半在黄河酒店，三个七房间。

晚上下了班，刘立天打的到了黄河边上的黄河酒店，离六点半还差十分钟。他站在黄河边，河面上游艇载着游人，观赏两岸的景色。黄建被判了一年半徒刑，这是刘立天的心病，黄建出来后怎么办？作为多年的同事、朋友，要帮他呀! 西北厂聘他。

落日的余晖映照河面。刘立天站了一会, 转身走进了酒店, 进了三个七包间, 一个人都没有, 一位年轻漂亮的女服务员进来问, 先生! 您喝什么茶? 刘立天回答, 稍等! 话音刚落, 门开了, 唐钢陪着张剑进来了, 这是刘立天做梦也没有想到的, 忙迎了上去叫道, 张书记, 您好! 真没有想到, 哎呀! 张剑与刘立天握完手, 说, 立天成为企业家了! 刘立天说, 那都是你给的机会, 我只是企业经营者! 张剑哈哈一笑说, 没骂我吧? 刘立天说, 我感谢您还来不及呢! 没您的指导, 不会有我的今天。张剑看了看, 说, 我给你介绍一下, 这位是企干一局的李局长。李局长四十多岁, 有着一头浓密头发, 面色黝黑, 浓眉毛, 大眼睛。刘立天与他握手。张剑说, 大家都坐吧! 这时包间的门开了, 进来的, 还是上次陪唐钢的年轻人, 他弯腰小声地问, 书记, 可以上菜了吗? 唐钢问, 张主任, 可以上菜了吗? 张剑说, 这是你的地盘, 你说了算。唐钢说, 上吧!

菜上齐了, 张剑说, 立天! 明天上午, 我和李局长去西北厂看看。刘立天立即说, 好! 接着问, 我明天几点接你们? 张剑说, 九点吧! 刘立天不知张剑这次来金兰是什么目的, 总感觉和自己有关系。那是什么事呢? 调自己走? 觉得又不可能? 目前西北厂的状况, 还不允许自己走。也许自己想多了, 张书记只是来看看。

其间, 刘立天借去卫生间出了门给郑凡打电话, 安排明天张剑去厂里的事宜, 要求在家的领导不准离开, 在厂里待命。刘立天从卫生间出来, 碰见了许久没见的李燕, 刘立天问, 你怎么在这儿? 李燕说, 几个大学同学聚会。接着问, 你怎么在这儿? 刘立天回答, 有一个应酬。李燕问, 你最近还好吧? 刘立天回答, 还行! 自从上次为了费雯雯的事, 李燕觉得对不住刘立天, 好久没有见面了, 有时通个电话问候一下。李燕说, 我先进去了, 改天再聊。刘立天望着李燕的背影, 等她进了包间, 才转身回去。张剑说, 这几年, 立天拼打出来了。刘立天谦虚地笑了笑。唐钢说, 这需要张主任多指点, 他还年轻需要多锻炼锻炼。张剑会意地笑了, 李局长也微笑了。

晚宴九点多钟结束了。张剑和李局长一辆车, 唐钢和刘立天一辆车, 刘立天问, 大哥! 这次张书记来, 有什么事? 唐钢说, 这次来, 主要对国有企业进行调研。接着说, 我猜测, 也许跟你有关系。张剑什么都没说, 叫你来吃饭, 是张剑提出来的。刘立天没再问, 到了招待所下了车, 回到了房间, 坐在沙发上回忆晚宴上的每个细节，张剑什么信息也没透露。对刘立天来讲，他现在不想走，想等上市以后再走，要完成自己上任时的承诺。然而，他毕竟是代表国有股，身份还在集团。他沉思了一会儿，给唐琴打了过去，唐琴接上电话说，你现在的电话越来越少了。刘立天没接话，而是说，晚上我和大哥一起吃饭。唐琴一时没有反应过来，问，哪个大哥？刘立天说，你大哥呀！接着说，张书记也来了。唐琴问，哪个张书记？刘立天回答，我们集团的张书记，现在调到国资委当副主任了。唐琴来精神了，马上问，是不是跟你调动有关？刘立天回答，张书记没说！接着说，明天到我们厂考察！唐琴兴奋地说，那一定跟你有关系。刘立天问，洋洋好吗？唐琴马上喊道，洋洋，你爸的电话！洋洋说，我忙着呢！没空！唐琴说，刘立天，你再不回来，儿子都不认你了。刘立天笑了笑说，认不认，我都是他爹！唐琴接过话说，你别贫了，我问你，张书记去到底是啥意思？刘立天说，我真的不知道，我猜想，也许跟我有关系，这只是猜想！唐琴听完，做起梦来，刘立天要回来啦。唐琴没有什么大志向，她爱着刘立天，她所有的愿望，就是一家三口其乐融融在一起过日子，她对当大官、挣大钱呀，没多大兴趣，钱够花就行。前段时间，嫂子李婷告诉她，要她好好爱刘立天，不要胡思乱想，不要丢掉一个好人、好丈夫。刘立天放下电话，感到有些孤独了，这一年多，没有回几次家，每次回去都是匆匆忙忙，觉得欠唐琴许多，欠儿子许多。然而，西北厂就像他养的一个孩子，渐渐长大了，有了感情，不想离开。

第二天早上，刘立天早早地来到了会议室，董事们都到了，他说，我一会儿去接张主任，大家按照各自的工准备一下汇报提纲。付林问，张主任来，有什么意图？刘立天说，不清楚，只通知我，今天上午来厂里。他过去是集团的党委书记，我在他手下工作过。付林说，我知道。

一上午，刘立天等人陪着张剑、李局长、省国资委主任王岩等人，在老厂区看了看，又到在建的新厂区看了看，不到十一点半就结束了。刘立天安排了饭，张剑说，不吃了！中午和省上的领导见见面，下午我就回京了。整个视察，张剑还是没有透露一点消息，所说的话，都是常用语。张剑一行人坐车走，刘立天和董事们回到了办公室。

张剑等人的视察，让董事们心里不安了起来。付林回到办公室想，是不是刘立天要走了？心里一阵恐慌，刘立天不能走。他出了办公室，来到李燃的办公室，他原是十三车间主任，去年调整的时候，升为管生产、质量、技术创新的副总。年龄三十二岁，后起之秀，是金城大学毕业的，学的专业是机械制造。付林进来，李燃边让座边问，付主席有事？付林问，国资委张主任来视察，是不是有别的意思？李燃说，不会吧！我觉得是对西北厂的一个肯定。付林说，我看不会这么简单。李燃明白了，问，你是说，刘董事长要走？付林分析说，你想想，张剑原是刘立天的领导，现在又是国资委副主任，从级别上来讲，张剑不会来我们厂的。李燃说，那也不一定，现在我们厂在业内有些名气了，把一个濒临倒闭的企业搞成现在这个规模，应该说，是有经验总结的。张主任不是说了吗？让我们好好总结总结！付林没再说什么，他预感到了西北厂将要发生什么！付林回到办公室，心里总感到不踏实，又出了办公室，来刘立天到办公室，在门口，他听见了宗师傅的声音，刘书记，你可不能走呀！

刘立天说，宗师傅，没有的事。宗师傅问，那领导来视察我们厂什么意思？刘立天不知道真实的原因，虽然有预感，但是不能说。刘立天回答，宗师傅，我是不会离开的。付林推门进来就说，刘书记，你不能把我们扔在半道上。李燃也进来说，刘董事长，你是我们的主心骨，你领导我们走到今天不容易呀！你不能走呀！李燃觉得付林说得有道理，就过来问究竟，付林和宗师傅都在。他对刘立天有感情，如果不是刘立天，他不会有今天，是刘立天把他从技术员一步一步提拔起来的。在王义、顾峰时期，他提了多少合理化建议，都被搁置了，后来刘立天发现了他。刘立天知道李燃心里在想什么，说，不会的！付林、宗世富、李燃在心里是不相信的，毕竟刘立天是集团领导的身份，从北京来的。李燃又想，我们这样挽留，是不是太自私了，刘立天毕竟家在北京。其实，三个人的情感都是一样的，他们跟刘立天结下了深厚的友谊。刘立天看着他们，心里也涌出了暖流，多好的同事们，不给他们吃一个定心丸，他们是不放心的。他说，我不会走的，就算要走，也要等西北厂上了市再走。何况现在没有一点迹象表明我要走，你们放心吧！桌上电话铃响了，三个人这才出了门。刘立天拿起电话，传来了贺静的声音，明天下午，张志武一行人到金兰。我明天上午和办公室主任王秋兰先到。刘立天回答，知道了！放下电话立即拉开门，叫住了付主席、李燃。三个人研究接待的有关事项，研究完，刘立天看了一下表说，过了食堂吃饭点了，说，我们去外面吃饭，我请你俩。付林说，你这是什么话，我来请。李燃说，你两位是前辈，是老大哥。我来请！刘立天哈哈一笑说，好！

好！你俩请。三个人说笑着出了门，走到电梯口，技术科袁科长见三位领导过来，赶忙打招呼。刘立天问，你怎么才走？袁科长说，人工智能设备，上午做调试。刘立天说，和我们一起去吃饭。袁科长说，不去了！老婆在家做好了饭。电梯来了，四个人走进了电梯。

第二天上午，十一点多钟，办公室的李小娜去机场接回了贺静等人，安排在厂招待所住下了。贺静对李小娜说，我下午一上班就过去，你告诉刘董事长。李小娜点头答应，转身下楼了。自从顾峰被抓起来后，李小娜收敛了许多，她也办不了什么事了，那几个老板不再找她了。她和同学丁伟正在谈恋爱，两人商定，"五一"结婚。两人年龄都不小了。丁伟承诺说，结了婚，想办法把她调到省上的事业单位。去年上半年，她找过金副市长一直没有音信，现在的西北厂如日中天，自己在厂里也有股份，走了会有损失。虽然丁伟答应了，但是李小娜没抱多大希望，从她心里讲，丁伟不是最合适的对象，但年龄大了，不结婚，以后会更麻烦。她回到了办公楼告诉了刘立天，贺总下午一上班过来。

中午，刘立天吃完饭上楼，在走廊碰见了尹楠，纳闷地问，你怎么跑这儿来了？尹楠说，我刚才去你办公室没人，给你打手机，你不接。刘立天一摸兜，手机落在办公室了。前几天，尹楠就来到厂里，验收第三批出口设备，付林负责接待的，他已经接替了符朝的位置。刘立天问，有事吗？尹楠说，到你房间说。两人进了房间坐下后，尹楠说，上午，我验收中，发现两台设备质量有问题。刘立天问，你跟付林说了吗？尹楠回答，说了！接着又说，我怕他解决不了，又来找你。刘立天说，知道了！尹楠说，这次出口时间紧，怕耽误时间。刘立天说，我会安排的。尹楠说，晚上一起聚聚，李燕说好久没见你了。吕军也说。刘立天说，今晚不行！西部油田来人，晚上我得接待。尹楠说，那明晚呢？刘立天说，明晚再说。尹楠说，符朝判了没有？刘立天说，不知道！尹楠说，这个符朝胆子太大了，运费都敢克扣。刘立天说，不说他了，下一批有眉目吗？尹楠说，如果这批不出问题，应该问题不大，你们的设备到了阿拉伯，很受欢迎的。接着又说，我听说，你们在做上市前期的准备。我们单位想入点股份！刘立天说，还没到那一步呢！不过，你们可以提交一个方案，到具体操作阶段再商量。尹楠高兴地说，你说话算数。接着说，立天，真没有想到，西北厂变化这么大，发展速度真快。那时，是你求我，现在是我求你。刘立天说，不是求，是互相合作共赢。尹楠说，行啦！不要说官话了。我走了，别忘了那两台设备。刘立天说，好！尹楠出了门，刘立天给付林打电话安排，付林说，这事我知道了，已安排了，保证出口前完成。

下午，刘立天走进办公室，随后贺静和王秋兰进来了。贺静比离开西北厂的时候胖了一些，神情多了自信。刘立天站了起来，和贺静、王秋兰握着手说，欢迎！欢迎！南方厂办公室主任王秋兰说，果然名不虚传，刘董事长很帅气嘛！一个星期前，她才上任。刘立天诙谐地说，王主任，你们贺董事长是不是在背后骂我了！王秋兰说，不是骂！是欣赏！贺静说，好了！我们商量下一步西部油田这个十个亿订单的情况。刘立天感到，贺静这次来，是有目的的。不过，又一想，贺静提什么都可以答应，这块业务已经是西北厂的补充了，现在主要靠产品了。再说了，当时没有南方厂入股，不会有今天。贺静说，我有个方案，我们两家三七分，刘立天爽快地答应了，没问题。贺静舒了一口气，说，我还想，你不会同意呢！刘立天说，你太小瞧西北厂了，你们占我们百分之十五的股份呢！如果上市了，估值四百个亿，你们八千万变成了六十个亿。贺总，你们当时的决策是正确的。贺静说，那得谢你呀！是你给了我们这个机会。刘立天说，不能这么说，我们在最难的时候，是你们伸出了手，那时，我们西北厂天天都有催债的，工厂马上就要倒闭了，你们拿多少都不过分。贺静担心的问题，就这么解决了。刘立天说，张志武走后，我们开个董事会，研究一下上市的事。贺静说，好！

下午，贺静带队去机场接张志武一行人。晚上，西北厂举行晚宴，欢迎张志武一行人的到访，这次考察是例行公事，在某种程度上是看贺静的面子。刘立天左边坐着张志武，右边坐着贺静。两个人虽然隔着，但是眼神在不停地交流。刘立天余光看到了，同时，也看到贺静眼神射向了他。晚宴热烈而和谐。晚宴结束，张志武和贺静一起走出了门。临出门，刘立天握着张志武的手，对贺静说，你陪张指挥长他们去看看黄河的夜景，上次来得匆忙。张志武说，好呀！一伙人在酒店门口分手了，刘立天和付林、李燃、郑凡一起坐车走了，留下了一辆面包车。油田的人也明白了刘立天的用意，说，我们也回去了。张志武不客气地说，你们先回吧！贺静含笑送走了他们。两人肩并肩走到了黄河边。

刘立天回到房间，不知怎么心里酸了起来，情绪提不起来，脑海里飘出了贺静的身影，瞬间又消失了。

贺静陪着张志武，她似乎觉得从刘立天的影子里走了出来，又觉得还在刘立天的影子里，残留的情谊让她有些惆怅。晚宴时，她看到了刘立天那暖暖的眼神，还能扑捉到爱的信息，那眼神就像眼前的黄河，在夜的朦胧中流走了，不会再回来了。张志武心情很好，用手指着对面山上矗立的白塔说，我们过桥去爬爬山，看看白塔。

刘立天站在窗前，望着窗外皎洁的月亮。一段的岁月，一段都明白的时光过去了。不知站了多久，窗外吹来了一阵风，刘立天关上了窗户走进了卫生间，洗漱完上了床。他翻来覆去睡不着，看到贺静寻找到了幸福，心里是高兴的，而高兴里面藏着醋意。不管怎么说，我要给贺静创造条件，期盼她早日找到归宿，这才是真正爱的旋律、爱的表达。

张志武和贺静手挽手站在白塔下，望着金兰的夜景，两人默默沉醉在这美丽的夜晚中。过了许久，感到了有些凉意，贺静说，我们回吧？张志武回答，好！两个人下了山，贺静回到招待所，张志武回到飞天宾馆。皎洁的月亮西沉了。

贺静洗完上了床，翻来覆去睡不着，脑海里浮现出刘立天，心里在问，我这是怎么了，刘立天这座山，我是爬不上去的，那么我也应该有个归宿，那这个归宿是张志武吗？想到这儿又茫然了。每当夜深人静，刘立天就时不时浮了出来。她压抑过自己，也告诫过自己，不能这样下去，可总是控制不住，而这种情绪对张志武也是一种伤害。虽然张志武从来没有对刘立天说什么，他越这样，贺静的心里越不安。

张志武回到宾馆，躺在床上也是翻来覆去睡不着，他感到了贺静对刘立天的情思依然存在，而这个存在占着位置，这个位置他能获得吗？他能占有吗？张志武对自己是有信心的，看得出来贺静正在脱离刘立天的那个情网，而这个脱离速度是快是慢跟自己有关系，在贺静面前绝不能提刘立天一个字，绝不能说刘立天不好，说了，贺静就会看不起自己的，也许就会失去这个机会。贺静是一个可爱的女人，是一个值得信赖的女人，是一个超凡脱俗的女人。张志武想到了这一段交往的经历，他与贺静非常和谐，见到贺静心情非常欢愉。窗帘上闪出了白光，张志武这才慢慢地睡了。

三天后，张志武一行人考察完毕，签订了设备供应合同。临走前的晚上，西北厂举行欢送晚宴，张志武对刘立天说，我听说，你们要上市，我个人的想法，我们西部油田能不能参点股呀？刘立天心里一喜，如果西部油田参与，那是锦上添花呀！这个功劳可以给贺静。随后举起杯来说，那就看贺总同意不同意了。贺静坐在一旁微笑没有吱声。付林说，那太好了！张志武说，看来贺总是不欢迎的。贺静心里明白，张志武这是一语双关，贺静装糊涂说，我是小股东！她没往下说。张志武就喜欢贺静这一点，稳重矜持，顺着这个话说，刘董事长，你的意见呢？刘立天看了贺静一眼说，我们贺总的意思是，南方厂要是大股东就没有问题。大家哈哈大笑，觉得刘立天回答得非常巧妙。接着刘立天又直截了当地说，当然欢迎，这样我们就等于插上了翅膀。接着又说，这件事由贺总全权负责。张志武满意地说，我敬刘董事长一杯！

第二天上午，张志武一行人走了，贺静代表西北厂前往机场送行。两天后，贺静开完西北厂和南方厂的董事会回到了广州，刘立天恢复了正常的工作状态。付林敲门进来，说，董事长，出口阿拉伯的那两台设备修好了，跟尹总联系不上了，我派人去宾馆找，人不在房间，打手机关机。刘立天问，他还有其他联系方式吗？付林说，没有，我昨天跟他商量好的，今早就找不到人了。这时电话铃响了，刘立天拿起话筒，传来了同学吕军的声音，立天，昨天晚上，尹楠与几个朋友打牌，被派出所以聚众赌博带走了。你想想办法？刘立天问，哪个派出所？吕军答，胡楼派出所。刘立天说，知道了。放下话筒说，尹楠被胡楼派出所带走了。付林说，我去想办法。

一个半小时后，付林陪着尹楠进了刘立天办公室。坐下后付林愤怒叫道，你们这是怎么回事！几个人打个牌都被抓起来了。刘立天说，你们肯定玩钱了。刘立天又说，好了！你出来就行了。尹楠说，谢谢！接着说，今天下午设备就装车，地址，天津港。付林说，我现在就去安排。尹楠说，好！付林出了门，尹楠沮丧地说，这叫什么事呀！接着说，你今晚有空吧？刘立天翻看了一下台历说，有空！尹楠说，晚上集合，我通知其他人。刘立天说，好！许久没有和同学聚了。

贺静走后，刘立天的心情始终没有缓过来，今天想着放松放松。尹楠说，我去车间看看。临出门说，别忘了今晚的聚会。刘立天说，知道了。他比较喜欢尹楠，在学校时，尹楠就是他的忠实追随者，跟着他屁股转，自从当上了董事长后，尹楠给予了他大力的支持，也是帮助西北厂渡过难关的一位贡献者，为此，救尹楠出来也是应当的，也没有过多责怪他。这时，有人敲门，进来的是高林的爱人，刘立天赶忙站了起来，迎上去问，嫂子，你怎么来了？高林的爱人中等个儿，皮肤白皙，身体丰满，在一家事业单位当会计。她坐下后说，刘书记，我想了几天，才决定找你，我实在没有办法了。刘立天问，怎么了？什么事？高林的母亲得了癌症，家里的钱都花光了。厂里虽然给了扶助金，但是不够。我真的不好意思……刘立天立即说，嫂子，你放心，钱不够，厂里出！我安排人去找你。他说完，拿起电话，给新上任的工会主席打电话，王主席，你到我这儿来一下。他放下话筒说，嫂子，有西北厂在，你尽管放心，高厂长是为了西北厂牺牲的，我们不会忘的。高林的媳妇流下眼泪说，我代死去的高林，代他母亲感谢你。王主席推门进来叫道，董事长！刘立天介绍说，这位是高林的爱人，高林的母亲得了癌症，家里没钱了，你从福利费里解决，治病花多少钱，给多少钱。高林的爱人忙说，谢谢！王主席说，这是我们应该做的，那你跟我去办公室。

刘立天送完两个人出门，转身走到窗前，凝望天空，几朵白云在阳光下流动，远处的白塔山清晰可见，黄河像一条黄色的飘带飞舞。他站了一会儿转身回到办公桌前，拿起电话叫道，王主席，你到我这儿来一趟。王主席叫王新华，不到四十岁，原是四车间支部书记，去年底调整接替了付林。高个子，小眼睛，皮肤黑，脸上有亮酒窝。王新华推门进来，刘立天问，高厂长的爱人走了？王新华回答，我都安排好了。刘立天点头说，我想了想，把全厂职工家属情况搞个调查，摸一下情况，看看有多少人跟高厂长家情况一样。把这方面的情况搞清楚，我们要订个制度，不论谁家的家属有难，我们都应该伸手相助。你根据调查的情况出一个方案，先给我看看，然后上一下董事会。接着又说，家属会拖职工的后腿，解决家属的难处，也就是解决了职工的后顾之忧，工厂就会更有凝聚力。王新华说，董事长，你的意思我明白。他打心眼里佩服刘立天，他处处为职工着想，不跟这样的人，跟什么样的人！王新华说，我先回去了。

王新华回到了办公室，安排干事吕兰负责这件事。这是位美女，原在厂托儿所工作，后调到团委，去年底调到工会。她今年二十六七岁，没有结婚，中专毕业。她喜欢刘立天，这事在她心里，没人知道。她每次去刘立天办公室送材料，心里都会紧张。她会经常下了班，在刘立天必经之路，躲着看着。她有时想，我这是干什么呀！不是幻想吗？这种感觉就像喜欢歌星、影星一样，只能仰望，为了仰望，吕兰在夜深人静时，也有睡不着的时候。

西北厂的新区大部分都建完了，计划八月底搬迁完毕。刘立天出了门，叫上了郑凡来到新区。在路上,郑凡说,我听说,金副市长出问题了,华发公司的严岩供出了他。刘立天没有吱声,郑凡又说,我总觉得蹊跷,黄书记也不解释,这里是不是还有其他原因?刘立天问,那问题出在哪里?郑凡说,我总觉得黄书记不是这种人。刘立天没再接话,他心里也有疑问,不管怎么说,检察院毕竟从黄建家里搜出钱了,这是事实。

车到了晏家坪新区,一栋栋厂房矗立,非常壮观,厂区的路四通八达。刘立天和郑凡走进一个车间,在宽大的车间里,人们正在安装设备。两人转了一圈出来,又到另外一个车间去看。整个厂区转完了,刘立天问,八月底能搬完吧?郑凡回答,没问题!我们实行分期搬迁,现在三分之二已经搬迁完了。刘立天看着这个成长的年轻人,心里涌出了欣赏。郑凡是他到了西北厂后提拔起来的年轻人,经过这段时间的锻炼,证明他能承受住压力和抵御外来的诱惑。

两个人上了车回到了厂里,刚进电梯,听到后面有人喊,刘书记!刘立天转身从电梯里出来,没想到是王义的妻子——柳依依。刘立天忙问,柳处长有事?柳依依说,到你办公室去说。两人走进电梯,柳依依眼神忧郁,衣着朴素,但挡不住她中年妇女特有的美丽。虽然刘立天对王义有些想法,但是对柳依依还是很尊重的。两人到了办公室,刘立天倒水递了过去,问,有事吗?柳依依喝了口水,说,我真的无法开口。刘立天说,你说吧!柳依依说,半年前,王义的父亲来找我,说王义的母亲病了,需要钱,我给了一些,毕竟是孩子的奶奶,前段时间又来找我说,王义母亲的病越来越重,家里把房子都卖了,确实走投无路了,才来找我。你知道,我是靠工资过日子的,实在拿不出钱来了。刘立天明白了,说,王厂长也是西北厂的厂长,也是倒在工作岗位上的,你有困难,我们应该帮助。他说完拿起电话,叫工会主席王新华过来。刘立天放下电话说,柳处长,我有个建议,你看这样好不好,从此以后,你就不要跑了,让王义的父亲或家里什么人直接来厂里,我安排人来解决。柳依依高兴地说,如果这样就太好了。王新华敲门进来,刘立天互相介绍完说,王主席,你把你的电话告诉柳处长,以后让王厂长家里的人直接找你。王新华说,好!刘立天说,王厂长是我们的老厂长,他家的事就是我们的事,一定要解决好。柳依依在省里听到西北厂在刘立天的管理下,发展如何的好,看来名不虚传。今天来之前,她还怕白来一趟。柳依依说,那让我怎么感谢你呢!刘立天说,柳处长,你客气了,具体的事,让王厂长家里人与王主席谈。柳依依站了起来说,好的!

我走了。刘立天送到门口，望着柳依依坐上电梯走了。

王新华由衷佩服起刘立天，王义活着的时候，他知道王义怎么打击刘立天，但刘立天还能做到这般真是胸怀大如海。刘立天问，王主席，上次那个职工家属特助方案搞得怎么样了？王主席回答，正在摸底调研。刘立天说，也要把那些死去职工的家属考虑进去。这时，付林推门进来汇报，西部油田设备供应合同签完了，出口阿拉伯设备已装车了。刘立天说，这次油田设备供应，和南方厂分一下，具体怎么划分，你跟贺总联系一下。我建议，这十个亿，我们三，南方厂七，一定要保证质量。付林回答，好！转身出了门。王新华问，董事长，你还有什么指示？刘立天说，关心职工生活是一件大事，马虎不得。我们工厂是职工的家，家不好，职工就会离心离德，工厂就没有凝聚力，一个没有凝聚力的企业是走不远的。我一直在思考一个问题，我们不但要创造财富，也要创造文明，既要有效益，也要创造职工的幸福，只有这样，工厂才会壮大，职工才会更加有幸福感。企业好了，职工好了，这才是我们追求的目标。如果背道而驰，我想，什么样的工厂都会垮台。人是第一要素，没有人就不会有工厂。我之所以让你搞这个方案，就是基于这个想法。王新华听完，心里很激动，刘立天是一个有远大抱负的领导。王新华说，董事长，我明白了，我抓紧搞出来。刘立天说，你要结合我们原来的职工福利分配方案一起搞。王新华点头，接着说，我先过去了。

王新华刚出了门，一位陌生人进来了，弯腰致谢说，刘董事长好！谢谢你！我是刘真的朋友，叫邱文雄。我被招到了西北厂。昨天到厂里报到了。刘立天微笑说，好呀！邱文雄马上说，我也向你报个到。说完就转身走了。桌上电话铃响了，刘立天拿起话筒，那边传来弟弟刘真的声音，二哥回来了，晚上，我们一起聚聚。老二大学毕业后出国留学，读完博士后就留在国外了，父母去世都没有回来，刘立天爽快地答应了。桌上的电话又响了，那边传来尹楠的声音，咱们今晚聚，我明天回广州，对了！我说的事，你可别忘了！刘立天疑惑地问，什么事？尹楠声音高了起来，说，看看！你真忘了，我跟你说的，我们公司入股的事！刘立天笑着说，我知道了！对了，我大弟回来了！今晚，我和几个弟弟聚。尹楠说，你推到明天吧？刘立天说，那不好！我大弟刚从美国回来。这样吧，都定在一个饭店。尹楠说，好主意！那就金港饭店。刘立天说，好！接着他又告诉了弟弟。

　　晚上，刘立天在包间见到了分别七八年的大弟。他头发梳得整齐，戴着金丝边的眼镜，比过去斯文多了。大弟叫道，大哥，对不住，咱爸咱妈去世，我都没有回来，我是不孝之子呀！今天上午，我一下飞机，老四就带着我，去给爸妈扫了墓。大弟叫刘正，他们只兄妹四个，除了刘立天的名字是三个字，其他人的名字都是两个字。刘真带着媳妇和小侄儿斌斌。大弟还没有结婚，听说在美国有一个女朋友，家在武汉。这都是大弟说的。刘立天说，都过去了！接着问，你还好吧？大弟回答，挺好！我这次回来，有一个学术交流会，会完了，我请假回的金兰，老三怎么还没到？刘真说，我三哥晚点来，陪他们领导呢！刘立天说，那就点菜吧！今天我请。刘真说，怎么能让大哥请呢！我来请！接着说，对了！邱文雄到你们厂上班了！刘立天说，他找了我了。刘真说，谢谢大哥！刘正说，老四现在嘴甜了。刘真的媳妇说，在家可凶了！刘立天和刘正都没有吱声。这位弟妹高中学历，人长得蛮漂亮，说话直来直去。菜上齐了，刘立天端起杯说，为老二学业有成干杯！刘正说，谢谢大哥，谢谢四弟，接着一仰脖把酒喝了，放下酒杯说，大哥！等洋洋上完高中，就去美国，我可以推荐担保。刘立天看了看大弟弟笑道，洋洋还小！刘正问，大哥，你在北京好好的，怎么回来了？刘立天想了想解释说，基层能锻炼人！本来是挂职两年，后因情况变化就留下了。刘正说，听四弟说，厂子现在不错。刘立天说，还行！刘正说，我可以从美国硅谷多找一些创新产品推荐给你。刘立天说，太好了！接着又说，人工智能方面的！刘正说，好的！接着又说，大哥！我觉得你可以自己干，干吗给别人干！四弟说，二哥！大哥他们厂是全员持股，大哥也是在给自己干的。刘正说，那好呀！我回去抓紧找和你们厂相关的技术。刘立天的手机振动了，知道尹楠叫了，他接完电话说，我同学从广州来，也在这个酒店吃饭，我过去看看。

　　刘立天一进包间，让他没想到的是，费雯雯也在，自从那次俩人发生矛盾后，再没有任何联系。费雯雯马上站了起来说，立天，你还生我的气呢？刘立天笑了笑没有吱声，坐了下来，朝李燕看了一眼。费雯雯说，是我让尹楠叫你的！你是董事长，大人有大量，不要跟我们妇道人家过不去，上次那事，我老公狠狠批评我啦！刘立天再不说话，就显着小肚鸡肠了。他说，都过去了！不提了！接着问，你是出差，还是探亲？费雯雯坐下后说，探亲！刘立天微笑点头，他旁边是李燕。吕军问，听说你们要上市，我们能不能买些股票？刘立天说，上市的事，八字还没一撇！早呢！费雯雯捋了一下烫的黄头发，妖媚地说，立天！你可不要忘了老同学呀？尹楠接过话，立天不是那种人！吕军说，立天！我们几个挂上号了！刘立天知道今晚这个饭局的用意了，他微笑着，没有表态。李燕在一旁一声没吭，心想，费雯雯这次不计前嫌，那是为了更大的目的。刘立天和同学们碰了几杯酒，说，我家的人在隔壁。说完就出门了，去了一趟卫生间，随后回到包间。刘正正在和老三刘忠说话。刘立天坐下后，问，老三来了？刘忠个子比刘立天高，有些秃顶，眼睛不太大，皮肤粗糙。老三问，我听说，你们公司要上市，发行股票？刘立天说，有这个计划。刘忠说，大哥，你提前告诉我一声。刘立天微笑说，到时看公告！我是董事长不能说，有政策规定。刘忠说，没事！我们不说，谁知道呀！刘真说，大哥为难就不要说这事了。刘立天心里感激。刘忠也没再往深处说。刘正说，大哥，我想明天去你们厂看看，行吗？刘立天回答，没问题！接着问，你几点来？刘正回答，下午一上班。父母去世后，全家头一次这么全聚会。刘立天心里非常高兴。一家又聊了一会儿家常就散席了。

刘立天转身去了同学们的包间。一进包间，费雯雯说道，我以为一谈股份，你不敢回来了。吕军说，立天，你是不是那种人？刘立天说，同学们支持西北厂，我举双手欢迎。但我是这个厂的董事长，政策规定，我是不能向各位透露任何消息的，到时看上市公告，望同学们理解。不过，西北厂的状况，大家多了解一些，我想你们会明白的。尹楠说，有你这句话就够了，我们就相信你这个人。立天是干大事的，我们不能给他添乱！费雯雯脸色变了说，尹楠，你这话就不对了，同学在一起聊天，怎么是添乱呢？尹楠嘿嘿一笑说，我就是这么一说，立天是知道大义的人。李燕插话说，立天说得对，我们多了解西北厂，自己判断去。费雯雯心里不舒服了，吃了口菜说，路都是人走出来的，多条路，就多一次机会。再说了，现在社会都讲究圈子，同学一个圈子，老乡一个圈子，志同的一个圈子，老战友一个圈子。人人都在圈子里，不在圈子里，许多事就难办。吕军接过话说，费雯雯说得没错，没有圈子很难在社会上立足。尹楠也跟着说，那是！李燕低头吃菜，没有发言。刘立天也没有吭声。费雯雯接着又说，立天，你把西北厂的情况说说？刘立天简单把西北厂的情况说了，费雯雯两眼睁大了，没想到，西北厂现在这么好。刘立天又说，现在是市场经济，现在好，不能代表未来好！投资是有风险的，需要小心谨慎。李燕抬起头，抽出餐巾纸擦了擦嘴巴说，我们差不多了吧！要不你们几个继续聊，我先回去了，家里有事！刘立天见李燕今天情绪不高，眼睛透出了淡淡的忧郁。刘立天说，那就散了吧！尹楠说，好！刘立天去结账，被尹楠拦住了。

五个人出了门，并排站着，来了一辆出租车，他们三个人先坐上走了。李燕余光看到了张岩在酒店大门的暗处，心里一阵愤怒，这时过来一辆出租车，李燕说，你先走！刘立天说，怎么回事？我送你回去。李燕编谎说，张岩一会儿来接我。刘立天半信半疑地走了。李燕本想向刘立天诉诉苦，没想到张岩会跟踪她。这时出租车来了，李燕上了车走了。

在回去的路上刘立天觉得奇怪，李燕今天怎么了？一脸忧郁，回到招待所进了房间，李燕忧郁的面容还在眼前出现，心想有机会问问李燕发生了什么事。

李燕回到家，脱去了外套，气到了极点，闪出了一个念头，不行就离婚吧！可是离婚，那女儿怎么办？女儿刚上初中！想到了女儿，李燕又软了下来。这段时间，单位工作忙，天天加班，张岩为这跟她吵过几回，最后都以张岩认错而结束。今天晚上，张岩的病又犯了，竟然跑到酒店来了。李燕洗完进了女儿的屋，女儿睡着，脚蹬开被子，她盖好，端详女儿，心里不由得流出了眼泪。门响了，估计张岩回来了。

李燕接着想，婚姻对一个女人太重要了，可以说，不好的婚姻就等于判了无期徒刑。俗话讲，女人怕嫁错郎！真是这样，女人最怕的就是没有一个好丈夫。她出了门，张岩坐在沙发上，装模作样地问，同学聚会完了？李燕哼了一声走进自己的屋。张岩没有跟着进来，继续看电视。李燕上了床，心里难受极了，这个难受说不出口，所有的苦水都得往肚里咽。月光映在窗帘上，思绪飘到了学校，那时她心里就想着刘立天，上天没给她这个机会，她嫁给了张岩。开始日子过得蛮舒心，张岩对她也是无微不至地关心。但自从刘立天来到金兰以后，他就开始疑神疑鬼，开始跟踪了。今天幸好被发现了。为此，她好长时间没有跟刘立天联系，就怕张岩胡想。

电视开着，张岩看不进去。在酒店门口，看见李燕和刘立天并排站着，心里就有气。结婚后不久，无意中看到了李燕的日记，日记记着大量的对刘立天的爱慕。后来问李燕，才知道刘立天在北京工作，再后来知道刘立天来金兰工作了，由此开始疑神疑鬼，对李燕所有的活动都产生了怀疑。他走进房间，李燕装着睡着了，张岩上了床，手摸李燕的乳房，李燕一声没吭，泪水流了出来。

张岩摸了一会儿，翻身压在李燕的身上，李燕用手推张岩怒吼道，几点了？我明天还要上班！张岩停止了进攻，翻身下来，说，多久了！李燕起来抱着枕头来到女儿的房间，不想跟这个恶魔睡在一张床上。张岩没有过来，李燕一晚上没有合眼，心里叫道，这种日子怎么过呀！

　　第二天下午，大弟刘正来了，刘立天安排技术科袁前科长陪着他去各个车间看看。下午快下班的时候，袁科长回来了，刘立天问，刘正呢？袁科长回答，他接了电话就先走了。接着又说，我说请他吃个饭，他说有事！接着又说，你弟弟真是专家，他看完，提了许多改进的建议。董事长，我建议，聘刘正为我们厂的技术顾问。刘立天说，你们可以多联系，多学习外国技术。袁科长说，刘正说，他过两天就回美国了，我想再请他一次。刘立天说，你直接跟他联系吧！不过，要注意保护我们的知识产权，能看的可以看，不能看的坚决不能看。袁科长说，我知道保密规定的。袁科长说完就出门了。桌上电话铃响了，拿起话筒，传来了同学尹楠的声音，立天，我向我们总经理汇报入股的事。我们领导非常感兴趣，想这几天过去，你有时间吗？刘立天说，你们先出思路，我看完再定时间。尹楠说，好的！接着又说，费雯雯的事，你不要见怪，不是我特意安排的，她打电话找我，说要请你吃饭，我说正好我们见面，她就来了，她也没说找你有什么事。刘立天说，不说这些了，我理解。刘立天放下了话筒，在想，这个事得跟贺静通个气，想着就拿起了话筒，贺静办公室没人接，又打手机，也没人接。过了一会儿儿，贺静发了短信，会后回。

　　刘立天想给李燕打个电话，问问昨晚的情况，想了半天，决定不打了。太阳西斜了，红红的光射进了办公室，桌上电话铃又响了，是李燕来的，她问，晚上，有空吗？刘立天回答，有空！李燕说，我在加班，八点左右结束，我去找你。刘立天说，好！这时付林进来了，问，云南来了客户，想见见你。刘立天说，那来吧！付林说，他们晚上想请你吃个饭。刘立天说，吃饭我就不去了，有事到办公室来，吃饭你陪着就行了。付林露出为难之色，刘立天问，什么事非要晚上吃饭说？我不是说过吗，都由你负责！付林说，他们没说什么事，只是说见见你。刘立天沉吟了一会儿说，那好吧！付林说，下班我过来叫你。他说完出了门，刘立天给李燕打了个电话说，李燕，我晚上又有事了，明天行吗？李燕情绪糟糕地说，明天再说吧！刘立天紧接着说，晚点行吗？李燕说，算了！刘立天放下电话，心里在想，李燕肯定有事，而且还是家里的事，明天再跟李燕联系。过了一会，付林过来了，两人一起下楼坐上车来到黄河酒店，一进包间，大学同学张志在，刘立天惊奇地叫道，胖子，你怎么在这里！付林没想到这个张志是刘立天的同学。两个人拥抱了一下，张志矮个儿，大肚子，头顶的半圈头发都没了。两个人在学校住上下铺，刘立天在下铺，张志在上铺。张志晚上睡觉打呼噜，刘立天从床板缝拿铁丝扎张志的屁股，为了这事，两人还打过仗呢。刘立天问，瘦子呢？瘦子叫成强，也是一个宿舍的，说到这儿，张志情绪低沉下来说，去年夏天出车祸死了。刘立天惋惜地说，怎么会出这种事？太可惜了！瘦子也是一个才子呀！接着问，胖子，你怎么样？张志说，还行。这不，在你这里讨饭吃来了！刘立天说，哈哈！你是客户呀！上帝呀！是不是，付厂长！付林在旁边笑道，是的！张总是我们的上帝。张志带着一名手下叫陈成，在一旁面带笑容地站着。刘立天说道，都站着干什么！四个人坐定后，张志说，我首先声明，今天我请。刘立天说，你请没道理，我们要尽地主之谊。接着又说，你隐藏够深的，跟我们做生意这么久，你怎么不来找我。张志说，我怕你有想法！刘立天哈哈一笑，没有接话。付林说，张总从来没有透露他是你的同学。张志说，我透露了，怕付厂长心理有负担。这时服务员推门进来上菜。

刘立天站了起来，端起酒杯说，欢迎老同学到来。我先敬你！三个人也站了起来。刘立天与张志、付林、陈成碰了杯，一仰脖喝了。张志喝完酒放下杯子说，立天！西北厂如日中天呀！刘立天笑了笑。张志接着说，咱们这些同学，属你是佼佼者。刘立天拦住说，别吹我了。张志说，我说的是实话，我听付厂长说，几年前，厂子都开不出工资来了，但短短两三年，就搞得这么辉煌。我不是吹捧你，立天，你真有企业家的天赋，有经商的天赋，在学校，我认为你是做官的料，没想到搞企业也搞得有声有色。刘立天说，又吹开了，你这么吹我，是不是有什么目的，无事献殷情非奸即盗呀！张志说，你想多了，我代理你产品，你又不白送，我干吗吹你呀！付林头一回看见刘立天展现另外的一面，原来刘立天在学校就有过人的才能。张志端起酒杯说，我敬老同学一杯，陈成也站了起来。三人喝完，张志又敬了付林。刘立天和张志聊在学校的事，两个人很兴奋，酒也多喝了几杯。刘立天觉得，张志不只是老同学叙旧，也许还有别的事。张志说，我听说，你们西北厂要上市，凭你们的业绩，上市后，肯定差不了。老同学，我想入点股。刘立天没吭声，过了一会儿说，投资有风险。

张志说，立天，你就不要说官话了，同意还是不同意？他开始逼刘立天了。接着他又说，你不要为难，一切按规定办，我不需要你给我照顾，在公平条件下可否选择我们？刘立天想了一下说，到时会有公告的。你这么认可西北厂，我很高兴。不过，现在具体方案正在草拟。张志说，有你这话就行了。

晚上九点多钟，他们就散了。张志明天走，刘立天回到招待所，走进大厅，服务员叫道，董事长，刚才有人找。刘立天问，人呢？服务员说，走了！刘立天猜到了可能是李燕，又问道，留话了吗？年轻的女服务员回答，没有！

刘立天感到，越是接近成功越是忐忑不安，不知怎么一点喜悦感都没有。这几天来，所遇到的事，让他沉重。工厂一天天好了起来，而自己却在得罪人。不去想吧，心里静不下来；去想吧，又无法解决，闹心！

几天来，刘立天没有李燕的消息，几次想给她打个电话，拿起话筒又放下了。

李燕与张岩打起了冷战。有几次，想找刘立天诉诉苦，想了想还是不让刘立天知道为好，不能增加刘立天的负担，也没理由让他为自己操心。这段时间，李燕除了上班就是回家陪女儿学习，干什么都没有心思。张岩老实了许多，几次向她承认错误，而李燕都冷冷的。为了女儿勉强地过吧。张岩心里憋着火，而这个火发不出来，一想起李燕日记的内容，就想到了刘立天。最近没有发现李燕和刘立天有任何联系，觉得自己是不是搞错了，觉得是不是自己不应该这样做，张岩在苦恼之中，在痛苦之中，想解开这结，又不知从哪儿下手。两人的冷战，给孩子造成了影响，过去女儿放学后话很多，现在一放学就钻进自己屋里不出来，吃饭时，也不说一句话。这家冷得像冰窖，张岩快绷不住了，快窒息了，每天看到李燕那张冷冰冰的脸，就让他无法忍受，但又不得不忍受！最后决定，跟李燕好好谈谈，不行就离婚吧。张岩想到这儿，出了一身冷汗，心里叫道，真要与李燕分手吗？

有一天晚上，一家人吃完晚饭，李燕在厨房洗碗，张岩在拖地，女儿在房间学习，李燕收拾完厨房就进了里屋。张岩收拾完家，看了一会儿电视，怎么也看不进，起身走进了里屋，关上了门，李燕上床了，捧着一本书在看。张岩说，李燕，咱俩谈谈？李燕头都没抬，继续看书。张岩心里一股火冲了上来，忍了忍继续说，我们谈谈？李燕抬起头，眼睛看了看他，又低头看书。张岩说，我知道我错了，我不该怀疑你，但你不能老这样下去。李燕继续看书，张岩继续说，如果你不原谅我，我们就离婚吧！李燕依然不吱声。张岩急了问，你到底想干什么，你说话呀！李燕这才放下书说，你愿意怎么办就怎么办！我没意见！张岩继续说，难道，我们在一起这些年，一点感情都没有吗？你怎么会这样？李燕放下书，眼睛喷出怒火，随即落泪。张岩慌了，忙说，你给我一个改过的机会。李燕咬咬牙说，张岩，我们这样过下去，对双方都是伤害，你刚才说离婚，我没意见。我离婚条件只有一条，女儿，我带走，其他都给你留下，我们好合好散。张岩彻底绝望了，歇斯底里叫道，难道，你……你就是为了那个刘立天吗？李燕愤怒地说，你愿意怎么说就怎么说！但有一点，别侮辱他人。张岩一阵狂笑，叫道，我侮辱他人？你在学校的日记里，都记着刘立天。李燕气得叫道，你偷看我的日记？张岩叫道，你心不虚，害怕什么！李燕不想吵了，擦了眼泪说，张岩，你不要吵了，我明天还上班。你愿意怎样就怎样。除了女儿，我什么都同意。张岩出了门，坐在沙发上，也流出了眼泪。

半个月后，两人离了婚，李燕带着孩子回到了娘家。

第三十一章

时间过得真快，夏天快过去了，工厂搬迁完毕。刘立天走进新的厂区，走进新的办公室，空气清新，推开了办公室的窗户，看见了山，山上长满了低矮的灌木。搬迁那天，厂里举行了隆重的搬迁仪式，刘立天望着窗外，想起了李燕，多久没有联系了，转身拿起桌上的电话打了过去，传来了李燕低沉的声音。刘立天问，你最近怎么样？李燕平静地回答，挺好的！接着问，你呢？刘立天回答，这段时间，工厂搬家，三天前才搬完。接着问，我听你的声音不对，怎么了？李燕半天不说话，刘立天着急地问，怎么了？你说话呀！李燕说，我和张岩离婚了！刘立天半天说不出话来，只问了一句，为什么？李燕说，一两句话说不清楚，等有空再说吧！我现在挺忙。刘立天哪里知道，李燕的离婚跟他有很大的关系。刘立天的心里沉重了，我怎么帮助李燕呀！李燕的性格使她不会接受他的任何帮助。桌上电话又响了，刘立天拿起电话，传来了尹楠的声音，立天，上次，我们领导跟你谈过后，决定要参与你们的上市，你想好了没有？刘立天说，我们董事会研究过了，但具体数还没有确定。尹楠高兴地说，谢谢！接着问，李燕离婚了，你知道不？刘立天回答，我刚刚知道！尹楠说，我也是刚听杨凤梅说的。刘立天问，你知道什么原因吗？尹楠说，我听杨凤梅讲，李燕的老公心眼太小，把李燕看得紧，老爱吃醋。刘立天没再问下去。两人放下电话，刘立天想起了很多，为李燕担心起来，想了想又打了个电话，约李燕见个面，却遭到了李燕的拒绝。刘立天的思绪飘向很远，那个扎着小辫的小姑娘，那个漂亮的小脸蛋在眼前浮现了……

突然响起敲门声，刘立天收回了思绪，付林推门进来，说，开会时间到了！刘立天站了起来，拿上笔记本出门了。这次董事会，主要研究企业上市股改的问题，股票改制需要中介机构，如证券公司、会计师事务所、资产评估机构、土地评估机构、律师事务所、征信机构。会议一直开到下午下班。最后，刘立天说，这项工作非常重要，各部门要积极配合中介机构，我建议，这项工作由郑凡负责，大家看看有什么意见。董事们一致同意。刘立天又说，郑凡，你最近和各家投资单位沟通一下，摸一下基本情况，在下次董事会上讨论。郑凡说，好！

会后刘立天回到办公室，袁科长和宗师傅进来，袁科长说，你弟弟刘正给我们寄来资料，我们少走了许多弯路。我有个建议，想组织几个人去美国考察！另外，想聘刘正为我们研制人工智能产品的顾问，给一些报酬。你看怎么样？刘立天说，需要去考察，你们就去，至于报酬，你们拿出一个意见来，不过，刘正是我弟弟，最好避避嫌。宗师傅说，举贤不避亲嘛！只要对西北厂有利就行！刘立天说，不能违反原则，你们打个报告。两个人出了门，宗世富说，没想到，董事长这么快答应了。袁科长说，董事长是有战略眼光的。

刘立天准备下班，桌上电话铃响了，唐钢来的，刘立天叫道，大哥！唐钢说，你的事有结果了，最近，你可能要去趟北京。刘立天没弄清楚，问，什么结果？唐钢说，你可能出任你们集团的总裁。刘立天说，现在走不合适吧！我们正准备上市。唐钢说，别忘了你的身份，你是代表国有股参与西北厂的管理。另外，这是小道消息不要声张。刘立天放下电话，他们不是喜悦，而是有种依依不舍。他站了起来，走到窗前，望着对面的山。看来四年多的西北生活快要结束了。唐钢的消息应该是准确的，回想这段岁月，真是百感交集。桌上电话又响了，刘立天拿起电话，传来了龚义的声音，立天，我得到确切消息，你要调走了。刘立天想了一下说，我没有听到消息。龚义说，你有什么想法？刘立天回答，没有什么想法。龚义说，抽空我们见一面。刘立天说，好！两人放下电话，刘立天吸了口气，看来离开西北厂的日子不会太远了。

刘立天下了楼，厂招待所没有拆，改为四星级宾馆。厂里盖了家属楼，按规定分给他一套，刘立天没有要，依然住在招待所。他坐上了在门口等他的车驶出厂区。在路上，他又想起了李燕的事。

李燕接完刘立天的电话，也想起过去的许多事。她本想不告诉刘立天离婚的事，但忍不住说了。听得出来，刘立天很着急，也很担心。为此，在这个时候，不能给刘立天增加负担，所以她拒绝见面，想等完全平静下来再说。前几天，同学杨凤梅找她，她不得已才把离婚的事告诉她了。杨凤梅还骂她傻，为啥把东西都留给了张岩，说她缺心眼。李燕想尽快结束这个婚姻，为了财产你争我夺，没有什么意思，那些都是虚的。东西没有了可以再置，感情没了能再置吗？而杨凤梅不理解地说，感情是什么东西，看不见，摸不着，你是小说看多了。李燕没再回答。这场婚姻一开始就注定要失败的。那时满脑子都是刘立天，而又不敢说出来，后来听说刘立天结婚了，在父母的逼迫下，才跟邻居家的张岩结了婚，日子过得平静，每天的生活和周边的人一样，有时在夜深人静时，脑海里就会浮现出刘立天。四年前，刘立天的出现，让她有些激动。然而，那都是过去了，她与刘立天正常地交往着，所有的一切都在心里。没想到张岩却提到了刘立天，他竟然偷看她少女时的日记，这对她来讲是最大的侮辱，对刘立天也是侮辱，以后的日子肯定很难过，两个人心里有了隔阂，再过就是痛苦。离了婚，她遭到父母的训斥，遭到了各方的非议，为此，这段时间不想和刘立天联系，怕对刘立天不好。

刘立天这些天来，情绪始终不稳定，不知是什么原因，李燕的离婚让他有些意外，也有些难受。那天从酒店出来，李燕慌慌张张让他先走，现在想起来肯定有什么事隐瞒。李燕始终没讲，自从到了金兰，李燕没有讲过她的家庭。几次想问，而又没问。办公桌上的电话响了，刘立天拿起话筒，传来一个陌生的声音，你是刘立天董事长吗？刘立天问，哪位？对方介绍，我是省纪委的冯超。下午三点，请你来一趟省纪委二〇六房间找我。刘立天不解地问，什么事？冯超回答，见面说。

下午，刘立天按时走进省纪委二〇六房间，一位戴着厚厚眼镜的四十多岁中年人接待了他。中年人自我介绍，我叫冯超。刘立天和他握了手，冯超说，根据华发公司严岩交代，你厂黄建的案子，是冤案，检察院重新做了调查。刘立天高兴地说，这太好了！冯超继续说，法院也重新进行了审理，改判黄建无罪。明天黄建就可以出狱了，你们去接一下。这是刘立天没有想到的结果，问，结论呢？冯超笑着说，既然是冤案，一切都要恢复了。刘立天说，那是肯定的。冯超说，就这样。刘立天起身准备走，从门外走进了柳依依。刘立天叫道，柳处长，接着说，谢谢！柳依依说，错了就要纠正！接着说，我应该谢谢你！刘立天知道她的意思。上次她来谈王义母亲的事，西北厂都解决了。刘立天出了门，走了几步又回头看了看这栋庄严的大楼。

第二天早上，刘立天和郑凡及黄建的爱人来到大沙坪监狱，等待黄建的出现。两小时过去了，不见黄建出来，她爱人着急了，问，怎么回事？刘立天拿出手机，想问问冯超怎么回事。这时监狱灰灰的大门打开了，黄建在狱警的陪同下走了出来。她爱人猛扑了过去。刘立天和郑凡站在一旁。黄建松开了妻子，紧紧握着刘立天的手说，谢谢！刘立天说，都过去了！黄建瘦了，头发增添许多白发，神情还好。刘立天和黄建及他的爱人坐一辆车，郑凡坐另外一辆车驶出了监狱。在车上，黄建问，厂里怎么样？刘立天简单讲了一下厂里的情况。接着又说，黄书记！你休息几天！黄建说，不休息了，我明天就来上班，你就安排工作吧！刘立天说，你把创新这块管起来，最近，你带队去美国考察，具体的，明天再谈。黄建感激地看了一眼刘立天。

两周后，黄建带着袁科长、宗世富一行六人飞往美国硅谷。他们走的第二天，刘立天接到了国资委企干一局的电话，让他明天下午到企干一局。晚上，刘立天回到了北京，回到了家，唐琴惊讶地问，你怎么深更半夜回来了，出什么事了？刘立天说，明天上午去国资委。唐琴问道，干什么？刘立天回答，不知道，只通知我过来一趟。唐琴接着又问，是不是跟你调动有关？看来唐琴什么都不知道，唐钢对她什么都没说。刘立天想了想说，也许吧！唐琴说，怎么是也许呢？你是不是知道什么了？刘立天说，我什么都不知道。

刘立天洗漱完，轻轻地走进了儿子房间，看了看熟睡的儿子，又悄悄出门拥抱唐琴，两个人开始温存了。

第二天，太阳早早出来了，刘立天起来洗脸吃完饭，和灿烂的唐琴一起下了楼。刘立天九点准时到了国资委，在金兰见过的李局长接见了他，正式通知任命他为集团的总裁，和党组副书记暂时兼任西北厂董事长。任职文件三天后发。李局长说，张主任要见你。两个人来到张剑的办公室，张剑的头发更白了，站了起来，高兴叫道，来，立天！刘立天和李局长坐下后，秘书倒完茶水退了出去。张剑微笑说，立天！看你情绪不高！是不是不想走呀？刘立天脸带微笑回答，没有！张剑说，我看你是不愿走。西北厂一上市，你就成为有钱人了。接着说，我们共产党人不能光想钱呀！要有信仰，要为人民服务。这次把你调回来，也是我们干部改革的一个创新。你们西北厂全员持股，你别忘了国有股份占百分之二十，你是代表国有股份当上董事长的。刘立天笑着说，我明白！张剑话锋一转，这次你回来，集团不是你走的时候那么红火了，在走下坡路，希望你要像管理西北厂那样，把集团搞上去。刘立天说，我会尽力的。张剑说，不是尽力，要全力，不能辜负组织对你的信任。另外，之所以让你暂时兼任西北厂董事长，就是考虑西北厂在上市这个关口。你要选好接班人，我有个建议，能不能民主选举一位董事长。我是说，把决策层和经营层分开，选一个好的经营者，在这方面闯闯路子，也为国企改革提供经验。刘立天说，好的！张剑接着说，你身上担子更重了，要处理好西北厂与集团的关系。刘立天点头答应。张剑站了起来说，立天，就这样，你先回西北厂安顿一下，下个星期一，由李局长陪你去集团报到，接着又说，我和李局长有点事。刘立天说，那好！我先走了，张主任、李局长再见。刘立天今年刚过三十七岁，当了正局级领导，在整个国资委系统，也属于最年轻的干部了。

刘立天出了门，心里很平静。他下了楼走出国资委大楼，手机振动了。一个陌生的本市电话，想了想没接。过了一会儿，一条短信过来，刘总，我是集团组织部丁肃，恭喜你！刘立天看完回了电话，丁部长，你好！丁肃高兴地问道，你什么时候报到？刘立天说，等下了文件吧！丁肃说，祝贺你！晚上，一起坐坐？刘立天说，我下午回金兰了，抽空再说。丁肃说，需要集团派车送你吗？刘立天说，不需要！谢谢！两人收了电话，手机又振动了，看了看是北方厂的常书记，刘立天接通后，那边叫道，刘总！你好，我是常强。刘立天叫道，常书记！你好！常强说，祝贺呀！什么时候到任？刘立天回答，等下了文件……

在回家的路上，刘立天接到了无数个集团内外的祝贺电话。到了家门口，看见集团办公室的洪斌和秘书李野。两人迎了过来，叫道，刘总！刘立天纳闷地问，你们怎么来了？洪斌已是办公室主任了。他说，我们听说，你回来了，我们过来，看看能干点什么。刘立天说，你们回吧！没什么事，等我报到了再说。洪斌和李秘书两人走了，刘立天上楼进家，给唐琴打了个电话，问，唐琴，中午你回来吗？唐琴说，中午不回了！接着问，怎么样了？刘立天回答，基本定了！回集团了。唐琴高兴地叫道，终于熬出头了！接着又问，你什么时候回来？刘立天没有回答，而是说，我下午回西北厂办一下交接，三四天就回来了。唐琴说，太好了！我们不再牛郎织女了。刘立天放下电话，吃了点饭拎上行李去机场了。在飞机上，刘立天在想谁是合适的接班人，想来想去，认为黄建比较合适。当然这只是他个人的想法，还要进行民主选举。

两个小时后，飞机降落在中川机场，刘立天走出了机场，郑凡、付林、李然、王新华都来机场接他。他们几个迎上去问，董事长，你要走了？刘立天点点头说，是的！付林说，董事长，现在这时候，你怎么能走呢？我们大家舍不得你走呀！李燃和王新华一起说，你不能走呀！你走了，我们怎么办？刘立天面带微笑说，我暂时还兼任西北厂的董事长。四个人叫道，那太好了！付林说，我就知道，你不会这么狠心扔下我们。大家都笑了。他们上了面包车急速驶出了停车场。

到了厂区，许多职工站在厂大门口，举着横幅：董事长，你不能走。刘立天感动了，下了车对职工说，我还是西北厂的董事长！职工围住他，叫道，刘董事长，你不能走！刘立天激动地说，无论我走到哪里，都不会忘记西北厂！

第二天，刘立天带领董事们来到苍翠的华林陵园向高林告别。站在墓碑前，刘立天眼含泪水，说道，高林，你没有看到这一天。不！你在那边会看到的，一定会看到的。我就要离开金兰，离开西北厂了。我感谢你，我的好大哥。接着又来到王义的墓碑前，三鞠躬。最后，来到了父母的墓碑前，说，爸妈，我回北京了，我会经常来看你们的。说完三鞠躬。

三天后，刘立天在全厂职工的欢送下，离开了西北厂，回到了北京报到。一个月以后，黄建从美国考察回来，经刘立天提议，黄建被职工推选为副董事长，刘立天授权他负责西北厂日常工作。

一年后，张剑从国资委副主任的位置上退休了。刘立天卸任了西北厂董事长职务，黄建当选为董事长。两年后，刘立天与贺静依然有着联系，她依然是南方厂的董事长，依然单身，据升任为市委书记的龚义说，贺静和张志武的马拉松恋爱快有结果了。西北厂人工智能产品走入了市场，三年后，西北厂成功上市。五年后，刘立天走入了全新的舞台，由于工作成绩突出，调任西南某省任主管工业的副省长。

李燕依然一个人。听说，吕军也离了婚，正在追李燕。岁月在流逝，每个人都按照自己的人生轨迹生活、工作。（完）